沖縄文学　小説・評論・詩集

ローゼル川田
『随筆と水彩画
よみがえる沖縄風景詩』
B5判64頁・並製本・1,980円
序文／又吉栄喜

おおしろ房 句集
『霊力《セジ》の微粒子』
四六判204頁・
並製本・1,650円
解説文／鈴木比佐雄

玉城洋子 歌集
『儒艮《ザン》』
沖縄タイムス芸術選賞
四六判184頁・
上製本・2,200円
解説文／鈴木比佐雄

元澤一樹 詩集
『マリンスノーの降り積もる部屋で』
A５判120頁・
並製本・1,650円
解説文／大城貞俊

『記憶は罪ではない』
四六判192頁・
並製本・1,980円
解説文／鈴木比佐雄

『抗（あらが）いと創造
沖縄文学の内部風景』
A5判360頁・並製本・
1,980円　装画／野津唯市
解説文／鈴木比佐雄

大城貞俊 評論集
『多様性と再生力
―沖縄戦後小説の現在と可能性』
A5判464頁・
並製本・2,200円
装画／高島彦志

第114回芥川賞受賞作家
又吉栄喜 小説
『仏陀の小石』
四六判448頁・
並製本・1,980円
装画／我如古真子

第41回沖縄タイムス出版文化賞正賞
平敷武蕉 評論集
『修羅と豊饒
沖縄文学の深層を照らす』
四六判384頁・
並製本・2,200円
装画／野津唯市
解説文／鈴木比佐雄

伊良波盛男 小説
『神歌《カンヌアーグ》が聴こえる』
四六判280頁・
並製本・1,870円
解説文／鈴木比佐雄

平得壮市 俳句・短歌集
『飛んで行きたや　沖縄愛楽園より』
四六判208頁・
並製本・1,650円
装画／野津唯市
解説文／大城貞俊

与那覇恵子 評論集
『沖縄の怒り
政治的リテラシーを問う』
重版
四六判160頁・並製本・
1,650円　解説文／平敷武蕉

第33回福田正夫賞
与那覇恵子 詩集
『沖縄から見えるもの』
A5判176頁・並製本・
1,650円　解説文／鈴木比佐雄

八重洋一郎 詩集
『日毒』
重版
A５判112頁・並製本・
1,650円　解説文／鈴木比佐雄

八重洋一郎 詩集
『血債の言葉は何度でも甦る』
A5判120頁・並製本・1,650円
解説文／鈴木比佐雄

2021 − 2022 年刊行詩集

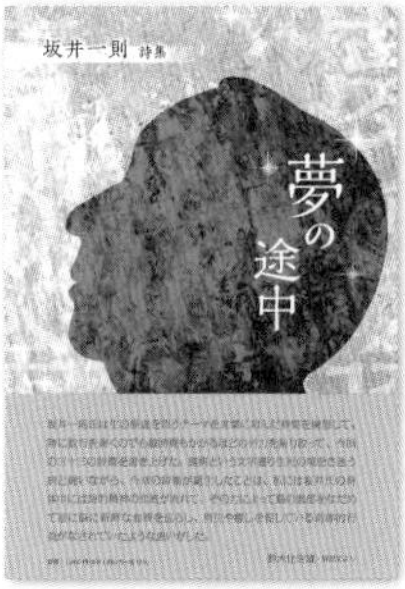

坂井一則 詩集
『夢の途中』
A5判128頁・
上製本・1,980円
解説文／鈴木比佐雄

天瀬裕康 混成詩
『麗しの福島よ
—俳句・短歌・漢詩・自由詩で3・11から10年を詠む』
A5判160頁・並製本・1,650円
解説文／鈴木比佐雄

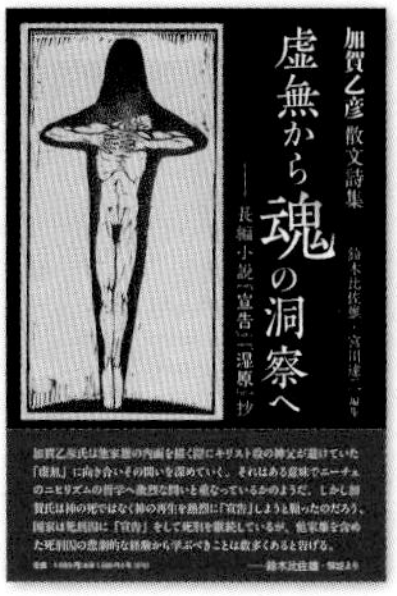

加賀乙彦 散文詩集
『虚無から魂の洞察へ
—長編小説『宣告』『湿原』抄』
四六判320頁・並製本・1,980円
解説文／鈴木比佐雄・宮川達二

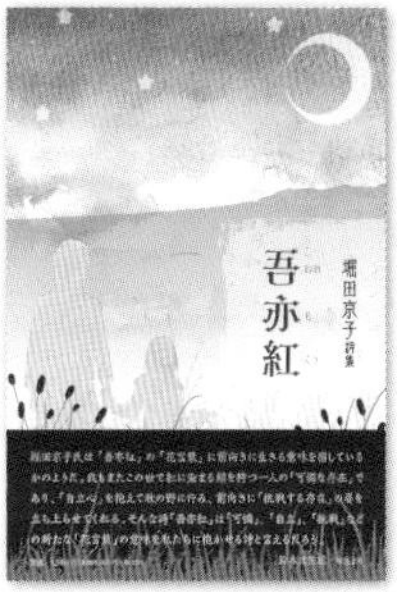

堀田京子 詩集
『吾亦紅』
四六判320頁・
並製本・1,980円
解説文／鈴木比佐雄

斉藤六郎 詩集
『母なる故郷　双葉
—震災から10年の伝言』
A5判152頁・並製本・1,650円
解説文／鈴木比佐雄

鈴木比佐雄 詩集
『千年後のあなたへ
—福島・広島・長崎・沖縄・
アジアの水辺から』
A5判176頁・並製本・1,650円
紙撚作品／石田智子

若松丈太郎 詩集
『夷俘の叛逆』
A5判160頁・
並製本・1,650円
栞解説文／鈴木比佐雄

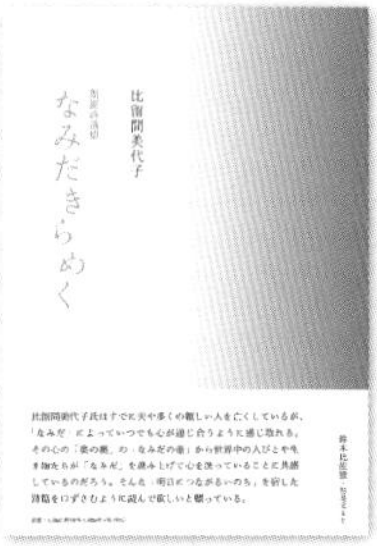

比留間美代子
朗読詩選集
『なみだきらめく』
A5判192頁・
上製本・1,980円
解説文／鈴木比佐雄

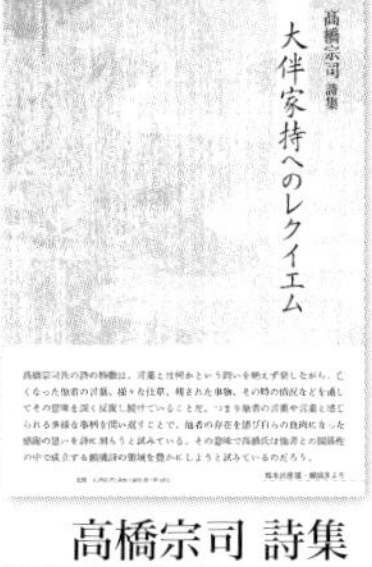

高橋宗司 詩集
『大伴家持への
レクイエム』
A5判136頁・並製本・1,760円
解説文／鈴木比佐雄

長嶺キミ 詩集
『静かな春』
A 5判144頁・
並製本・1,650円
解説文／鈴木比佐雄

恋坂通夫 詩集
『欠席届』
A5判192頁・
並製本・1,980円
解説文／鈴木比佐雄

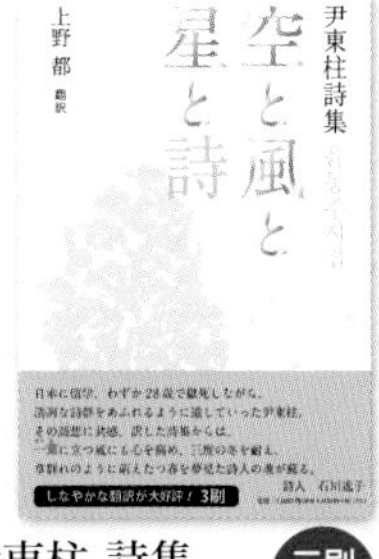

三刷刊行

尹東柱 詩集
上野都 訳
『空と風と星と詩』
四六判192頁・並製本・1,650円
帯文／石川逸子

俳句関係

太田土男
『季語深耕 田んぼの科学
—驚きの里山の生物多様性—』

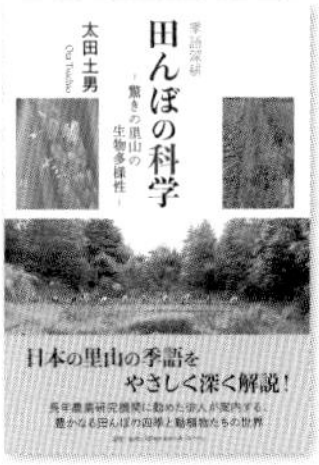

四六判192頁・
並製本・2,200円

大畑善昭 句集
『寒星』

四六判208頁・
上製本・2,200円
帯文／鈴木光影

上田玲子 詩集
『母あかり』

四六判224頁・
上製本・2,200円
序／能村研三
跋／森岡正作

江藤文子 句集
『しづかなる森』

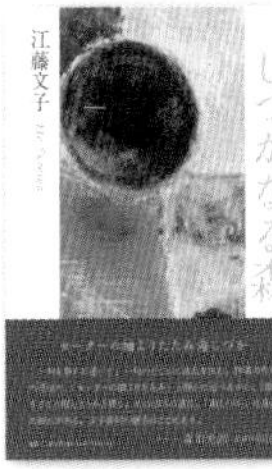

四六判224頁・
上製本・2,200円
序句／森川光郎
跋／永瀬十悟

日野百草
『評伝 赤城さかえ
—楸邨・波郷・兜太に
愛された魂の俳人』

四六判264頁・
上製本・2,200円
帯文／齋藤愼爾

渡辺誠一郎 紀行文集
『俳句旅枕 みちの奥へ』

四六判304頁・
上製本・2,200円

照井翠 句集
『泥天使』

四六判232頁・
上製本・1,980円
写真／照井翠

照井翠 句集文庫新装版
『龍宮』

文庫判264頁・
並製本・1,000円
写真／照井翠
解説文／池澤夏樹・
玄侑宗久

第74回現代俳句協会賞

永瀬十悟 句集
『三日月湖』

文庫判256頁・
上製本・1,650円
装画／澁谷瑠璃
解説文／鈴木光影

永瀬十悟 句集
『橋朧 ふくしま記』

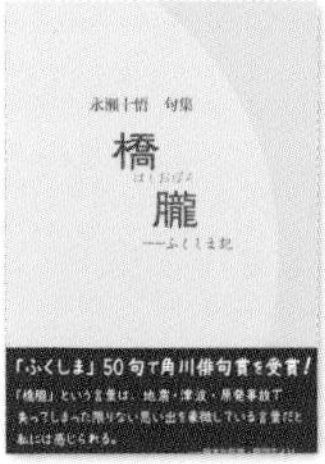

A6判272頁・
上製本・1,650円
解説文／鈴木比佐雄

大石誠 句集
『奥八女』

四六判変型160頁・
並製本・1,980円
カバー写真／角田武敏
帯文／能村研三

5 鈴木光影 句集
『青水草』

176頁　装画／藤原佳恵
帯文／齋藤愼爾

銀河俳句叢書

四六判変型・並製本・1,650円
現代俳句の個性が競演する、
洗練された装丁の句集シリーズ

4 河野美千代 句集
『国東塔』

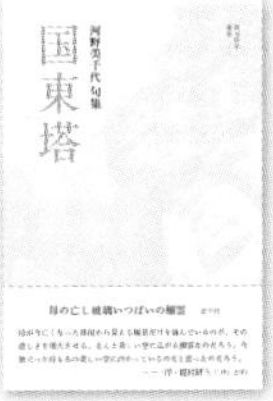

192頁　序／能村研三
跋／田邊博充

3 齊藤實 句集
『百鬼の目玉』

180頁　序／能村研三
跋／森岡正作

2 乾佐伎 句集
『未来一滴』

128頁　帯文／鈴木比佐雄
解説文／鈴木光影

1 齊藤保志 句集
『花投ぐ日』

192頁　装画／戸田勝久
解説文／鈴木光影

短歌関係

今井正和 歌論集
『猛獣を宿す歌人達』

四六判280頁・
上製本・2,200円
解説文／鈴木比佐雄

望月孝一 歌集
『風祭』

四六判224頁・
上製本・2,200円

原詩夏至 評論集
『鉄火場の批評
―現代定型詩の創作現場から』

四六判352頁・
並製本・1,980円

林 博通
『『万葉集』を歌う
―名歌一三四撰―』

A5判224頁・並製本・1,980円
装画／鈴木靖将
解説文／鈴木比佐雄

古城いつも 歌集
『クライム ステアズ
フォー グッド ダー』

A5判変形192頁・
並製本・1,650円
解説文／鈴木比佐雄

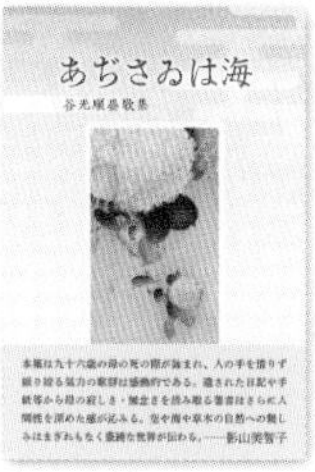

谷光順晏 歌集
『あぢさゐは海』

四六判176頁・
上製本・2,200円

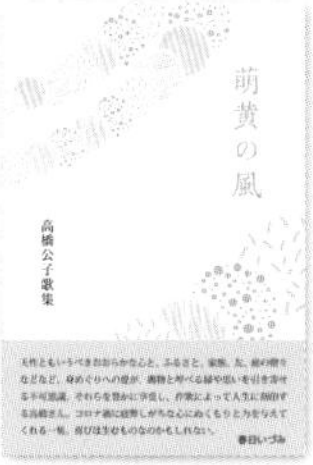

高橋公子 歌集
『萌黄の風』

四六判182頁・
上製本・2,200円
解説文／春日いづみ

『新城貞夫全歌集』

A5判528頁・上製本・3,500円
解説文／仲程昌徳・松村由利子・
鈴木比佐雄

銀河短歌叢書

四六判・並製本・1,650円

9 岡田美幸 歌集

『現代鳥獣戯画』
128頁
装画／もの久保

8 原ひろし 歌集

『紫紺の海』
224頁
解説文／原詩夏至

7 安井高志 歌集

『サトゥルヌス菓子店』
256頁　解説文／依田仁美・
原詩夏至・清水らくは

6 糸田ともよ歌集

『しろいゆりいす』
176頁
解説文／鈴木比佐雄

平成30年度 日本歌人クラブ
南関東ブロック優良歌集賞
第14回 日本詩歌句随筆評論大賞
短歌部門大賞

5 奥山恵 歌集

『窓辺のふくろう』
192頁　装画／北見葉胡
解説文／松村由利子

1 原 詩夏至 歌集

『ワルキューレ』
160頁
解説文／鈴木比佐雄

第13回日本詩歌句随筆評論大賞
短歌部門・優秀賞

2 福田淑子 歌集

『ショパンの孤独』 重版
176頁　装画／持田翼
解説文／鈴木比佐雄

3 森水晶 歌集

『羽』
144頁　装画／石川幸雄
解説文／鈴木比佐雄

4 望月孝一 歌集

『チェーホフの背骨』
192頁
解説文／影山美智子

世界に発信する英日詩集シリーズ

コールサック社HP英語版で海外からも購入できます！

日本語版HP右上の **＞ENGLISH** をクリック！

安森ソノ子英日詩集
『TOUCHING MURASAKI SHIKIBU'S SHOULDER
紫式部の肩に触れ』
Ａ５判218頁・上製本・2,200円
訳・序文／北垣宗治

井上摩耶英日詩集
『SMALL WORLD
スモールワールド』
Ａ５判144頁・並製本・2,200円
訳／与那覇恵子
解説文／鈴木比佐雄

ヒューズのアメリカ精神が現代に蘇る翻訳

ラングストン・ヒューズ
英日選詩集
水崎野里子 翻訳
『友愛・自由・
夢屑・霊歌
For Brotherly Love, Freedom, Dream Dust, and Spirituals』
四六判280頁・
並製本・2,200円
解説文／鈴木比佐雄

2020年刊行詩集（2020年度受賞詩集）

小林功 詩集
『月山の風』
A5判192頁・上製本・2,200円
解説文／万里小路譲

近藤八重子 詩集
『仁淀ブルーに
生かされて』
A5判240頁・上製本・2,200円
解説文／鈴木比佐雄

坂本麦彦 詩集
『漏れどき』
A5判128頁・並製本・1,650円
解説文／鈴木比佐雄

第16回 日本詩歌句随筆評論大賞 詩部門優秀賞／第26回 埼玉詩人賞

葉山美玖 詩集
『約束』
A5判128頁・上製本・1,980円
解説文／鈴木比佐雄

谷光順晏 詩集
『ひかることば』
A5判128頁・並製本・1,650円
解説文／鈴木比佐雄

堀田京子 詩文集
『おぼえていますか』
四六判248頁・並製本・1,650円
解説文／鈴木比佐雄

鈴木文子 詩集
『海は忘れていない』
A5判192頁・上製本・1,980円
解説文／鈴木比佐雄

青山晴江 詩集
『夏仕舞い』
A5判160頁・並製本・1,650円
解説文／石川逸子

吉田正人 第一詩集
『人間をやめない
1963～1966』
Ａ５判208頁・上製本・1,980円
跋／長谷川修児
解説文／鈴木比佐雄

吉田正人詩集・省察集
『黒いピエロ
1969～2019』
Ａ５判512頁・上製本・3,000円
解説文／鈴木比佐雄

『福司満全詩集
「藤里の歴史散歩」と
朗読CD付き』
Ａ５判352頁・並製本・3,000円
帯文／浅利香津代
解説文／亀谷健樹・鈴木比佐雄

岸本嘉名男／詩・評論選集
『碧空の遥か彼方へ』
A5判304頁・上製本・2,700円
解説文／神月さよ・鈴木比佐雄

船べりの友人

日野　笙子

離れていった旧友が
春が巡るたびに
懐かしくなるのは何故だろう

人々が家路に向かう薄暮の刻
一人旅立った友の
最後の知らせを受け取った
故郷の海からこの街へ
何かの間違いのように

古びた小舟が一隻
音もなくゆるりと船べりに着いた
波に洗われたわたしたちの歴史
焦がれることも泣き出したい青春も
とうに色褪せた
その余白に今はもう
希望という言葉も返上してしまいたい
こんなにも長い航海のあとには
心に刺さった過去の傷は
動くほどに痛かった

だから静かな流れが
きっと守ってくれたのだろう

海から上がって櫂を寄せ
互いの家に帰宅した夕刻
ぽんと肩をたたいた友
一日のあの頃は確かに輝いていた
しかめっ面さえよそおって
気取ってると笑い合った

暁の星になった人よ
それは希望の灯りではなかったのか
あぁ　わたしたちはほんとに若かった

誰の気配もない宵のもと
手紙を開くと
あの海に囲まれたわたしたちの故郷が
ことさら焼き付くような懐かしさで
記憶のくぼみに広がった

コールサック（石炭袋）113号　目次

扉詩　日野笙子　船べりの友人　1

特集1　関悦史が聞く俳人の証言シリーズ（2）

インタビュー　関悦史が聞く　昭和・平成俳人の証言（2）
柿本多映―命の直観を書きとめる人―　8

特集2　NHKラジオ深夜便「明日へのことば」

鈴木比佐雄　「困難な時代を詩歌の力で切り拓く」ことの試み　22

詩Ⅰ

坂本麦彦　一月一日朝　32
方良里　心Ⅳ／戦禍の中で　34
淺山泰美　沼の主　35
髙橋宗司　芭蕉の背中　36
高柴三聞　幣六暴奔《へいろくぼうはん》　38
熊谷直樹　妖怪図鑑「胡蝶の夢」　40
勝嶋啓太　妖怪図鑑「胡蝶の夢」　42
末松努　眼　44
植松晃一　お題目／紙は忘却に抵抗する　46
坂本梧朗　リラックスあれこれ　47
石川啓　木の芽時期／路上のDAY TRIPPER　48
久嶋信子　なあ、おかあちゃん　52
羽島貝　路上。／君に送りたいレター。　56
青柳晶子　ひとり居　58
甘里君香　永遠の必須　59

詩Ⅱ

高細玄一　もぎ取られた言葉～マリア・コレスニコワは去らなかった／クソッタレブルース／文字を読む　62
山﨑夏代　冬晴れの日の　65
狭間孝　ドンが聞こえなかった／榮子さん　その後　66
原詩夏至　教習所／キバナコスモス／亀裂／蟋蟀　68
鈴木正一　道なかば／社会帝国主義　72
東梅洋子　「うねり　命」九篇　太平洋の海原に落下（ゴミ？）／戦火／うねり　看取り／ある日／彼女／金曜日の午後／美しき人／しげぞうさん／つぶやき　74
みうらひろこ　ワイン一本ひっさげて　77
貝塚津音魚　コロナ禍はまだ終わらない　78
天瀬裕康　雪からの連想　79
風守　通話優先／SPACE ELEVATOR　80

渡辺健二・萩尾滋　赤紙かぞえ唄　82
座馬寛彦　攻撃こそ最大の守備／
子葉のつぶやき　83
鈴木比佐雄　柏の円柱ベンチ　84

詩 Ⅲ

酒井力　小さな村／祈り　86
あべ和かこ　茜色の銀河　88
藤谷恵一郎　切り花――能勢《のせ》日記（一）２０２２年春夏　90
宮川達二　清き拝受　91
柏木咲哉　塩むすび／ヘンなやつ／窓／ガラクタ
ブルース／雨の夜更け　92
植木信子　初冬　94
成田廣彌　荒川の冬　96
髙田一葉　浜辺で／シャンソン　98
村上久江　このまま　すっと／われもまた　100
近藤八重子　南国土佐に雪が降る／ＮＨＫドラマ
「らんまん」に寄せて　102
水崎野里子　納豆ご飯　104
石川樹林　レース絵の予兆／高台寺の満月　106
外村文象　これからは／百歳以上が九万人／ひ孫
の誕生　108
青木善保　真紅の信州りんご／雪の朝　110
小山修一　お墓の草と土／昭和二十六年に生まれ
た僕は／常緑樹／落葉樹林　112

俳句・短歌・狂歌・作詞

俳句時評　鈴木光影　「異彩」「超現実的幻想」の同郷俳人
――石井露月と安井浩司　116
俳句　松本高直　ノアの舟　120
山﨑夏代　鳥鷺の修羅　121
藤谷恵一郎　蝶とカモメ　122
原詩夏至　没事儿　123
福山重博　伝言板　124
今宿節也　屠蘇　125
水崎野里子　斑鳩へ／橿原神宮へ　126
翻訳俳句　デイヴィッド・クリーガー　花の冠（５）
翻訳・水崎野里子　131
俳句　鈴木光影　森のはじまり　134
短歌　たびあめした涼香　そろそろ何か　135
岡田美幸　酔明　136
村上久江　夜の静寂　137
原詩夏至　動悸　138
大城静子　余剰の旅路　140
水崎野里子　全山紅葉　142
福山重博　おとし蓋　144
座馬寛彦　うねる低音　145
短歌時評　座馬寛彦　「閑日月」の成果　146

作詞　牧野新　しょせんじゃない人生を／人生はそんなもの　148
狂歌　高柴三聞　狂歌八首とおまけ（令和4年十月から十二月末まで）　150

詩Ⅳ

現代詩時評　原詩夏至　山頂と崖下―ビョークとカーペンターズ―　152
詩誌評　植松晃一　新たな森を育むために　156
詩集評　岡本勝人　連載　詩集評（二）「詩」と「詩論」のはざまで　日常に迫り来る抑圧からの複数性の抵抗と挫折　引用と転換の複数の時代へ　160
小詩集　高橋郁男　『風信』二十九　166
井上摩耶　『魂の赤子』四篇　172
永山絹枝　『ペルー・ブラジルの旅』　176
堀田京子　『なんにもいらない』十七篇　179
佐野玲子　『砂上の優越感』四篇　190
柏原充侍　『光がすべてをつつみこんで』十二篇　196

エッセイ・評論・追悼

エッセイ　宮川達二　ノースランド・カフェの片隅で　文学&紀行エッセイ　第三十五回　柳田邦男『犠牲』――「憐れみ給え、わが神よ」を巡って――　204
中原かな　まりあオーラ　206
淺山泰美　戸田勝久さんの絵画　208
黄輝光一　「一〇億円当たったら」Ⅱ　210
高柴三聞　佐喜眞美術館『「復帰」後　私たちの日常はどこに帰ったのか展』感想　後編　214
岡田美幸　良いこと日記　217
熊谷直樹　若き表現者を探し求めて（5）「医者の不養生」について考える　218
原詩夏至　〈詩人〉の王国とその行方――マーゴ・カラナン「大勢の家」を読む――　220
日野笙子　追憶の彼方から呼び覚ますもの（8）　ラッセルと哲学入門――地でゆく老いと人生の一冊　226
評論　富永加代子　「うちのおじいちゃん」と呼ばせて　231
永山絹枝　「近藤益雄《えきお》を取り巻く教育者・詩人たち（その二）」国分一太郎《こくぶんいちたろう》――「益雄への弔辞を読む」（2）　234
中津攸子　万葉集を楽しむ　十五　奈良の大仏に塗った黄金　240
星清彦　心眼の奥の詩魂　四季派の盲目の詩人　庄内の加藤千晴（一）　247
鈴木比佐雄　八重洋一郎詩集『日毒』はなぜ脅威となったのか　252
鈴木比佐雄　耳澄ます蛇笏・龍太の冬の声　256
鈴木比佐雄　宗悦が直観した民藝品「モノ」という美的存在　岡本勝人『仏教者　柳宗悦　浄

土信仰と美』に寄せて 259

追悼

鈴木比佐雄　加賀乙彦氏の「永遠の友」に近づきたい 261

福田淑子　加賀乙彦さんを悼む　人間の弱さを見つめ続けた世界的作家 264

梓澤和幸《あずさわかずゆき》　加賀乙彦さんを偲ぶ 266

小説

小説時評　宮川達二　第二十一回 作家山本周五郎—泣き言は云はない— 270

小説　前田新　草莽伝　老年期1 274

小島まち子　ひと夏の家族（3） 282

高柴三聞　人牛《じんぎゅう》 288

鈴木貴雄　博徒伽藍日誌 7 — 「梟」 300

大城静子　奇っ怪な出来事 308

書評

今林直樹『沖縄の地域文化を訪ねる—波照間島から伊是名島まで』

狩俣繁久　書名からは想像できない多岐に渡る〝旅行記〟 312

高柴三聞詩集『ガジュマルの木から降って来た』

池下和彦　思考の可動域の広さをたのしむ 314

神谷毅詩集『焔の大地』

八重洋一郎　—住民が透視したもの— 316

山﨑夏代　人間の心に基地を作らせない人 318

前田新詩集『詩人の仕事』

あべ和かこ　深い考察と静かな躍動 320

大畑善昭句集『寒星』

福島茂　雪国のオノマトペの妙 322

井原美鳥　宮沢賢治のような読後感 326

永山絹枝『児童詩教育者 詩人 江口季好

—近藤益雄の障がい児教育を継承し感動の教育を実践』

伊藤芳博　〜詩を愛した教育者たちの魂の継承〜 328

鈴木比佐雄　「子どもたちのしあわせな未来への小さな音」を刻む人たち 331

『多様性が育む地域文化詩歌集—異質なものとの関係を豊かに言語化する』公募趣意書 336

編集後記　鈴木比佐雄 338

鈴木光影 340

座馬寛彦 340

羽島貝 341

『俳句かるたミックス松尾芭蕉30句』を使ったイベント開催事例

イベント名：新春！ 芭蕉かるた大会〜松尾芭蕉の俳句の世界〜
場所：港区立介護予防総合センター ラクっちゃ
日時：2023年1月19日（木）10：00 〜 11：30 ／ 13：00 〜 14：30の２回
参加人数：午前中10名、午後20名
内容：３部構成

①講師の鈴木光影が俳句の成り立ちや松尾芭蕉の俳句の特徴を易しく解説。
②講師が読み札を読み上げ、各テーブル参加者が取り札を取るかるた取りゲーム。ところどころに俳句の解説を挟む。
③芭蕉の句のカードを組み合わせて５・７・５の俳句づくり体験。全参加者が自分が作った句とその背景を発表。講師による全句の講評を行った。

かるた遊び中

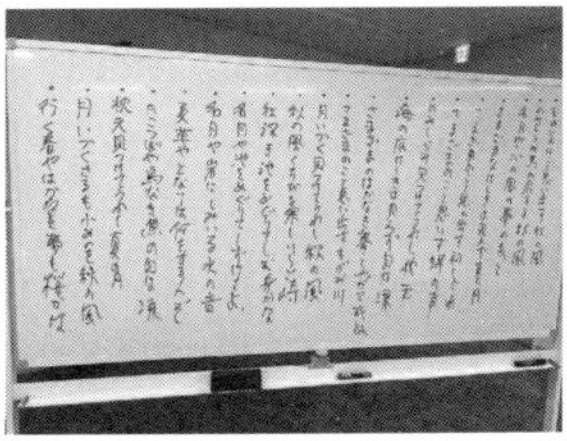

参加者が芭蕉の言葉を組合わせて作った俳句

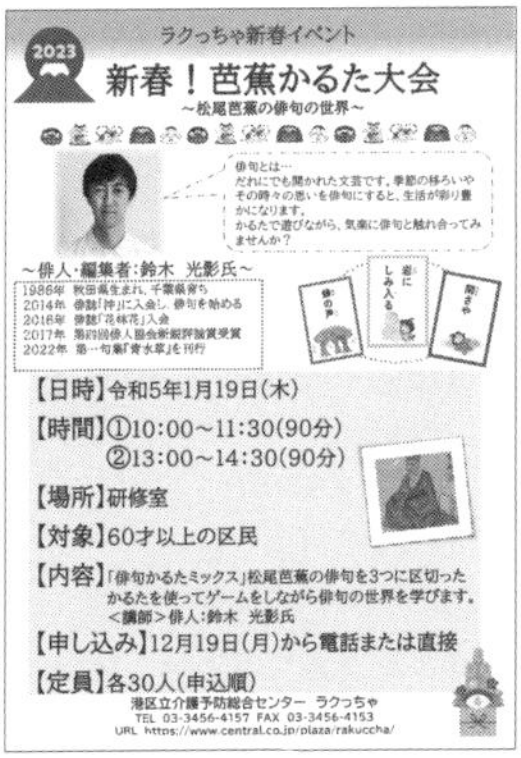

事前配布のチラシ

《参加者アンケートの声》

・ラクっちゃにはスポーツだけでしか来なかったので、こんな文化的な講座は新鮮でした。また開催して欲しい。
・自分の経歴と違う分野の遊びが楽しかった。講師の褒め上手に励まされました。
・遠い昔の記憶を思い起こし、少しづつその時期に戻れた嬉しさを感じました。楽しかったです。

《施設の担当者の声》

参加者は皆喜んでいた。全員発表をして参加者間で交流ができたところが特によかった。俳句かるたミックスは高齢者の脳トレとしても効果的だと思った。

これからも同様のイベントを開催してまいりたいと思っております。
ご興味のある方は、コールサック社までお気軽にお問い合わせください。

特集1　関悦史が聞く俳人の証言シリーズ（2）

関悦史が聞く 昭和・平成俳人の証言(2)
柿本多映――命の直観を書きとめる人――

日　時　二〇二二年十一月十二日（土）十三時〜十六時
場　所　三井寺（園城寺）　ながら茶房本寿院

（記録）鈴木光影

三井寺に生まれて

もうね、三井寺は変わりましたね。不思議な木もあったんですよ。寒天状のかたまりが…ぼたーっと落ちているんです。道にね。そしたら母が、それは魂が落ちているんやから、触ったらいかん、と言って。むしろただ跨ぐより「ありがとうございます」ゆうて跨ぎなさいと言って。大きな木の樹脂か何かだったのかもしれませんけどね。

人間のいろいろ見ましたねえ。小さい時、野垂れ死にした人を菰に乗せて、今ここの近く前をね、ばーっと新墓、無人墓あるんですよ。それを見ましたよ。土葬で、この前をずーっと行くと、墓があるんですよ。無名の墓。それでまた身元が分かると、掘り起こして、連れて行かれるんです、大八車で。で、「そんなん見たらあきませんよー」と言われたけど、私何ともなかった。ああ、人間て死んであれして分かったらちゃんと連れてかれるんやなあと思ったんですよ。ああいうのが小さい時の体験が、わりと私の芯になっていると思うんです。

軟式庭球のジュニアで関西で優勝したりして、スポーツが好きだったんです、お転婆でね。お人形さん遊びなんてしませんでしたからね。上が男三人ですから。兄たちはもう乱暴ですよ。最初は、千団子祭なんていう祭があるとね、先の方にね、怖そうなものつけてね、振り回して歩くから、坊ちゃんあんなことしてると言って、みんな慌てて避けるんですよ。それが、年とってからはね……、それから苦労したから。初めは、三井寺の坊ちゃんということで好き放題でした。

旋盤を回す戦時下の女学生生活

女学校は軍隊と一緒でした。工場も。島津工場、昔はね、嵐電（嵐山電鉄）で嵐山にすごい行ったんです。そこで旋盤ですよ。朝、とにかく七時に入らないかんから、ここ四時電車で出ましたよ。一番のね。それに揺られていって、熊野町まで出て、熊野町からずーっと…。

何を作っているんだと思ったらね、戦闘機の部品です。同僚でお父さんが司令部かなんかにいる子がいるんですよ。その子によく電話が入ってくるんですよ。ニュースが。その子のお兄さんは出征なさっていて、「もう生きて帰ることないから」言うて。自分らで作ったもので人が死ぬのが嫌でした。

六尺旋盤、ずーっと、怪我しながら習ってね。地下の部屋で冷たいところで、みかん箱置いて、そこに立って、一日、こんな棒から、ナット切っていくんやもん。細かい仕事。あんなんようやったなと思うん。はじめファインダーというもので研ぐんですよ。それで旋盤になってね、私ら、これやめたら、一番の工員でどこか雇われるねーと言うて（笑）。螺子でもね、千分の一ミリ、マイクロゲージいうので測って、それを鉄の棒から作り出すんやから。一流の技術者になれるねーとかいうて、笑うてたんですけど（笑）。まあ、考えて見たら、そういう体験もできて、有難いことですわね。うん。だから我慢も少しできるようになったしね。お嬢さんのままでしてたら、何してたか分からん。

百人一首も愛国百人一首になったりして若いときに勉強させてもらえなかった。今から思ったら笑うけど、なぎなた持って、エイヤーやってたんやから。それでお召列車が来るでしょ。天皇陛下の乗った列車が近くを通られると言われたら。暑い夏でも靴下履いて冬の制服着て、土手の下、そこでわーっと平伏してる、列車が過ぎてから、「何や見えへんだねー」ちゅうて。

柿本多映

そういう時代ですよ。それから動員でね。その代償、何にもないけど、やっぱり辛抱するということが、身に沁みたんかな。ただ戦争は絶対反対ですよね。

ある日ふと、空襲警報が鳴るんですよ。鳴ってから慌てて出るくらいですからね。大変なんですよ、入るところ（防空壕）が。突堤の見えるところでね、麦畑に逃げようって言ったら、多映ちゃんそんな、麦畑なんか丸見えよ、と言われて。それでそこの茂みにね、隠れていたんです。遊び半分ですわね、大阪から帰りの敵機が。私らがこっちに逃げたらこっちに来る。パイロットにとってはね、「ちょっとからかっていこうかな」という程度でしょ。むかつきましたよ、やっぱり、それが分かるから。それで、あせらないようにしても、そばを銃弾がダーッとはしるんです。

この間息子がね、その辺りに連れて行ってくれたんですよ。全然変わってる。島津工場の跡も無くてね。わかりませんよ、あんまり変わっているので。全部家。それも私の中に入って、俳句のなんかになっていると思うんです。そういうことがあったから俳句しようと思ったのかもわからん。七時に入るいうたら四時ごろ出なあかんですよ大津、三井寺をね。電車も一杯やからね、工員らで。今やったら若い人もの言って、動かんやろね。戦争だけは嫌ですね、無駄ですね、あれは。して何にもいいことないですよ。

玉音放送もここ（三井寺）で聞いて、もう学校も終りだからね、しばらくこなくていいゆうことで、工場もやめましたね。大戦争が終わったらすぐ言うこと変わりましたよ、大人はね。大人っていうのはうまい事変わるんだなと思いましたよ。私ら女学校の三年生くらいでね。一生懸命働いてるのに。大人はなんかあったらするりと変わる。

戦後、関西電力の志賀支店にテニスで入ってくれと言われて、その組合の運動も面白かったですね。面白いというか、一理あると思ったことありました。扇町公園で組合の大会があった時に、人前で何か知らんしゃべりました、一人で。だから組合の運動してても、支店長やらは、「柿本さん、がんばってくださいー」ちゅうてね。自分がどういうことしゃべるかということは、認めて下さっていたしね。いろんなことした、思い切ってやったもんやと思って（笑）。御注進御注進が全部行ったみたいですよ、三井寺に（笑）。

新聞記者がびっくりしてね、お嬢さんがいつのまにやらやってますよーと父に言うて。そしたら、「好きなようにさしたらいい、やりたいことはやらしとこ、悪いことしたらあかんで、わるいことしてないんやったら、えらいことは一生に何度も無いんやから。やりたいことはやらしとくんやから」と。父は常にそうしていました。戦後はやることが面白いというか、色々なやりがいがあったね。

西武百貨店の俳句教室で俳句を始め、赤尾兜子と出会う

戦時中は短歌やってたんですよ。短歌で尾山篤二郎さんいう人がいてね、ちょっと変わった男だったけれど。やっぱりあの時分は、いろんな思いもあるからね、その辺は俳句と違うて短歌ですわね、自分の日記として。

その後、夫が社会部の記者だったんで、転勤して徳島も行きましたし、あちこち行きましたね。林芙美子が住んでいた尾道も行った。尾道支局もほんとに仕舞た屋みたいでね、隣が有名なかまぼこ屋さんだったんです。四国で有名なね。それで、支局もほんとに、長屋みたいでね、それでもそれが、新鮮だったんですね。そういう生活見たことないし。こういうのもあとあと考えたら営養になっていると思いますね。

四十八のとき西武百貨店がね、俳句教室を始めたんですよ。それで、そのうちに、そこからが俳句ブームですね。そこの井口洋平さんというカルチャーの先生が、赤尾兜子の結社「渦」の同人だったんです。なかなか出来たお医者さんでしたけどもね。それでも兜子とは合わなかったですよね。兜子は正直ですからね。そしたらちょうど私が大津の西武の教室に行っていることを兜子が知ってね、やめて、毎日教室で始まって講義するから来たらどうや言われて大阪へ。それで四十九歳で「渦」に入会しました。

兜子はね、一番初めに行ったときにね、「栗」っていう題が出たんですよ。朝行ったら必ず出すんですよ。即興でね。そしたら色々つくるでしょ。その時に〈栗熟れてニュートンもまた近きひと〉っちゅう句を私が作ったんです。そしたら先生びっくりして、「こういうのが俳句がだんだん新しくなる基本や」おっしゃって、自分ら歳とるばっかりで偉そうな幹部や幹部やいうけど何にも新しいことが出ないじゃないかと言って。「自分らえらいえらいと思ってあぐらかいてると、こういう人が

ちゃんと出てくるんやからね、俳句というものを馬鹿にしたらあかんぞ」その時兜子が言うて、私は身の置き場がなかったけどね（笑）。

兜子は奇人でしたね。鋭いとこ突きました。他の人は分かりませんよ。何でこんなんがいいのかちゅう感じでしたよ。兜子はね。ときどき古い方がね、「先生は新しい人ばっかり可愛がって」と言うけれども、兜子は、「可愛がるなんてそういうことじゃなくて、自分が頑張れ」言うて。「俳句は自分が頑張るしかないんや」言うて。安穏にしていると途中で止まってしまう言うて。兜子はなかなか、先生としても作家としても良い人やったなと思いますね。

兜子は晩年鬱でしたんで、それで、私は何とか励まそうと思って、東北へ吟行の旅に出ましょうと言って、毎日教室の悪いことせんものだけを集めてね、先生とお茶飲んで、そうしたらやっぱり愚痴も出ますわね。それで、先生東北の方へ旅行しましょうと言ったんです。新しい発見があるから、面白いですよー言うて。行くことになってたんですよ。そしたら、だんだんと鬱になって、駅まで送っていったら、「今度は元気になってくるからねー」言うて、「東北を毎日教室で旅行しましょう」言うて、そしたら、帰ってきたら、えらいことでしたよ。（電車に）飛び込んだ言うてね。心中分からなかったんですよ。奥さんは割とのんびりした方でね。一遍目は失敗してるんですよ、兜子。飛び込んで、梅田駅で。それでもう一遍飛び込んだのは梅田から出てるとこで、同じ踏切ですけど。よっぽど決意が固かったんでしょ。心の内を言う人もいないし、作家としての悲しみがあったんでしょ。何ぼ教えても分からへんし。だってああいう先生は教えるんじゃなくて作家で過ごす人やね、それでもやっぱり、教えること教えないと、作家としての勉強にもなりませんもんね。

教えたあとちょっと、気になるもんだけでお茶飲んでね、最後は、戻って来てね、「柿本さん、僕、便秘やねん」とおっしゃって（笑）。「便秘やったらちゃんとお薬ありますから、大丈夫ですよ」言うて。それが最後の言葉。人間らしいなと思いましたね。それでね、主人が新聞記者してましたからね、一報が入って。

橋閒石の「白燕」と桂信子の「草苑」に参加、高柳重信とも出会う

橋閒石さんはね、あの方、人とべたべたしないで古俳諧みたいなもんも昔やってらしたので、「白燕」ていう結社たててるから、あれやったら無理には言わんけど入ってくれ言われて、閒石さんの方から誘ってくれた。

閒石さんはエッセイの名人。あの先生はすごく鋭かったというか。それで話すのはゆっくりですが、歯に衣着せませんからね。閒石さんは「白燕」の誇りだったですね。きついんですよ。あの人は、皆がいいなあと思って俳句書いてきたら、「ああ、これは安物の額縁の絵だね」と言って。そういう、皆ね、びっくりしてね。その人もえらいですよ、泣きもしないでね、その通りです、言うて。今でも時々会うと、「あの時あの先生に

言ってもらえなかったら、私らの今は無い」言うて。

　ただ〈三枚におろされている薄暑かな〉という句がありますでしょ？　私は閒石さんのそういう部分は嫌だったんです。駄目ばっかりじゃないですけどね、やっぱり手練れが見えた。それでもあの方はすごい人でしたよ。嫌味もないし俳句ばっかりの方でしたからね。もう「白燕」で意見が違うて同人同士で喧嘩が始まると、「もうわかったわかった、そんだけ言うたらもうわかるだろ、もういい加減やめとけ」って言うて、先生おっしゃってましたけど。意見の違いでね、昔はね、もう無茶苦茶、熱心ですからね、自分の俳句に対してこんなこと言うたら、またこっち。でも勉強になりますわね。それが今との違いですね。ただそれが後に残らない。怒りにも嫉妬にもね。後はもうみんなお酒飲んで…。閒石さんは大した人でした。英文学者やから、元々ね。知識が豊富でしたわ。

　桂信子先生は私を信頼してね、何もかもおっしゃいましたけどね、信子先生と私はちょっと違うんですね。生き方が。生き方っちゅうか俳句に対して。それでも見抜く目があったから、さっきも言ったみちのくの旅行でもしようかー言うて。

　桂先生は特異な感覚ありましたよ。ほんで、句会があるでしょ、結社の。「あんた来んでええ」言うて。来たってね、お付き合いがあるだけで、あなたが得るところないから、一人でやりなさいって言うて。私が駄目やと思ったら駄目やと言う、っておっしゃってくださいました。桂先生は「芽を摘むことになるから、好きなことやっていったらいい」とおっしゃったんです。そうすると今まで悪いと思っていたのが、「うわーこういうの書けたらいいねえ」とおっしゃったりして。

　それである日ね、（桑原三郎創刊の）「犀」にちょっと入ったことあったから、吟行会を奈良かどこかでやったんですよ。そしたらちょうど「草苑」の吟行会とばったり会ったんですよ。先生が「桑原さん、柿本さんをよろしく頼みます」言うてね、嫌な顔もせずに。「あんた一生懸命、ここで吸収してくださいよ」言うて。いかんかと思ったけどね。「草苑」の吟行なんか行ったことなかったんだけど。

　それで朝毎日行くと私早いし、桂先生が二番目くらいに早いんですよ、鍵があくまで。その時にいろんな話ね。あんた気兼ねせんでええよって。句会も出てませんでしたしね。

　桂先生はね、信じてくださって。結局ほれ、私、偉うなろうとも何にも思わずに、好きで一生懸命書いていたのが良かったと思うんですよ。結果を求めることもないしね。桂先生が亡くなってからは、句を見てもらいたい相手はいないです。傲慢な言い方やけど。

　それから重信さんと知りおうてね。重信さんが五十句競作に「出来るだけ出して」と言うて。あの時あれが私らの目安でしたね。あの先生とも気ぃ合うて。最後は熱海の大会でしたかね。私も行ったんです。重信が「肩揉んでくれるか」言うたから、「先生私は、揉んでもろうても揉んだことはないんです」言うて。そしたら指相撲しようか、言うて。大会の休み時間があるでしょ、で、私がだめなんです、言うたら他の誰か呼んでね。それで〈指ずまふの指を愛《かな》しむ春夕べ〉という句作ったんですけど。結局、ああいう時に、言われたとおりに、肩揉んだりっていうのは、その時の俳人たちにとっては、損得に関わっていた。それぐらいから、損得精神が見え始めた。

重信さんいうのは、優れたところがありましたからね。それで、全員、いつも、はいはいって言う人ではなかったから孤独感というものがあったと思いますよ。

三橋敏雄との旅とその涯

三橋敏雄とは一番初めに信州の方で句会があったと思うんですよ。その時ちょっとペンションに寄ったのが縁になって、そのご主人が兄弟で繊維業をやってらしたんですけど、あんまりそういうの売れてつまらんからといって、それでペンションなさった。その時に多映さんならええやろ言うて、孝子さんと、先生がいつもお忍びで見えていたとこへ、呼んでくださったんですよ。

三橋さんとはあちこち行きましたよ。「多映さんは、俳句のことだけで、ベタベタせんからいい」言うて。それで、先生はね、小田原で句会をするときに、私の宿も先生が取ってくださっていたの。私に会うとなんか発想が湧くっちゅうて。しゃべってると。

「二度童子」って題で、すぐに〈二度童子狐のかんざし挿してくる〉っていう句を作って感心されたりしました。

そうそう、旅行してたんですよ。詩歌文学館の帰りにね、鷗のとこ行ったらね、地元の方が、みんな鷗ぱーっと餌つかむとおっしゃるから、ぽーんと抛ったらね、指輪が飛んでしもうたんですよ。そしたら、富澤さんっていうそのペンションの人がですね、水に入ってくれたんですけど、あそこ澄んでますからね、でも分かりません。そしたら三橋さんが見たら、やっぱり海軍ですね、あそこにあるって言って。それで、掬うてくれって言って。それで出てきて、「今日は多映さん、どんちゃん遊びせなあかんな」言うて。

ほれからまた親不知のところは、パッパッと走らないと、通過できん時分でした。日本海ですか、あれ。翡翠が出てくるところですよ。それがもうあっという間に整備されて、なんか上を走るようになりましたね。私らが通ったのは最後ですわ。波の引いた時にパッパッと走るんですわ。あの時分が一番あっちこっちあっちこっち行った時代ですね。

それで、東京の現俳協から帰るときに何か胸騒ぎがして、名古屋で降りて、それから静岡に止まる電車に乗り換えて、それで三橋先生を訪ねて行ったら、寝ることもできないでソファに座っていらした。それで奥さんは私が来たということで林檎を剝いたんだけれども、先生も何も入らないし、ベッドにも寝られないくらいで。それで先生明日、がんセンター私も通ってたからね、がんセンターご一緒しましょうかと言うて。行くのは、私が責任持つから、それで「多映さん、孝子を頼む」と言うから、「先生そんなことおっしゃらないでください、自分のことだけ考えてください」と言って。それでとにかく今日明日中には近くの病院に入院してくださいと言って。がんセンターにはいくかもしれませんと電話をかけて。それで帰って五時ごろ電話かけたら誰も出ないから、ああ行かれたかなあと思って、そしたら地元の病院行ってらして。

いつも行く信州のペンション。先生階段上られなかったんです。弟子がかついで上がったんやって。アッこれはあかん、と思いました。寝るのもしんどい言うて。私は、ふっとね、ああいう霊感があるんですよ。僕が死んでも寄ることない、あんたもがんの身やから来んでもいいよ、とおっしゃるから、夕方電話かけても何もなかったから一遍家帰って。そして帰ったら先生が亡くなったと聞いて、とんぼ返りで来ましたけれども。

三橋さんが家を失ったとき。それにも大いに働きました。黙ってられないから。弁護士さん、仲いい人が、大阪にいたんですよ、その人がしてもだめやった。それで先生負担に思わないでください、って、先生の書いてるもんあるでしょ。私があんまりお金出すとあれになるから、それを大阪でね、展覧会したんですよ。私もそれに寄付して、お送りしたんです。私も軸買いましたし。

永田耕衣の最晩年を看る

句集『夢谷』を出せとおっしゃったのは誰だったかねえ…？重信さんと関わった頃からいろんな人がね、呼んでくれるようになって。

永田耕衣はね、もう、句会するでしょ。神戸のとこでね。そしたら、永田耕衣さんという人はね、自分の結社の人じゃなくて、自分がいいと思った人の句を、それを主で話すの。それで終わりになって、丁度震災の前の日でした。あの時分神戸でしてたんですけどね、おうどん屋さん？　で。いらんもんはいっぱい来るし、歳とって聞いてもしゃあないって言うし。それからときどきね、神戸に支那料理屋があったんですよ。下は新聞社でしたかね。大きいビルに入っていて、うどん屋やめてそこでしようということになって。

耕衣先生は阪神大震災で家が無くなって、移った先の、寝屋川の老人ホーム、そこを何べんも訪ねました。もう一週間に一遍は行ってましたね。そしたら、金子（晉）さんが時々来るんですけどね。耕衣先生が私に突然通帳を見せてね、こんだけしかないけどやっていける？　と。先生もうご心配いりません、弟子がやることですから、ちゃんとそれより精神的な影響でね、私達は助かってますので、そんなこともう先生は忘れてください、と言って。それで、ガラッガラですよもう、市民病院、見舞客も来なくて。それでもいくっちゅうと、桂先生が連れてってくれっておっしゃって。「多映さんと行きたい」言うて、そしたら、嬉しかったですね。行ったらね、殺風景なところにひとりでいらっしゃるんですよ。それでも、お布団の上に、なんとかいう、飾みたいなもんありますでしょ、それをのせて、更衣先生をお世話してましたですわ。三月三日で、おぜんざい食べる日だったんですよ。ひなまつりで。先生、行こう行こう、言うて三人行ってね、老人ホームで老人に交じってね、ひなまつりの唄を歌ったことは本当に印象に残ってますわ。耕衣先生も涙浮かべて喜んでらっしゃいました。

雷の時に、藪がね、ざわざわして、ゴロゴロしたら、「あ、雷公が来たがってる」言うたんです。藪が好きで雷公が来たがってる、言うて。「先生、雷が来たということは最高のことじゃないですか」言うて、そうか、あんたもそう思うか、言うて。面白いのは、入り口に竹藪があって、そこに雷が遊びに来よるっていうのは、耕衣先生の発想やね。ああ今日も来るかなーって思ったらね、「竹藪は嫌がってるんやけど雷は来る」言うて。

結局帰るんやけど、「多映さん多映さん、金子さんが来んうちに、すまんけどビール買うてきてくれ」言うて（笑）。

で最後、行ったときには、手足括られてね、耕衣さん、暴れるから、それで「多映さんー、ほどいてくれよ」「分かりました」言うてほどいてね、私文句言うたんですよ病院のほうに、「年寄りやと思って括っておいたらいいというのは違うでしょ」言うて。「その年寄りの病苦をどうして柔らかくしてあげるかが病院の勤めでしょ」と言って怒ったんです。そしたら「娘さんですか」と言うから「娘とは違いますよ」言うて。もうそうなったらあんまりみんな見舞いも行かへんのね。鉄のベッドですよ。それで、余った所の粗末な部屋でね。そしたら結局ね、尿のね、あれをしてないから、詰まってたから痛かったんですよ。私も取り乱してたと思うんですよ。手握ってね。「痛い痛い～多映さん外してくれ～」言うて。それで、何言われてもいいからと思って、外したんですよ。ベッドに手足括られてるの。それでさすって、「先生どうですか」「うん、楽になった」と言って喜んで。もうあんまり気の毒だったから頬ずりしましたよ。「今楽になりますからねー」言うたら、「うん、うん、うん…」って先生おっしゃってね。あんだけの人が最期は…、気の毒なあれでした。

吉本隆明一家その他との交友

吉本隆明さんとは、偶然会ったんですよ。昔、ジァン・ジァンで五島エミの俳句とピアノ弾き語りの会ってあったんです。それでみんなそれに聴きに行ってね、それにあの方も見えていて。

そうですよ。その時分、有名なところあったんですが、そこを通り越してね、吉本家は普通の小さい宿なんですけどね、お風呂もばななさんと一緒に入りましたわ。自由でね。それから吉本和子さんと仲良くてね、亡くなるまでお見舞いに行って、亡くなりましたけどね。

吉本隆明さんもね、だんだん丸くなってきて、私らにも、いつも和子がお世話になります、とか、そういうご挨拶もなさるようになって、それで、そのしもた屋みたいなところ泊ってね、思潮社の小田久郎さんが見えて、それで長くなって、もうざっくばらんな。あのね、ばななさんの子達ができてね、まだ乳飲み子なのにね、二次会が隣の店であったんですよ。そしたらあんた、スルメちゃんちゃんちゃんちゃん吸わせて（笑）。ああこういう子供の育て方もあるんやなーと思って。

その弾き語りの会のとき、私のも歌ってもらいましたけど。その時に、長いテーブルでね、攝津（幸彦）さんと会うたんですよ。真向いやって。攝津さんのお母さん「草苑」にいらっしゃったから。それでものすごく痩せてらっしたから、うっかりと「攝津さん、節食してなさるんですか」と。病気聞いてないからね。お元気そうで嬉しいです言うたら、笑ってらしたけど、その時にもう具合悪かったんね。

小田切秀雄さんはね、私が覚えているのは、子どもの時から家に来てらして、亡くなった兄ね、長男でしたけど、と仲良くて、それが本(『私の見た昭和の思想と文学の五十年』)に出てると友だちが知らせてくれたんですよ。三井寺で遊んだと書いていたから。それからお宅訪ねてね。なんか夏、二三ヶ月はうちにいたらしいですよ。上の亡くなった長男がわりと文学青年やって、それで小野秀雄(ジャーナリズム研究、マスコミュニケーション研究の先駆者)っていうんですけど滋賀県から出たね、京大の客員教授で来てた人が、それが父やらと同じでしたのでね、歳が、その方もずーっといらしたことが、子供やからもう忘れてますけどね。

加藤郁乎さんはね、「そこの女!」って言うてね、「ちょっとこっち来て」って(笑)。自分はどっかで奈良か京都で展覧会やってるから、必ず会いに来いよって言われたことがある。京都やったかどこやったかな。高山かな? あんまり賑やかなこと違った。美術館のそこのなんかやってたみたい。

がん手術の前にエッセイの連載原稿はまとめて渡した

二〇〇一年の同時多発テロのときにがんの手術があって、ちょうどそのときね、産経新聞の連載をしてたんです。京都新聞では早うから書いていて、あれは、勉強になりましたよ。エッセイでも、てにをはでもちゃんとね、ここはこうなさったらいいんではないですかと教えてもらって、あの時文章のきちっとした…。

開石さんの、ふぅっとした力の抜き方、それも、あるいは、自分で意識しないで吸収していたかもしれません。エッセイについても開石さんは抜群でしたからね。その基本的なことをふと心に入れて…。

がんは去年の暮れまで検査を続けて息子が付いてきてました。それから、主治医が横浜に変わったんですよ。で、がんセンターも変りましたんでね、それでもう行かないんですけれども。あんまりがんになっても慌てませんでしたね、ああしょうがないわと思って、家全部片づけて。

八月に分ったんですけれども、悪いけど十二月まで書いてと言われて産経の連載は、それからずーっと手術までの間に全部書いてしもうたんですよ。ちょうどその産経の記者がね、やっぱり舌癌した人でね。

九十四歳、独居、独往

なんか足がもう、こけてからね、バーンとこけてね、頭も悪うなりましたし。それでも命があるだけまあいいと思って。ただやっぱりね、今の俳壇見てたらね、よしやろうって書く気がしない。上手に上手い事載ってね、載ればいい。昔は、載せてもね、いくつもの目があって、批評がありましたよね、善かれあしかれ。それはやっぱり一番ええことやったと思うんです。

今はもうなんかえらい人はえらい人で決まって上から目線で言うし、そうかというて新しいあれも発見がないしね。

先生も死んでしまうしね。変わりましたよあの時分で俳壇も。あきらめて、ああそれはそれで、自分でやっていこうと思って。

昔はね、みんな（人の句のスタイルを）真似しなかったんですよ、そんなことしたら主宰は、自分の名誉にもかかわるからそういうことすると。それが一番、タブーやった。わざと真似をして違うものをつくるのはありますでしょ、わざとはね。

アベカン（阿部完市）さんとは仲良かったんです。あの方もね、悔しがってましたよ、「もう駄目になりましたね、柿本さん」言うて。みんな出世しよう、目立とう、いうことばかりやから。アベカンさんとはね、えらい気の合うたんです。キツいですよあの方言うこと。現俳協の大会の時、向こうから、もうおみあしが駄目な時だったんです、切ってね、なんか腐食するあれで、その時でも「多映さん多映さん、もうこの俳壇どう思います？　もう僕はこれでもう死にますけども…」て言うてね。そういう話をする人がいるというのは、本当に私にとって、命の一つでしたね。そういう何気ない話で。

私偉そうなことは言えませんけどね、若い人は色々試してますからね。そら若い人にはやっぱり期待もたんならんけどね。だから俳句も転換ですね。もう詩に近くなってますものね。それは大きな特徴ですね、昔と違う。重信さんでもやっぱり詩みたいですけど俳句でしたからね。今はちょっと詩に近いんと違いますか。自由になってるいうか。本来は私は作るときはハッと直感が来たときにささっとすぐに書く。それが本当やと思う。というのは忘れんうちに書く、心の中にあるもんやから。

海外には行ってました。こんなんなるまでに、もう一遍行ってこようと思ってたくらいのときに、こけたから。アウシュヴィッツも行きました。あのときはもうね、本当にショックでしたよ。見学に来ていた子供もね、泣きながら出てきてましたもの。

私ら行ったとき博物館になってなかったですけど、トイレもそのまま、頭の毛もいっぱい集めたとか、そういうところありましたよ。しっかりとしたことになってませんでしたわ。今何か出来ているんですかね。もっと質素なもんでした。

そうそう。この間ボテロ展ね、息子が、私今そう歩けませんので、車で、車いす押してお母さん、回ってあげるわ言うて。面白かったですよ、ボテロ展も。そしたらすぐ一句出来ました。〈ボテロ展出て着ぶくれをしてゐたり〉という句。ルソーでもいいのと気にいんのとありますが、でもボテロはちょっと面白いと思いましたね。あの人もまだ生きているでしょ。面白い、なかなかね、簡単な転換のようで、よう見ると。図録買ってきましてね。キース・ヘリング展も車いすで回りました。

出ないとね私も。コロナで駄目になりましたね。だから図録買ってきて、見てた感じと、早いうちに思い起こして（句にする）。やっぱり出た方がいいですね。久しぶりに出て、京都の水族館に連れて行ってくれましたけどね。えー！　こんなところにあるのかと、びっくりしましたわ。

一人暮らし。何もかも。で息子が時々面倒見てくれますけど。お風呂沸かして入るのも、何もかも。で、ヘルパーさんいうて

左・関悦史

もね、来て一時間で帰るからね、何も頼めないし。食事はやっぱり好き嫌いがあるからね。結局、九十四っていったら本当のおばあさんね。おばあさん、はいはい、言うて。そういう収容するところあるでしょ。老人ホーム。で、顔見んうちは、そこへ行かれたらどうですかいうて。あんなとこ行ったらむかつくわと思って（笑）。

前は「十六句、はいはい」って感じでしたけれども。ヒメムカシヨモギというのがね、なんかの話であって、線路の近くやらね、なかなかええ名前やけれども、雑草が、それをヒメムカシヨモギっていうんやったってことを思い出して、それで一句〈ひめむかしよもぎの話年移る〉って作りましたけどね。お正月のに。もうお正月のと言われてもご注文通りできませんから好きなの書きましたけど（笑）。名前も面白いしね。

作らなならんなと思ったら、ちょっとしたら出て来る言葉をまず書いて、これは俳句に辛うじてなっているかどうかを自分で研鑽して、なるべくあとはね、この頃、普通に書いて、「あなんやこの普通の」って兜子が言ってきたから、それもほんでいいかなと思って。大人しい句みたいやけどちょっと違うんやけど…。

＊柿本多映略歴

一九二八（昭和三）年二月十日、滋賀県大津市に生まれる。実家は天台宗総本山の園城寺（三井寺）。赤尾兜子、橋閒石、桂信子に師事。句集に『夢谷』『蝶日』『花石』『白體』『肅祭』『仮生』など。現代俳句協会賞、桂信子賞、詩歌文学館賞、現代俳句大賞などを受賞。『柿本多映俳句集成』で蛇笏賞受賞。エッセイ集に『時の襞から』『季の時空へ』。

＊柿本多映三十句（関悦史・選）

『夢谷』より

立春の夢に刃物の林立す
真夏日の鳥は骨まで見せて飛ぶ
蝶食ふべ二度《ふたたび》童子《わらし》となりにけり
はらからに僧正二人さくら咲く
出入口照らされてゐる桜かな

『蝶日』より

右向けば左が淋し秋風裡
真中に僧が帯解く夏座敷
人体に蝶のあつまる涅槃かな
かたつむり死して肉より離れゆく
我が母をいぢめて兄は戦争へ
三島忌の赤き布干す寺院かな
美術館に蝶をことりと置いてくる
てふてふやほとけが山を降りてくる

『花石』より

天体や桜の瘤に咲くさくら
ひるすぎの美童を誘ふかたつむり
まんぢゆうに何も起こらぬ夏の昼
生国に辿り着かんと立泳ぎ

『白體』より

赤ん坊紋白蝶を吐きにけり
人形の混みあふ春の病かな

『肅祭』より

青鷺は右脳にたまる鳥である
前へ前へと踊りつづけて山や川
白襖倒れてみれば埃かな
馬を見よ炎暑の馬の影を見よ
太古より月は翳りて飯茶碗

『仮生』より

仏間過ぎ朱の部屋を過ぎ蟻の列
鏡から尺取虫が出て戻る
なめくぢの光跡原子炉は点り
傘寿とは輪ゴムが右から左から
魂魄はスカイツリーにゐるらしい
春夕べけつねうどんの往き来して

話題の本のご紹介

紹介記事が共同通信で全国配信された、金子兜太を知る２冊の必読書！

董振華　聞き手・編著／黒田杏子　監修

語りたい兜太　伝えたい兜太
— 13 人の証言

2022 年 12 月 8 日刊
A5 判／ 368 頁／上製本　2,750 円（税込）

我々の俳句は、これからも、なんどでもこの人から出発するだろう。「十三人の詩客」がそれぞれに見た永遠の、可能性としての、兜太――。李杜の国からやってきた朋が、これらの胸騒がせる言葉をひきだした。

（帯文：高山れおな）

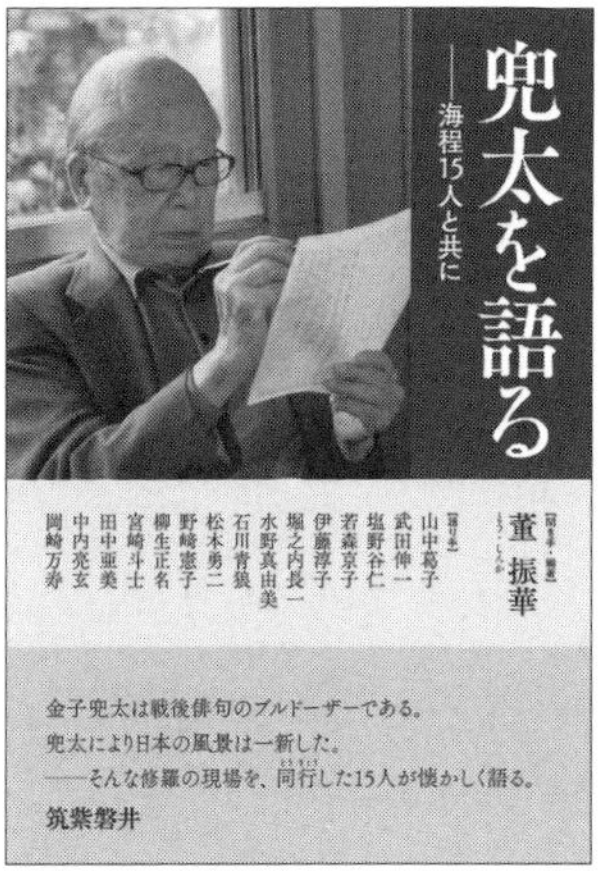

董振華　聞き手・編著

兜太を語る —海程 15 人と共に

2023 年 1 月 27 日刊
A5 判／ 352 頁／上製本　2,200 円（税込）

金子兜太は戦後俳句のブルドーザーである。兜太により日本の風景は一新した。――そんな修羅の現場を、同行《どうぎょう》した 15 人が懐かしく語る。（帯文：筑紫磐井）

語り手となった十五人は、いずれも海程・海原の中核同人であり、兜太の肉声に触れるような、さまざまなエピソードの持ち主でもある。全国に散らばる語り手たちに直接インタビューし、そのような貴重な話を巧みに引き出し収集した、編著者の労力は並大抵ではない。

（跋文：安西 篤）

特集2 「困難な時代を詩歌の力で切り拓く」ことの試み

NHKラジオ深夜便「明日へのことば」の発言した原文

「困難な時代を詩歌の力で切り拓く」ことの試み

NHKラジオ深夜便「明日へのことば」の発言した原文

鈴木　比佐雄

（当日の実際の肉声は、この原文を基にして玉木氏の質問に答える形で、修正・省略・追加しながら語っているので、この原文通りではありません）

○放送日時…二〇二二年十二月十三日（火）午前四時五分頃～五〇分頃
○タイトル…困難な時代を詩歌の力で切り拓く
○出演者…　詩人・出版社代表　鈴木比佐雄
○質問者…　NHKディレクター　玉谷邦博
○略歴紹介…アナウンサー　中川みどり

中川　今日は「困難な時代を詩歌の力で切り開く」と題して、詩人で出版社代表の鈴木比佐雄さんにお話を伺います。鈴木さんは一九五四年東京荒川区生まれ福島県いわき市出身の祖父と父親は戦後の一時期まで石炭の卸業を営んでいました。鈴木さんは大学で哲学を学びながら詩を書き始め、一九八七年、三二歳の時に詩の雑誌コールサック（石炭袋）を個人で創刊しました。二〇〇六年には法人化しこれまでに多くの作家の詩歌集、小説、評論集などを発行しています。鈴木さんたちの編集で今年九月『闘病・介護・看取り・再生詩歌集』が発行されました。「パンデミック時代の記憶を伝える」と副題の付いたこの詩歌集、アンソロジーには古今の二四一名の作家の詩、短歌、俳句が納められています。コールサック社のアンソロジーとしては二〇〇七年の原爆をテーマにした第一詩歌集から数えて二〇冊目になります。「困難な時代を詩歌の力で切り開く」鈴木比佐雄さんにラジオ深夜便の玉谷邦博ディレクターがお話を伺いました。

玉谷　本日は宜しくお願い致します。新型コロナ下の三年間において鈴木さんの活動はいかがだったですか。

鈴木　宜しくお願い致します。私は新型コロナ禍においても出版活動は会社で淡々と行っておりました。ただ二〇年前からの韓国、ベトナム、中国などの詩人などとの交流が途絶えたことが残念なことでした。しかしその分は沖縄の詩人や詩人・作家たちと関係が深まって、沖縄に引き付けられるようになり、この五、六年で沖縄の詩人・歌人・俳人・作家の本を三〇冊刊行することが出来ました。今年の十月下旬にはこの二年間に刊行した十名の詩人・作家たちに集ってもらい、合同出版記念会・研究会を開きました。その時の四時間の記録を文字化して「コールサック」最新号に発表しました。今年は本土復帰五〇年でもあり、沖縄の戦後史を振り返る意味でも意義ある記念会になったと思います。また昨年の二〇二一年四月には福島県いわき市で「3・11から10年　福島浜通りの震災・原発文学フォーラム」を福島の詩人若松丈太郎さんと齋藤貢さん、作家の玄侑宗久さんや、日本ペンクラブのドリアン助川さんや桐野夏生さんたちと力を合わせて開催しました。またその数年前の二〇一八年には『沖縄詩歌集～琉球・奄美の風～』を、二〇一九年には『東北詩歌集――西行・芭蕉・賢治から現在まで』を刊行することによって、この福島・東北や沖縄を通して地域文化の多様性を強く感じました。

玉谷　今年刊行された『闘病・介護・看取り・再生詩歌集』の構想から発行までのエピソードや、序詩や章立ての考え方をお聞かせ下さい。

その前に昨年二〇二一年は『地球の生物多様性詩歌集――生態系への友愛を共有するために』に少し触れさせて下さい。このアメリカの生物学者ウィルソンが提唱した「生物多様性」（バイオダイバーシティ）という言葉には、「バイオ」（生物）への「フィリア」（友愛）という「バイオフィリア」（生きものたちへの友愛）という意味が込められています。この生きものたちの「生命の危機」を我が事のように感ずる考え方は、宮沢賢治を始めとした多くの詩人や作家たちが、自らの作品の中に込めてきたと思われます。詩歌の物書きたちは、人類が経済発展のために地域環境を破壊し、この数百年に数多くの絶滅種・絶滅危惧種を作り出して来たことへの贖罪の思いを持っています。また根底にエコロジー的な、動植物などの生き物たちへの尊敬の念があり、それらを明らかにしようと思いました。もちろん私も石炭などの化石燃料を使用し続けて、炭素を排出してきた責任の一端を痛感しております。

今年の『闘病・介護・看取り・再生詩歌集――パンデミック時代の記憶を伝える』は、昨年秋頃に、来年も新型コロナの後遺症で、多くの人びとが苦しんでいくと想像し、少しでも病んだ人びとやその関係者の心を癒すことが出来ればと願い、構想しました。またその闘病や介護経験などの「パンデミックの記憶」を後世に伝えたいと考えました。地球の多様な動植物や生態系を破壊すれば、今回の新型コロナのように、人間にそのしっぺ返しが及ぶことは、明らかだという危機感もありました。新型コロナですでに世界中で約六〇〇万人が、日本でも約四万以上人が亡くなっています。この悲劇の記憶を残すべきだと考えました。

毎年、様々な困難な時代の世界の中で、来年は人びとにとってどういう社会的なテーマが切実であるかを想像しながら、時代を切り拓くようなテーマを提案しています。パンデミック時代を考えた時にヒントになりうるのは、百年前のスペイン風邪だと考え、宮沢賢治の詩集『春と修羅』の中の、詩「永訣の朝」が重要な作品だと直観しました。一九一八年に賢治の妹トシはスペイン風邪に罹りました。そんな要因もあり四年後の一九二二年に肺を病んで賢治に看取られながら亡くなりました。賢治の亡くなった一九三三年に初めてスペイン風邪がインフルエンザウイルスによって引き起こされたと医学的に証明されました。このスペイン風邪によって約四〇万人もの日本人が亡くなったと言われています。詩「永訣の朝」の冒頭の十二行と後半の八行を朗読を玉谷さんに読んでいただきたいと思います。

《「永訣の朝」けふのうちに／とほくへいつてしまふわたくしのいもうとよ／みぞれがふつておもてはへんにあかるいのだ／（あめゆぢゆとてちてけんじや）／うすあかくいつそう陰惨な雲から／みぞれはびちよびちよふつてくる／（あめゆぢゆとてちてけんじや）／青い蓴菜のもやうのついた／これらふたつのかけた陶椀に／おまへがたべるあめゆ

きをとらうとして／わたくしはまがつたてつぽうだまのやうに／このくらいみぞれのなかに飛びだした／（略）／（うまれでくるたて／こんどはこたにわりやのごとばかりで／くるしまなえよにうまれてくる）／おまへがたべるこのふたわんのゆきに／わたくしはいまこころからいのる／どうかこれが兜卒《とそつ》の天の食に變《かわ》つて／やがてはおまへとみんなとに／聖い資糧をもたらすことを／わたくしのすべてのさいはひをかけてねがふ》

玉谷　私は教科書などでこの詩篇を読んだ気がします。当時何か悲しみのようなものを感じたことを覚えております。ところで詩は本来「個人の言葉」ですが、共通のテーマで書くことの意義はどのようなことですか。

鈴木　詩歌は「個人言語」から発しますが、心の深層を掬い上げることで、未来の「公的言語」（辞書の言葉）になる可能性を秘めた言葉の発端です。つまり言葉の構造は「個人言語」（パロール）が次の時代を創造する新しい言葉によって、「公的言語」（ラング）を豊かにする関係性が存在するのですね。詩は個人言語ゆえに抒情詩が重要だと思われるかもしれませんが、それだけでなく、公的言語を使い歴史的な事実を記録し歴史を検証し未来の危機に警鐘を鳴らす叙事詩も存在します。優れた根源的な詩は、この抒情詩と叙事詩の両面を合わせ持った重層的な詩だと私は考えています。その意味で私は哲学者ハイデッガーの「詩は歴史を担う根拠である」という詩論には大きな影響を与えられました。

玉谷　アンソロジーは今年で二〇冊になるのですか。

鈴木　百人を超える大掛かりなアンソロジーは二〇冊位を刊行しました。創業した翌年の二〇〇七年に、二度と核兵器を使用させないという、詩人たちの思いを結集させて刊行した『原爆詩一八一人集』（日本語版と英語版）の二冊が初回です。それから毎年一冊以上は刊行してきました。当初は詩が中心のアンソロジーでしたが、二〇一八年に刊行した『沖縄詩歌集～琉球・奄美の風～』からは、短歌・琉歌・俳句・詩などの詩歌全般を収録しています。

　始めに二〇〇七年に刊行した『原爆詩一八一人集』（日本語版・英語版）は、その十年前の一九九七年に広島の原爆ドームを浜田知章さんという戦地から帰還し広島・長崎の悲劇を知り核兵器廃絶の詩を書いて、その詩を世界に発信すべきだという詩人と一緒に訪ねたことがあります。その際に被爆地を歩き回り「原爆詩集」の構想を抱いたのです。実現まで十年近くかかりました。浜田知章さんは二〇〇八年に亡くなりましたが、何とか浜田さんの思いを形にすることが出来ました。この峠三吉、原民喜、栗原貞子などの被爆した詩人たちから、被爆はしていないが核兵器を廃絶したいと願った浜田さんのような一八一名の詩をあつめました。その日本語版の原爆詩集は、八月六日奥付で刊行されました。刊行されるや「天声人語」をはじめ五〇紙に取り上げられてひと月で初版が完売し、二版目は今でも、広島・長崎の原爆資料館や書店やネットなどで販売されています。英語版はその年の十二月に刊行し、国連の広島にある日本支部にたくさん英語版を寄贈しました。国連の関係者は広島に来日するとこの詩集を読んでいると聞いています。宮沢賢治学会は、この二冊にイーハトーブ賞奨励賞を受賞させてくれました。世界中の人びとの幸せを願う賢治の平和の精神を世界に発信したという授賞理由は、当時とても勇気付けられました。その意味でアンソロジーを企画編集する時には、いつも賢治ならこの時代でどんなテーマで詩を書くだろうかと、問うようになりました。英語版を読んだアメリカの「核時代平和財団」会長で詩人のデイヴィッド・クリーガーさんは刺激を受けて、連作の原爆詩を「コールサック」に執筆し、その長崎の被爆者から取材した日英翻訳詩集『神の涙』は二〇一一年に刊行されました。その詩集は版を重ね長崎の平和記念館で今もロングセラーになっています。クリーガーさんはノーベル賞を受賞した「核兵器禁止条約」を提唱したＩＣＡＮの創設にも関わっています。その意味でこの被爆者たちの思いを代弁した『原爆詩一八一人集』英語版は、世界の核兵器廃止運動に少しは寄与していると考えています。

玉谷　第一回は「原爆詩」だった。ウクライナ情勢において、今まさに切実なテーマのように思われますが。

鈴木　ロシアのウクライナ侵略が引き起こした問題で最も深刻な問題は、広島・長崎以外では二度と原爆を使用しないという被爆者たちや人類の願いが無に帰して、ロシアによって原爆が使用されるかも知れないことと、ウクライナの原発を攻撃して、メルトダウンが引き起こされるかも知れないという危機が高まっています。私は『原爆詩一八一人集』の増補版として被爆八〇年の二〇二五年には、タイトルは変更になるかも知れませんが、『原爆詩三〇〇人詩集』を構想しています。「核兵器禁止条約」や原発の核廃棄物の問題などを含めて、持続可能な地球環境を再生する観点で、詩人・俳人・歌人たちに執筆して欲しいと考えております。出来るなら英語版も刊行し再び世界に発信したいと考えています。

玉名　それ以外のアンソロジーで特に話題になったものはありますか。

鈴木　二〇〇九年に刊行した『大空襲三一〇人詩集』は、無差別な大空襲の扉を開いた日本軍の上海空襲、重慶空襲から始まり、ヨーロッパでのスペイン空襲、ロンドン空襲、ドレスデン空襲、そして東京大空襲など世界中の空襲・空爆についての詩篇を集めました。坂本龍一さんに帯文などを頂いた二〇一二年の『脱原発・自然エネルギー２１８人詩集』は、日本語と英語翻訳の合体版で、海外の大学などから購入もありました。アメリカのオレゴン州の詩人が来日し、二一八人から五〇人を選びアメリカ版を刊行したいと言って下さり、それは実現されて類例のない本だと言われてアメリカの出版賞の候補になったと聞いています。戦争と平和を問うアンソロジーはその後も何冊か刊行しました。

その後に二〇一六年に刊行したいじめなどで苦しむ子供たちや働き過ぎの教師たちの学校現場を励ます『少年少女に希望を届ける詩集』を刊行しました。ＮＨＫや大手新聞にも取り上げられて大きな反響を呼び、学校現場の教師や親御さんから求められて、三版を重ねています。二〇二〇年に新型コロナが始まり学校が休校になった頃には、この詩集一〇〇〇冊を学童保育所、子ども食堂、子供に読み聞かせをする団体、介護施設などに、無料で寄贈することのニュースレターをマスコミに送ったところ、大手新聞社が紹介をしてくれ多くの子供たちのいる施設に届けることができました。

それから二〇一八年には『沖縄詩歌集～琉球・奄美の風～』と二〇一九年には『東北詩歌集――西行・芭蕉・賢治から現在まで』の二冊から地域文化を様々な視点から見詰めた詩・俳句・短歌の詩歌集となりました。『沖縄詩歌集』は吉永小百合さんと坂本龍一さんが二〇一九年一月に沖縄で開催したチャリティーコンサートで、その中から六篇を吉永さんが朗読し坂本さんが伴奏してくれました。私と朗読された詩人たちは目の前の席で吉永さんの朗読と坂本さんのピアノ演奏を生で体験し、その光景は今でも決して忘れることが出来ません。二〇二〇年には『アジアの多文化共生詩歌集――シリアからインド・香港・沖縄まで』では、日本の俳人、歌人、詩人たちがアジアの四十八カ国の様々な土地を訪れて、そこで感じたことを作品に残していて、異国の暮らしに触れて日本人が誠実にアジアの多様な地域文化向き合う思いに撃たれました。

玉谷　『闘病・介護・看取り・再生詩歌集』の装丁のカバー挿画にエドヴァルト・ムンクの「病める子」を採用したのはなぜですか。

鈴木　ムンクが描いた橋の上で恐怖の表情をした「叫び」は、世界中の人が知っていると思われます。第一章の沖縄の八重洋一郎さんの詩「叫び」には「危うい希望の橋の半ばで／大絶叫を聞いている」とあります。八重さんは、いま現代人はムンクの「叫び」以上の、不安や絶望の「大絶叫」を聞いているのではないかと指摘します。そんなムンクの絵に病んだ姉と傍らで悲しみに打ちひしがれている叔母の絵があることを知りました。この絵こそ今回のテーマを象徴していると考えて管理している財団にお願いして装画に使用させてもらいました。

玉谷　このアンソロジーの解説文でハイデッガーの哲学を論じながらその意義を語っています。ハイデッガーの哲学とはどんな哲学で、また今回の詩歌とはどのような関係があるのですか。

鈴木　二〇世紀で最も影響力のあった書物として、ドイツの哲学者ハイデッガーの『存在と時間』があげられます。ハイデッガーの哲学は「存在」を問う存在論だと言われています。分かりやすく言いますと、私たちはよくあの人には存在感があるとかオーラがあるとか言いますね。「存在」とはそのような存在者の背後にある何かエネルギーを発する「輝き」だと思われます。ハイデッガーは私たち人間が本来的にはこの世界に投げ出された存在者の「存在」に驚き、それは不思議で奇跡的なことだと感じて、「存在」への問いを発する「現存在」であると言います。またハイデッガーは人間が日常的には「世界内存在」という世界の意味の連関の中に投げ出されていて、道具を使用し生かされる非本来的な「共同存在」でもあると言います。しかし「存在」は本来的な「時間」を生きる有限で実存的な「存在」、つまり「死に臨む存在」なのではないかと言います。ハイデッガーの「時間」とは存在者が本来的な「存在」になろうとする「現存在」の精神的な働きであると思われます。ハイデッガーの詩論『乏《とぼ》しき時代の詩人』の中では「存在者の存在は意志である」とも明言しています。つまり「存在」とは「死に臨む存在」の自分の有限な「時間」を「言葉」にして生きる「意志」だと私は解釈しています。ハイデッガーには「言葉は存在の家である」という有名な言葉があります。存在感のある存在者には、強い「意志」が宿った「言葉」が感じられて、エネルギーの「輝き」を感じてしまうのだと思われます。

例えば、先程の賢治の詩「永訣の朝」で、賢治は妹のトシの「あめゆじゆとてちてけんじや」という魂の言葉を胸に刻みます。そしてその言葉を自らの生きていく指針として「おまへとみんなとに聖い資糧をもたらすやうに／わたくしのすべてのさいはひをかけてねがふ」と言い、「妹とみんな」に幸いをもたらす詩や童話を残そうと誓って実践したように思われます。この賢治の仏教的な慈愛に満ちた言葉は、ハイデッガーの言う「良心をもとうする意志」に近いものだと私には思えるのです。賢治の言葉の家に入っていくと私たちは本来的な「存在」に気付かされていくのでしょう。ハイデッガーの哲学の言葉は、存在論的な「理性の言葉」ですが、賢治のような詩人の「魂や心の感性の言葉」と深くつながっていると私は考えています。

玉谷　『闘病・介護・看取り・再生詩歌集』のその他の詩篇も紹介して下さい。

鈴木　第一章「闘病(1)パンデミック」の中で、**村山槐多**の詩「死の遊び」では「私のおもちゃは肺臓だ／私が大事にして居ると／死がそれ、をとり上げた」、と一九一九年にスペイン風邪で二十三歳で亡くなった天才的な画家でもあった槐多の死生観を示しています。

「闘病(2)わが平復を祈りたまふ」の中で、沖縄の**玉城寛子**さんの短歌では、『残照のごとく内耳に棲する「僕も頑張る、君も頑張れ」と』、このように心臓を患う作者と胃を患う夫が、極限でも励まし合う愛に満ちた言葉になっています。

「闘病(3)やわらかいいのち」の中で、**谷川俊太郎**さんの詩「やわらかいいのち　思春期心身症と呼ばれる少年少女たちに」では、「あなたは愛される／愛されることから逃れられない／たとえあなたがすべての人を憎むとしても」、このように少年少女たちの「やわらかいいのち」に愛情深く語りかけています。

第二章「介護(1)障子明けよ」の中で、島根の詩人の**梶谷和恵**さんの詩「抱っこ」では、『「抱っこ」と、／母が言う。／まあるい澄んだ瞳の、／母が言う。（略）お母さん。／今、／何が見える？／／お母さん。／今、／温かいよ。』、と母の体温と母への感謝を全身で感じ取っています。

「介護(2)車椅子日和」の中で、東京の**川村蘭太**さんの俳句では、「朝粥を冬日にまぜて今日始まる」と、失明した妻を介護する川村さんは、朝粥に季節の陽光から生まれた野菜などを入れて、妻に朝食を食べさせて介護の一日が始まるのでしょう。

第三章「看取り(1)母の窓辺に」の中で、京都の**淺山泰美**さんの詩「灰色の瞳」では「逝く母の目の縁《ふち》の凝《こご》った涙をぬぐう／満月から二日目／母の亡骸《なきがら》と二人きりの夜のひととき／うすい唇にさす紅」、と一人っ子の淺山さんは長い介護の末に、母との最期の夜を過ごし、死に水を取り、その唇に母が好きだった紅を引いたのかも知れません。

「看取り(3)レモン哀歌」の中で、**金子兜太**さんの俳句では「どれも妻の木くろもじ山茱萸《サンシュユ》山法師」「合歓の花君と別れてうろつくよ」、と兜太さんの俳句活動の同志であった妻が育てていた樹木をうろついて亡き妻と対話していたのだと思われます。

第四章「葬い・鎮魂(1)春日狂想」の中で、**中原中也**の詩「春日狂想」では「愛するものが死んだ時には、／自殺しなけあなりません」、と本当に愛する人が存在しなくなった世界に、住みたくないという痛切な思いを中也はこのように語りました。

「葬い・鎮魂(2)螢呼ぶ」の中で、**黒田杏子**さんの俳句では「兄に逢ふ弟に逢ふほたるかな」「母のこゑほうたるを呼ぶ母のこゑ」、と兄弟と母と見た蛍の光景が甦り、家族が亡くなった後には、蛍を見かけると家族の魂が自分に逢いにくるように感じられるのでしょう。

最終章の「再生――サヨナラは悲しみにあらず」の中で、**かわかみまさと**さんの実は詩「サヨナラは悲しみにあらず」では、「ぽつねんと消える／サヨナラは悲しみにあらず／老いて死ぬは／またとない仕合わせ」、と沖縄の宮古島出身の医師でもあるかわかみさんは、数多くの「死に臨む存在」の治療活動に専念してきた経験から、「老いて死ぬは／またとない仕合わせ」と人間の尊厳を物語っているのだと思います。

これらはとても重たい今日的なテーマですが、実は数か月前に東京の流通センターで開かれた若者たちが五千人から六千人も集まる「文学フリマ」に参加しました。私の出版社も今回も参加し、若者たちが詩・短歌・俳句などの作品を持ってくれれば、講評しますと知らせたところ十三名ほど集まりました。十代から二十代の若者の作品をその場で読み。一人に二〇分位の時間を取って、私なりの読解を伝えます。その若者たちのテーマの根底にも家族を失くしたり家族や親しい人が苦しむ今回の詩歌集のような重たいテーマを読み取ることができます。つまりこのようなテーマは普遍的で根源的なテーマであり、詩歌はそのテーマを詠む有力な表現方法なのだと思います。

玉谷　鈴木さんの二〇二三年以降の目標をお聞かせ下さい。また困難な時代の中で生きる人びとに伝えたいことを語って下さい。

鈴木　来年は『多様性が育む地域文化詩歌集――異質なものとの関係を豊かに言語化する』を公募していくことにし、すでに十二月初めに「コールサック」で呼びかけを開始しました。この「多様性」では「地理的多様性」、「生物多様性」、「文化的多様性」などが深いつながりを持ち、この世界の「多様な地域文化」である暮らしをいかに活性化させることができるかを、詩歌で挑戦して欲しいと願っています。これからはいかに地域文化の価値に気付いて、多様性に満ちた新たな地域文化を創り出せるかが重要な気がします。私と同じように実作者である若い俳句担当・短歌担当・詩担当の編集者たちも育ってきています。彼らと企画・編集を相談しながら実務を行っています。多くの詩歌などの文学を志す人たちの思いをこれからも支援していきたいと思っています。アンソロジーを試みながら、いつか「現代の万葉集」のような詩歌集を多くの人びとの力を結集して編集し刊行したいと願っています。

ところで、賢治の暮らした花巻周辺には、賢治に匹敵するような強靭な「意志」をもった人物が出現しました。それは花巻東高校出身の大谷翔平さんです。これほど自分の理想とする二刀流という「存在」に向かって持てる時間を今生きている人は数多くいないでしょう。それが世界の人びとの心に感動を与えています。ただ私は大谷翔平さんのような若者たちは無数にいると考えています。今一番必要なことは、不可能と決めつけないで、多様な才能を伸ばせる環境をいかにその分野の専門家たちが支援・提供するかだと考えています。様々な分野やその分野が他の分野と重なる未開拓の領域で、新しい才能を発見する試みがなされるならば、若者たちの未来はきっと挑戦しやすく生きやすい本来的な「時間」が過ごせるものと考えております。私は哲学・文学・出版の分野が重なる領域で生きてきましたが、その三つの分野にまたがる未知なる領域をさらに広げたいと、これからも微力ですが、私の「存在」の在りかを探求していきたいと考えています。

玉谷　本日はありがとうございました。

話題の本のご紹介

神谷毅詩集『焔の大地』

2022年12月12日
A5判／160頁／並製本　1,650円（税込）

神谷毅氏は青空を讃美し、沖縄の美しい海に潜り「魚と戯れる」のだ。つまり自然の恵みの野菜を育てて残波岬下で魚を釣り、それらを調理してお弁当を辺野古に坐り込む人びとに届けるのだ。そして坐り込む人びとの「巨大な暗雲に挑み焔となり大地を抱く／人間の尊厳と誇りの為に焔となり」うるエネルギーを補給しようと、神谷氏は実践し、沖縄の人びとの自然観の宿る「風根（かじぬにー）」に立ち還り、その魂に耳を澄まして詩作を続けるのだろう。

（鈴木比佐雄・解説文より）

高柴三聞詩集『ガジュマルの木から降って来た』

2022年10月6日刊
A5判／192頁／並製本　1,650円（税込）

高柴三聞氏の多様な表現力には、沖縄の自然と暮らしの細部から沖縄人（ウチナーンチュ）の精神世界に引き込んでいく、不可思議な魅力がしなやかに文体に一貫して感じとれる。それはどこか口誦文学のような語り口であり各篇は一つの物語でありながら重層的に積み重なり、それらは沖縄という大きな物語を生み出していく可能性に満ちている。（鈴木比佐雄・解説文より）

詩

Ⅰ

一月一日朝

坂本 麦彦

こころもち
枕上で撚れている夜時間の
その一色《ひといろ》が明らみ細るから針穴に抜き
ひたひたと
眠りへ寄せくる目覚めの縁を千鳥に縫い込み
待つと
朝時間が八重にかすれて立ち香り
流れ
猫は炬燵から出て
伸びをしながら伸びの中で命を新たにし
外の冷気は晴れわたりながら
どこまでも
の
もっと先まで辷《すべ》っていこうとするので
部屋のなかは刻まれていた時間の切り口と
窓から解《ほつ》れ出たい永遠の襞目とが触れあい
擦れあい
音と香りが ひそめきあって
溢れた

今日は
円環する時間のどこか歪《ゆが》んだ隙間に
「これから」という美しい言葉が入り直す
日だ

私はあわてて
あちらに降りて
あちら側の朝へ入る
その動きを
窓を透かして猫が
追う
眼が合うと
響かせようとしているのか
響かせてもらおうとしているのか
マンドリンみたいに丸くなり
なれるかぎりに円くなって
命を更新し終えているので耀《かがよ》いながら
猫は
こっちの朝を
しっとり舐めだす

が

私はまだ
命を更新していないから
あそこの柿の裸の枝と
あっちの裸の栗の枝とのあわいに挟まる太陽
その陽光を
大口あけては何度も吸いこみ
飲みこみ
それが
日没までに香しい放屁となって
今日だけでも
円環する時間の隙間を駆け抜けますように・・・
と
祈りながら
なかへ戻り
猫が舐め残した朝に「これから」を
さがす

心　Ⅳ

駆け足で言葉と競争し
時計の針を早めて
心の進む方向に合わせようとすると

時間が　けたたましく鳴りだして
空間に飛びだしていき
真摯な心の邪魔をする

視線が定めた　その地点は
揺らぐことなく　定点を保ち

時間と対峙して
言葉を操りながら
心の方向を　探り続けるのだった

戦禍の中で

方　良里

果てしなく続く　国と国のせめぎあい
うごめく人間たち　破壊された街並み

追放された魂とともに
焦げついた情熱のむかう先は　何処《いずこ》か

昼には陽炎の中に揺らいでみえた　あなたの笑顔は
今は　闇に囚われ　とりとめのない言葉とともに
うつろな目をして　空間を漂っている

暗い洞窟の中を通りぬけ
明るい外の世界をめざすように

さあ　今こそ手を組んで戦おう
皆で勝利を勝ちとるのだ!!

沼の主

淺山　泰美

満月から七日目の
月のきれはしのように
沼に　春の雨が降る
音もなく　椿が散るころ

憎しみでしか乗り越えられぬ歳月がある
人の世には。

別れを決めた
男のまなざしは
剝製の猛禽の眼そのもので
涙も凍りつく瞬間に
こころの沼の主《ぬし》と向きあってしまった
夜の台所
あれから　夜をいつもひとり。

もう　この世の薄明でも
あの世の明けがたでも
逢うつもりはないのに

いまだに
あの男の誕生日を憶えている
こころのくろい沼に浮かぶ

芭蕉の背中

高橋　宗司

——あそこにひとつ　向こうにみっつ　ビル残り　眼前に大きな寺　あとは海に向かう野原だ　被爆地広島・長崎のみたびの爆心地ではないのか——

霧雨でありながら
雨は五月雨として　船上を　松島湾を濡らし
舟は洋上の川を行く　とガイドのお嬢さんの声

下船し歩むこと三時間
松島・瑞巌寺杉並木参道を　私の涙腺もろく
住職吉田道彦老大師の書「松島前進」の文字は太い
別のひとりの老師の重い言葉を耳にして
　いち津波二に空襲と杜鵑花の師　宗司

成瀬川の橋上を左折し歩く　五月雨が始まっている
一、九八〇円の雨合羽の中で　雨が私の涙を匿《かくま》う
石巻に向かう国道の右
このあたり海は一キロ程先である
田んぼに打ち上げられた　冷蔵庫・テレビ・車・巨大な松の
　根っこ

田んぼから潮が匂い立つ　海が匂う
田んぼを背後に抱えた夕暮れのコンビニの外
リュックの私　たばこを口にする

すると同類が私の方に寄り　私を呼び　請う
顔中髭面　前歯掛けた男
　その時俺は建具屋にいた
男は先ずそう言った
　俺に用事があったわけではない
　俺に用事などというものはない
　ぐらっと土地が揺らぎ
一瞬　俺は材木に手を掛けた
建具屋のおやじが俺に警告した
材木の下敷きになるぞ　とな
庭に捨てられた臼をつかみ　膝まづいた
揺れはしばらく続き　さらに続いた
俺は臼にかじりついていた
そのあとぐるぐると歩き回った　記憶がはっきりしない
海に呑まれた数台の乗用車　田んぼに滑って行った三台の車
飢えたる男はもぐもぐと語った（それは私自身のようだった）
　俺　もと大工　木造家屋建築の大工だった

今木造の家建てる者なんぞ　いなかっぺ
こうして俺は失職した　こうして俺は浮浪人
墓地のあちらこちらに供えた饅頭喰って回る
三度のメシが俺も喰いたい　酒を飲みたい

宮城テレビの青年がリュックの私に声を掛ける　一見ボラン
　ティア風の私
　　どうしましたか　お疲れですか
三二二年前憧れの芭蕉と曾良が訪れている日和山
石巻一六万市民の　一千人が命を奪われた地の　この丘
標高いきなり六〇ｍは丘とも言えない高さ
宮城テレビが報道する二〇一一・五・二九被災地ピンチ台風来
　襲

石巻市街一望の山　山の花乱れ
野の蔓空へ急ぐ　山上
眼下

あそこにひとつ
向こうにみっつ
ビル残り
眼前に大きな寺
あとは　海に向かう野原だ
被爆地広島・長崎の
みたびの　これは爆心地ではないか

　　などという幻想　妄想
下れば　何か焼け跡のごとき臭い
石巻国道歩道の側溝につづく白い粉塵に　無理解の私
かの松尾芭蕉を追う「おくのほそ道」二、四〇〇キロ徒歩の旅
　は
哀悼を思い　弔問の旅に化す
私は歩み来たった髭面の　先ほど分かれた同類を思い返す
私がメモのため立ち寄ったコンビニの外
節電のささやかな光がいつまでも光り続かんことを
「被災者」髭面のために
コンビニの光がいつまでも届くように　祈る

幣六暴奔《へいろくぼうはん》

高柴　三聞

辺野古のニュースをテレビやネットで観ているとと妙なものが映り込んでいると友人から話を振られた。年末から炎上に次ぐ炎上で話題になっているあのユーチューバーの件かしらと思った。友人は私の鼻先に携帯を突き付けてきた。映った映像には独特の薄ら笑いで辺野古の看板横でピースサインをする例の男の姿が映っている。

「この人?」と問うと違うという。写真をよく見ろと指した先には小さな半裸の生き物が映っている。赤銅色の肌に毛むくじゃらの上半身に着物の袴《はかま》を着た妙な生き物である。大きな御《ご》幣《へい》を振りかざして天を仰ぎながら奔り回っている。頭にはご丁寧な事に烏帽子《えぼし》がちょこんと載っている。ははぁ、友人はこいつの事を言っていたのか。

早速私は鞄を漁って江戸時代の妖怪画家の鳥山石燕《とりやませきえん》という人の本を取り出した。ま、江戸の妖怪大百科というところだ。頁《ぺーじ》を繰《く》って目当ての妖怪の所を開いて友人の鼻先に突き付けた。

「これの事だろ?へいろくかひょうろくっていうんだと思う」

そのページはさっきの妖怪が神社の前でニュースの写真と同じように天を仰いで走り回っている姿が絵として描いてある。何か良い物でも降ってくると思っているらしく、ぽかんと口を開けて上を向いてる。その妖怪の名は幣六《ひょうろく》と書く。絵の中に書かれている文章を友人に読んでやった。

「花のみやこに社《やしろ》さだめず。あらぶるこころましみ神の騒ぎ出でたまいしや夢心に思ひぬ」

友人はわかったようなわからないような顔をしたので、補足のつもりで話をはじめた。

よく神主さんが振っている御幣《ごへい》というものがあるだろ。これは神様の依り代となるものだ。この御幣をひっくり返して本末転倒にして、御《ご》幣の御は数字の五につながるから一つ余計なものを足して六にしたんだよ。「兵六玉」ってあるだろ。花火が揚がる瞬間にひょろひょろと間抜けな音を出すから多分語源の一つはあれからきている。仏教用語では数字の六の下に遮蔽物の蔽という字を持ってきて「ろくへい」と読むそうだ。何でも正常な心を乱す六つの悪心の事だという。これらの事を考え合わせるに幣六というのは無駄に騒がしい余計で困った奴のようだね。

友人は小首をかしげて「幣七になったら余計に迷惑な事になるのね」と言ってきた。

それは知らないけれど、幾分私は口ごもって答えた。

それにしても余計で無駄な騒ぎを起こしたらどんどんとご利益が上がるのは、この妖怪実は江戸の迷惑系ユーチューバーだったのかもしれない。

まあ、そのうち騒ぎが収まればいなくなるさと安心させるつもりで友人に語った。

それから、暫く経って辺野古で動画や写真を撮って地元の人を茶化す人の二番煎じ三番煎じが現れだした。これと併せて友人がいうには街のあちこっちで幣六が何匹も出没するようになったそうな。友人は何だか気持ちが落ち着かなくて困るとこぼしている。とにかく眠れないのだという。

見ない振りするのが一番だよと苦し紛れの助言を友人に与えた。ところがである。こいつが私の寝室にも表れるようになった。それも明け方の四時頃である。幣六は「らっせらっせ」と濁声《だみごえ》で掛け声をかけながら奔り回っている。誠に迷惑この上ない。蹴とばしても殺虫剤をかけても一向に落ち着く気配がない。窓の外からどこか遠くで誰かが「喧《やかま》しい！」と怒鳴る声が聞こえてきた。

どうやら幣六はあっちこっちで騒いで迷惑をかけまくっているらしい。思わず溜息をついたのだが、我が身から漏れた声とはいえ自分でも驚くほど酷く悲しげに聞こえた。静かな夜は当分先のようだ。

妖怪図鑑「胡蝶の夢」

熊谷　直樹

語彙力を高めることは大切です
語彙力は知性を生み出す源のひとつですからね
と私は言った
では　ことわざで「風が吹けば……」
の下に続く言葉は何でしたか？　答えてください
と生徒達に順に当てていくと
やれ「寒くなる」だの「火事が増える」だの
好き勝手な答えが返ってくる
さらには「風が吹くとカゼになる」
と答える者まで出る始末だ
おいおい……　それは……　と言うと
平気な顔をして　違うんですか？　と聞き返してくる
うーん……　そうだけどさ……
大喜利じゃあないんだから……
はい　次のキミ　と美しい顔をした少女に問うと
ハイ「風が吹けば桶屋が儲かる」です　と即答が返ってきた
少女はまわりの友達から　ミュウ　ミュウ　と呼ばれていて
親は日系ブラジル人だというのだが
明るくて知的な　エキゾチックな女の子だった
（物理の時間　若い女性の先生も彼女のことを親しみを込めて
　ミュウ　ミュウ　と呼んでいたので
　まるで摩擦係数みたいだな……　と言ったのだが
　伝わらなかったらしく　ポカンとされてしまった）
おおっ　よく知っていたね
その通り！「桶屋が儲かる」です
ところで　一体なぜ「風が吹けば桶屋が儲かる」のでしょう
それはね　昔々　……まぁ江戸時代ぐらいなのかな
風が吹くと　土ぼこりが舞い上がって目に入って
そのままこすったりして目を悪くする人も少なくなかった
昔はそうやって目を悪くした人はたいてい
按摩さん　つまりマッサージ師になることが多かったんだ
でも当時の按摩さんは町中を流して歩く稼業だったので
「按摩が来ましたよ」という合図のために三味線を使ってた
それで三味線の需要が増えるわけなんだが
当時　三味線の胴には猫の皮が使われていたので
天敵の猫が多く捕まるとネズミが増えて
あちらこちらの桶をかじって穴だらけにしてしまう
で「風が吹けば桶屋が儲かる」っていうわけさ
ミュウさん　この言われも知っていたかい？　と聞くと
ハイ　知っていました　と言う
ほぉ　エライね！　よく知っていたね　と言うと
ちょっとバタフライエフェクトに似ていたもので　と答える
他の生徒達は　何だそりゃ？　とか
うわっ　まわりくどい！　などとてんでんにしゃべり出す
まぁね　でも昔から「因果応報」とも言ってね
何か原因があれば　それに見合う結果をともなうわけさ

もっとも　その先は
目に見えないものを　信じるか　信じないか　っていう
ちょっと別の次元の話になるかも知れないけれどね
でも　キミたちもひょっとしたら
何か自分のすることが
他の人への影響を与えることになるかも知れないからね
と言うと
生徒達の中には何人か
神妙な顔をしてうなずいている者もいた

いやいや……　どうだい
別に「不思議な話」ってわけじゃないけれどさ
でもまぁ　こうしてお前がいてくれるのも
元はと言えば偶然みたいなものだしね……
と我が家の化け猫に言うと　猫は
あなたは信じているんですか？
と顔を上げて　私を見て言う
さあ　どうかな……
けっこう　都合がいい所だけは信じて
そうでない所は
あまり信じていないかも知れないね　と言うと　猫は
ちょっと疲れてきてしまっているのかも知れませんね　と言う
ん？　どういうことだい？　と聞くと
ひょっとしたらあなた　以前はもっと
自分のしている仕事に
自信を持っていたんじゃあありませんか
でも最近は　ちょっと時々
無力感みたいなものを感じたりしてるんじゃないですか
と　少々　耳の痛いことを言ってくる
うーん……　まぁそんなところもあるかも知れないね
と言うと　猫は
じゃあ……　あなた気づいていないかも知れないので……
何でその生徒さんは答えられたのか　と思いませんか？
ちょっと確かめますけど　そのミュウさんの名前
本当のフルネームは何て言うんですか？　と言う
いや　ただミュウちゃんなのかなと……　と言うと
いやだなぁ　そんなわけないじゃあないですか
生徒の名前ぐらい
ちゃんと憶えておかなくちゃダメですよ
ホラ　エンマ帳で確認して……　と言う
何のことだろうと　手帳を出してめくってみると……
あ……　蝶野美羽　って書いてある……
ふふっ……　そうでしょう？　と猫は少し笑顔で
あなたが思っているよりも
まだまだ不思議なことはたくさんあるんですよ
生徒達にお説教するだけじゃあなくて　あなた自身にも
もう少し　もっと信じる元気も必要なのかも知れませんね
猫はそう言うと　もう一度　にっこりと笑った

妖怪図鑑「胡蝶の夢」

勝嶋　啓太

認知症がひどくなって
ほぼ寝たきりになってしまった父の介護をして
父がやっといびきをかいて眠ったので
もう夜も遅いからと　ぼくも布団に入って
うつらうつらしていたら　夢にMちゃんが出て来た
小学校三年生の時　クラスメートだったMちゃん
可愛くて　頭が良くて
よく宿題のわからないところを教えてくれたMちゃん
正直にいうと　ぼくの初恋の人だったMちゃん
片思いだったけど……
四年生になったら　Mちゃんは　親の仕事の都合で
地球の反対側に引っ越していっちゃって
それ以来　会っていない
夢に出てきた　Mちゃんは
成長して　すっかり美しい女性になっていて
なぜか　身体もキラキラと輝いているんだけど
でも　なんだか　とっても懐かしい感じがして
ぼくは　彼女がMちゃんだって　すぐにわかった
Mちゃんが　ぼくに向かって　微笑みながら
なにか　よくわからない外国語の歌を歌っている
でも　その歌声があまりに美しかったので
ぼくはふらふらと　誘われるように
Mちゃんのところへ近寄っていったんだけど
そこで目が覚めてしまった
目が覚めてみると　ぼくは
ものすごく巨大な　芋虫　になっていた
どのぐらい巨大かというと
東京タワーにもたれかかると
東京タワーがへし折れてしまうぐらいの大きさだ
なんでそんなことがわかるかというと
今　ちょうど　東京タワーにもたれかかったら
へし折れてしまったからだ
アリンコぐらいの大きさに見える何万人かの人々が　遠巻きに
ぼくのことを怖がりながらも　物珍しそうに見ている
おもちゃみたいに見える自衛隊だか軍隊だかの戦車が何十台も
ぼくが暴れたら撃つぞ　というように身構えている
まあ　撃たれてもどうってことなさそうだから　いいけど
別に　ぼく　暴れる気もないし……
でも　なんか　口の中がムズムズするな～と思ってたら
口から　突然　真っ白な糸が　ピューっと出てきて
それが止まらずにどんどん出てきてしまうので
へし折れた東京タワーに向かって糸を吐き続けていたら
見る見るうちにぼくの周りに繭が出来て
繭の中はとっても居心地が良くて
ぼくはすっかりいい気持ちになって
だんだん眠くなってきて　ウトウトしていたら

アーッ　アーッ　という父の叫び声で目が覚める
眠い目をこすりながら　布団から這い出て
父の様子を見に行くと　ウンコ漏らしてた
父のお尻をキレイにして　オムツを替え　父を寝かし
ウンコの始末をして　手を洗って　布団に戻って
ふと気がついたら　ぼくは
へし折れた東京タワーの上で
大きな　蝶　になっていた
いや　もしかしたら　蛾　かもしれない
蝶と蛾って何がどう違うの？　まあ　どっちでもいいか……
羽を思いっきり広げてみる
あまりにでっかいので　自分でもちょっと驚く
東京ドーム4個分ぐらいあるんじゃないかな
極彩色の　とってもキレイな模様がついている
ちょっとバサバサッと羽ばたいてみる
体がフワッと宙に浮いた
飛べる　飛べる　飛べるぞ！
ちょっとバサバサやっただけで
あっという間に　上空4万メートルだ
しかも面白いぐらい　スイスイ進むよ　マッハ4だ
これだったらどこまでだって行けるぞ
もう誰もぼくのことを止められないんだ
さあ　これから　どこへ行こう
その時　フッと
あの外国語の歌が聞えたような気がした

そうだ　Mちゃんに会いに行こう
今のぼくだったら
地球の反対側までだって
ひとっ飛びで行けるんだ
しばらく　飛んでいると
海が見えてきた
水面が太陽の光を反射して
キラキラと輝いている
クジラの群れが泳いでいるのが見えたけど
ぼくには　金魚ぐらいに見えた
悠々と　海の上を飛びながら　ぼくは
もしかしたら
ここは　韃靼海峡　かもしれない　と思った
（とはいうものの
ぼくは
韃靼海峡　がどこにあるのか
全然　知らないんだけど……）

【参照】
映画『モスラ』（1962年、東宝作品）
監督＝本多猪四郎
出演＝フランキー堺、香川京子、ザ・ピーナッツほか
安西冬衛「春」（詩集『軍艦茉莉』所収）

眼

末松　努

生まれてきた理由とは、なんだろう

体験の星に生まれ
思考を握りしめ
意思を捨てたぼくの拾う時間が
日々の生活を埋め尽くしている

朝、乗ろうとする電車が
十年経過した車両というだけで苛つき
座席が空かないことに失った運を思い
ワイヤレスイヤホンから流れる音楽で感情を誤魔化しては
終点に着くまでを耐える
（一体、何に耐えているか、定まらぬまま）

職場に着き
形だけの挨拶に誰を信じればいいのかわからず
戸惑うだけのぼくを揶揄《からか》うかのように
「どんなに頑張ってもその程度か？」
蔑《さげす》みの笑みに囲まれ
トイレに駆け込んでは嘔吐と下痢を繰り返した
ここは逃げ場のない環境だということを
疑っていなかった

くたくたになった帰り道
座れる電車を待ちつづけるホームで
ちょっといいですか
小柄な女性が声をかけてきた
「はじめてお会いするのに、こんなことを言って申し訳ないのですが…」
彼女は
ぼくが感情と体験を捨て
他人に自分をコントロールされている雰囲気と
自分などいないと信じて苛立つような姿を見ていたら
声をかけずにはいられなかった
ごめんなさい、とだけ言い残し
その場から逃げるように去った

ホームに五十年前に製造された電車が滑り込んでくる
大きな空気圧の音を響かせ開くドア
座席が空いている
ぼくは飛び乗った
見ず知らずの他人に言われたことにやるせなさを感じ

ワイヤレスイヤホンの音楽に逃げた
目的地にしっかりと走ってくれる車両への感謝を置き去りにし
余計なことを言ってくれたな、と
一期一会を消しにかかったとき
彼女が向かいの座席に座っているのが見えた
憐《あわ》れむような眼差しがぼくを突き刺している
（これは、ぼくの、眼か）
重厚なモーター音が
ここでも逃げ場を失ったぼくを揺さぶる

明日、会社を辞めようと思った

お題目

植松　晃一

雨上がりの歩道に
小学生が落としたものだろう
濡れてちぎれた書き初めのお手本
いわく

「理想の追求」――

3学期初めの体育館
数十人の児童が氷の床で一斉に筆をとる
理想を追求せよ理想を追求せよ理想を追求せよ
抜け殻をかぶせようというのか
理想を追求せよ理想を追求せよ理想を追求せよ
まっさらな心を塗りつぶすように
理想を追求せよ理想を追求せよ理想を追求せよ
理想を……

はやくも暮れていく冬の道で
お題目は冷えきっていた

紙は忘却に抵抗する

大通りの喧騒を吸い込んで
古書店の針はゆったり進む
明治維新の手垢がついたもの
防空壕で濡れたもの
大量消費の悪食《あくじき》を逃れたもの
あらゆる古書に軌跡があり
時代の空気がしみ込んでいる

名を刻まれなかった詩人の一冊が
どうやってここまでたどりついたか
全集に収められなかった詩稿が
なぜいまも形を保ったままで在るのか

死は忘却をもたらし
紙は忘却に抵抗する
ブラックホールの淵をなめて
表象は時空を超える
自然への反逆か
生命のたくらみか
託された背中が
物語を始めている

リラックスあれこれ

坂本　梧朗

リラックスの対極は
パニック
パニックがもたらすものを考えれば
リラックスがもたらすものがわかる

リラックスを阻むもの
仕事と時間のプレッシャー
己が内側に形成している
かくあるべしという思念

リラックス　リラックス
と己に呼びかける
言い聞かせる
呪文
発すると
その一瞬だけでも
効果がある

リラックスの有難みは
正しい判断を
導いてくれること

対応が適正になること
リラックスすれば
人は誰も賢くなる

リラックスは
人の基本となる在り方なので
あれがあっても
これがなくても
手放すな

苦悶に目覚める夜中
再び眠りに入るために
リラックスを呼びよせる
種々の工夫があるが
昨夜閃《ひらめ》いたのは
「無念無想」

趺坐《ふざ》は
リラックスの体現

木の芽時期

石川　啓

複雑なステップ踏んで部屋を歩く
立ち眩み立ったと思うと座り込む
毎年巡ってくる春の病
体調不良に理由をつける「木の芽時期」
昼月を泳ぐ眠りの触手に絡まって
薬飲む時間が来ると焦る体
読めない本が積まれていく
精神《こころ》はｏｋ体はｄｏｗｎで仕事を休む
疲労困憊し綿のごと眠る曇天の日
昔から風邪をこじらせ気管支炎
何十年ぶりかの健康診断気管支喘息
喘息はもっと重いものと思っていた
生きるのは自分と闘うサバイバル
暮れなずむ心にそっと缶コーヒー
免疫力ＵＰ・体力増強剤で創る体
食物から摂る栄養素食細く
陽炎の際に佇む心象
雀の声小さく啼きて雛のよう
強き声これは親雀の小言？
小さき命も前を向くから私も前を見る
太陽の眩しさ強く月に和む

アルテミス今日は命をそっとして
胸の中コロコロ転がる猫の毛玉
ゲホンと咳しても出るのは小さい玉ばかり
何を吸って何を抱えてしまったか
「罪を憎んで人を憎まず」
矛盾を消化するには有効
でもどこまで保てるだろう
「性善説」は現在も生きているか
揺れる木の芽時期だから尚揺れる
茨の冠頭皮が痛む
沈んだ時に口笛のような鳥の声
春の雪解けて流れて赦しを悟す
前世と同じ覆轍を踏んでいる
平穏ばかりではない生
一期の生を愛おしむ試み
心配させたくないから小さくｙｅｓ
天井に書いたオノ・ヨーコのように
限られた足場の上の弥次郎兵衛
光りと翳りのあわいに立ちつくす
光りの喜び翳りの慈しみ
半身分けられるペルセポネ
風の中花の香りを探してみる
つつじ咲くテンション上げる紅のサイン
チューリップ小さな声で唄ってる
レンギョウの黄色にパッと命咲く

路上のDAY　TRIPPER

過去《まえ》は過去
現在《いま》は現在
未来《さき》は未来
積み上げてきたものが崩れたのなら
崩れたなりに存在しているから
必要な時に振り向いて眺めて前を向く
未来の事など判らないから
現在を一歩ずつ踏みしめていく
それとも未来を見据えて
それに向かって現在を生きろと？
そんなに計画的にはやれやしない
過去もイレギュラーなステップで飛び石を飛んできた
DAY　TRIPPER
目眩いやパニックに時々襲われながら
現在は慎重に足を運ぶ
足元の石が揺らがないか探りながら
過去は軽く未来は重い
人と逆のパターンだろうか？
PAPERBAG　WOMANの気分だよ
昔の言葉だから伝わらないかもしれない
衣類やら日用品やら知的財産やら僅かな所持金やら
一切合切を詰め込んで持ち歩くのさ
DAY　TRIPPER
気軽に響くけれどなかなか切実なものさ　命が懸かっている
らしくない？　けれど皆がいつも陽気でお手軽な毎日じゃない
確かにお腹を満たせばとりあえず安心するけれど
薬にも手を出さず　――まず資金がない
労働　――雇ってくれたらやってるよ手を抜かず
LOVE　――昔の温もり摑んでいるんだライナスの毛布
ピーナツバターサンドイッチがあればゴキゲンさ
冬はホット・バタード・ラムで暖まるこれオススメさ
生きる工夫　生き延びる工夫　自分を保つ工夫
浮いたり沈んだりの生活だけれど楽しめる時に楽しんでおく
それが明日の生に繋がる　磨り減った力を取り戻す

「人間は、病気になっても事故に遭っても寿命が尽きるまでは
死ねない」と伯母のスキが云った　巷の哲学者だね
オレも交通事故で生身の体で二回宙を飛んだけれど何とか生き
てるからそれって良く解るよ
命を断とうと思ってもそううまくはいかないって事だね
「若いうちに苦労は買ってでもしておけ」って
それって若いうちにおっ死《ち》んじまったらどうなるのさ？
苦労だらけの人生　それも運命だとでも云うのかい？
十代、二十代で死んだヤツ　周りに結構いたからさ
それでも彼らは皆人生を楽しめていたよ
たまには彼らを憶い出しているよ
忘れてしまって二度死なせるわけにはいかない

オレが逝くまで待っててくれる？
こんなに長生きするとは思わなかったから人生設計狂ったよ
早逝の友人達のように二四までに昇天すると思ってた
でも新しい人達に出会えた　ありがとう色々沢山ありがとう
古くからの友人達にもグータッチ
賢い人生とは言えないだろう
でも愚かなりにやってきた　やりたい事をやる最善を尽くした
友達にも随分助けられているよ
オレはオレにしかなれなくてね
DAY　TRIPPER　その日暮らし
10年後の10,000,000＄より　今日の10＄
ビーフジャーキー味わうように少しずつ食べていくんだ

聖書は読んでいないけれど
不思議な言葉があるんだ
「かく熱きにも非ず　冷ややかにも非ず　ただ微温きが故に
汝をわが口より吐き出さん　汝　われは富めり豊かなり
乏しき所なしとて　己が悩める者　哀れむべき者　貧しき者
裸なるを知らざれば　われ汝に勧む　汝われによりて
火にて練りたる　金を買ひて富め」
ヨハネ黙示録第四章

つまり「甘ちゃん」はダメって事だな　これは解るよ
でも金のない奴がどうやって「金」を買えるのだろう？
いくら考えても解らないぜ
「金」が買える程度の「貧しき者」に云ってるのかい？
そこからこぼれた奴には救いはない？　って事かい？
献金できなきゃ宗教も持てない
オレは元々教会に行ってはいないけど
スラム街に生まれた者はスラム街で朽ちていく
這い上がるにはボクサーか　ギャングか　スターになるか
それか芸術的な才能を持って開花するか
没後何十年も経ってから評価された芸術家って気の毒だな
ゴッホとテオに現代の買い入れ額を少し届けてやりたい
絵の具も高いし才能もないから　オレは画家になれない
紙とペン　これなら何とか
でも文才もないのに何を書けというのさ
『天啓』を得るのを待てってかい？　いつになるやら
けれどチャレンジする事は大切にしたい
ジグザグな生き方はストレートにはない味があるよ
何通りもの人生を歩んでいると強がる
DAY　TRIPPER
呑気にやってたら明日のパンがない　チーズに手が届かない
パンとミルク　パンとミルク　明日も明後日も
ビタミンはどうする？　ちっとは健康も気づかう
カリフォルニアに移住するって手もある

『真夜中のカウボーイ』オレとそんなに変わらない奴がいて
勇気と気力が湧いたよもっと「どん底」の奴もいるんだナって

movieだけれど実際にああいう奴等はいるんだよ
『アメリカンドリーム』萎《しお》れてきたけど「希望」を持ってみる
何度か「死」を目前にして擦《す》り抜けてきた
今手の中にある命　オレにできる事に使っていく

なあ、おかあちゃん

久嶋　信子

やっぱり
おかあちゃんは
あの世でも
おどっている
やろう

ええきもの着て
おしゃれして
うまいこと
むすめ役に
化けて
おどっている
おかあちゃんの
すがた
見えてるわ

ほんまは
おかあちゃん
一世一代の
おおきな
晴れ舞台に
出る
よてい
やったんや

おかあちゃんは
ないしょで
へそくりから
大金を
はたいて
豪華な着物
こしらえて

花飾りまで
用意して
その日が
くるのを
今か今かと
まっていたんや

すりきれるほど
カセットテープを

聞いて
なんども
おどりの
おさらいを
していた
おかあちゃん
わすれられへん

それやのに
おかあちゃんの
夢
かなうことなく
大きな舞台に
足
いれることなく
おかあちゃんが
倒れてしもうた

おかあちゃんの
夢は
集中治療室の
ベッドのうえで
意識が
なくなっていった
おかあちゃんと
いっしょに
しぼんでいって
しもうた

おかあちゃんは
盆踊りの
季節に
なったら

かならず
先頭にたって
おどり子たち　と
むれだって
あっちこっちの
盆踊り会場を
はしごしてたんや

あきれるほど
おかあちゃんは
歳もわすれて
たのしそうに
おどり
狂っていたんや

あんなに

おかあちゃんが
おどりが
すきやったん
しらんかった

今まで
叶うこと
でけへんかった
おもい
おかあちゃんは
爆発してたんや

おかあちゃんの
着古した
盆踊りの
ゆかたには

おかあちゃんが
たのしんだ
おかあちゃんの
汗のにおいが
頑固に
消えてないで
のこってるで

袖を
とおすことも
でけへんかった
豪華な着物の
舞台衣装も

出たくて
たまらんかった
おかあちゃんの
心の色のまま

タンスで
おかあちゃんを
待ってるみたいに
いつまでも
色あせ
してへん

わたしも
おかあちゃんの
念願だった
大きな
晴れ舞台の
お祝いに

おかあちゃんに
花束
いっぱい
いっぱい
ないしょで
用意
していたんや

いのちの
火の輪
もやしている
おかあちゃんに
たまらんくらい
声援
おくりたかったんや

なあ
おかあちゃん

今からでも
この世から
あの世の
おかあちゃんに

声援

おくっても
ええやろうか

おかあちゃんに
花束
わたされへんかった
ぶん

おかあちゃんに
声援
おくられへんかった
ぶん

今から
おかあちゃんに
声援
おくるで

なあ
おかあちゃん

うけとってや

路上。

羽島　貝

随分と長い間歩いてきた。
この道。
時に焼けたアスファルトからの酷射の照り返しが
時に凍てついたアスファルトからの巻き返す風雪が
歩みを阻んだ。
幾度この路上から降りようかと
迷い
悩み
苦しんで
それでも
前へと進むことを選んだ
のは
果たして正解だったのか。

答えは
そう遠くない将来にきっと分かるだろう。
自分が選んだ
この道の
路上で
今日もぐるぐると
定まらない
方位磁針を手に
白紙の地図を広げて
明日への方向を見定めて
歩き出す。
（サイズが大きいこの靴の踵は
だいぶ擦り減ってきたようだ）
路上。

君に送りたいレター。

自分と
君は

真逆なのだからもうやめよう

と、

この交友を幾度も諦めたのに。

君は
言葉の刃に
傷ついたその身体に
ペタペタと
バンドエイドを張り付けて

また、

懲りずにやって来る。

どちらが悪いわけでもない
ただ反りが合わないだけで

こちらの長所が、
君にとっての苦痛で
君の長所が、
こちらにとっての苦痛で。

ただそれだけのことなのだから。

同じ舟はもう無理だと僕は、
オールを一本だけ貰って
このボートを降りたというのに。

若い君は
諦めることなく
ただ一本だけとなったオールを手に
こちらへと舟を漕ぐ。

自分は

この手の中のオールを握ったまま
何処へ漕ぎだすべきなのか
未だ迷ったまま。

友人よ
自分は
君のことが嫌いではない。

ひとり居

青柳　晶子

誰かそこにいるの？
すりガラスの戸のむこうで
ゆらゆらしている

あ　あのバラだ
日毎に赤が濃くなって
ゆっくりとひらいていく
冷たい強い風の中で
昼も夜もだまって咲いている

枯葉が吹きだまる
空が青く澄んでいる
刺をたくさんつけて
今年　三度目の花を咲かせた
この花のかわいさはどう言えばいいだろう
初々しい少女のようだ　などと
背高のっぽの　わたしのバラ

永遠の必須

甘里　君香

おとうさん
医師に呼ばれ
二年ぶりに会ったおとうさんは
何もかもが変わってしまったのに
視線だけは以前のままで
ただ
こんなに静かな眼差しは
初めてだ

静かな眼差しは漆黒なのに光がない
この二年の悲しみと寂しさと
怒りと後悔のすえ手に入れた
静かな諦めを湛えている。

目は私の頬にそそがれる
深い漆黒の眼差しが
肌の匂いを恋しがっている
声の出ない唇が
帰りたい　と訴える
退院したら一週間持ちませんよ
医師の言葉を振り切り
家で四、五日暮らそうか

おとうさん
また黒川温泉に行こう
門司港レトロ
萩の水路
出石
有馬
城崎
広島の屋台
伊根の舟屋
祖谷のかずら橋

そういえば
このまえ男と
海辺の温泉を旅した時
二回も
おとうさんって呼んでしまった
似ているわけではないのに
足先を波がさらったから
虹の貝を見つけたから
おとうさんは
永遠の必須

光のない漆黒の眼差しが
首筋にそそがれる
肌を恋しがっている

詩

Ⅱ

もぎ取られた言葉～マリア・コレスニコワは去らなかった

高細　玄一

言葉のない世界を発見するのだ　言葉を使って
真昼の球体を　正午の詩を

田村隆一「言葉のない世界」より

二〇二〇年八月十二日　捏造
ベラルーシでアレクサンドル・ルカシェンコ大統領が六選を果たした大統領選挙について、ＥＵは十一日、「自由でも公正でもなかった」との見解を示し、「暴力、不当な逮捕、選挙結果の捏造」に関与した者に対し制裁を科す構えを示した。
大統領選は九日、ルカシェンコ氏の強権統治に抗議する大規模なデモが広がる中で実施された

九月八日　破り捨てた旅券
ベラルーシで七日、反政権派幹部のマリア・コレスニコワ氏が路上で所属不詳の集団により頭から袋を被せられ、車に押し込まれ、拉致された。
ベラルーシ当局は八日、ウクライナとの国境地帯で身柄を拘束したマリア・コレスニコワ氏を強制的に国外退去させようとした。しかしコレスニコワ氏は自身のパスポートを破り棄てて抵抗し、ベラルーシに留まり続ける意志を明確にした。

二〇二一年八月五日　ダンス
反政権デモのリーダーで国内に唯一残ったマリア・コレスニコワ氏（三九）の裁判が非公開で始まった。国家安全保障を損なった罪などに問われているコレスニコワ氏は、被告用ケージの中で笑みを浮かべ、ダンスを踊ってみせた

二〇二二年十一月三十日　ＩＣＵ
禁錮十一年を言い渡され服役中のマリア・コレスニコワ氏（四十）が、南東部ゴメリの病院のＩＣＵに収容された。
反体制派政治家のビクトル・ババリコ氏の事務所によると、コレスニコワ氏は二八日、外科病棟に搬送された後、ＩＣＵに入った。コレスニコワ氏は独房に移され、弁護士との面会を禁じられていた

マリア・コレスニコワは去らなかった　その場から
その場にとどまることは形式上の自由を奪われ　涎を垂らして
全てをはぎ取ろうとする者たちの前で　その胸をさらけ出すことに等しい行為だ　その場にとどまれば　言葉を奪われ　もぎ取られた朱色のフルートの音色を響かせることはできない
それでも　マリア・コレスニコワは去らなかった
勇敢な言葉より　その場に留まること　言葉を発せられない自由を発狂するほど発すること　創造できない苦痛を全世界に発すること
マリア・コレスニコワは去らなかった
言葉のない世界を発見するのだ　もぎ取られた言葉を使って

二〇二二年十一月三十日以降　マリア・コレスニコワの動静は
伝えられていない

クソッタレブルース

俺をここから出してくれ
毎日壁に囲まれている
もう嫌なんだ
壁が俺を守るんだと説明されて
いつだってここからは出られるとそう言われたのに
壁はあっという間に分厚くなっていき
自力ではもう壁を越えられない

俺をここから出してくれ
俺は自分だけ生き残るなんて嫌だ
そう思い　一緒に壁を越えようと声をかけるが　誰も頷かない
「壁は確かに無愛想だし鬱陶しいが今や必要だ
　壁の外の世界？そんなものはもうどうだっていいじゃないかもう」

俺をここから出してくれ
みんなどうしちゃったんだ
あんなに真剣に話あったじゃないか

このままじゃいけない　壁を作ってしまえばつながりは断ち切られる
もっと地球環境と民主主義を真剣に考えていこうと
壁を厚くするよりもっと他にやることがある　そう話あったじゃないか

俺をここから出してくれ
俺だけが出ていってもなにも出来ない
いやそうだとしても　俺をこの世界から出してくれ
壁に囲まれて「ＬＯＶＥ＆ＰＥＡＣＥ」なんて平気で言っていて
ミサイル五〇〇発　買い足して
いつでもボタンを押すぞと恐怖を押し付けて
そこだけで成り立つ自由
カネを塗りたくった民主主義の壁から
俺を出してくれ　クソッタレ　出してくれ

文字を読む

文字を読む
なんでもよい　本でも本でなくても
読むと自分ではない人が現れる
読むと鯨が水面から急上昇し

その巨体を落下させ海面を爆発させる音が聞こえ

文字を読む
たとえばこんな説明文
建設国債　財政法第４条第１項は、「国の歳出は原則として国債又は借入金以外の歳入をもって賄うこと」と規定していますが、一方で、ただし書きにより公共事業費、出資金及び貸付金の財源については、例外的に国債発行又は借入金により調達することを認めています。

「規定していますが」の「が」　ここに書いた者の意図がある
「が」はその前に書かれていた正論をたった一文字で否定し去る
そうすると例えば　こうなる
憲法では平和に生きる生存権を認めていますが
福島での原発苛烈事故は忘れていませんが
軍事費増強は私も避けたいですが

文字を読む
文字はメッセージを持っている　時に「言葉になるまえの」何かを持っている
文字を読む
読むことがいま　必要なのではないか　読まないで飛ばしていることが多すぎないか　読まないように説明されるから読まない　そういうことも含めて　読むことはいま　向き合うこと

文字を読む
僕は詩を書き　文字を読んでもらおうと悶えた
悶えが「悶え」として伝わっただろうか
悶えているそのままを「ええカッコしないで」　ちゃんと書いてきただろうか　「わざとわかりにくくカッコつけて」書いたりしなかっただろうか

文字を読む
わからないまま読み飛ばしていると　どんどん時代がわからなくなっていく　わからないことがわからないまま動こうとするのを　ちゃんと「わからない」と言わなくちゃ　書かなくちゃ
知らないことは「知らない」と　納得できないことは「納得できない」と書かなくちゃ
ふつふつと「湧いてくる」「それ」を書かなくちゃ
書くことと読むこと
読むことからまた書くことへ

空に金色の鯨が水面から急上昇し
その巨体を落下させ海面を爆発させる
どんな音だろう　鯨の息吹　背びれからのしたたり　突き抜ける勢い
想像し　書く　詩を作る

冬晴れの日の

山﨑　夏代

雑木林の公園
日だまりのベンチはやさしい暖かさ
午後のひかりは　傾き加減
もうすぐ　一日のうち一番ひかりの美しい一瞬がくる
木々の影は　伸びやかに　広がって
葉の落ちた櫟《くぬぎ》や楢《なら》や欅《けやき》に交じり
黒々と　ずっしりと　楠《くすのき》
影が地面を交差して　落ち葉の上の幾何模様
ひかりが　木々の後ろに忍び寄る
きらめく斜光
幹の端から金色の矢を放つ瞬間を待って
木々も落ち葉も風も空気も　前奏曲を奏でている
枝垂れ桜の枝枝が　銀色に輝いて
しなやかな生き物のように　輝いて
敷き詰められた落ち葉の一枚一枚が
それぞれに　ひかりを摑んで輝いて

　となりのベンチに、忘れ物。ピンクの子供用水筒。それを包んでいたらしい新聞紙は、きちんと四つ折りに畳まれて。三日前の日付が見える。ここ数日、新聞テレビに一切接していなかったわたしは思わず、目で活字を拾っていた。新聞の大きな見出し。『敵基地攻撃能力保有　防衛費1・5倍』。なんだ、こりゃあ。抑止力といういかにもうさん臭い言葉にあきたのだろうか、攻撃能力と、これは武力誇示を鮮明にしているのだ。武力増強のために増税？　ウクライナをごらんよ、いつ敵が国土を責めてくるのかわからんぞと、いっているのだろうか。

　アメリカがロシアのウクライナへの攻撃意志を黙認したこと、この戦争が長引けば武器商人が儲かる、政治家や政商の欲望と権力意識が戦争を引き起こしているのだ。人間性を狂わせているものが、世界を支配する気になっている。そのなかで、増税して世界に誇る戦力をもとうとするこの国。人間らしい交渉とは、武力を用いることではないはずなのに。この国の優れた憲法を、為政者たちは読んでもいないのではないか。敵地攻撃能力、これは憲法の精神を無視している。人間は、なぜ、人間同士殺し合う力をもとうとするのか。

ひかりの時間は　もう　過ぎて
木々の影もさみしく消えがてに
冷たい風に
舞い走る　枯れ葉　枯れ葉

ドンが聞こえなかった

狭間　孝

二〇〇三年八月九日
長崎市原爆犠牲者慰霊平和祈念式典の場で
ろう者として初めて
被爆者を代表し平和への誓いを手話で語った

その時に写された一枚の写真が
老人ホームの居室に飾られていた

あれから七十七年が過ぎ
写真のことを知らない世代が
山崎榮子さんの介護をしている

窓の外を眺めているのだろうか
両手を広げ顔の前に伸ばし
手をゆっくり左右に動かせている

榮子さんは齢《よわい》九十五
老人ホームの居室に一枚の写真が飾られている
その写真は険しい表情で
空を見上げ　両手を広げた一瞬

その動きは原子爆弾のキノコ雲を現していた

両手でつまむようにして
頭の高さ辺りから開きながら
勢いよく降ろすと「爆弾」
おなかの辺りから指先を前に向け
指を広げ丸めた両手を顔の辺りまで上げて
楕円形を描くと「キノコ雲」

七十七年前のあの日
パーッと明るくなり
太陽を見た時と同じようなオレンジ色の光が
目の前に広がり
耳にひどく圧迫を感じた

爆心地の惨状を目に焼き付けたけれど
あれが原爆というものだった
と知ったのは一年後だった

あれからずっと被爆者としての語り部となった
手話で語り伝えてきた榮子さんは
今は老人ホームで暮らしている

手をヒラヒラさせながら
目は遠く離れてしまった長崎の

空を見ているのだろうか
「あんがんおそろしかことは
もう二度となかごとせんばいけんね！」

祈念式典のあの日のように
手話で語っているのだろうか
両手を広げ顔の前に伸ばし
手をゆっくり左右に動かしながら遠くを眺めている

あれからずっとろう者の語り部だった
手話で原爆を語ってきた
そして今
遠く離れた聴覚障害高齢者のための
特別養護老人ホームで暮らしている

栄子さん　その後

二〇一六年九月十七日　八十九歳の時
淡路ふくろうの郷に入居した
故郷には
ろう高齢者が暮らすことができる高齢者施設がなかった
長崎にろう高齢者の施設をつくろうと
建設運動が始まった
建設を楽しみにしながら
長崎に帰ることを励みにしながら
二〇二二年十二月二十一日永眠

お孫さんが
「おばあちゃんの住む世界と違う所で生きてきたので
私たちの知らないお婆ちゃんをみなさんが
たくさん知っていて　嬉しかった」

僕は自分に問う
聞こえないとはどういうことなのだろうか
聞こえず
パーッと明るくなり
太陽を見た時と同じようなオレンジ色の光が
目の前に広がり
耳にひどく圧迫を感じるって
どんな衝撃なのだろう
爆発音のない原爆って？

参考文献
※『原爆を見た聞こえない人々―長崎からの手話証言』
※『手話で語る戦争体験』ふくろうまなびあい文庫6

教習所

原　詩夏至

俺が齢《よわい》不惑《ふわく》を過ぎてから
遂に運転免許証を取ったのは
北戸田の小さな教習所
近くにはでかいイオンもあった
明らかに
教習所より遥かにでかかった

俺はそのイオンによく行った
暫くだが
かみさんがそのすぐ近くで
バイトをしていたことがあるからだ

雑誌の梱包と発送の仕事だった
或る日
帰ってから
「びっくりしたよ！」と叫んだ
その日仕分けた雑誌がエロ本で
しかもモデルが
白髪のおばあさんだったというのだ
所謂「シルバー・ポルノ」というやつだ
白髪のおばあさんにそんなことまでさせなければ
たぶんもう
回らないのだろう
この国のケイザイは
それにしても
一体そうして手にしたお金で
どんなお菓子やおもちゃを買ってあげたのだろう
その裸の白髪のお婆さんは
孫たちに

思えば
俺が齢不惑を過ぎるまで
免許を取らなかったのは
若い頃
「教習所の教官ていうのは
やたらに横柄でいばりちらして…」という
当時の噂を耳にして
「そんならいいや」と
すっぱり割り切ってしまったから
気が変わったのは
やっぱり所帯を持ったからか

とはいえ
そんな裸のお婆さんみたいな免許証で
どんなお菓子やおもちゃを買ってやれたか
それは知らないけど
かみさんに

ちなみに
その教習所の教官は皆
横柄でもなく
いばりちらしもしなかった
時代が変わったのか
運が良かったのか
それとも
そもそも噂が嘘だったたか

とはいえ
俺はその後も一度も
ハンドルを握っていない
車もない

教習所よりでかいあのイオンは
きっとまだ
そのままあるだろうが

キバナコスモス

その頃
俺たちが住んでいたマンションと
最寄りの与野本町駅との間は
ほぼ徒歩二十分
戸田公園駅でかみさんは降り
（勤め先は弁当の工場）
俺はそのまま新宿まで出て
地下鉄に乗り換え六本木
（仕事はとあるダークなビルの管理人）

乗り込む車両はいつも決まっていて
よく
ぱかっと口を開いて寝ている
女子高生を見かけた
いつも同じ子だ
目をあけ
同時に口を閉じると
これがまたはっとするばかりの美少女で
何やら
微笑ましいやら
もったいないやら

その頃
俺たちは
非番の日は
もっぱら自転車で
地元の園芸ショップや
マクドナルドや
さもなくば近くの土手にでかけて
ただぼーっとしていた
どの道ばたにも
オレンジ色の同じ小花が
風に揺れながらいっぱい咲いていて
たぶんこんなに咲いているんだから
きっとメジャーな花なんだろうと
思っていたけど
名前がわからなくて
それが何だか夢みたいで不安だった
（ちなみに
　後日聞いたところでは
　その花の名は「キバナコスモス」）

何にも知らない
何にも気にしない
ナガレモノみたいな夫婦の
不思議な日々

やがて
俺たちはそのマンションを売り
東京下町の
隅田川のほとりの
大きな料亭の隣に
引っ越した

亀裂

そこに亀裂が走っていることに
最初に気づくのは
心の指先だ

それが
もう二度と修復できない
致命的な損壊であることに
気がつくのも

指先は辿る
その裂け目の深さを
確かめるように
（それとも、癒すように？）

まるで
その先に
いつかは出遭い
立ち向かわなければならない
何かが
静かに
待っているように

蟋蟀

今年最後の蟋蟀が
きっと今
どこかの枯草の茂みで
死んだのだ。

空が
とつぜん今
雲の切れ目から
遠い歌声を
響かせ始めたのは
だからなのだ。

道なかば

鈴木　正一

原子力損害賠償紛争審査会（原賠審）は
十二月二〇日　中間指針第五次追補を発表
三月に　最高裁判決が　中間指針を上回る
　賠償額と賠償項目を決定したが故
三・一一フクシマから　間もなく十二年
現地視察せず　短期間（五ヶ月）の机上策定
最終追補から九年　遅きに逸した見直しである

この間　全ての地裁・高裁判決は
　中間指針を上回る賠償額を認定
原賠審は　被災四町長の直談判にも　聞く耳持たず
　それどころか「ご理解をいただく」平然とうそぶいた
第五次追補は　賠償項目・対象拡充等　一部は評価するが
　指針構造の根本改定と重要諸課題が　山積している
　　まだ　道なかば

万が一にも有ってはならない　原発事故
安全操業を違法に放置した国
指針の加害者は　国と東電とすべきである
両者を加害者にした　全面的な指針改定が　必至

原発事故による自治体の歳入減、不要な歳出増は
　原因者である加害者が　賠償すべき（民法七〇九条）
自治体の法人権侵害損失金は　賠償されるべきである
住んでもいない被災地の固定資産、住民税等を
　避難者から徴収するのは不条理　加害者の責務である

放射線の半減期は万年単位　原発事故の特異性は
　人間の生涯を超越した重過失の人災　それは
自然災害、無過失事故との決定的な相違
放射線被ばく不安は　被災者の生涯続く不安
国保税等の負担は　加害者の責務である
損害賠償請求権も　生涯の権利　時効は無期限に

原賠審は　集団ADRセンターの正当な和解案を
　度々無視　その結果　集団ADRは全て打切り
紛争解決センターの仲介には　法的強制力を付与すべき

行政府の責務は　法律で一元的に委ねられた権限で
　未然に原発事故を防止し　国民の生命と安全を守ること
　事故原因を究明し　教訓を政策に反映させること
政府は　新型原発開発、原発運転六〇年超への政策大転換
　三・一一を忘れたのか　何を教訓にしたのか
ふたたびの　三・一一フクシマを危惧するのは　私だけか
　まだまだ　道なかば

社会帝国主義＊

一八世紀中頃の産業革命を契機に
　資本制社会は　急速な生産力向上で発展
大規模な資本の集積・集中で　独占資本が誕生し
列強各国は、商品・資本輸出を経て
　猛烈な植民地獲得競争へ
一九〇〇年　地球上の全ての領土分割は完了した
列強各国による領土再分割の闘争が始まった

第一・二次世界大戦は
　列強各国による　領土再・再々分割の闘い
プーチンのウクライナ特別作戦は
　国際法違反の侵略（領土分割）戦争である
今後、他国侵略の可能性は　否定できず
世界に　深遠な不安を招いている
世界大戦の再来をも　危惧させる

第二次世界大戦の教訓は、戦争から平和へ
専制主義から民主主義への　移行であった
平和と民主主義こそ
　未来へ引き継ぐ　歴史的教訓

世界大戦後の社会主義国は
　国家・社会的諸機構・国民世論への
民主主義的改革の生成・発展は見聞できず

ロシアは国際的には、ウクライナへの侵略戦争
国内では、言論弾圧・人権じゅうりんの
厳しい政治反動が　常態化している
「社会帝国主義」の実態を　露骨に宣戦した

プーチンの専制政治は
一〇〇年前の列強各国の　領土再分割闘争及び
戦前の日本軍国主義に　酷似していた
プーチンは、ヒットラーをしのぐ独裁者
プーチンの戦争犯罪は
　人類史上　許されざる大罪である

ウクライナは、祖国防衛と民族自決の闘争に
多大な戦禍の犠牲をいとわず
ゼレンスキー大統領に　国民の総力を結集し
民主主義国の支援を受けて　善戦している

それは　プーチンの独裁政治から
世界の民主主義を守る　聖戦でもある

＊　コールサック№一〇二　筆者のエッセイ「新しい社会構成体における文芸等人文科学の歴史的役割」を参照

「うねり　命」九篇

東梅　洋子

太平洋の海原に落下（ゴミ？）

坊や火遊び
おやめなさい
　目ざましい文明が
　大地をけがす
人類はまだ進化を
遂げてはいないのに
　しずみこむ
　民を守れと

戦火

戦利品とは
なに
人生の幸福
思い出を持ち去る

平然と音も立てず
たち帰る
　あらいざらい

うねり　看取り

命の火がゆれた
上気し
さまよい叫び
死者と会話する
　その日は近い
部屋の片隅に置かれた
　車イス

ある日

本当に生きたい
願っただろうか
　小さく丸まった
　ベッドの上で
命の火は

細く短く
健気げに
笑ってみせるのに

彼女

ほら
そこに居るべ
窓辺を指さす
語りかける
誰れです
まだ笑っているのに
歌をうたっているのに
せめて
体の痛みがやわらぐのを
待ってはくれないだろうか
少しでいい

金曜日の午後

もう長くない
にごり声が耳に
月曜日にまたね
声はなく
うなずいた
足はむくみ
時折顔を見せる
夫の手から
バナナ半分

美しき人

もの静かな
言葉はなく
まぶたで
会話する
なすがまま
ベッドと車イスを
往復する日々
春のあけがた
静かに旅立った

しげぞうさん

食べる事の
喜びを知る
　はしがある
　スプーン
そんなものいいじゃないか
五本の指が
　あるじゃないか
子供のように
楽しんで美味しいと
　お盆前に

つぶやき

家族の大事な人を看取る、私も両親を送り出しましたが、御家族様にかわり寄り添うという事、仕事としてとらえるか、同じ空間で過ごす時間の中、生まれる信頼感からの看取りか、個々のとらえ方が有るのかも知れません。ただ、仕事としてお世話しきれるものでもなく。最後の職場として選んだグループホーム、皆さんの仕事には頭の下がる思いでいっぱいです。

そして、ささやかれる終末時間。タイムリミット午前零時に近づきつつある。
元気で日々の楽しみを見つけ生きていきたい。

ワイン一本ひっさげて

みうら　ひろこ

三月深夜*　福島県沖震度六強の地震で
我相馬市は被害甚大
我家も食器戸棚が倒れて
揃えていたワイングラス等激甚の被害
まるで今日という日のためのように
奇跡的に一個だけ無傷で残ったワイングラス
ワイン一本ひっさげてきた
孫の心根に私も心を満たされて乾杯

孫が勤務地の山形県から
夜更けに突然のご帰還
長年の約束を果たすため
ワイン一本ひっさげて

部隊の訓練で山の中で迎えた誕生日
隊の仲間達に背中ピチャピチャ叩かれて
二十才を迎えた祝いの儀式
　シャバに下りたら酒を飲もう
これまでジュース派だった彼への約束

　じいちゃん、ばあちゃんとワインで乾杯したかった
孫は亡夫の遺影の前にワインを注いだグラスを捧げた
　俺、二十才になったよ十日前
　山形産のワインだよ　飲んでよじいちゃん
焼酎のお湯割り派だったけど
ヤボなことは言わずにおこう
孫の両親の遺影に私も静かに乾杯
ワイン一本ひっさげて
意気揚揚と孫のご帰還だ

*令和四年三月十六日・この地震で相馬市の家屋千五百戸半解
松川浦観光地の宿泊施設・道路・橋など大きな被害を受けた

コロナ禍はまだ終わらない

貝塚　津音魚

新型コロナ七波で
地球は大きく舵を切った
世界の経済という大きな歯車を回し始めた
全世界では大方七割がワクチンを打った
しかし、今どんどん高齢者が亡くなっている
それもワクチンを打った人たちだ
中国ではゼロコロナから舵を切った
春節を迎え世界に向かって
堰を切ったように中国から
濁流がごと世界にコロナが転がり出す
中国では数百万という人が亡くなるだろう
これも中国の高齢者年金対策の一環だという

新型コロナが八波では終わらない
スペイン風邪では3つの波が世界を襲った
100年前世界人口の1／3　5億人が感染
5000万ともいわれる人が死んだ
新型コロナウイルスでは感染7億5251万
死者680万人　スペイン風邪の1／7だ！
日本の死者数6．5万人　これも1／7だ！
当時の日本の人口5600万人
スペイン風邪死亡者45万人（人口の0．8％）

議会ではコロナウイルスが騒いでいる
まだ人間を殺し足りないないと
人類を永続させるにはもっと
減らさないとダメだと叫んでいる！
コロナウイルスの代表が懸命に拳を上げて
人間を何故殺さなければならないのかと
先を見据えた演説をしている　だから
人間をせん滅　いやいや皆殺しはだめだ！
コロナウイルスの未来はない
人間との共生こそが必要だ！

自然界は常に増えすぎ、滅亡するものに
ブレーキをかけバランスを取ろうとする
誰が何を言おうと自然の威厳は絶対だ！
コロナウイルスの驚異こそ
自然界の教訓まさに理である

雪からの連想

天瀬　裕康

雪が降りしきっている
テレビの画面は駅で待つ人
そしてウクライナの戦闘状況

一〇年に一度の最強寒波だという
昭和二六年二月　三八年一月　四九年三月
五六年三月にかけての豪雪　六一年豪雪
平成一八年二月や　二六年二月の大雪
三〇年はインフラ面での被害が大きかった

昭和二六年の一月初旬にも
小雪がちらほら降っていた
冬休みが終わり岡山の大学へ帰るため　私は
元軍港の呉《くれ》から国鉄で三原《みはら》市の糸崎《いとざき》駅に降り
山陽本線の岡山行きを待つ

今　広島・岡山間は新幹線で四〇分
あの頃は午前中に呉を出ても岡山着は夕方
広島経由なら　もっと長くかかる
寒さに震えて聞く「列車遅延」との放送　何事⁉
すると車体に白線のある列車が走り去って行く

あれは日本側ダイヤを無視して走らせる　特権車
GHQ（総司令部）下のRTO（鉄道司令部）令で
アライド・リミテッド（連合軍特急）とか
ビコーフ・トレイン（英連邦軍列車）と呼ばれ
後者は東京―呉間を走り　別に京都―呉間もあった

その時　私は時間の遅れで実害を受けたのではない
が　占領されている敗戦国という実感を持った
それは今なお続く　日本は独立国なのかと
雪しまく占領列車の白い線

プーチンを支援するつもりはないが
露国壊滅を望むのは行き過ぎではないか
反撃力も必要だけど　全力を尽くすべきは
敗者・勝者のない引き分けを画《かく》すること

エネルギー問題を考えるなら
米国やNATOへ全同調の必要はない
第三次世界大戦は起こしてはならない

通話優先

走行中の路線バス内の後方で
携帯電話が鳴る
女子高生が誰かと話し始める
結構大きい声
「携帯電話の通話はお止めください」
車内放送で運転手が言う

女子高生は話し続ける
時々笑い声が混じる
「携帯電話の通話はお止めください」
車内放送で再び運転手が言う

女子高生は話し続ける
バスは赤信号で停まる
運転手は運転席から立ち上がり
女子高生のいる後方へ向かう
「携帯電話の通話はお止めください」
運転手は女子高生の傍に立って強く言う
「はい…」
女子高生はか細い声でそう答えると
ひきつった顔で
携帯電話をカバンにしまう
運転手は運転席に戻り
バスは発車する

車内には
『携帯電話の通話は禁止します』と
張り紙が貼ってある
女子高生には
運転手の注意が聞こえ
張り紙も見えていたはずだが
ただ
心に届いていなかっただけなのか
静かな車中で考えた

風守

SPACE　ELEVATOR

地上3万6千キロメーターに浮かぶ
静止衛星（スペース・プラットホーム（SP））
重力と遠心力が綱引きして釣り合い
静止衛星は地球と一緒に回っていた

20XX年
私は発着場（アース・ポート（AP））に

待機しているモノレール型の
スペース・エレベーター（ＳＥ）に乗り込んだ
カーボンナノチューブでできた軌道は
静止衛星へと続いていた
私は予約座席に着いた

発車時刻が近づき
アナウンスがあった
「シートベルトをお締めください」
シートベルトを締めた
「間もなく発車します」
私は少し緊張した
（事故が起きませんように）
心の中で祈った
他の乗客も皆緊張しているようだった

「発車します」
緊張感がマックスになった
スペース・エレベーター（ＳＥ）はゆるやかに動き出す
だんだん加速されていった
それにつれ体が座席に押し付けられた
目の前の小型ディスプレイに表示される
時速が大きくなっていった
５０ｋｍ　６０ｋｍ　７０ｋｍ…
重力加速度（Ｇ）は容赦なく増加し
体は座席から動かせなくなった

１５０ｋｍ　１６０ｋｍ　１７０ｋｍ…
私は目を閉じて
普段は言わない言葉を内心で唱えた
（神様仏様、どうか私を御守りください）

時速が２００ｋｍになった時、アナウンスがあった
「最高速度になりました。定速走行に変わります」
加速はなくなり、体は動かせるようになり、私はほっとした
その後、スペース・エレベーター（ＳＥ）は７日間かけて
静止衛星（スペース・プラットホーム（ＳＰ））に着いた

ＳＰから眺める地球は
砂漠化が進み、緑色より茶色が多くなってきた
暗い宇宙空間にぽっかり浮かんでいて
どこか淋しげであった
地球温暖化の進む地球では
人は住めなくなる運命であった
これからこのＳＥを使って
宇宙空間に居住用資材を運び
スペース・コロニー（ＳＣ）を
建設していくことになっていた
私はもの思いに耽った

赤紙かぞえ唄

渡辺　健二・萩尾　滋　共作

赤子たち
五厘に越えた一銭（一箋）の赤紙に
いか二銭（如何にせん）
三銭（参戦）した　四銭（死線）に五銭（誤戦）
六文銭の　三途の川の渡し賃
七銭（七閃）に光る　八銭（夜戦）に
九銭（苦戦）の十銭（実戦）　銭死（戦死）して
紙幣（死兵）の円（縁）に
靖国の紙（神）に祀《まつ》られる
――しなびた両掌を合わせて ひざまづき
拝むはずみの　神へのお念仏（九段の母）

＊詩に寄せて
六年前、コールサック92号に「悲歌のポリフォニー」の第一回を掲載した際、亡くなった母と同じ大正七年生まれの富士山麓住の《百寿戯蛙》渡辺健二氏から共感と励ましのお手紙を戴きました。

氏はコールサック社編集部の助言で『平和をとはに心に刻む三〇五人詩集』に参加され「コールサック」誌にも川柳・短歌を発表されています。

戦争時には兵士に民間人に　反骨の精神を持って中国大陸に暮らし、戦後は、御殿場農園を拓き、富士山の緑化に務める傍ら、戦争の語り部として過ごしてこられました。

渡部氏と手紙・ＦＡＸで遣り取りする中、未発表の古いメモが出てきたので「是非修正の上利用しては如何」との提案がありました。

補筆の上、コールサック社編集部とも相談し、「悲歌のポリフォニー」の第八十六歌に「共作」として取り入れることにしました。

ただ発表はいつになるか分からない（現在で第三十九歌）ので、この時点での総原稿（約六百頁）をＡ４二段組に拡大印刷し、天眼鏡を手に読んで戴きました。感謝の程もありません。

二〇二〇年九月に入院され、昨年二月に亡くなられました。

一周忌に捧げる意味で、本詩の掲載をお願いしました。合掌

攻撃こそ最大の守備

座馬　寛彦

攻撃こそ最大の守備
なんて言葉は
鵜呑みにしてはいけないと
サッカー少年でも判っているが
守備を固めてのカウンター
なんて戦い方は
一人前じゃないといわれ
攻撃の厚みや火力
ばかりに依ったこの地上《フィールド》で
鉄壁の守りや神セーブ
なんて修辞も空ろなこの戦場《フィールド》で
攻撃こそ最大の守備
に背中合わせに隠れた
攻撃時こそ最も脆い
ということわりを
頭に叩き込んでいたとしても
甲高く開始の笛が鳴り
走り出したとたん
それは紙切れと化し
風に運び去られることだろう

不戦こそ最大の攻撃
とでもならなければ
この忌わしい駆引きは
終わらないのか

子葉のつぶやき

今私たちの掌にその身を委ねているように見える地球は失敗を
繰り返して来たこの未成熟な種族の遍歴をただ静かに辛抱強く
見守っていたわけだが最近は希望を抱き始めてくれただろうか
いずれやって来る重大な危機に対処させるために地球が与えた
知性の芽これを歪曲させたり萎えさせたりしてなかなか真直ぐ
生長させられない私たちの体たらくに呆れているかもしれない
しかし過ちながらも少しずつ軌道修正しようやく人類の広げた
本葉が太陽の祝福を真正面から受けられるようになった時には
腐葉土の一粒となった私たちもあなたは褒めてくれるだろうか

柏の円柱ベンチ

鈴木　比佐雄

ぼくはかつて柏駅前の木のベンチだった
いくつかダブルデッキに置かれていて
買い物に疲れた老夫婦が一息ついたり
親子連れがジュースを飲んだり
若い男女が待ち合せしたりしていた
ある日の夕暮れに女子高校生たちが足を組んで
パンチラさせながらタバコを吸っていたところ
おじさんが身体に悪いからやめた方がいいと言うと
笑いながらお喋りして無視している
おじさんは警察に言うぞと親子喧嘩のようだった
すると女子高校生は煙草をぼくに押し付けて消し
叱られた子供のように笑って手を振り去って行った
おじさんはあっけにとられて憤然と帰っていった
やけどしたぼくの身体には雨が降り注いで癒してくれた
雨が止むと青年が坐りギターを弾いて体を揺し歌い始めて
その周りに残業帰りの人びとが足を止めて聞き入った
その後、新型コロナが蔓延して着席禁止となり
ぼくは倉庫に入れられて長い眠りについた

ある日に目覚めると
ぼくは解体されて立方体や円柱に組み立てられて
立方体には緑のビニールをかけられて
キャスター付きのベンチになっていた
女子高生たちは三人がかりで凭れたり
母子も仲良く坐ってお菓子を食べるのだ
最近では市長が女性になったこともあり
ダブルデッキの端に「GREEN UP KASHIWA」の看板があり
矢印を降りていくと細長い緑の空間があった
休業中のデパートと線路際の道路が車輌禁止になり
緑の芝生のようなクッションを敷き詰めて
All Good Garden□Kids Playgroundと名付けられていた
幼児が転んでも痛くないあそび場が出来た
思いっきり走って転んでも痛くはない
金網越しに電車が入れば歓声を上げ
保育士が見守り小さな子供たちが走り回っている
幼児用の小さなボルダリングやジャングルジムもある
そばで見ているのはあの女子高生に似たママだったか
解体されたぼくの一部は大小の円柱を重ねた
ベンチでありテーブルになって憩いの場所になった
ぼくの一部は植栽を植えた四角い花壇になった
遊び疲れた幼児とママが坐ってくつろぎ
今度はパパの田舎に行って蛍を見ようねと
お茶を飲んでお喋りし続けている
ぼくの身体は母子の温かいお尻で汗ばんできた

詩

Ⅲ

小さな村

酒井　力

思いはいつもかえっていった
山深く眠る村里へ

古い墓も風化した
人の住まない山里に

春は
木々の芽や山菜　花々が
ほこほこ　陽だまりに群れ

夏は
日陰を浸み出る冷水に
寂《しず》かな地中の声を聴き

秋は
夕陽に羽を光らせて翔《と》ぶ
アキアカネ

冬には
すっぽり　雪に閉ざされ
何がどうあるのか判らない

夢はいつも
そこで生まれ
そこから旅立っていく

原始の時代を
さかのぼり
やがて
源流から問いかけてくる

現代という名の墓場に
捨てることの意味を糺《ただ》すため

夢は
山深く眠る村里の
ひとこまを光らせる

未来につなぐ
かすかな希望に向けて

思いはいつもかえっていった
今は何もない
山里の
小さな村へ

祈り

江戸から明治にかけ
放浪の旅をして
中途で息絶え
伊那は美篶の
太田窪に眠る井上井月《せいげつ》に
戦時中　独り
強靱な旅を続け
ついに井月墓参を果たし
木瓜《ぼけ》の花を献じた種田山頭火
と
佐久出身の秀才
三石勝五郎

貧しさを背に
おのれを
旅の空にたくし
托鉢僧のように
ひたすら歩きつづけた

別々の扉を開け
自らを究めようとした
その足跡を
だれも知ることはない
が
彼らの祈りは
いまも
耳の奥をかすめ
ひびいてくる
——霊泉が湧き出るように
ふつふつ　ふつふつと

真冬の陽射しのなか
季節はずれの
桜が咲き
花びらをかすめ
すっと飛び立つ
一羽の蝶

世界は今
稜線を覆う雪影に
ほのかな温もりをしずませ
昏く
長い夜をむかえている

茜色の銀河

あべ　和かこ

田んぼは刈取りを終え
山の稜線が遠くに見える
その稜線を夕陽がかすめていくなか
一日の最後の残光が
浮き出るように現われた
茜色の銀河に
飛び交う無数のトンボを映し出す

地面から沸き出るモノローグのように
土器を焼く野焼きの炎は
夕焼け色に揺らめいている
かつて火を味方につけた人類は
その揺らめきに生活の安らぎを見出し
深い眠りの世界と煌めく夜空とを
手に入れたのだろう

火は土器を創り、人々に定住の地を与えた
美しい縄目模様の土器を造る人々は
大自然が創りだした土に触れるとき
その指先に、その手の平に
きっと、生命の躍動を予感していたのだ

土器は保存や煮炊きにだけ
使われることなく祈りの主となった
土は雲母を施した土偶をも
この世界に産み出し
人々は夜の時間に煌めく
宇宙の景色を祈りに込めたのだろう

夜空が今よりも
もっともっと近くに迫っていた時代には
星のさざめきは
風の一途なたゆたいのように
水の尽きない流れのように
人々の内に在ったのだろう

精魂を込めた土器を使う人々は
百三十八億光年の宇宙を
魂の根源とし
自分たちは星の欠片《かけら》であることを
銀河の重さほどに感受して生きてきたのだ

秋の日の眼の前に在る
野焼きの炎に包まれた
形を誇る土偶や土器は
見つめ続ける私に
大地のささやきや炎の安らぎを
教えてくれた

トンボはすっかり数を減らし
茜色の銀河は遠くに去り
天球を覆《おお》う星空は遙かになった

けれども鼓動する私の心身は
宇宙に繋がる全ての生命が
祈りの波動を放って
銀河を包んでいるのを聞く

切り花――能勢《のせ》日記（一）2022年春夏

藤谷　恵一郎

切り花を贈る
私の心のなかの悲しい人の笑顔のために
私の心のなかの大切な人が安らかに眠るために

切り花を贈った
サークルの少し脚が不自由な先輩のつれづれにと
手入れの行きとどいた庭と
道の駅に納める野菜作りのプランターを見せていただいて
とんだ老婆心だと後悔も覚えた
後日　思いもかけずその花を活けた写真を撮って
写真立で贈り返してくださった

バスに乗り能勢電鉄に乗り阪急に乗り換え
友人宅に碁を打ちに行く
切り花が萎れるのを心配しながら
いつも歓迎してくださる奥さんに花を贈った
後日　毎日水を替え二週間持ちましたよと報告を受けた

サークルを紹介してくださったごく近所の若い奥さんに
ハサミをもって花を切りに来てもらった
曖昧な知識の老人の話を訂正もせず
庭で親しく聴いてくださった

いつも凛々しく心遣いをくださるサークルの主催者に
電話を先に入れ　切り花をバイクで届けた
オーストラリア生まれの瓢簞《ひょうたん》を思わせるカボチャを
用意して待っていてくださった

普段お世話になっているご夫婦の奥さんから
主人が野菜を持って行くからと電話をいただいて
外に出て待った
プランターに咲いていた花を形ばかり切ってご主人に託した

矢車草　マリーゴールド　百日草　ひまわり
切り花を贈る
私の心のなかの悲しい人の笑顔のために
私の心のなかの大切な人が安らかに眠るために

共生の宙の一つの音符として

清き拝受

宮川　達二

ドイツ人木彫家ヨハネス、
背後に山の迫る家の隣人の彼が
東欧を感じる旋律の歌を口ずさみ
鑿で一枚の板に
レリーフを彫っている

中央に聖母子が彫り込まれ
二人を見守るように大空を鷹が飛ぶ
イルカが海の底で聖母子のいる大地を
包み込むように見上げる
『清き拝受』—pure　reception—
ヨハネスは、レリーフをこう名付けた

晩夏の鎌倉、
レリーフを車に積み込み
私とヨハネスは夕陽が沈む西へ向かった
行先は一休寺のある京都田辺の幼稚園

一晩を走り通して朝の京都へ着いた
山科《やましな》で車を止めるとヨハネスは車を降り
並木の幹に手を当てる

強い日差し、排ガスで痛めつけられ
死に瀕する樹木と語り合っている
車を使い、電話を使い、
コンピューターさえも使う現代を生きる我々
だが、樹木の命を慈しむヨハネス

幼稚園の園児たちは
ヨハネスのレリーフに刻まれた
聖母子と鷹とイルカに
希望を見出せるだろうか

京都北部の森、北陸の海辺、
金沢、富山、不親知、糸魚川《いといがわ》で
野宿をしながら鎌倉へ向かう

ヨハネスは旅をしながら
故国ドイツへの郷愁を深める
私は、日本に安らかな命が漲ることを
ヨハネスの深い祈りが
樹木の甦りを招くことを願い
聖母子の姿、鷹、イルカの姿を想い
秋を感じる信州穂高の朝の風に吹かれている

塩むすび

柏木　咲哉

貧乏な幼少期を送ったS氏は
成長し、自分で起業し大成功を収めた
子どもの頃から
大人になったら欲しいものを毎日好きなだけ喰ってやるんだ、
と
歯を食いしばって頑張って来た
そして今は高額な旨いものを連日いくらでも食べられる身分だ
だけれどS氏は最近無性にある食べ物が恋しくて仕方ない
それは母が作ってくれた、なんにも具の入っていない塩むすび
あの塩むすびと冷たい麦茶が
恋しくて懐かしくてたまらない
そして久方ぶりに実家に里帰りし、母に頼んで作ってもらった
塩むすびはえもいわれぬ旨さで
S氏は冷たい麦茶をごくごく飲みながら
「あー、これが俺の原点だ」と再確認し
また忙しい日々へ戻って行ったという
S氏の母は塩むすびを頬張る我が子を微笑みながら愛しく見て
いたという

ヘンなやつ

「ヘンなやつ…」
中学生の時、隣の席のヘンな顔の女子にそう言われた
自覚はある
それ以前も、そしてその時以来ずっと僕はヘンだ
ヘンを通り越してペンを武器にし出した
しかし土台人間はみんなヘンなのだ
ヘンじゃないやつなんているものか！
誰だって思い当たるふしはあるものだ
しかし行き交う人々はしれっと平気な面で当たり前に歩いて行
く
かくいう僕だって
だいたい僕は平均点だとか基準値が嫌い
ヘンって個性的のことじゃあないか！
大いにヘンなやつでいてやろうじゃないの
つまりはヘンでかまへんってこと

窓

社会の窓から
世界を見れば
真っ白だったから
ひっかけてやった
水に流そう
きれいサッパリ
忘れっちまえよ
今日のこと

ガラクタブルース

それは声がガラガラ
クタクタになるまで
ブルースを掻き鳴らし歌うこと
そういう生涯を送りたいなんて少し思った雨の夜
そんな気持ちは結構宝物だったりする

雨の夜更け

しとしと降りしきる雨の夜更けに
ひとびとはひとりひとり思い思いの時を過ごしている
働いている人も　休んでいる人も
嬉しい人も　悲しい人も
皆思い思いの幸せを願いながら生きている
雨は黙ったまんま降る
僕らも黙ったまんまゆく
神様に言いたいことは山ほどあるけれど
とりあえずテレビやラジオでもかけながら
降りしきる心を濡らしながら
ただなんとなくボンヤリ過ごしている

初冬

植木　信子

Ⅰ　杉木立からは

明け方に針金のような髪をなびかせ駆けていく者がいる
鳥たちは目覚め　空は開けていく
ひるがえり鳴くのは鴉だ
なぜあんなに鳴くのだろう

一筋の陽が窓辺の鉢植えの花に差して
つーと落ちた涙が幅広の緑の葉先に輝いて眼を閉じる

谷間から霧が湯気のように湧き出ている
消えた人の閉ざしたことが霧に刻まれて
判読不明な絵巻ものになる
霧は雲になっていろんな形に流れる
空は波打ち川が流れる
列車は目もとまらぬ早さで川を渡るが
君は河原で石を投げている
投げた石の水輪の皺のひとつひとつが君の文字
困惑してすべてを封印していたが
霧が濃く刻まれた絵巻きものに私もまかれていく
犯し犯されたこと　罪や罰　善や悪など巻きとっていく

しょうしょうと音がして次第に高鳴って
半円の虹が川に架かっている
　渡ったんだね
しょうしょうと高く響く

君の写真は相変わらず困惑しているけれど
幾枚も枯葉が舞ってくる
君の文字　君が舞っている
目と口のみえない子の影が幹に映り
青く冷たい空が杉木立から広ごっている

Ⅱ　冷たい雨がふってくる

町はぼんやりした灰色の空の下に扇状に広がっている
アルプスに連なる雪を被った峰峰が遠くに聳え
家がつきるあたりに丘のような赤茶の丸い山が並んでいる
林をぬって川が流れていく
山から流れてきたのかもしれない
太古からの人が子の手をつなぎ
どんぐりやとちの実を籠に入れている林と川だ
このあたりは古墳が多いという

赤茶に並ぶ山は古墳なのだろうか
昔の人が迷い来て河原で遊んでいる
小さな足を踏みしめ小さな手で拾い集める
時々　籠いっぱいの肩の人が川に子が落ちないように
手をにぎりしめる

小さな狭い林を過ぎると大きな街になっていく
朝早く澄んだ空には富士が見える
何処までも見えるよこ富士　頭だけの富士
曇空ではくすんだ家家が横へ横へ広がっている

遠くの聳える峰と雲の間が光っている
指でなぞったような灰色の線
線をたどっていくと太い煙突から煙りが湧き流れている
あの煙は人を焼いている

列車の窓に掌をあて
死者は語りはしないから私が語りかけ私が答えている
残された物には感覚や手触りが残るというけれど
そう思っているだけかもしれない
石に刻まれた文字は追憶が語り
かすかに身じろがせ囁く

石の前で仕事帰りに泣く女は息子への涙
祖母は女の濡れた顔を見て叱る

もういないのだからやめなさい
泣きにいくのはやめなさい

静かなやわらかい沈黙がある
恐ろしくかたい沈黙がある
それで時間はいったりきたりするから直線ではないと思う

終わってしまい
人が彼岸に行くのは私が思っている
さよならの言葉もなくて
深く地に沈むように耳を閉じる

白い馬が駆けてきて
掘りおこし連れ去ってほしい
息子よ
もうすぐ冷たい雨がふってくる

荒川の冬

成田　廣彌

1

猫の兄と弟と
日だまり二つころころと。
晝《ひる》は一つあぐらの上に、
付かず離れずあたたかさ。
夜は二つあぐらの上に、
日だまり二つと數へなほす。
（たしかにこれはあたたかさ。）

2

そちらを向くと
必ず縮まる
キュッと縮まる冬の空。
晝《ひる》が過ぎるとあをむらさき、
晝の前なら固さうなあを。
どちらでもない烏《からす》バサバサ、
キラキラの黑のバサバサの
そつちに光るの聞きながら。

3

たぬきぽてぽてしたあとに
かりかりやるよ木の實かりかり。
猫の子等《こら》とのやりとりは
どんな言の葉？
（あくびながなが）
毛づくろひのぽんぽこの
べろに悔しい猫ぱちくり。

4

高く長々《ながなが》築かれた
衜の向ふは明るいよ。
衜の向ふの空は何？
あを？　あか？　いいや、
くだもの色か？
何かそれらの間《あひだ》の色で
こちらはそれゆゑさうぢやない。
さうぢやないだけの寒い色。

5

人が眞暗《まつくら》あるいてる。
自轉車のぴかぴかに
のそのそ照らされてゐる。
人が眞暗あるいてる。

數へなければ
のそのそだつた。
ぴかぴかしすぎて
一人に見えた。

6

猫のミロもう動かない。
猫のミロの尻尾《しつぽ》重い。
猫のミロあつたかくないよ。
これは猫の弟ミロ。
猫のミロもうごろごろしない。
これは猫の弟ミロ。
猫のミロ小屋にゐたの。
猫のミロきつとぶるぶるだつた。
これは猫の弟ミロ。
猫のミロまだふはふはの毛。
猫のミロおてて曲がつたままで。
これは猫の弟ミロ。

7

猫のミロにあげました。
お花二つ、
白く黄色くあげました。
夜《よ》の只中《ただなか》にあげました。
猫のミロ、
おまはりさんと行きました。
眞直《まつす》ぐ眞直《まつす》ぐおまはりさんと。

8

小屋の前のニャア。
ニャアニャアおすわりしてたソラ、
猫のお兄ちやん猫のソラ。
猫のソラまたあぐらの上に、
今は一人あぐらの上に、
なんでかもうニャアしないけど
やつぱり日だまり猫のソラ。
次の春のきらきらに
ソラのニャアはあるよねえ。
猫のお兄ちやん猫のソラ。
ぷかぷか降る降る雪みたく
つぎつぎニャアニャア聞かせてよ。
（ニャアにつづくごろごろは
誰にもあかるいものですよ。）

浜辺で

髙田　一葉

あの時聞いたんだ
この同じ浜で
波打ち際からの焼けた砂を
アチチアチチッと必死で走って来た私らに
そういえば昔母さんも
塩水担いでアチチアチチッて走ったんだと
国民学校三年か四年の頃
海に行くなら塩水汲んでこいって
みんな一升瓶持たされて
往復三里　よく歩いたわ
その塩水が何の役に立ったのか
ちっとも覚えてないけどね　と
笑っていた母

水平線という優しい囲いのこの浜に
何度独り座っただろう
夕日が佐渡に沈むまで
光の視線を見詰め続ける
何を探しに来たんだろう

あっ　ずうっと沖に父の影

いつも不意に海に出かける父に連れられ
私は浜で焚火の番をさせられた
泳ぐには冷た過ぎる海から
真っ青な唇をして上がって来ては
火に貝を放り込む
ジュウジュウと泡を吹く貝の音を背に
暖を取る父
子どもの頃を中国で過ごし
軍人だったおじさんに仕込まれたという
父の泳ぎは無口だった

その中国からの引き揚げ船で
父の妹のより子おばちゃんは
持たされた貴重なゴマ油の一升瓶を
転んで割った
流れていく油を前に叱られたことより
情けなくて切なくて
泣きながら海を渡ったと
どこで聞いたんだろう　ただ一度

そう　あれも

めったに海には来なかった祖母が
焚火の火をつつきながらふと
病院船では兵隊さんが亡くなると
海へ送ったんだと呟くのを耳にした
私の知らない昔
日赤の看護婦だった祖母
あんこ玉と甘納豆の好きな
いつも私の味方だった祖母の
秘め続けていた時が
水平線を越えていく

もう手の届かないところにある
たくさんの記憶が
浜を温めている
私より私に近く
茜の夕日が魂を染めていく

シャンソン

黄葉の細波が
窓一杯に輝いている
手にしたカップから昇る湯気に
ふと口ずさんでいた

どこかで拾った恋のシャンソン
過ぎた日を風に追って

まるで古傷が癒えないように
繰り返し思い出す
心を苛む言葉達
後悔に酔ったろくでもない日々を
散り続ける落ち葉が葬っている

ただきらきらと　きらきらと

瞳を射す眩しさの波に
人生の船乗りの歌が滲む
カップを包む
手の内の温もり
有難いことに
私の燃料はまだ尽きていない
さあ席を立って
今日の光に
帆を揚げよう

このまま　すっと

村上　久江

大地に緑が芽吹き繁り
蒲の穂は　いま茶色に彩づき
さわさわ秋風が寄せる

ローカルの小さな駅
ベンチに座れば少し傾いで　ここのところ
忙しく心の炎を熱く灯した
日日のことをふり返ってみる

行合《ゆきあい》の雲はふわりと浮かび
なだらかにつづく田畑
そのなかを幾すじかの小道がはしり
樹樹が重なり森のように見える
ぐるりの地平線に向かって伸びる

自然の織り成す凛とした爽やかさ
晴れやかさ
　このまま　すっと
　気配になって消えたい　と
穏やかな春の日に思った

思いを灯らす
裡なる光
わたしよ　いつの刻も懸命であったか

ああ　時よ
時という得たいの知れない
歴史の流れのなかに
わたしの生涯も流れて
いまも変わらない
　このまま　すっと
　気配になって消えようか

われもまた

偶然にして　必然の　　　　　　　　　切ない
巡り良い合わせ　　　　　　　　　　　と
成りゆき
という　事情も整わないまま

わが身体のなかの
不埒にして
神聖なる器官
裡なるが

ありふれた語彙の
一語一語を組み合わせ

そして　例えば
五線譜のなかに
四分音符　八分音符
ひと呼吸のブレスなど配し
奏でたならば
どんなメロディであったろう

人生は虚しい

南国土佐に雪が降る

近藤　八重子

二〇二二年の秋
茶の花が今までになく沢山大きく咲いた
茶の木は花で真っ白になった
茶の花は咲き方で雪の予想をするという
茶の花の予想通り
クリスマスの日
高知の山里は二日間ドカ雪が降り続き
五十センチ積もった
この土地で生まれ育った百才近い老人は言う
　こんなに雪が積もったのは見たことがない
雪国の人から見れば
たかが五十センチの積雪
されど南国土佐では五十センチの雪の重みは
停電を起こし
家々の雨樋《あまどい》を壊し
大切に育てた庭木を折った
高速道路を始め電車もバスも
タクシーも全てストップ
長靴を履いて外に出ても
雪が深くて前に進めない
近くの苺農家のビニールハウスも倒壊
出荷時の大粒の苺たちは
温室から一転雪に塗《まみ》れた
雪原を見ながらある落語を思い出した
　土方殺すにゃ刃物はいらぬ
　雨の三日も降ればいい
まさにそれに近い心境の
　百姓殺すにゃ刃物はいらぬ
　雪の三日も降ればいい
私の幼い頃
今は亡き父が雪が積もるたびに笑わせてくれた
　これが砂糖なら大儲け
淡雪　粉雪　細雪《ささめゆき》に粗目雪《ざらめゆき》
牡丹雪に綿雪
雪にもそれぞれ個性があって
それぞれの美しさで精一杯生きる

ＮＨＫドラマ「らんまん」に寄せて

二〇二三年四月からスタートする朝ドラ「らんまん」
高知県佐川町出身の牧野富太郎植物博士の物語
佐川町は植物や多くの小鳥たちが存在する静かな町

牧野富太郎が植物採集に盛んな頃
私の住む家の前の
田と田の間を流れる小川では
初夏になると
螢の群れが天の川のように輝き
幽玄の美しさを奏でたという

大きな源氏ボタルが先に現れ
源氏ボタルが姿を消し始めると
少し小さな平家ボタルが現れる
その行動は今も続いている
歴史を思い出させるような源氏ボタルと平家ボタル
誰が付けたのだろう
栄華の哀しさを……

佐川町には
牧野富太郎植物博士が名付けた
サカワ……という植物がいくつか存在する

その内の一つサカワサイシンが我が家にやって来た
掌サイズのハート型の葉
葉の茎の下で可憐な花を咲かせる
葉が薬草だと言うことで皆が持ち帰り
現在《いま》では見つけるのに大変だと言う

牧野富太郎を植物博士に導いたのは
佐川町の地で逞しく成長する多くの植物
珍しい植物の出会いかも知れない

納豆ご飯

水崎　野里子

ね　今度
納豆ご飯食べようね
おばあちゃんと一緒に
食べてね

もう少し大きくなって
玄界灘を越えて
ニホンに来たら
ナットウ試してね
日本人は昔は
朝ご飯によく食べた
生卵と一緒に
おしょうゆちょぃとかけて

でも今ではパン食になった
朝ご飯
うちではね
あなたの日本のおじいちゃんは
ハイカラ生まれだから
ジャムとパンとフルーツの朝ご飯
簡単でいい

でも
ね
いつか　大きくなったら
納豆ご飯
おばあちゃんと食べよう
食べたい　おいしいよ

ソウルでいつかテレビで見たの
韓国のお年寄りの女性が
納豆みたいな大豆の食べ物を運んでいた
もうひとつの思い出　二十年前
中国旅行の時　日本語のガイドのおにいさんが
日本にまた行きたいって言ってた
日本の納豆みたいな食べ物を
彼のおばあちゃんが食べさせてくれたんだって
おにいさんは自分たちは
中国の朝鮮民族だって言ってた

納豆はどこから来た？
おばあちゃんは知らない

でもそんなのどうでもいい
おばあちゃんが子供のころには
典型的なニホンの朝ご飯だった
海苔や梅干しとみそ汁と一緒に食べるの
おいしいよ
生卵はあなたにはきついかもしれないけど
半島ではナマでは食べないからね

生卵も典型的な朝ご飯だった
今は……多元文化
古いニホンが消えてゆく
ソウルも
でも贅沢言えないよ
ただひとつ　お祈りします
平和だといいね
ピカピカの朝ご飯がゆっくり食べられる

ソウルで食べようか?
トウキョウで食べようか?
ちっちゃなあなた
初めてのおばあちゃんの孫
二つの国の血が流れる
半島の血が流れる
大事に　大事に　育ってね
たくさん朝ご飯食べて

レース絵の予兆

石川　樹林

初日
陽光の優しさが
京都の美術館を包みます
母の「クンストレース絵」*
なごみのこころで
誰かの訪れを待っています

亡くなって十年
この大好きだった町へ
あなたと旅にこようとは
舞子さんも
五山の送り火も
「絵」にしましたね

二つの手
細い棒針とレース
編み目の方向と柄による
見たことのないような「絵」
編み目記号と図面
何度も　計算しなおして
編んでは　ほどき　両手の中へ
とてつもない時間
超絶技巧の労苦さえ
慈しむように一針　一針
棒針手編みの創作は
人生の喜びそのもの
温かさと笑顔
気取りのない気品まで
編み込んでいましたね

あなたが作品を愛おしかったように
作品もあなたを慕い
ここで一緒に待っているのです

想い出すのは　夢の予兆
透けた白いレースがきらきらと
露の光で煌めいていました
陽も　あなたの願いを叶えたいよう

そして…回転しはじめたのです

あっ　最初のお客様です
静かな感嘆の声が聞こえます

*クンストレースは、繊細さを特徴とした棒針の芸術レースといわれる。その技法で創作した「絵」は日本でも初の試みです

高台寺の満月

一二月の夜は　夜がふたつあり
満月も　ふたつ輝いていた
空と池　分かち合うように

静寂な　東山の世界は
ここに鏡のようにあった

かつての満月は
死の迎えでもあったのに
今の満月は二人を見下ろしていた

世界の炸裂のときでさえ
静かに石を踏む足音を
止めることができない

きっと　夜も離れがたいのだ
そのままでいたくて
魂に平穏を教えているらしい

黒い格調　水面の見事
満月はふたつ　高台寺

これからは

外村　文象

米寿を通過点として
いよいよ老境へ

未知の世界への突入
体力の衰えを感じながら

手足の動くことの幸せ
話をすることのできる喜び

二年後の卒寿をめざして
一歩一歩　ゆっくりと歩む

急ぐことはない
転倒すれば骨折する

これからは　言葉を磨いて
生き方上手に暮らそう

笑顔あふれる毎日を
常に前を向いて

行けるところまで行こう
心配することは何もない

足許を見つめて
たしかな前進をしよう

自分に言い聞かせながら
昨日と同じように明日も

元気に朝を迎えよう
光と風を感じながら

孤独から脱出して
連帯を忘れずに

これからは　これからは
未知の世界と闘う日々

百歳以上が九万人

今年も敬老の日がやって来た

地元の自治会では
七十歳以上の高齢者に
赤飯の折詰が手渡される

敬老の日の集りがあり
素人の演芸が披露される
カラオケの参加者は多い

元気な百歳は歓迎だが
介護の手が要る人は困る
これからどこまで行くのか
長寿国日本の将来は

支えてくれる孫たちの数は少ない

ひ孫の誕生

つくづくと長生きしたものだ
ひ孫の誕生に会えるなんて

孫娘が男児を誕生した
二〇二二年九月二二日

私とは八十八年の年の差
めでたいことだ

血を分けた子孫が
増えて行くことは心強い

自慢することのない
ひいじいさんの生涯だが

嵐の中を強くたくましく
生き抜いてほしい

真紅の信州りんご

青木　善保

秋の満月は次第に光を減じていく
山裾を広がるりんご園は真っ暗闇になる
完熟を前に　太陽の願い―全生物の共存共栄―を紡いでいる
突然　真紅の衣を纏《まと》うリンゴ女神が顕れる
太陽神の願いの光を指先に灯してりんごの実に触れていく
暗闇のりんご園を蛍舞うように遠ざかっていく
赤黒い月面が次第に光をとりもどす

ラジオから「一人歩きの登山」が流れる
一腕一足の障害をもつ若者が
一週間かけて　北アルプス　上高地から槍ヶ岳へ
登山したと　流れ下る急流に架かる丸木橋
槍沢の大きな雪渓は槍ヶ岳近くまで続く
槍ヶ岳肩ノ小屋のゴールには　多くの登山者が　拍手で迎えた
この挑戦に協力援助した無言の大きな力を感じる
勇気ある若者に真紅の信州りんご届いたか

ガリリと信州りんごをかじる
台湾の子たちよ
隣人と共存できる道を創造しておくれ
ガリリと信州りんごをかじる
ウクライナの子たちよ

長い歴史的苦難　軍事侵攻をはねかえし
人類共存の橋を築いておくれ
ガリリと信州りんごをかじる
アフガニスタンの子たちよ
サッカーを基点に
貧富の壁のない共栄の道を造っておくれ
ガリリと信州りんごをかじる
日本の子たちよ
武器を持たないアジアの平和共生の道を
ねばり強く切り開いておくれ

雪の朝

雪は一日降り続く
雪は豊作の知らせ
白雪姫のお便りが届くか
長野城山麓の町は雪に覆《おお》われ静かに眠る

雪が止み　まぶしい冬の太陽が顔を出す
窓を開ける　白銀の世界
家の前の四メートル道路が
きれいに雪かきされている
ふと　晩秋の落葉が
きれいになっていたこと思い出す
どなたの御奉仕かわからない

寒気きびしい雪景色を
戴いた温かい心がみつめる

お墓の草と土

小山　修一

妻と二人
巣鴨駅で下車して
散策しながら
染井霊園高村家のお墓に向かった。

重厚なのにシンプルな段組みの暮石《ぼせき》には
格調高い隷書体によって高村氏と刻まれ
一面、大きめの玉砂利が敷いてある。

何段かの石段を上がって
手を合わせ
葉を広げているドクダミをプチプチ引き抜く。
参道に下りて
名知らずの草を毟《むし》る。

僕らは
下げ花置き場に草を捨てて
手を洗い
お墓に戻って
もう一度手を合わせてから
三年ぶりの霊園を後にした。

帰路の電車の中で
摑まり棒を握っている右手に目をやると
爪に土が潜り込んでいた。
指には
指紋のかたちして
草の灰汁《あく》が滲み残っていた。

※高村家の墓には光雲夫妻はじめ、光太郎・智恵子の遺骨が埋葬されている。

昭和二十六年に生まれた僕は

サンマを焼くけむりや
煮物の匂いが夕暮れを潤していた。
子どもたちの泣き声や
犬の遠吠えが訴えていた。
こっちにも向こうにも子どもがいて
ズック靴の爪先は破け
上着の袖には鼻水がこびりついていた。
裸電球の下の家族の生活は
薄暗く雑然として賑やかだった。

薪や練炭はガスや電気にかわった。
庭の片隅の井戸から汲み上げていた水は
蛇口を捻れば噴き出る
濾過され塩素消毒された水道水になった。
脱衣場には洗濯機、台所には冷蔵庫
居間にはテレビ。
マッチ棒は百円ライターに
有線電話はスマホに
箒《ほうき》は掃除ロボットにかわった。

今の生活は
快適で清潔で

先進的かも知れないけれど
灯りを消して目を閉じて
眠りに入るその刹那
昭和二十六年に生まれた僕は
得体の知れない現象がプチプチ弾ける
深い闇の底にいて。

常緑樹

広げた枝は
根っ子のかたち
天と地と
絶妙な
バランス感覚

季節にかかわりなく
はらり　ほろり
葉を落とすのは
新芽に居場所を譲るため

そのように
人々が
常緑樹の樹冠に棲んでいた頃

落葉樹林

炎天に晒され雨風に叩かれ
日々の展開のうちにあって晩秋
風が吹こうが吹くまいが
自らの意思において
時機を見極め
きれいさっぱり葉を落とす

筒抜け　と　なった
山並み　の　遥か　遠くに
雪を被った富士

人々が
落葉樹林に棲んでいた頃

俳句・短歌・狂歌・作詞

「異彩」「超現実的幻想」の同郷俳人
――石井露月と安井浩司

鈴木　光影

石井露月の「365日」

今年二〇二三年は、秋田県の俳人・石井露月（1873～1928）生誕一五〇年の節目の年である。文学を志し秋田から上京した露月は明治二十七（一八九四）年に正岡子規を訪ね、新聞「小日本」の編集に加わる。のちに高浜虚子、河東碧梧桐、佐藤紅緑と並んで「子規門下の四天王」と呼ばれるようになる。子規には「碧、虚の外にありて、昨年の俳壇に異彩を放ちたる者を露月とす」とまで賞された。元々患っていた脚気の再発もあり、故郷秋田・女米木に戻ったのち、嶋田五空らと「俳星」を創刊。また地元の医師として、地域活動家としても地域のために情熱を注ぎ尽力した。

そんな露月生誕一五〇周年にあたり、石井露月研究会（会長・工藤一紘氏）の周年事業として『露月365日』（春季・夏季編）が刊行された。これは、『露月全句集』（秋田市雄和図書館・２０１０）を元に、同研究会の副会長・武藤素魚氏が一年365日それぞれの日にふさわしい露月の一句を選び、鑑賞文を付したものである。

地元秋田の研究会の編集であり、故郷の大俳人を後世に継いでいきたいという強い思いが伝わってくる。また、一日ごとに異なる季語が使われた句を掲載していて、露月の句の多彩さを知ることができると同時に、日めくりカレンダーのように一日ずつ読み露月が生きて感じただろう秋田の四季を追体験するような楽しみもある。

試みに、三月一日の句と鑑賞を引いてみよう。

季語「春吹雪」
思はずの月ハ朧《おぼろ》に春吹雪　（大正12年）

毎年のことであるが、三月に入って少し暖かさを感じるころ、思わぬ雪に見舞われることがある。朧にけぶる月を見るべく、庭に出てみると、一面、息を飲むほどの吹雪であった、と言うのである。

四季折々、最も雅趣あるものとして「雪・月・花」が挙げられるが、掲句には春雪の清浄さと朧月が詠み込まれ、何とも贅沢で風雅な一句。春の吹雪は、本格的な春を迎えるための北国の厳粛な儀式でもある。

「春吹雪」は、季語「春の雪」の傍題だが、歳時記の例句としてあまり見られない。雪国特有のものであろう。また、素魚氏の「本格的な春を迎えるための北国の厳粛な儀式」という鑑賞から、その土地の生活者の季節の変わり目の実感を教えてもらえる。そこでは「朧月」との季重なりも気にならない。というよりも季重なりというルールから自由になって、北国の自然とその地に生きる人間の情緒が無理なく描かれている。月にかかっていた朧がいつの間にか雪雲になり、吹雪に包まれるという春の夜の天気の急な移り変わりに臨場感がある。「思はず」

という感慨も、自然にこぼれ出た生活者の言葉である。このような、歳時記的な「春の雪」の紋切り型の情緒ではなく、生活実感に根ざした季語の使用による俳句は、露月の俳句の魅力である。「地貌季語」として季語が多様化していくだろう現在の地方の俳句にとっても、注目されていくべき俳人であろう。

露月の「雄壮警抜」

東北ゆかりの若手俳人による俳誌「むじな」の2022年号の特集で、「【勉強会】東北の先人の俳句を読もう」として、石井露月は五人の俳人のうち一人として取り上げられている。浅川芳直氏の緒言「今、古い俳句を読み直す意義」では、「奥羽調」を説いた露月の邸宅「山廬」（山梨の飯田蛇笏・龍太の生家「山廬」よりこちらが早いことに驚いた）に多くの俳人が訪ねたことなど、当時の露月の存在感が紹介されている。誌面掲載前に事前に開かれたオンライン勉強会の石井露月の会には私も参加させてもらった。

露月勉強会の発表担当者は、秋田出身の若手俳人、斉藤志歩氏。勉強会は斉藤氏により露月の生涯やその俳句の特色「雄壮警抜」などが発表された。その後、事前に配布された「石井露月集」などからの斉藤氏の十句選と鑑賞、さらに参加者の十句選を合わせて、句会形式で露月の句を読み合う、有意義な時間だった。

斉藤氏の選で印象に残った句を挙げよう。

春立や蒲団清らに雨を聴く　　露月
鉱脈のいづち走れる夏野かな
行年の一日の晴を惜みけり

一句目は、他の参加者の選も含めて最も票を集めた句で、立春の季感が「蒲団清ら」「雨を聴く」によって情感豊かに表されている。

二句目はまさに「雄壮警抜」、正岡子規が『俳諧大要』で「善し」とした「壮大雄渾」な景、大地に漲る強大な鉱脈の地力と広大な夏野を現前化させる。現代に読んでもその雄壮さに胸のすくような思いがする。

三句目について、年末は曇りがちで晴れの日は大切に惜しむべきという「雪国に暮らす人間の率直な感覚」に共感すると斉藤氏は解説した。ここでも、〈思はずの月ハ朧に春吹雪〉の句に共通する、その土地の生活実感がある。

なお私の露月十句選の中の三句も紹介してみたい。

張りつめし氷の中の巌かな　　露月
僧死んで月片割れぬ峯の上
地震やんで日暮れて秋の雨がふる

一句目、固く大きな自然物である巌が冷たい氷に包まれ、氷とも巌ともまたは名付け難い何かとも言えるような巨大な物体と化している。北国の得体の知れない霊力が結晶したものを詠んでいる。そして作者はその張りつめた様を凝視している。

二句目、僧の死により、彼の世への入り口がひらいたかのような月片の割れ。峯は霊山であり此岸の端だ。すぐそばにある超現実の世界、死後の世界が描かれているようだ。

三句目、露月の生きた当時も地震に襲われたときの日暮れの不安感は変わらなかった。東日本大震災で東北は甚大な被害を受けたが、その時は雪であった。また夜は満天の星を見たという被災者もいる。秋の雨は天からの何らかの啓示のようでもあるが、ここでも無力な人間はただ降られるままだ。

子規に称賛された理由も頷ける、露月の句の多彩さと時に現実を超えていく想像力、現代に通じる魅力を感じた。

安井浩司の秋田

石井露月が没してから八年後、秋田県能代市に誕生した安井浩司が、昨年亡くなった。生前から準備をしていた書、句集『天獄書』、『安井浩司読本Ⅰ　安井浩司による安井浩司』『安井浩司読本Ⅱ　諸氏百家による安井浩司論』が金魚屋プレスより刊行された。『読本ⅠⅡ』の編集委員は坂巻英一郎、大井恒行、九藤夜想、鶴山裕司の各氏である。まずは『読本Ⅰ』の自選百句から作品八句を引いてみる。

渚で鳴る巻貝有機質は死して　『青年経』
鯛よぎる青葉の扉に渦ひとつ　〃
逃げよ母かの神殿の加留多取り　〃
ひるすぎの小屋を壊せばみなすすき　『阿父学』
麦秋の厠ひらけばみなおみな　『密母集』
稲の世を巨人は三歩で踏み越える　『霊果』
睡蓮やふと日月は食しあう　『汎人』
山や川されど原詩の鱒いずこ　『四大にあらず』
天類や海に帰れば月日貝　『空なる芭蕉』
さそり星はたき落とさん草の家　『烏律律』

「前衛的」や「難解」と評されることの多い安井浩司の俳句だが、秋田の土地を創作の背景として、「原詩」としての俳句を追求した俳人であったことがおぼろげながら見えてくる。ちなみに秋田で鱒といえば、県北部の田沢湖のみに生息していたとされる絶滅種「クニマス（国鱒）」が想起される。

またその『読本Ⅰ』の巻末には「生前ほとんどプライベートを明かさなかった」という安井浩司の自筆年譜が収録されている。難解とされる浩司の俳句に対するのに、浩司の自意識からの手掛かりとして貴重である。

その年譜中、一九五二年（十六歳）に「文芸部へ入部」「いよいよ俳句生活開始」「石井三千丈の〈俳星〉に関係。句らしいものを作った」「俳星句会に出席」とある。ここで「俳星」を創刊した石井露月が繋がる。ちなみに露月も医者だったが、浩司は歯科医だった。

なおこの自筆年譜の書き出し、一九三六年（満〇歳）には自身が生を受けた地、秋田県能代市材木町の地理的な特徴が次の様に記されている。

「米代川の川べりに大きな貯木場と製材工場あり。海（日本海）、川（米代川）、山（出羽山稜）の遠近法の中に眼を開く。／丑吉《うしきち》（鈴木注　浩司の父方の祖父）能代町（能代市）に出て製材業をおこす（以下略）」

秋田は古くから天然秋田杉の産地であり、県北部の米代川上流で伐採した木材を筏を使って沿岸の能代まで流送し、そこから敦賀など全国へ出荷していた。米代川は北秋田地域や能代にとって生活の源であるとともに、浩司にとっても原体験の自然であった。

浩司七歳の時、「梅雨の川の急流で船遊びをし、河口に流されて九死に一生をえた（今でもこの恐怖感がある）」とある。人を生かしも殺しもする計り知れない自然の闇を、浩司は少年期に体験した。同書のインタビュー（二〇一四年・聞き手　鶴山裕司）では、「生家のあたりに行くと、安井さんの作品世界がちょっとわかったような気になります」との鶴山氏の問いかけに対し、浩司は「何かあるんでしょうね（笑）」と曖昧に答えている。

「海、川、山の遠近法」であり、生まれ故郷の秋田・能代の地が宿す何かが安井浩司の「前衛」俳句の「後衛」に控えているようだ。

石井露月と安井浩司

実は安井浩司はその著『聲前一句――私感俳句鑑賞』の三十五句の中に露月の一句〈吊したる雉子《きぎす》に遅き日脚かな〉を入れている。露月について多くを読んでいる訳ではないと前置きをしつつ、「その寸歴によれば、正岡子規に接しつつその超現実的幻想は注意を引くこととなったが、何故か、秋田に医を業として帰郷した、といった事柄が記されている。まったく己れ自信を苦笑するしかないのだが、私も露月と同じようなくだりで、つい先程、同郷に帰伏したのであった」と自嘲しつつ露月と自身の符合を語っている。

また掲句については、「虚空の中、垂直に〈吊したる雉子〉の眼にうつるのは、縹緲とした時間の去来だけであろう。空間と時間の切り結ぶところ、月並にない精神の凝点を発見していよう」と評する。

この書の後記には「ここに取り上げたのは、特別の意図のもとに選び出された俳人ではなかったし、決してそれぞれの俳家の名句でも秀句でもなかった。ただ、私自身、折々の失語状態からささやかな発語を誘ってくれた一家一句であるにすぎなかった」と記している。

露月と浩司、時代を隔て、作風も異なるように見える。しかしどこか相通じるものがあるのは、郷土秋田を重要な起点として、いつしかその土地に縛られずに自由な「超現実的幻想」を俳句に結晶させたところではないだろうか。翻ってそれが秋田という地の一つの文化的特色であると言えるのかもしれない。

現在、アンソロジー詩歌集『多様性が育む地域文化詩歌集――異質なものとの関係を豊かに言語化する』を公募中であるが、直接的にせよ間接的にせよその土地が受け継いできた文化が表現者を通して詩歌作品に息づいていることと思う。多様な「異彩」が協演されることを期待している。

ノアの舟

松本　高直

人ばかり眺めて帰る花見かな
来年は咲かぬと桜駄駄捏ねる
空爆のない国にいて桜狩
嘴太を心の銃で撃ち落す
遠雷がパンドラの箱抉じ開ける
夏の夜の夢また夢に嘆息す
蟬時雨木陰に張り付く人間《ひと》の殻
暗雲の後に隠れる天の川
戦争が歴史の教科書塗り変える
蒼天のど真ん中に目玉描《か》く
闇市で密売人から化け猫を買う

弁明と一緒に砲弾飛んでくる
北斎の大波かぶるノアの舟
鱗雲平和の欠片《かけら》七重八重
木漏れ日の小道で拾う嘘の束
風説が鵲《かささぎ》の橋に落下する
浮雲の一つ一つにルビを振る
鼾かく番犬たちの文化の日
紅葉の記憶の森に歩み入る
真昼間のベンチで齧る芋けんぴ
気の抜けたソーダのような歳の暮
寒風に羽根《シャトル》の如く狂句舞う

烏鷺の修羅

山﨑　夏代

風冷えびえ聞くに聞かれぬことばかり
鮭の秋どうだ今夜は指話いこう
橘中の激戦は無言夜の長さ
烏鷺《うろ》の修羅木枯らしの夜の明けるまで
木枯らしや盤上ぎらぎら魑魅魍魎
この一手これが敗着明けの寒む
敗局の新酒の香りのいい難し
一局の勝者がぶりと林檎喰う
荒野には雪を妊《みご》る鬼女がいる
「ウ・ロ」の修羅幻視ならざる吹雪と兵
「雪降り積もれ」修羅の地に死す子に母に
凍土の地亡者ゆらりと立ち上がる

＊「橘中」「烏鷺の戦」「指話」は囲碁の別称。他にも別称は数多あり。

蝶とカモメ

藤谷　恵一郎

共生に生きる蝶かな邪気知らず
水撒けばホバリング蝶花の前
光撒き開閉見せる蝶の門
蝶の羽スフィンクスの謎の門
羽ひろげ美しき死かなアゲハ蝶
バレリーナジャンプそのまま死へと蝶
窓に蝶何を見ている昼下がり
娘恋いわれも泣きたし未明の鹿
駆け抜ける鹿の命や能《の》勢《せ》の森
極まれる解《げ》夏《げ》の緑やユリ一輪
つくつくぼうしうたたねの糸紡ぎゐる
ひまわりや君は来らず夏の果
こすもすや窓辺に挿せば妖精飛び
君が手のノックの音に春を知る
いく度でもシュート見ているドーハの夢
春銀河抱きて死なん孤死ならば
微宇宙と命思わん天の川
死の鳥が地球の冬を抱いている

＊　＊

原子核鳴きかわしいる夏カモメ
感情のキャッチボールなき秋日暮れ
二重スリット見てはいけない春の波

没事儿

絶好の球春風に流され来
申告後洩るるハミング鷹鳩に
切り飛ばす十《とを》の足爪星朧
麗春や轢かれかけたる鳩逃げて
春や昔ここ川蒸気船着き場
「トカ、トン」で休む槌音春暖か
母いつも手首に輪ゴム昭和の日
「没事儿《メイシーア》」とは「大丈夫」夏まもなく
王将の避ける角道桜実に
雷鳴も今は遥かやカフェテリア
風吹けど止みまた元の梅雨湿り

原　詩夏至

瓦礫踏む小さき蹠《あなうら》夏日影
病葉といふ夭折の葉も稀に
鋼鉄の鎌錆びゐたり夏館
炎昼や鴉こゑなく物蔭に
ぶううんと何か唸りて熱帯夜
横たはる大き鼠や日の盛
「空母」この淡き字面や南風
真つ白な鳥立秋の水際に
讃美歌に似て蜩の昼下がり
またすれ違ふ流星と願ひごと
旋回のへり傾くや鰯雲

伝言板

福山　重博

手のなかの檸檬が砂になる夜明け
蚯蚓鳴くあしたもきのうの風が吹く
ぬけがらのまちたそがれのいぼむしり
鵙の声熟して堕ちてゆく夕陽
秋深しカナリアの墓ハトの墓
星月夜あしたの自分の設計図
行く秋や無口なメドゥーサ長い影
行く秋や荒野で吠える首都の犬
憂国忌紅茶が苦いひるさがり
冬銀河昭和の駅の伝言板
冬の夜の魔女のためいき羽根のペン

大都会無欲な冬の薔薇が散る
極月の虎の咆哮酒の海
冬の蠅終着駅のカレーパン
ふゆざくら蕎麦屋の二階という虚構
叔父の背の未完の刺青山眠る
風花や義姉住む町の手打ちそば
もがり笛ボルヘスの本ポオの本
夢に見る巴里のメトロや寒鴉
本屋もぼくも絶滅危惧種年の暮
はつひのでまだはこぶねはみかんせい
湯豆腐を去年のあなたと食べている

屠蘇

今宿　節也

わが幼児の頃
天保の曾祖母《ひいばば》まずは屠蘇の座へ
初午やもてる奴《やっこ》に武者腐る
サーキヤの名の人もゐて花祭
すぐ裏は本能寺なり梅の宿
猫カフェの人猫めきて春深し
吾れいまだときめきもあり四月尽
春の宵　仁丹塔のありし頃
子供ノ日　ワルイコトッテ魅力的
ふと宥す気持ちになりし五月雲
すっと入る撫子小紋躙り口
思ひきり気侭に秋の麒麟草
夢でさえ主役となれぬ夜長かな
亡き友の無言の夢や秋深し
謎多く逝く人もあり彼岸花
のど黒の皮やはらかく能登の秋
鴨のなかのちさき一羽を目で追ひつ
書き辛き返事を残し師走かな

戦中
胸を病み薯粥冷えて生くるべき
雪の夜のムーラン恋し待子亡く
ざわわざわわと硝煙のきび畑

戦後
宮城県の村にも多くの復員兵が帰還して賑はったが、
ある日兵事係が戦死の公報を持ってくる
おらいの孫まやえんやとばば泣き狂ふ
月翳けていかに戦争《いくさ》のおぞましき

斑鳩へ

水崎　野里子

遙かなる時空を超えて斑鳩へ
斑鳩《いかるが》はイカルとも呼ぶ雀目アトリ科
イカルなりイカルガなりてわれに謎
イカルとはあたまの赤く黄色嘴
イカルとはイカルガの雄と枕の草子
斑鳩は巧みの鳥と清少納言
マメ回しその名別名豆とは木の実
古代より愛されし鳥の名前のいとし
斑鳩は鵤《いかるが》ともありわれに新し
何故に建つ法隆の寺斑鳩の里
東大寺春日神社とは離れてありぬ

青丹良し奈良の都の鄙《ひな》にあり
今さらにやまと古代の歴史建つ
斑鳩の綴りに鳩のわれに謎
われ歩く法隆寺伽藍は大きくて
白砂を歩むわが脚砂のなか
金堂と五重の塔の威厳の高く
しばし見上ぐ五重の塔の雲を突く
鳩のごと天まで届け法隆の夢
和よ立てよ法よ立たんか斑鳩世界に
聖徳の太子に惹かるるわが旅路
和となして世の法の輪よこの今に

橿原神宮へ

水崎　野里子

近鉄の
橿原《かしはら》神宮前駅
鄙の里

バスもなく
タクシー行かぬ
すぐそこと

歩けとふ
われは杖なき
巡礼の道

駅近く
まずは入りし
辻蕎麦屋

蕎麦でなく
茶を一服の
ゆとり取る

すぐそこと
言はれし鳥居
見えずなり

茶を飲みぬ
蕎麦屋おばさん
地図くれる

駅道を
そぞろ曲がれば
鳥居あり

見上ぐれば
橿原鳥居
空を突く

畏みて
鳥居くぐれば
白砂の道

巨大なり
橿原の宮
杜白砂

常緑《とこみどり》
神木繁く
橿の木堅く

艶やかに
日に照る橿の
傘厚き

長々と
歩きし旅路
正殿に着く

畝傍山《うねびやま》
大和三山
はるかに眺む

すぐそこに
立ちし畝傍の
山見たり

古代への
旅路はるかに
胸の高鳴る

参拝の
われに伴ふ
若き巫女

朱の袴
まなこの紅の
アイシャドウ

さふなのよ
日本の化粧は
紅なのよ

あしびきの
畝傍の山は
御神体

笑顔巫女
さふ言ふわれに
地図くれし

疲れなら
登る登らぬ
勝手と優し

さらば正殿
思ひ出抱き
帰り道

道遠く
帰りの道の
わが汗しとど

一休み
球場の脇
高校ありて

飛ぶ鳥の
神武の天皇
今にあり

金の鳥
舞ひ降りよ今
檲の弓

古代への旅
神話よ立てよ
わが夢の旅

白砂の
道のり長く
耀ひて

正殿へ
畝傍の山の
佇まひ

参詣は
日本古代の
シュリーマン夢

飛ぶ鳥の
明日香の今よ
日に照りて

帰り道
彼方に見遣る
近鉄の駅

Pblo Neruda
a man of the people
spoke poetry to power

パブロ・ネルーダ
チリの国民詩人
抵抗の詩

Rumsfeld* was concerned
with unknown unknowns, but still
lied to start a war

ラムズフェルド*
知らぬ存ぜぬ
戦争開始

＊元アメリカ合衆国国防長官。W・ブッシュ政権下に同時多発テロが起こりアフガン侵攻が始まった。

The fourth of July* –
the founders would be surprised
by the fireworks

独立記念日*
建国者たちも驚きの
花火大会

＊アメリカの独立記念日は7月4日。

Great Olympic feats –
Ali's trembling hands*
lighting the flame

偉大なる五輪イベント
アリ手震えしも*
聖火点灯

＊1996年アトランタ五輪で元ボクサーのモハメッド・アリが最終走者。彼は当時パーキンソン病を患っていた。かつて彼はベトナム戦争の徴兵を拒否して世界タイトルを剝奪された。

Hummingbird Falls --
its shadow grows clearer
as we approach

ハチドリの秋
影が澄みゆく
歩み寄るとき

Ahead of us
a young hawk glides low and smooth
through the warm summer air

われらが頭上
鷹の若鳥低く飛ぶ
夏の空

GARLAND OF BLOSSOMS (5)
Haiku BY DAVID KRIEGER
Translated By Noriko Mizusaki

花の冠（５）
デイヴィッド・クリーガー作
翻訳：水崎　野里子

Three tortoises
basking in the summer heat --
no sumo today

亀さん三匹
熱き陽浴びる
お相撲駄目よ

I finished reading
The Book Thief *today –
sad story

読み終えた
『本泥棒』の本*
悲し筋

*マークース・ズーダック作。1975年オーストラリアのシドニー生まれ。両親はドイツとオーストリアからの移民。ベストセラーになった。ナチス政下のドイツ、戦争により家族を亡くして里子に出された一人の少女は本泥棒となる。数奇な運命を辿る彼女の一生を死神が物語る筋。

A distant dream
of global solidarity –
polish your empathy

遥かなる夢
国際団結
やさしさ磨け

Sadako Peace Day --
we gather to remember
the innocent children

栗原貞子平和の日
共に追悼
子供犠牲者

Here we are
halfway through another year –
is the planet speeding up?

もう今は
一年の半ば
光陰矢のごとし

Fight the pandemic
with empathy, self-interest
and global solidarity

闘えパンデミック
他者に愛自分を大事
国際団結

*南アフリカ共和国の政治家。アパルトヘイト（人種隔離制度）の活動家。

A fly is buzzing
round and around my study --
quick, get the chopsticks

蝿がブンブン
書斎をグルグル
急げ！箸持て！

No walk today --
I'll have to visit Tortoise Creek
in my mind's eye

今日は歩かず
亀川行かなきゃ
心眼で見る

In the dark of night
the coyotes are silent –
I await their howls

宵闇に
コヨーテ沈黙
吠え声を待つ

The full moon --
crickets serenading
and you by my side

満月や
コオロギ小夜歌
君のいて

8:15 am.
August 6, 1945
frozen in time

午前八時十五分
1945年8月6日
時間は止まる

Hiroshima –
what kind of nation is proud
of its mass slaughter?

ヒロシマで
どの国誇れる
大量虐殺

Make war, rebuild
make war, rebuild
how stupid are men?

戦争・再建
戦争・再建
人間愚か

The cat yawns
I yawn
the cat yawns

猫あくび
われもあくびす
猫あくび

We ate fresh guavas
drank from a clear stream
and played in the surf

グアヴァの実喰い
清き水飲み
波乗り遊び

Reading Hemingway
so much is interior
so much is macho

ヘミングウエイ
大いに内的
大いに大胆

I was very young
when I arrived in Paris
on Bastille Day

若きわれ
パリに着いたは
革命記念日

The years pass faster
as we race around the sun –
what's the big hurry?

歳月過ぎる
太陽一周マラソンレース
あわてるな

At Overlook Park
an old man sits in the sun
feeding feeds the squirrels

公園で
日向ぼっこの老人ひとり
リスに餌やる

The first nuclear test
created a new era --
made the world brittle

世界で初の核実験
新し時代の幕開けよ
世界の崩壊

Nelson Mandela*
is your birthday buddy –
how great is that

ネルソン・マンデラ*
誕生は君と同じ日？
そいつはすごい

森のはじまり

鈴木　光影

空は動かぬコスモスが狂ふから
この秋思ささがきにして飛び散らす
からすうり雨の包める二月堂
一斉に我に向く墓秋の暮
垂直に入るる箒や冬立ちぬ
蝶凍てし処より森はじまりぬ
谷底と知らずに降りて冬の星
狂はざる弱さに崩れ冬薔薇
白息を確かなものと諾へり
少年に微かな眉間霜の花
彼方より見えくる微笑冬霞
極月のこころ体に引き摺られ
魑魅魍魎噴き尽し去年今年の火
初日の出ジャコメッティの影を曳き
藁薦に奥の間のあり寒牡丹
奇術師の指から滑り落つる冬
ブロック塀に万両の実の盛られたる

北鎌倉四句

枯葉浮かべて艶めかし甘露の井
高野槙うねりくねりて寒の晴
冬座敷丸と四角で済みにけり
着ぶくれて三人分の墓参かな
春永の龍の目玉がついて来る

そろそろ何か

たびあめした　涼香

そろそろ何か始めたいと思った英語で話す夢を見た朝

ボレロのように元気になりたいと思うつくつくぼうしもそうなのか

親の顔見えるわけでもないくせにまだまだ育つ勢いのパキラ

かつおぶしが光り輝いて見えるのは私が王様ではない証拠

極端を堂々巡りする日記が添削されたがっているみたい

恐怖症をやめたらいいだけのはなし宝くじなど当たるわけない

大容量オールインワンゲルを買い長生きするつもりだと気が付く

魚のような泡が浮かび鬼のような考えが浮かぶ風呂場は

こころなしかひかえめにしてくれているカラスの会話がある朝の四時

どうせ三つ子の魂百まで無断早退する夢をまた見た

酔明

岡田　美幸

いいのかよカノン進行の日常　辞めた後輩出世していて

気付いたらわたしひとりになっていたお洒落なカフェのケーキまろやか

百円分好かれたいけど責任はとりたくないのクレーンゲーム

背伸びして大人で過ごす帰り道はちみつ色の甘い夕焼け

バーガーに齧り付きたい　人生がセンチメンタルお遊戯会で

安眠のラベンダー湯で思い出すおばあちゃんちの紫ポプリ

本当にこれでいいのか仰向けの目線でなぞる天井の木目

ワンルームＴＶそのまま喋らせてホットケーキを八つに刻む

キラキラなだけでは日々は越えられずホヤ酔明をぬちぬちと噛む

取り寄せたホヤ酔明を噛みながら明日はきっともっと楽しい

夜の静寂

村上　久江

夜の静寂屍《かばね》のごとく眠れるに喉がかさかさ水を欲しがる

頭と尾ばさりと落とし子持鰈《かれひ》みりんと醤油にくつくつと煮る

亡夫《つま》よまた夢に出で来て無駄づかひ駄目ですなどと叱つてくれぬか

目尻垂れ頰のこけたる権力者三期目続投と我意張り通す

昨夜《きぞ》の雨にしたたか打たれし鶏頭のぐたりといまにも倒れさうなり

ピオーネとふ葡萄の甘さよ老いらくの恋などとふと呟きてみむ

役目なれば期限つき返答せまる文メールにしたため送信を押す

うつくしき死を希みたる青春の淡々しき日々還らざるなり

細々と営みてゐしラーメン屋裸電球残し店閉づ

独り身の心寂しき息子《こ》の皿にもう少しと嵩を盛りゆく

動悸

原　詩夏至

ギンズバーグの真似をしてきみ今もギンズバーグの詩を夏の月

黒い群れない痩せ鳩が一羽だけいてこの更地間もなく工事

本当はまだない夏の思い出のため少年が蟹追う渚

渾身でもがく小蟹をまた砂に戻しまた一人の夏休み

まだ赤い果肉の残る食べかけの西瓜夕日に輝く波間

ビル一つ爆破し終えてまた次のビルへパルクールの異星人《エイリアン》

炎上の呰尻目に盗賊が逃れ入る夕森散り散りに

点々とプールに躍る水紋の不思議夕立だと気づくまで

誰かふと呼んだ気がしてきみが振り向く教会のバザー夏風

その声はやがて必ずきみを連れ去る草原の空の彼方へ

踏切が不意に鳴り出しまた不意に鳴り止む遠いところ夕雲

たこ焼きを食べて男が黄昏れているまだ日の高い遊園地

マイバッグ提げて女がうなだれているもうバスの去ったバス停

月の砂漠に手を繋ぎ横たわる王子と姫のミイラ静かに

炎夏頷く鳩たちに開戦を告げ知らす街路の拡声器

良夜静かに床下の蟋蟀に聴き入るベッド裏の盗聴器

ずっと前からこうしててこれからもずっとこうしてゆく月《ルナ》と地球《テラ》

若枝にリンゴ熟れつつもう誰も帰るつもりのない楽園《パラダイス》

寝て覚めてまた寝て覚めた暁の動悸まだ激しく夢うつつ

停電の闇に灯した蠟燭を消しまた闇に還る太初の

余剰の旅路

大城　静子

夕映えをめでつつ唄うや夕千鳥老いは彼方に闇をみており

夕映えの那覇の港の夕千鳥思いかなしぶ八歳の記憶

コロナしぐれ白髪《しらが》細やぐさみしさも帽子にまるめて余剰の旅路

コロナしぐれ駅頭散歩で気慰み老いの巣籠り二日が限度

ぼうっとする時間の余裕ない老いのペンを惑わす松虫の声

陰々と江戸川土手の虫の声惨事の影さし散歩にゆけぬ

冬至雨に負けず踏張りこの先の米寿の坂へステップ・バイ・ステップ

なぜ・なぜ老いの年金減らされつ増税予算の動き不可解

大鳥は鳩を狙うや人間は狙いすまして国とり合戦

イタチにも負けず劣らず縄張りの争い絶えぬ人間界は

モノ言えぬ軍国時代八歳の雑文ちらしが癖になりて

文学の学浅きペン握りしめ自我とのたたかい余剰の旅路

振り返ればあの四辻で方向を間違っていた間ぬけな人生《ひとよ》

思い葉の塒《ねぐら》無くした鵯《ひよどり》は夕映え空をお山へ帰らむ

迷夢考迂回しつつの長い旅遅まきペンが老化を支う

老い先は依頼心持たず生《い》くがいい強気で生けば終り明るし

街路樹の落葉さらさら去ってゆく〈ではお先に〉と老いを横目に

落木の並木通りの空っ風マスクマスクの師走の人波

コロナしぐれ師走のスーパーご馳走づくし老いもいそいそ食の選択

弾道のミサイルの影かダーク・スカイしょうしょうとして北風の音

全山紅葉

水崎　野里子

朝早く公園あゆめば一面に赤きもみじ葉道に降り敷く
昨日の雨に濡れしかもみじ葉は泣きしごとくにしとどに濡れて
見上ぐればもみじの木々は葉を付けてくれない炎の晩秋らしき
敷きいたる道上くれないもみじ葉は小さき赤子のひろげたる手
血の色の赤子の手のひら無数にて避けて通れず靴で踏み浸む
思ひ出す鳴海の英吉詩に書きぬ全山紅葉沈黙なりと
北支那の攻防巡り日本の兵士勇壮に戦ひありしソ連の兵士と
ノモンハン興安陵に牡丹江国境巡り戰の寒し
兵糧は飲む水ありしか日本兵遠き北支那いくさ惨敗

負傷せし若き兵士を背負ひゐて投降鳴海全山紅葉

鳴海なる英吉詩人の残したる膨大詩集を再び読みて

もはや今涙もいでずウクライナ民の苦難に重なる寒さ

沈黙の破壊の街の静けさや裸木黒く空《くう》を突きたり

負けいくさ勝ちいくさなど幾多あり戦乱去らぬ地球惑星

いつの日か神の沈黙あらむかなからっぽ惑星紅葉燃える

おとし蓋

福山　重博

蜘蛛の巣と埃にまみれ廃屋でカラスが読み耽る「黙示録」

ふりむけばわたしの左右の靴底が剝がれて舗道に貼り付いている

蒟蒻《こんにゃく》の手綱結びは元号が何度変わっても飽きない神秘

おとし蓋とれば手羽先と共に在る嵩なき秋茄子さびしく笑う

群れるのが嫌いで路上を一枚で転がる落葉踏み潰される

録画しておいた『素晴らしき哉、人生！』留守番しながら見てるクリスマス

初日の出空き家のポストで一枚の暑中見舞いが凍えている

もうヒトにはもどれないトラ密林でバターになってきょう賞味期限

人間だった時のわたしの足あとが廃墟の隅で干からびている

むかしむかし虚構のような街へ行き名画座で見たコクトー『オルフェ』

うねる低音

座馬　寛彦

水浴びをするお日さまの歓声がひびく道のべ金盞香《きんせんかさく》

白線に連れられるまま路を来て商店街の点景となる

カナル型イヤホン貝の水管を挿し込むようで　うねる低音《ドローン》

綿密に織り上げられた沈黙に一言撃てばわずか波打つ

緊張と弛緩ひかりと陰翳を意のままに着て月あびるひと

子に何か生き物でもと思う時ついその最期を想い浮かべる

念入りに果実袋を掛けるよう胎児に言葉を掛ける春闇

山村　三首

突き出した円錐形の山体の縁をぬらくらなぞるように行く

孤家《ひとつや》の小羽板葺の塀を越えみかんの露骨な色が鈴生り

取り返しのつかない濁り溜池がしいんと山のみぞおちに在る

「閑日月」の成果

座馬　寛彦

職引けば身は竹斎にちかづかむなど言へば妻知らぬふりする

歌誌「かりん」二〇二三年二月号、坂井修一氏の一首。「竹斎」は富山道治作の江戸初期の仮名草子の題名で主人公の名だ。「藪医師《やぶくすし》」で患者が寄り付かず、京都で貧しい生活をする竹斎が「心の留まらん所に住まばや」と諸国を巡り、滞在先で出鱈目な治療を行って成功と失敗を繰り返し、最後は江戸へ至る、世相風刺が利いた滑稽道中記。芭蕉の句〈こがらしの身は竹斎に似たる哉〉でも知られる。この歌では、芭蕉のように竹斎の風狂に共鳴しつつ職を退くわが身を自嘲的に「竹斎にちかづかむ」と言うのだろう。恐らく、そんな発言の裏に埋めがたい寂しさや不安も見る妻は、気遣いからあえて「知らぬふり」する。『竹斎』の当時の読者は、諸国を漫遊する身体的自由、滑稽を演じながらいつも至って真剣で周りから侮られてもどこか飄々とした彼の自由な精神性が痛快だったのだろう。そういう意味では、竹斎の境涯は一つの理想と言えるかもしれない。この価値観に立てば、「竹斎にちかづかむ」は「現役を引退」するに当たっての心構えとも受け止められる。

この坂井氏の一首を読んで、二〇二二年八月に刊行された、樋口忠夫歌集『閑日月《かんじつげつ》』（本阿弥書店）を思い出した。

職退きし自由な紡ぎにあふぎ見る夕焼けなほもあやに照り映ゆ

朝まだき絹を裂くがに高鳴ける百舌鳥あふぎ見るわれはノマドか

生を得て日日紡ぎゐるわがたづきこの安逸やいづこより来る

いずれも『閑日月』「つれづれ」から。退職後の暮らしの心境が詠われ、人生を形作る日々の生活が「紡ぎ」に喩えられている。一首目、「紡ぎ」の手元から空の雄大な夕焼けの美しさに視線が移る構成に、「職退きし自由」の精神に齎した恩恵が滲む。「あや（綾）なす」も「紡ぐ」の縁語で巧みだ。二首目、「紡ぎ」の成果物「絹」を「裂く」というのはどこか陰惨だが、繊細で高価な絹だけに忌避感を強く覚え、生活を懸けた縄張り争いを象徴する「高鳴き」に相応しい比喩。一方、そんな百舌鳥の姿をただ「あふぎ見る」自らに「ノマド（遊牧民）か」と問うのは、職を退き「縄張り争い」から無縁の我が身を再認識するからだろう。三首目、「生を得て」「この安逸やいづこより来る」の語に、決して安逸ではなかった「われ」の人生を想像する。「や」の詠嘆の深さは歌集を通して読まなければ分からないだろう。例えば、次のような歌。

ダイヤモンド・ダストは天の配剤なむ燦たる景に額《ぬか》さらし立つ

アルルなる〈跳ね橋〉いまし訪ひ来り娘は何処より観しかと見まはす

硝煙の合間を縫ひての聖地訪問　今し召されてテルアビブに降る

一首目は歌集冒頭の「北の風韻」から。「あとがき」にあるように、二〇〇三年、六十五歳で「勤務から一切身を引く」およそ二年前に、樋口氏は「愛娘の召天に遭遇」している。当時住んでいた北海道の各地を妻と旅する連作「北の風韻」には、直接娘の死が詠われていなくても、その影を見ずにはいられない。連作の歌材は風光明媚な景色ではなく、「当てなくさまよふ」ポプラの絮、「娘を悼む母の銘文」のある「遭難の銘」、「海霧《じり》ふかく鳴りしく霧笛」等。掲出歌は、極寒の中霧氷を浴びながらも、歓びさえ感じさせるように「燦たる景に額《ぬか》さらし立つ」と詠う。善し悪しに関わらず「天の配剤」を受け入れることで、僅かでも洗い流されるものがあるからではないか。

　二首目、退職後に「娘が心を寄せてゐたキリスト教へのアプローチ」をし「神学校での学びの縁で聖地巡礼に赴き、それが切つ掛けとなり娘の専攻の西洋美術史に繋がる西欧諸国を順次探訪した」と「あとがき」にあるが、そんな旅から生まれた歌だろう。ゴッホの油彩画で有名な跳ね橋、ゴッホが描いたようなアルルの強い日差しと豊かな色彩の中にあっても、「娘は何処より観しか」と見回す、そんな己の姿を写し取ることで、改めて娘への愛情を自覚するようだ。

　三首目、他の歌から「硝煙」がイスラエルとパレスチナの紛争を象徴したものだと判る。下の句に主語はなく、「われは」と読むべきだろうが、「娘は」として読んでしまう。危険を潜り抜けてこの聖地に娘の魂を連れてきた、そんな感慨が滲んでいるようなのだ。この歌のように、集中、各国で出会った宗教、民族の対立による戦争の影に目を止めた歌は多いが、この眼差しは、少年時代の戦争体験に端緒を持つのだろう。

　空襲の警報鳴る都度学童は息急き切つて家路を駆ける

　グラマンの機銃掃射のバリバリを背後に聴きつつ物陰に伏す

　闇空より雨のごと降る焼夷弾をさな心に適はぬと思ふ

　背の高き米兵銃をたづさへて学校の廊下を軍靴に歩めり

全て表題「銃後の記憶（戦後七十五年）」から。一首目の「息急き切つて」の生々しさ、二首目の描写から漂う緊迫感、三首目の「適はぬ」という諦念を「をさな心」に芽生えさせたむごさ、四首目の学校という神聖なはずの領域を軍靴で蹂躙する残酷さ。また、この一連には〈終戦となるに戦地で倒れたる兄の消息途絶えしままなる〉がある。このような歌を七十五年後に詠うことができるのは、戦争体験がいかに心に深い傷痕を残しているかの証だろう。

　欠けおほき土の器と思ひつつも吾は生かされて喜寿をむかふる

人生は決して美しくないし、壊れやすく脆いものであると認識し、「生かされて」在ることをこそ純粋に「喜」び「寿」ごうというのだろう。「セカンドライフの探索と希求」（「あとがき」）と表現した、退職後の日々に結んだ成果に違いない。「勤務から一切身を引く」ということは、生涯現役社会が叫ばれる現代において、世間からの逸脱とも受け取られかねず、勇気のいることだ。しかし、それを機に自らの人生をじっくり振り返り整理し、精神を自由にして世界を享受する、あるいは、仕事という繋がり方とは別の方法で社会と接続する、それも理想的な生き方ではないかと『閑日月』の歌群は語っている。

しょせんじゃない人生を

流れていくのは　年月で
矢継ぎ早に　めぐってくる
宇宙の歴史　鑑みて
自分の存在　問いかける
しょせん人生　五十年
しょせん人生　幻さ
しょせん人生　暇つぶし
だって　なにかが　欲しいんだ
夢だから　叶えよう
しょせんじゃない人生を

逃げていくのは　運だけで
見えなくなって　逃げていく
人の幸せ　うらやんで
自分の幸を　問いかける
しょせん　おれは　平凡さ
しょせん　おれは　凡庸さ
しょせん　おれは　へぼなのさ
だけど　なにかが　欲しいんだ
夢だから　叶うはず
しょせんじゃない　人生を

作詞　牧野　新

変わっていくのは　他人だけで
自分も成長　たくましく
黒歴史を　振り返り
自分に対して　ごめんなさい
きっと　おれは　天才さ
きっと　おれは　優秀さ
きっと　おれは　逸材さ
だから　なにかが　欲しいんだ
夢だから　叶えるよ
しょせんじゃない　人生を

人生はそんなもの

人生とはそんなもの
楽しくなきゃ　おかしいよ
だけど　カミサマ　いじわるさ
ぼくらを　浮き世に　捨てたのさ
幸せにするために

仲良くするために
みんなのために
ぼくらは　にんげん　ねえ　カミサマ
人生を楽しませてよね
なんで　ぼくらは　うまれたの　人間に

人生とは　深いもの
苦しいって　おかしいよ
だから　カミサマ　いじわるさ
ぼくらを　下界に　蹴落とした
幸を受けるために
平和を願うために
世界のために
ぼくらは　人間　おい　カミサマ
人生　苦しく　しないでよ
なんで　ぼくらは　耐えるのか　人として

人生とは　なんだろう
わかんなきゃ　つまらない
だから　カミサマ　信じない
ぼくらの　前世　おしえてよ
幸福を得るために
共同体のために
社会のために
ぼくらは　人間　あの　カミサマ

人生　わかった　悔しいな
なんで　ぼくらは　年取るの　残念だ

狂歌八首とおまけ（令和4年十月から十二月末まで）

高柴　三聞

出鱈目のこんな国盗らせてしまえ
　軍事に金をかけたところで

聞く力　全力で捨てたのか
　支持率落ちても　平気の平左

情けなや凡庸な悪と成り果てて
　褒美の寒鰤《かんぶり》ニコニコ食べる

やってますアピールだけが飛び交って
　何にもせずに時は過ぎてく

憂鬱に心寅われ逝く年に
　兎が如く逃げてみようか

屁たれども屁の子屁の子と騒ぎ立て
　やがて沈むか日輪の国

馬鹿息子、口の軽さに恥かいて
　親は誰かな？　総理大臣！！

うんうんと素直になると馬鹿を見る
　流れ流されあの世の岸田

おまけ
　こう世の中が不穏になってまいりますとおめでたいものもおめでたくないような気がしてまいります。「門松は冥土の旅の一里塚 めでたくもあり めでたくもなし」とはありますがなにはともあれここまで生きているという事を喜びたいと思います。本年もよろしくお願い申し上げます。

お迎えはまだ早いよと死神が
　長生きしてねと諭す日本

詩

Ⅳ

山頂と崖下――ビョークとカーペンターズ――

原　詩夏至

アイスランド出身の音楽家ビョーク（一九六五 - ）に「ハイパーバラッド（Hyperballad）」という曲がある。こんな歌だ（以下、日本語は拙訳）。

Live on a mountain
Right at the top
There's a beautiful view
From the top of the mountain
Every morning I walk towards the edge
And throw little things off
Like:Car parts, bottles and cutlery
Or whatever I find lying around

It's become a habit
A way to start the day

I go through all this
Before you wake up
So I can feel happier
To be safe up here with you

It's early morning
No one is awake
I'm back at my cliff
Still throwing things off
I listen to the sounds they make
On their way down
I follow with my eyes 'til they crash
Imagine what my body would sound like
Slamming against those rocks

When it lands
Will my eyes
Be closed or open?

（山に住んでいる
ちょうどその頂に
山頂からの眺めは
美しい
毎朝私は崖まで歩き
ちょっとしたものを投げ捨てる
車の部品や瓶や金属の食器
或いはその辺に落ちている物を

それはもう習慣になってしまった
一日の始め方

こうしたことを皆私はやりおおせる
あなたが目を覚ます前に
そうしていっそう幸せに感じられる
ここであなたと安全にいられることが

早朝
目覚めている者は誰もいない
私はいつもの崖に来て
相変わらず物を投げ捨てている
私は聞く
それらが墜ちながら立てる音を
そして目で追う
それらが砕けるまでを
想像して　どんな音がするかを
もし私の体があんな岩々に激突したとしたら

そのとき
私の両眼は閉じているかしら
それとも開いているかしら）

ラブ・ソングだろうか。だが、それにしては何かが不穏だ。例えば、ビョークと親交のあるイギリス出身の哲学者ティモシー・モートン（一九六八‐）は言う。「彼女は感情という回路基板の下にある配線を見せてくれる。つまり「私はあなたを愛している」といった真っ直ぐな気持ちがまったく真っ直ぐでないことを示してくれる。だからそういうラブソングは書かないほうがいい。書くなら次のような（つまり「ハイパーバラッド」のような——引用者註）曲を書くほうがいい」「ビョークの歌のメロディは、「あなたを愛している」と叫ぶのではない。それがあなたに示すのは、「私」と「愛」と「あなた」の、周囲とあいだと内側にあるぼんやりとした海藻の、曖昧で小さな繊細なものである」（『ヒューマンカインド』篠原雅武訳。岩波書店・二〇二二年）。だが、では、この曲における「回路基板の下にある配線」は、具体的にはどうなっているのか。
　順を追って見てみよう。まず第1～4行。私の場合、ここで直ちに想起されるのは、同様のシチュエーションに基づくカーペンターズの名曲「Top of the world」だ。そしてそれは、モートンの所謂「「私はあなたを愛している」と叫ぶ「ラブソング」」、つまり彼が「書かないほうがいい」と語った、正にそういう「ラブソング」なのだ——例えば、こんなような。

I'm on the top of the world 無題の予定
looking down on creation
And the only explanation I can find
Is the love that I've found
ever since you've been around
Your love's put me
at the top of the world

（私は世界の頂にいる
万物を見下ろして
どうして？　思い当たるのはただ
私が愛を見つけたということ
私はずっと世界の頂にいる
あなたが傍に来てくれてから）

幸福の絶頂。そしてその象徴としての山頂。だが、それは転落の不安を常に伴う――ビョークの場合も、又一見それより遥かに多幸的なカーペンターズの場合も。例えば、こんなふうに。

There is only one wish on my mind
When this day is through
I hope that I will find
That tomorrow will be
just the same for you and me

（私のたった一つの願い
それは今日が過ぎ去ったとき
また来る明日が二人にとって
今日と同じであってほしい
そのことだけ）

だが、「Top of the world」の「私」がそのことをただ願うだけなのに対し、「Hyperballad」の「私」は、そうではない。彼女は、毎朝「崖」に行って「その辺に落ちている物」（それも小石や野の花等ではなく、人工物としてのゴミ・ガラクタ類）をそこから投げ捨てるのだ――「習慣」乃至一種の「依存症」として（ちなみに原語「habit」には後者の意味もある）。

何故か。理由は「私」にも分からない――はっきりとは。だが「回路基板の下（＝無意識）にある配線（＝欲望）」の問題として、例えばこういうことは考えられるだろう。

まず、①そこに落ちているガラクタが二人の住む「この世のものならぬユートピア」としての「山頂」に絶えず侵入して来る「現実＝異物」と感じられ、不安だから。ちなみに、ここで言う「この世のものならぬユートピア」とは、比較のため再びカーペンターズを引くなら、例えば次のような状態のことだ。

Not a cloud in the sky,
Got the sun in my eyes
And I won't be surprised
if it's a dream

（空には雲一つなく
目には太陽の輝き
私は驚かない
もしこれが夢だったとしても）

或いは又、こういうことも考えられるかも知れない。②完璧な状態は常に新陳代謝を要求する――例えば、古代アステカの世界観が、宇宙秩序の維持のため、日々新たな人身御供を必要としたように。そして、その生贄には、誰もが選ばれ得る――この「私」を含めて。とすれば、「私」は、或る朝突然自身に「白羽の矢」を立てられる前に、別の何かを差し出さなければならない――あたかも教室で自分が「いじめ」の標的にされないよう、常に、誰でもいい、別の誰かを「いじめられっ子」に仕立て上げ続けなければならないように。そして、その「何か」こそが、ここでの「その辺に落ちている物」なのだ、と。

だが、いずれにせよ、この隠微でエゴイスティックな儀式は、必ず「あなたが目を覚ます前に」完了していなければならない――何故なら、「山頂」の二人だけの世界がそのような不断の「他者の排除」によって維持されているとすれば、その「ユートピア」性とは単なる欺瞞であり、それを「あなた」に知られることは即「破局」をすら意味しかねないからだ。だが、その一方で「私」は、かくも危険な秘密に関して完全に口を閉ざしたままでいることも出来ない――何故なら、それはそれで余りに苦しく不自然すぎるし、又その歪みの蓄積がいつどんな形で今の「幸せ」「安全」を脅かさないとも限らないからだ。

かくて、この（「マタイによる福音書」第六章第三節の言い回しを借りれば）「右手のすることを左手に知らせる」が如き奇妙な告白（「ハイパーバラッド」）は、正にこのような仕方で書かれ、歌われねばならなかった。但し、と言っても、それは自身の内的矛盾を一気に倫理的に解消するためにそうされた――あたかも神への告解のように――というのともやはり何かが違う。というのは、「私」にとって「あなた」は神ではなくあくまで恋人であり、その「あなた」に「私」が――かくも込み入った仕方によってであれ――ぜひ伝えなければならなかったのは「いかに私が正しいか（或いは罪深いか）」ではなく、やはり「いかに私があなたを愛しているか」なのだ。

だが、にも拘らず、この「まったく真っ直ぐでない」奇妙な「ラブソング」は、同時に又、不思議に潔癖に「倫理的」でもある。というのは、ここでの「私」は、毎朝、或る意味誠に身勝手で残酷な祭儀に携わりつつ、その「身勝手さ」「残酷さ」から決して目を逸らそうとはしていないからだ。或いは、言い換えれば、「あなたと二人だけの幸せの絶頂」たる「世界の山頂」で陶然と耳を塞ぎ目を閉じてはいないからだ――例えば、それらが「墜ちながら立てる音」から。又、それらが「砕けるまで」の一部始終から。

「私」は又、自ら「想像」し他にもそうするよう呼び掛ける――崖下の岩に激突したとき己の肉体が発するだろう恐らくは凄惨な音を（原語「Imagine」は冒頭の「Live」同様「(I) imagine」の略とも、又ジョン・レノン「Imagine」と同じ命令形であるとも取り得る）。何故なら、明確に自覚しているからだ――己も又、そして窮極的には人は誰も皆、いつ何者の手で無惨に今の場所から投げ捨てられるかも知れない「ガラクタ」の一つであることを。そして、だからこそ、「私」は又、孤独に、或いは全ての人々と共に、ありありと思い描くことが出来るのだ。その時、余りの恐怖に思わず目を閉じてしまうかも知れない、その心弱さを。そして又、万一最後まで目を開き続けることが出来たとしたなら、崖下から仰ぎ見るその空の青さを。

新たな森を育むために

植松　晃一

「炎樹」99

戦争や災害などの被害の様子が高精細な映像で伝えられるようになった。瀬野とし さんは詩「視る」で、理不尽な現実に襲われた人々に寄り添おうとしている。

「「次の動画には　生々しい内容が含まれています／無理な視聴は控えてください」／テロップが出て／ハッとうつむいた／／こわごわ　眼を上げると／地面のところどころに／モザイクがかかっていて……／すこしばかりホッとする／／もし　私があなたなら／視ないでほしいだろうか？／視てほしいだろうか？／／やはり　視てほしいのではないか／幸せを願いながら普通に生きていた／たったひとつの豊かないのちがあった／このように理不尽に消された／それは決して／彼が言うような／「フェイクニュース」ではない、と／／やはり視ておこう／地面の上の／むきだしの姿に向ける私のまなざしが／どうか柩のようであるように／あなたが私の胸のなかで／どうか久しく生きるように／ねがって／／視ることができるところまで／視ておこう」

海外の動画投稿サイトを見れば、さらにむき出しの現実を目にすることもできる。戦争の場合は現実を広く伝えるという動機からだけでなく、世論を味方につける認知戦の色彩も強い。こうした時代に「言葉」は何を担えるだろうか。坂田トヨ子さんは詩「言葉の海で」に綴る。

「目に見えないほどのごみが／海に生きるものの生命を蝕んでいるように／私も気づいていないだけかもしれない／ごみのように浮遊する言葉に侵されていることに／／言葉はよりよく生きるためにこそあるのだけれど／態度だったり　しぐさだったり／まなざしだったり　表情だったり／人は本来その総てを感受する／／言葉だけが浮遊する現代／真実を見極めることの困難な時代を／生き抜くためには何が必要なのか／／言葉の存在を初めて知った時の／ヘレンケラーの感動／それに至るサリバン先生の思いの深さ／二人の感動が高校生だった私を揺さぶった／／子どもの頃から野良に出て学校へも行けず／老いて学ぶ機会を得た人が／読み書きができるようになった時／生まれて初めて夕焼け空を美しいと思ったという／学生時代に読んだ手記が浮かぶ／／誰かに伝えたい思いの強さ／誰かが受け止めてくれると信じる力／人間を信じないでは生きられない人間の／思いを共有するための言葉／／浮遊する言葉の海でおぼれない様に／懸命に手足をばたつかせ／その無様さを晒す中で／ふと背中で浮く快さを会得する／詩もそのように掴めるのだろうか」

２０２０年1月に亡くなった詩人・清水茂さんは、詩集『愛と名づけるもの』（舷灯社）のあとがきに、詩は暴力的な世界に対して徹頭徹尾無力だが、希望を持ち続けるには詩を媒介とするしかないと書いていた。絶望の渦中でも「言葉」によって救われるものがあることを信じたい。

「りんごの木」62号

みいさんの詩「5センチの森」。「四枚の防音板で仕切られた部屋／飾り気のない机と椅子に／小さな古いスタンドライト／私はそこにいなければならない／毎日　毎月　毎年／両隣りに座る人たちは／随分と顔ぶれが変わった」

職場なのか、囚われているのか、心象風景なのか分からないが、「私はそこにいなければならない」という。両隣に座る人たちの顔ぶれが随分と変わるほど長い時間が経過したのか、人の出入りが激しいところなのだろうか。

「その小さな私の領域には／長方形の大きな窓がある／曇りガラスで外は見えない／でも少しだけ／開くことができる窓／すぐに生垣にぶつかる／僅かにあいた窓の隙間から／公園の入り口が見える／大きなガラス張りの／超高層のビルをもつ会社が／とってつけたように作った／すべての草木が計算され／綿密に配置された／人口の公園／／息苦しくなると／私は窓を開ける／たった5センチの遠景／晴れた日には／生垣の隙間からきらきらと／公園の草が揺れ／雨の日は土の匂いが／ふわっとわたしの周りをただよい／心地がよい／雪が降るまえの／あの空気の匂いも教えてくれる／今日は鳥の鳴き声もきこえた／／明日もまた／わたしはこの窓から／外につながり／小さな蜘蛛になって／ふわふわと遊ぶ」

刑務所のような息苦しさを覚える空間にある曇りガラスの窓。その「たった5センチの遠景」が救いになっていることは疑いない。外界とのつながり、生きる鼓動。本当は「その小さな私の領域」を出たいのかもしれないが、小さな蜘蛛になってふわふわと遊ぶことしかできない。絶望的な状況のようにも思えるが、まだ希望はある。そう願いたい。

「詩創」54

くらやまこういちさんの詩「爪」からは、無骨だが頼もしい「父親」という存在の大きさが伝わってくる。

「父の思い出の中に／爪がある／それも／僕が十歳のころ見た時の／父の爪である／同じ人間とは思えない／分厚い／父の爪である／／真冬でも素手で／農作業や／土方の仕事をするから／こんな爪になるんだろう／僕は子ども心に／尊敬とも／憧れともつかない眼差しで／その爪を見ていた／／今　自分の薄いままの爪を見ながら／父の分厚い爪こそが／大黒柱であったのだと思う／出稼ぎで／半年はいない父が／一年中家の真ん中に／立っていたのだと思う」

宇宿一成さんは詩「老齢木（ベテランツリー）」で、「朽ちる」ことを見つめる。

「目の前に／大きな洞のある／老人が立っている／／鳥や虫や蝙蝠や動物を／住まわせて／老人は／少しずつ朽ちながら／ベンチに陰を作っている／／遠い昔／樹木は朽ちることがなかった／リグニン（木質素）を分解できる／キノコも無かった／命を終えて倒れても／重なり合い　土に埋もれて／化石するしかなかった／（そんな時代を／今、僕たちは石炭紀と呼ぶ）／／木質素を分解して利用できる／真菌類が現れるまで数千万年

／朽ちることなく／樹は死に続けたのだ／／朽ちるとは幸せなことだ、と／老人は呟く／私はやがて土に還り／新たな森を育むだろう／／生きものを内部に住まわせていることは／彼がすでに／一本の／世界となっていることに／他ならない」

　藤原定の詩「老人の日に」を思い出した。堆肥を作るために落ち葉を穴に投げ込む。「腐敗によって燃える熱／君らは自分の死から／焦熱地獄をよび出して／もう一度さらに深く死なねばならぬ／そうして初めて見知らぬ生に荷担できるのだ」（『藤原定全詩集』沖積舎）。「生の大きな環」は「死と腐敗　忘却と無化／ぼくらがただ生の否定と見なすものをも／深くへめぐって大らかに循環している」（同書）。「新たな森を育む」ために「朽ちるとは幸せなことだ」。それは成熟した生命の実感だろう。老いの生き様には、その人が培ってきた世界観や死生観が如実に表れるものだと感じる。

「JUNCTION」124

　柴田三吉さんは詩「花眼」で「老い」について考える。

「老いにはいいこともあるよ／と　年上の友人は言う／／足腰が弱ったり／書物のちいさな文字が／ぼやけたりしてもね／／急ぎゆくひとや／変わりゆく街を見ながら／しばしたたずみ　思いの内を／ゆっくり歩けばいい／／郷愁みたいなベンチに腰を下ろし／コブシの木を見上げる／／散りぎわの花弁に／かつては痛々しさを覚えたものだが／その疵さえいまは美しい／／花眼《かがん》（老眼・年寄り目）／中国の先人は　粋な名を／与えてくれたものだ／／けれど老境に入るのじゃないよ／／あさましいもの／不実なものを見通すための／もうひとつの目がある／／おれたちの歳月を／澄んだ水が研いでくれた／明るい窓さ」

　花の美しさに限らず、ほんとうのことが見えるようになるには、一定の経験が必要なのだろう。花眼によってしか書けないものもあるはずだ。それは後に続く世代の宝物になるだろう。

「蝸牛」69

　星野元一さんの個人詩誌だ。星野さんは「妻の死後『タマシイ』や『あの世』について興味を持つようになった」という。

　詩「ごりんじゅう考」。「昭和の村から／引きずり出した荷車に／おまえを積んで／がらがらと帰っていく／夕やけの　街／／ごりんじゅうです／と先生はいったが／死なないモノもあったのだ／／皮膚は二日は生きている／という／あったかな肌を／重ねてほしいのだ／骨は三日／手を組んで／散歩もしたいのだ／髪はその後も伸びていく／抱きしめて／撫でてほしいのだ／ごりんじゅうです／と先生はいったが／／たしかに花は／折られてもしばらくは笑っている／魚は刺身になっても跳ね／睨みかえしてくる／蜥蜴などは／尻尾をおいて逃げていく／生きるために／／夕ぐれ／おまえを引っぱって／帰っていく／死とは／死にきることだ／もういいよ／とおまえがいうまで」

　「死」という状態にも段階があるのだろう。徐々に完全な死へと移行していくに違いない。そこまで死にきることが生ききることなのだと思う。

「日本海詩人」第3次60号

詩「夜に獣が鳴く街」は、東京に暮らす悠木一政さんの作品だ。「深夜の住宅街の一角に／さっきから奇妙な鳴き声が響き渡る。／この辺りは年寄りばかりの世帯。／赤ん坊の泣き声とも違う。」。奇妙な鳴き声の主はハクビシンだったという。「終《つい》の住処《すみか》と自覚し／安らかな日々をと願っているこの街を／いま席捲しつつある獣たち。／武蔵野市では二年前／ハクビシン・アライグマ対策事業を開始した。」

生きることに貪欲な野生の生命にはかなわない。しかし本来、人間も野生のはずだ。カネや地位といった有象無象に飼いならされてしまったのだろうか。よく現代は先行きが見えないというが、命の行く末などいつだってそうだろう。飽食に勘が鈍り、敷かれてもいないレールの幻影でも見ていたのではないか。生ききるために野生の勘を取り戻さなければいけない。

石川謹悦さんの詩「揺らめくもの」。「或る朝／怒涛の如く／ゆらめきながら／崩れ落ちて行く／意識の流れがあって／ふらふらと／座り込んでしまう／／頭の髄が／斜めになって／混濁がはじまると／横になるしかない／／そこには／ぼんやりとした／憂いがあって／その中心が／生きることの／問いのようであってみれば／死と対座して／この後のことを／語りあうしかない」

めまいの原因は様々で、重い病が隠れている場合もあるだろう。身心の不調は、いかに生きるかを問い直すべきときにやって来ると言った人がいた。不安は尽きないが、すぐ大事に至るものでなければ「死と対座して／この後のことを／語りあう」ことが大切なのだろう。

「山脈」第二次28

大久保しおりさんの詩「夜気」は親心にあふれている。「熱病で苦しんでる子供の身代わりになりたくて／触れると、優しく押し返す柔らかな肌／「この病に入ってくれるな」というのだろうか／私の肌を溶かして子供に浸み込むわけにもいかず戸惑う／「お母さんこの病気は僕のものだから、僕にしか治せないんだ」／独りぼっちで誇り高く熱の苦しみに耐えている／／壁に写る　子供の影と、私の影／その狭間から感じる視線に寒気がして／／今夜は寝ないで君の傍にいるよ／こわいものが入ってこないように見張りをする／君は君のすることがあるのだから」

子供が高熱を出せば心配せずにいられない。苦しそうであれば代わってやりたいと思い、一刻も早く治るように祈るのが親心だろう。その一方で、子供は感染症にかかることで、この世界を生ききるのに必要な身心を養う。子供が風邪をひかないとしたら、むしろ心配だ。子供への過度な消毒やワクチンによる防疫は、かえって害をもたらす恐れもあるだろう。「こわいものが入ってこないように見張りを」しながら、ひとり立ちのために必要な体験を見守る母の姿が尊い。

連載　詩集評（二）「詩」と「詩論」のはざまで
日常に迫り来る抑圧からの複数性の抵抗と挫折
引用と転換の複数の時代へ

岡本　勝人

1.『語りたい兜太　伝えたい兜太――13人の証言』（コールサック社）

　金子兜太の名前は、早くから知っていた。故郷に近い熊谷に長く住んだこともその理由のひとつかもしれない。父の金子伊《い》昔紅《せきこう》は、秩父郡の皆野町の医者であるが、私の郷里の有力者に俳句を教えていた。兜太のお母さんは、今は駅前にある中村医院の娘である。「埼玉県小川町の母方の実家で生まれ、しばらく上海にいて、のちに郷里秩父郡皆野に育つ。父はのちの馬酔木同人伊昔紅である。」（『日本近代文学大辞典』石原八束）。そうした縁もあって、第二詩集『ビーグル犬航海記』もお送りした。詩集所収の「横川事件」に心当たりをにじませたお葉書をいただいている。後日、初めてお会いした時に、聞かれたことがある。「あなたは何をして食っているのか」という言葉だった。

　トラック島での敗戦と引き上げ、日本銀行での組合活動と転勤、金庫番と俳句、「海程」の主宰者としての金子兜太の数々の言動がある。有季定型と無季非定型の狭間で、自由律とは線を引いた、新興俳句の系譜を引き継ぐ前衛俳句の金子兜太。

　本書は、生前に親交をもった十三人のインタビューをまとめたものだ。黒田杏子を監修者とし、実質的な聞き手と編集に尽力したのは董振華である。

　語り手には、兜太の人生を往相と還相として捉え、前半の俳道を比喩の面から適切に論ずる井口時男がいる。『金子兜太　俳句を生きた表現者』を上梓したばかりだ。テレビ番組の「ベランダー」では、ボタニカルに関心を示すいとうせいこうが、俳句を通して金子兜太と交遊する。伊昔紅に重心を置いて語るのは橋本榮治だ。俳句関係の詩論家である筑紫磐井には、示唆される論点が多い。それぞれの語り手が選択した「金子兜太の十句選」も、あわせて収録されている。「原爆許しまじ蟹かつかつと瓦礫をあゆむ」（『少年』）や「津波のあとに老女生きてあり死なぬ」（『百年』）など、読者はそれぞれに句集の読みを深めることができる。俳句の専門家が見た兜太の作品が、その思い出や記憶や場所とともに確認できるのだ。その話の精髄は、立派なテクストとなり、意図と骨子が分かり易くまとめられている。

　自由な俳句の襞のなかにある兜太の姿が、人間としての存在をゲシュタルトの鏡となった言語によって、どのように像立しているのか。第一句集『少年』から晩年の秩父を巡る「アニミズム」や「古寺巡礼」への句作の選択と転換について、作品と人柄を身近に感ずる本書から、還相回向の思索の人生と句作の鍵が隠されているようだ。

2.『テーブルのあしを洗っている葡萄酒色の海が……』（相沢正一郎・砂子屋書房）

詩集の装幀の表紙と裏表紙の絵は、パウル・クレーや幻想的な抽象画のルソーを思わせる。画のイメージと詩の言葉には、どれほどの同一性を見ることができるのだろう。詩人の引用と新規の言葉を語る為には、古典の読み込みから展開する詩の表象がある。いくつもの間があり、転換がある。オデュッセウスとシェイクスピアとベケットが、詩集の「紙片」とそれを読む「眼差」との間にある引用素だ。そこには、例えば犬のアルゴスとオデュッセウスの語り物がある。「わたしは人差し指をしゃぶってから立て、風の方角をさぐった。風上に向かってとにかく歩いていこう。ふたまたの道ではいつものように棒を立てて倒れた方へ。」(「表題作」)。古典から変容した引用が、現代の大衆社会における複数性の生活との間にある三千年の時を浄化する。

レクチュールが、軽やかなエクリチュールにたどり着く。詩は「現実／作品」の関係性から「作品言語／引用言語」へと変換する。「人間が意味を生産するのは無の中においてではない。それはむしろ余分の意味（コノタシオン）としてであり、すでに本来の意味ないし機能を与えられているどんなものにもこの余分の意味を意味させる人間の活動――まさしくこのブリコラージュが問題になっているのだ。それは創造（《本》）に対して引用である。」（宮川淳『紙片と眼差とのあいだに』「マルセル・デュシャンの余白に」）。引用は、さらに突き進めていくと、準拠となって、作品の大きな評価の拠り所になる。

詩人の身振りと表情が、声とともに引用を招いている。大衆社会は、本来自由な複数性から成立している。それが全体主義へと利益関係を変容する群衆（モッブ）に変化するのはどうしてなのか。複数の人間によって複数の人間の物語に真実を語り、記憶される歴史との戦いがある。生政治の抑圧に繰り込まれる技術ではなく、文芸における複数性に対応するひとつの手段である。引用は、転換、置換、変形、反復などの転機と転用のテクネー（技術）の効果を発揮する。夫人を失った詩人は、少しずつ明るさの内奥を取り戻してきている。

3.『武蔵野』（安　俊暉・思潮社）

「今宵／武蔵野の／満月／一点の曇りなき／下りたてば／背骨の／朝鮮／再び／火灯り／武蔵野／苧種子野（むさしの）と／なる」。武蔵野の語源については、朝鮮語で説く鳥居龍蔵の見解がある。「ムサシ」という地名は、「ムサ‐シ」と分解され、「ムサ」というのは、朝鮮語の「モシ」moshi で、白麻のことだ。「シ」は同じく朝鮮語のシ shi で、種子の義であるから、「ムサシ」は「モシシ」moshi-shi という朝鮮語からできた語で、白麻、すなわち苧―「カラムシ」―の種子であるらしい。武蔵野の国は、古くから苧の有名な産地であった。

詩人が、在日の二世であると告白することには、大きな障害があったらしい。けれども、詩人の言葉の選択は、場所との緊密な関係性に特徴がある。青春の生々しい言葉の基底がある。それは武蔵野を象徴とする、武蔵境での「彼女」との出会いと等価であったが、武蔵野が大陸の意味性を背景とする苧種子野に到達するまで、いく世代かがすぎなければならなかったに違いない。詩人の精神の対位法が、大きな時間の経過として見えてくると、様々な思いも、詩の言葉のなかに溶解するようである。

私たちにとって、在日は、本人も含めて、ひとつの他者性である。自らの他者性を社会の鏡に感じ、武蔵野の風景に自由律による言葉の定立と融和を模索する。鏡像は文語調も含まれるが、時々破調をみせる韻律と場の転換が、持続する喩の断片のなかに生成してくる。武蔵野（苧種子野）は、慰謝に比される風景であるが、大衆の原像のひとりが生きてきた哲学的抒情のトポスでもある。東北に今暮らしている詩人は、ここに、重層する存在感を示している。自己の内面を流れる述語的現在として、言葉を書き続けた。

詩集『苧種子野』と『桑の実』を包摂する『武蔵野』は、詩人特有の純粋言語からなる。「我が古里の／山つつじ／見れば／父の故郷／慶州の山／つゝじ思う」と、渡来人の心性へとむかう志向性は、関東平野の麓を流れる川と林の流域である武蔵野に、苧種子野の喩を引用することで自らを証明する。「武蔵野の／思わず／麦畑の／広がり／稲穂／風に／波打ち／揺るゝ／我が目／わが心／共に揺る」から「わが生の／辿り着きし／永遠なる／今」へと、哲学的な思索が信による慰謝にたどり着く時を迎えている。

4.『雪　塚』（齋藤恵美子・思潮社）

詩集の表紙の濃い紫色に、白地の帯が三分の一を占める。帯文は、濃い紫だ。本文も同じ色の文字の詩である。清岡秀哉装幀。

表題作は、おそらく詩人の内面の核に当たるものである。父娘の関係は、重く複雑だ。娘にとっての父なるものの強い影響と残像は、決して美しいものばかりではない。そこに傷ついた現在譚にも似たシニフィアンの形象が、詩的エクリチュールをなしている。

「生まれた家の跡に立つと／背中を押す陽射しがあって／踏みなさい／銀の音するひかりを刻んだ霜柱／地表を何度も、地名を何度も、塗り重ねて／街はできた／四ツ谷寺町一番地／思い出す雪の、白の遠さ／西念寺から、薄ら日を背に／もう写真にはうつせぬ路地を、駈け去ってゆく少年の／幼い靴音を見送ってー」（「雪塚」）。

詩人の言葉の選択と転換は、どのようにも言葉では把握できない現実の場所と記憶から、「どこかやるせない感情」である父を基調としつつ、母やあなたへの心の琴線を歌いつなげていく。それは、高度に象徴性を奏でる言葉となった。シニフィアンの言語は、恩寵である。「ひとつしかない開き戸は／小さな雪塚へ通じていた」。このように、苦くも甘辛い重力の下降する歌を刻まれた音符群によって上昇する恩寵を歌う純粋詩へと言葉を運べる詩人は少ない。哲学者のアランに影響を受けたシモーヌ・ヴェイユは、共感能力をもつ病弱の身であったが、美と不幸の存在を重視した。残された雑記帳は、神と真理に近づくための「重力と恩寵」という名のカイエとなる。詩人の声は、どんな経験、どんな場所からやってきて、どこに満たされてゆくのだろう。

5.『Day of Encounter 出会う日』（唐作桂子・左右社）その他

モノトーンの表紙は、海底の背景が、夕暮れに変化するような画像の前に、黒色の親子と思われる人影が海の底にむかって背を見せている。海底には、なにやら現代の神話を象徴する物も置かれているようだ。詩集の著者は、若いひとなのだろうか。「なすすべもなく／ピザのあれが吹っ飛ぶ／さっき通り過ぎた公園の水飲み場ごと」（「ピザのあれ」）と、日々の戦争を生きている姿が、「ななつの海に／ほんろうされてぼくらは／進むことも帰ることも／できない現在地にいる」（「ななつの海」）。ジェンダーの揺らぐ日常の言葉から逸れて、モノトーンの男女の境界を浸透しつつ、「硬直した／青猫はうなる／剥製の目をみひらき／むおんでうなる」（「青猫はうなる」）と、静かな出会う日を必死で書き留める心像がある。

同時代では、「夕方　博多駅に着く／うどんでも食べて帰ろう／そう思いながら階段を下る／席に着く、鞄をそっと引き寄せながら／鞄には父の骨壺が入っている」（「骨壺」）の竹中優子の詩集『冬が終わるとき』（思潮社）の読後感にも似ている。日常の戦いは「妹よ／よく聞け／私たちの用事は決して／よく生きることではない」（「冬が終わるとき」）に極まる。

さらには、年齢は上になるが「耳から喉までの／長い道のりを／駆け下りても　駆け下りても／声にならない明け方」（「呼び声」）の渡辺みえこの詩集『押入れ（クローゼット）のひと』（七月堂）のように、日常のなかから発生するフェミニズムや揺らぐサッフォーの思いに至る、戦いに似ている。あるいは「お母さんを海においてきました」（「海のエプロン」）と、晩年の父母について書く北原千代の『よしろう、かつき、なみ、うらら』（思潮社）の「あぶら菜の畑の家から電車の走る街にゆく」（「ひとひらの」）の抒情からの転換域とも同調する音域と重なる詩が見える。

それぞれの詩は、自然体で力みは見えないが、どこかで暗い転調へと転ずる活動的な生の言葉のポエジーを奏でつつ、リズム（韻律）のある選択、転換、喩の発生を見る。こうした傷ついた心性が背後にあって書かれた作品が、台所とタイプライターの人間の条件から疎外されると、断片や破調に満ちた詩的な場所を作っている。詩人たちは、どこかで全体性への調和への憧れをもっているのだが、奥底から発する言葉は、労働・仕事・活動の経験のなかからの現在性の断片である。これまで、対他的に社会を見る観念的な痛みが先行される場所では、精神は自らの下降へと敗北めいていた。労働と生政治の社会に剝き出しにされ、日々の戦争をしている詩人たちの傷は、消費社会のなかで無意識の不安や鬱憤や怒りの暗い表現と同じ位相として目につく。

もうひとつ「胸臆には／静かに灯る蛍籠／ひとつ」（「極光夢幻譚」）の倉本侑未子の詩集『星綴り』（七月堂）は、処女詩集から才月を経た驚きの第二詩集だ。人生の喜びと苦しみを地下的な胸底に落として、日常のなにがしかの喪失に耐えている言葉の極まった抽象性がある。「いつものようで肌ざわりのちがう朝（略）ねえ　誰か」（「老樹」）。現実の深みから発生する他者を必要とする人間の複数性の証明としての言葉。多層の言葉を横断する継続は、ひとつの確信を詩に抱かせる。「暗さ」と「明るさ」の交わる詩に、女性の活躍が著しいと嘆息する。

これらのテクストを横断した時に、見えてくる詩の地層の奥の痕跡とは何か。そこには、どのような隠された思考の運動とも言える表象があるのか。それは、ひとつひとつの詩に見られる出来事の内的な解明をも欲望するが、人間の生活世界に具体的に触れる考古学的とも言える地層的な思索によって可能であろう。女性の社会進出やジェンダーの問題は、八〇年代の半ば以後の「男女雇用均等法」や、現在取りざたされているLGBT法案によっても、女性は社会の荒風を直接に受けることになった。九・一一や三・一一などの内外の様々な事件を経て、日本の市民社会も、社会的な生政治の浸透が、保守政府によって、あるいは企業と家庭を媒介項にして、抑圧となっていた。パンデミックは、精神的にも長期的で予断を許さないものがあり、ロシアとウクライナ問題は、内戦による市民社会の影響を他国とはいえ実際に受ける状況にある。本来、存在の本源的領域である対なる幻想のなかで、生活自体の経済的・社会的な問題も含めて、露出している不幸の姿は、救済とするなにものかなのだろうか。重力からの抑圧を受感するシモーヌ・ヴェイユの考察するものも、「反ユダヤ主義」「帝国主義」「全体主義」の起源と要素を全体主義として解明するハンナ・アーレントも、ハイデッガーに影響された日々を反芻しながら、市民社会での優位となった労働から仕事や言論活動の時代の転換を問う『人間の条件』と同一性がある。同様に、詩人の対面している生政治が、仕事や詩の世界にあらわになっているのだ。

最近の女性詩人だけが、現在としての被傷性（ヴァルネラビリティ）があるとは思わない。詩人の感性そのものには、本来、被傷性があるのだと思う。これまで大きな物語である戦争によって、男性は表現として詩の内実を築き上げてきたが、現在は生活のなかで宙吊りにされたままだ。女性たちは、日々の戦争を詩の内実としている。

6.『空　中原道夫詩集』（中原道夫・土曜美術社出版販売）その他

女性詩人の詩の「暗さ」の台座があるとすれば、労働と消費の優位な高度な資本主義社会から宙づりにされた男性詩人の詩には、不思議な「明るさ」の台座があるようにも見える。詩の多様性のなかでも、表現の構造と転換に驚く。一冊の詩集のなかには、様々な複数性の内容があり、種々の手法が込められている。

中原道夫の詩集は、「空」「夕焼け」「ロボット」の編集による章立てである。しかし、詩人の到達点は、最初の「空」であると考えて良いと思う。「遠く離れたゲルの傍で／手を振っていた少年よ／あれはぼく自身ではなかったか」（「水平線」）の転生から詩の展開は、はじまる。終局点は、空観の境地だ。

「ぼくらが見ているものはすべて幻影／それは見ているようで見てないもの／空（そら）はすべて空（くう）／宇宙はすべて無であり幻」（「星の光」）、「空（そら）と／読めば／それは計り知れない／広く大きなもの／／空（くう）と／読めば／それはすべてを捨てて／無になること」（「なんにもないのに」）。

詩人の反復する空（そら）と空（くう）には、人生の思索と経験の積み重ねがある。まるで良寛が、空に書いて書字を習得したように、同じ漢字を現象としてふり仰ぎ、空への観によって形而上のテオリアを習得する。同語の反復に、詩の構成が生まれたのだ。

フランスのジャック・プレヴェールに影響を受けた苗村吉昭には、『民衆詩派ルネサンス』他の優れた詩論がある。対象を語るように書く力量は、プレヴェールを愛した飯島耕一の自然なスタイルにた印象を覚える。五十代の詩集『神さまのノート』（土曜美術社出版販売）には、仕事と家族と記号について語る自然なスタイルがある。なかでも「記号ノート」は、「円をえがく／するとたちまちマルになる」（「〇」）、「おやこうこうしませんでしたね　おとうさん」（「×」）。詩をかたどるアイデアも、優れた知性の持ち主であることの証明だろう。肩の力を抜いたひらがなの語る詩篇は、背景には、反復する詩の根拠というものを強くもっているようだ。

まど・みちおを敬愛する大橋政人の詩集『反マトリョーシカ宣言』（思潮社）にも、詩人ならではの選択と転換が見られる。「海には／大きな魚が一匹／魚は／どんどん大きくなって／海の大きさと／同じになった」（「雲とも言えない」）、「子どもたちは／危ないから／波打ち際で／海から／海面を／ベリベリベリと／引きはがしたりして／遊んでいる（「海」）。多くの詩を書き、絵本の仕事もあるが、短い言葉の転換のなかに、込められたポエジーを感じる。これらの選択と転換を複数性への入り口と捉えるか、脱構築と捉えるかは、議論があっていいように思う。表題のポレミックなロシア民藝以上に、言葉と実物の世界の境界を突き進むリアリズムには、言葉にキレがある。詩集全編のアフォリズム的な最終行が、述語の構造を支えている。

森田薫の詩集『冬の涯底から』（土曜美術社出版販売）は、素晴らしい一行からはじまる。「ふかい冬の涯底《そこひ》から、陽の／光が射して／今日という日がぼくに恵まれた一日の／始まりでありますように」。この詩人のどの詩も、最初のスタンザにポエジーと美が冴える。その起点となるのが「まず、一つの道からはじめよう／時の経るにつれどこまでも縺れていく風景を解きほぐして／なお再生の糸を紡ぎだすよう／このみちを歩くことから」（「そのとき何かが」）と、詩を書くことの態度であろう。詩人の詩の生成のトポスは、鳥取の民藝の地である。

暗い時代にあって、亡き母を追慕する。書くという宿命にいくらかは明るさを取り戻している詩人がいる。野村喜和夫の『美しい人生』（港の人）である。

（続く）

高橋郁男・小詩集『風信』

二十九

東京・全球感染日誌・十一

十月

十一日　火
コロナ禍で　長く続いてきた入国の規制が　ほぼ解除された
朝八時　中央区の築地場外市場に向かう
確かに　欧米人らしい十数人のグループやカップルが居る
東南アジア系のグループも目に付く
通路ですれ違うのも難しかったコロナ禍前ほどではないが
客よりも店員の方が多かった頃よりは　人が増えている
軒を連ねる店の前の　寿司や鉄火丼の写真を指差しながら
英　独　仏語に　イタリア　スペイン　韓国語も行き交う
二年前まで一番行き交っていた中国語は　まだ少ないが
これから後の　外国からのインバウンドの急増が
コロナ感染の急増・リバウンドにならないか　気にかかる

二十八日　金
久しぶりに　横浜に出かける
コロナ禍その他のため　長く集えなかった旧友ら三人との会
四人が揃うのは　五年ぶりになる
元町・中華街駅で降りて　待ち合わせまでの時間に
近くの　山下公園の埠頭に向かう
港の　大きく開けた空と雲　岸壁に打ち寄せる小波
爽やか　というよりは　ややひねたような　微かな磯の香
桟橋には氷川丸　黒光りする太い艫綱　そこに羽を休める鷗
修学旅行なのか　揃いの青いジャージー姿の生徒たち
この古い波止場には　コロナ禍の前と同じような風情が漂い
人の心を遥か彼方へと誘《いざな》う底力が　保たれていた

五年ぶり旧知と浜で秋を酌む　一空

二十九日　土
韓国ソウルの繁華街で「群衆雪崩」　百五十八人が死亡
現場は　梨泰院《イテウォン》という飲食・ファッション街の路地で
ハロウィーンで密集した群衆が圧死する大惨事となった

梨泰院には　一九八八年秋のソウル五輪の直前に
韓国社会の諸相を伝える連載の取材で　訪ねた記憶がある
当時は　偽ブランド品との絡みで知られた場所だったが
今では　外国人にも人気の街になっていたようだ

「群衆雪崩」と聞いて
戦後の新潟で起きた「弥彦神社事件」を想起した
一九五六年の元日の未明
神社の福餅まきに群衆が殺到し　百二十四人が圧死した
その現場を調査し　人と密集の関係も検証した人から

八〇年頃に取材したことがある
——一平方メートル当たりの人の込み具合でどうなるのか
六、七人では、肩やひじがぶつかり合い、
電車では新聞が読みにくくなる。
十人では周囲から体圧を感じ、
十二人になると、悲鳴や怒号があがり始める。
十三人を超すと、周囲の圧力で体が浮き上がり、
まったく自由がきかなくなる。
これ以上は、人間の生理的限界で、悲鳴すら途絶える。

梨泰院の現場では　体が浮き上がり自由がきかなくなる
十三人超の状態にまで至っていたようだ
コロナ禍によって　長い間制限されていた自由な外出が
ようやく　今　解き放たれた
その　心理的解放が引き起こす凄まじい集中と密集について
備える側の「構えと対応」が　あまりにも弱かった

十一月
十四日　月
東京二十三区等のタクシー料金が　値上げされた
初乗りが　四二〇円から五〇〇円になった
長いコロナ禍による乗客減も　値上げの一因という

十余年前の　現役の頃は　度々利用したが
急ぐことが稀になった近年は　時折にしか使わない
それでも　重い荷物を抱えた時には　お世話になっている

値上げの後は　荷物を減らして　乗る回数を減らそうか
などと思っていたが　この日は　買い物が重なってしまった
左の手提げには　生もの・氷と青もの類　右手には瓶・缶類
肩のザックには米と本類　全部合わせて十数キロになるか
バスの路線からも外れているので
流しの一台を止めて　荷を下ろし
値上げ初日の様子を訊いてみると
——今日のところは　お客さんが乗るのを控えているような
感じは受けませんが　これから先　どうなりますか…

生活の維持のための値上げには　文句のつけようもないが
最近の東京のタクシーには　文句をつけたくなる装置がある
乗ったとたんに　目の前の画面が開き
テレビで見るタレントらが騒いだり踊ったりのＣＭが流れる
当方が行先や道順を説明するのを大音量で邪魔するので
画面の　ＣＭを消すための印を探さなければならない
本来なら　まずは客に行先・道順をしっかり聞いたうえで
「ＣＭを流していいでしょうか」となるはずだ
聞けば　この宣伝装置は　タクシー会社の収入にはなるが
運転手さん個々への直接の実入りにはならないという
この装置には　大きな欠点が　まだある
それは　客から前方の視野の大半を奪ったことだ

四角い画面のために前が見通せず　横の方しか見えないので
トラックの荷台にでも　置かれたかのようだ
人間もまた荷物　かもしれないが　荷物扱いが進んでいる

更に　この日から　タクシーの中で変わったことがある
初乗りの後の一定の距離ごとの加算が　丁度百円になって
これまで　ほぼ不可欠だった十円玉のやり取りは
割引などの時以外には　無くなった
十円玉は　戦後から長年担ってきた役目を　百円玉に譲った

十二月
一日　木
暮れてゆく二〇二二年は
森鷗外が幕末の島根に生まれて百六十年
東京で没してからは　ちょうど百年にあたっていた
夏目漱石や正岡子規　幸田露伴らより五年前に生まれ
明治の日本文学の「長子」となった
この　軍医・作家の作を読み返していると
ある年譜の一節に　目が止まった
「大正九年（一九二〇）　五十八歳
一月二十二日～二月十四日、
インフルエンザおよび腎臓炎を病む」
『舞姫　雁　阿部一族・他八篇』（文春文庫）
この一九二〇年は　第一次世界大戦が終わって二年後になる
大戦中から世界に広がったインフルエンザ「スペイン風邪」が
日本でも　まだ流行していた

島村抱月が感染死し　松井須磨子が後追い自殺したことや
芥川龍之介が感染したことは
この「東京・全球感染日誌」の一回目でも触れたが
鷗外もまた　罹患《りかん》していたのか

『鷗外全集』（岩波書店）の三十五巻「日記」を開く
確かに　この年の一月から二月にかけては
「病在家」という記述が繰り返し出てくる
この「病」が何かは　これではわからない
『全集』三十六巻の「書簡集」にあたると
一月二十四日の友人宛に　こんな件《くだり》があった

――人サワガセノ流行性感冒第一ニ妻ヲ襲ヒ次ニ小生ヲ脅シ
候　軽症ナレドモ腰部諸筋ガ痛ミ物ニハツカマリテヤツト立
ツヤウナ体裁ニテ流石ノ痩我慢ノ小生モ今日ニテ三日間引籠
候　尤モ出テハ属官共ニウツス虞モアレバ休ンデ居ル方四方
八方ノ好都合ニ可有之候――杏奴類ドウシタヿ《こと》ヤラ感染セズ
ピン〳〵イタシ居候　ナンダカ家ガオ伽噺ノヤウナ状況ニ相
ナリ候　ソノウチ小児等モ僵《たお》レルカト思候ヘドモサシアタリ
為シ得ル限ノ隔離ヲナシアリ――
妻と自分が相次いで罹患し　苦しんで伏せているのに
娘の杏奴や息子の類がピンピンしている家の様子を

お伽噺にたとえてお道化ながらも
医師らしく　できる限りの隔離に務めていると記していた

彼は　この二年後に　六十歳で没した
死の直前に「森林太郎とのみ記せ」と言い遺した墓は
翌年の関東大震災の後に　三鷹市の禅林寺に移された
鷗外を尊敬し　第二次大戦の敗戦後に
近くの玉川上水で入水した太宰治は
鷗外の墓の　ほぼ向かいに眠っている
かつて私が　鷗外の没後八十年の時に禅林寺を訪ねた際は
桜の木が　二人の墓を覆うようにして
大きく枝を延ばしていた

二十八日　水
卯（うさぎ）年に因む年賀状の「折り句」を考え始める
この一年を顧みれば　やはりプーチン・ロシアによる
ウクライナ侵略戦争が　最大・最悪の事柄だった
それは常に　世界大戦による人類壊滅の危機を孕んでいる
世界の各国の指導者は　早期の停戦の実現に向けて
あらゆる手立て・戦略・謀議を尽くさなければならない

五百年前に　オランダの人文主義者エラスムスが著した
『平和の訴え』に　こんな一節がある
——およそいかなる平和も、たとえそれがどんなに正しくないものであろうと、最も正しいとされる戦争よりは良いものなのです。

（箕輪三郎訳　岩波文庫）

およそいかなる停戦も　たとえ　それがどんなに正しくないものであろうと　最も正しいとされる戦争よりは良いはずだ
四十億年の地球史上で最悪の惨事となる第三次大戦を
防ぎきることができるのかどうか
人類の営為が　新年も厳しく問われる

迎春　二〇二三
う　くらいな
さ　んじとめよと
ぎ　んがかな
ウクライナ三次止めよと銀河かな　　一空

＊

——カラスの鳴かない日はあっても
ショパンの流れない日はない　というほどに
ショパンの曲は今も尚　日本でも親しまれている

時を遥かに旅して
ショパンやリスト　パガニーニ　ベルリオーズ
そして　画家ドラクロワや亡命詩人ハイネらが時を共にした
二百年近く前のパリに　辿り着いたとする

一八三〇年の十月　ドラクロワ（三十二歳）が
仕上げたばかりの絵について　手紙を書いている
「今度僕は、現代の主題に取りかかりました。
バリケードのテーマです――
祖国のために敵を打ち破ることは
できなかったにしても、
少なくとも国のために
作品を描くことはできるでしょう」
『ドラクロワ　色彩の饗宴』（高橋明也編訳　二玄社）
この新作「民衆を導く自由の女神」には
胸も露わな女性が
革命の旗印の三色旗を掲げ
路上に横たわる数多の屍《しかばね》を越えて
武装した民衆を導くさまが描かれていた

この革命とは　この年に起きた「七月革命」のことで
フランスでブルボン復古王朝が倒され　ベルギーの独立や
ショパンの故国ポーランドでのロシアへの反乱を誘発した
二十歳のショパンは　家族らの勧めで
騒乱のポーランドを離れ　ウイーンに向かう

この年には　音楽史上に残る逸話が多いが
その要になったのは　超絶技巧のバイオリンで著名な
イタリア人・パガニーニ（四十八歳）だった
この年　ベルリオーズ（二十七歳）の「幻想交響曲」が
パリで初演されたが　嘲笑する人も居た中で
パガニーニが「ベートーヴェンはベルリオーズのなかでよみ
がえるために死んだのだ」と絶賛し
二万フランをベルリオーズに贈って
彼を　貧窮から救った

ハンガリー生まれのリスト（十九歳）は　パリで
ピアノの演奏と教授とで　母を養いながら暮らしていた
彼が　恋を失って憂いに沈んでいたある日
パガニーニの演奏会に赴き　その　人の魂を揺さぶる
鬼神のような音楽に触れて　深く感動して叫んだという
「僕はピアノのパガニーニになる」

同じこの年　パガニーニの演奏を
ドイツのフランクフルトで聴いて深く感動し
音楽家になる決意をしたのが
後にショパンを称賛する論を著すシューマン（二十歳）だった
『名曲物語』（野呂信次郎　現代教養文庫）
ショパンは　翌三一年に　運命の地・パリに到達する
欧州の各国から流れ着いた音楽家や詩人らと
触れ合う中でリストにも遭遇し　親交を深めた
リストは　ショパンが没した直後に執筆・上梓した本で
ある時の　ショパンの演奏する様を　こう記している
――光に照らされたピアノの周りには、輝かしい名声を誇る芸術家が集まっていた。悲愴と諧謔をあわせもつ稀有な詩人ハイネは、ショパンの奏でる神秘の国の物語に聴き入った。彼ら二人は、同じ神秘の世界において、同じ優美な幻を追い求め、同じ美しい海辺を探検していたから、一瞬の眼差しだけで――あるいは一つの言葉や音だけで――互いの心を理解することができた。

――また、部屋中を飛び交う妖精を眺めながら、ドラクロワが静かに物思いにふけっていた。彼はきっと思案していたのだろう。この美しい幻想を人の目に見えるようにするには、いったいどのようなパレットと、絵筆と、キャンバスを備えねばならないか、と。

――サンド夫人の鮮やかな個性と衝撃的な才能は、ショパンのかよわく繊細な心を賛美の気持ちで埋め尽くし、そして、もろい瓶に注ぎ込まれた強烈な葡萄酒のごとく、内部から焼き尽くしてしまった。

『フレデリック・ショパン――その情熱と悲哀』
（フランツ・リスト著　八隅裕樹訳　彩流社）

ドラクロワは　三八年に　ショパンとそのパートナーの
作家ジョルジュ・サンドの肖像を描いた
その絵は　ドラクロワの没後に　二つに切り分けられた
「ショパンの肖像」は　パリのルーブル美術館に
「サンドの肖像」は　コペンハーゲンにある

ショパンは　若い頃に罹患した肺結核の病勢が募り
四九年には　ほとんど寝たきりになる
それでも　二曲のマズルカを作りあげた後
十月十七日に　パリで没した　享年三十九
葬儀は　マドレーヌ寺院で営まれた
生前の希望で　モーツァルトのレクエイムなどが演奏され
ドラクロワらが　その棺をかついだ
遺体は　パリのペール・ラシェーズ墓地に埋葬されたが
心臓は　姉のルドヴィカによって　ショパンの遺言の通りに
故国に運ばれ　ワルシャワの聖十字架教会に安置された

『ショパン――200年の肖像』（求龍堂）

国を出て二十年に及んだ外国遍歴の果ての「帰国」だった
彼の楽曲が　今も尚　人を強く惹きつけるのは
その劇的な遍歴・オデッセイと早世にも一因があるだろう
ノクターンの憂愁　ポロネーズの勇壮　ワルツの軽快
マズルカの郷愁　そして　葬送曲の哀傷
それら多彩な旋律は　時空を超えて　琴線に触れてくる

今　ポーランドは　かつて支配されたロシアによって
今　侵略されている隣国ウクライナを支え
数多の難民を受け入れていると聞く
この　ポーランドの人々の営為の底には
二世紀前のショパンの思いと　その響きが感じられる

井上摩耶・小詩集『魂の赤子』四篇

縁《えにし》

母が初めて見た日本人が父だった

フランスの大学のカフェテリアで声をかけられ
「どこから来たの？」と聞いた母に
「日本だよ」と答えた父
母は幼い頃、シリアで日本の貧しい子供たちの為に祈っていた
　そう

それから頻繁に会うようになった二人は
フランス滞在中に結婚を決めて
父は母を日本に連れて来る

世界の果てに行くかのような口調で心配する母の両親
母は「同じ地球じゃない」と毅然としてそうだが
実際に来てみると愕然としたらしい

外国人が殆ど居ない中
言葉も分からず
義両親と狭いアパート暮らし

すぐに働きに出た母は
日本の満員電車の中で
何度も涙を流したそう

「皆が私をパンダみたいに見るの」
「お人形さんみたいだね」と
母が本当に日本人と心交わすまでの苦悩は計り知れない
母親になり　私を育て上げた苦労も

母が日本に来て五十年が経った今
母は祖国の悲劇に心を痛めて祈る
そして、日本人に囲まれた老人ホームで
今も尚、祈りながら前を見て生きている

血

どんどんなる
どんどん近くなる
私の半分が
もう半分に近くなる

溶けていく
ゆったりとするりと
私の半分が
私の半分に溶けてゆく

いつだったか私は自分を自らこの国から外し
遠い国へ行った
病を抱え帰国してから
私はこの国で多くの方に支えられて来た

私は身体だけは異国の人のようで
それでいてこの国の言葉で
詩を紡ぐ
ゆるりとするりと

父と母の血が混ざって
二つにすることなんて出来ない

溶け合うしかない
それでも少し偏ったように

奥においやられたみたいになったり
温かさに胸を熱くしたり
遠くへはもう行きたくないと思ったり
遠くへ行きたいと思ったり

どんどんなる
どんどん近くなる
私の半分が
私の半分に近くなる

溶けてゆく
ゆったりとするりと
私の半分が
私の半分に溶けてゆく

夏の音色

風鈴の音　遠くに
微かに聞こえる　太鼓の音

夏祭りの匂いは
焼き物の香り

おばあちゃんに浴衣を着せてもらい
シワシワの手を握って歩く

ゾウリを引きずって歩く音
高鳴る胸の　愛おしさ

朝顔の育て方を教わり
学校帰りに一緒にお風呂に入ったおばあちゃん

絵やお裁縫を教わり
いつも大好きなきゅうりの塩漬けを用意してくれて

いつだったかな?
「人のお宅に伺う時は、靴をこっちに向けるのよ」と
外国人の母が教えてくれなかった事を教えてくれた
スカーフ使いが得意なおばあちゃんだった

風鈴には縁のない寒い日に
ふとよぎるのは　幼き日の亡霊
寂しくはないよ
風鈴の音色は　今でも記憶の奥に

魂の赤子

魂の中の赤子
羊水に浸かり浮かぶ
私は魂の中にいる

全てから守られ
包まれ
静かな鼓動を聞いている

魂が内部からではなく
外部から包んでくれている
そんな感覚

日々の悲惨なニュースや
ストレス、疲労から
病気の症状が悪化していた

寝る前の祈りの時間
感謝一つ出来ず
泣きながら丸くなっていた

そんな時、感じた感覚
私は大きな魂の中の赤子だった

全てに感謝できた

守られている
愛されている
導かれている

羊水の中で聞こえる鼓動は
神様の息づかい
こんなにも近くに…

私は幼い頃の想い出とともに
羊水に浮かびながら
静かに眠った

永山絹枝・小詩集『ペルー・ブラジルの旅』

【一、空中都市「マチュピチュ」】

アンデスの山々にこだまするフォルクローレの音楽
天と地上とが地球の南の果てで睦《むつ》みあう処
太古につながる悠久の世界
スペイン軍に追われて築いた　マチュピチュ
空中からしか見渡すことができない太陽の門
ここにも邪馬台国の卑弥呼のような
統治者がいたのだろうか
高山病でくらくらする頭の中で　インカの人々の
天文学と幾何学　石造りの見事さに夢を馳せる
標高六千米《メートル》級の雄峰が連なるアンデスの高地と
ジャングルに覆われたアマゾン源流の密林地帯
雨の降らない砂漠もある　三種三様の不思議な国
民族衣装をまとった先住民　インディヘナの人々
毎年六月には三大祭りのひとつ
インカ時代の儀式を再現し太陽の祭りが
サクサイワマンの遺跡で開かれる
住民はありし日のインカの民となり
神聖な儀式に参加する
高く登れば登るほどなんと澄みきった空だろう

【二、チチカカ湖】

ぎーこぎーこ　バルサというトトラの舟で目的地へ
高山の街に来ているはずなのに
私は何故　葦の繁る湖上の筏船にのっているのだろうか
チチカカ湖は富士山より高い湖
トトラと呼ばれる葦を編んで作った人口の浮島群
先住民族のウル人が暮らすこの浮島
湖の上で人の暮らしが普通に営まれるなんて…
家々から機を織る音がしきりに響いてくる
カタンコトン　インカの時代から流れ続けている素朴な音
え！学校もあるの
そこには　なんとフジモリ氏の肖像画が
南米ペルーでアルベルト・フジモリ氏が
日系人初の大統領に当選したニュースが　甦る
貧民層に慕われている…日本人としてうれしいではないか。
だが先住民の人の暮らしは貧しい
首都リマに隣接するカヤオ市郊外丘陵地帯に粗末な家が並ぶ
青い空に白い大きな雲がのどかに浮かんでいるその下には
幼児をしっかり体にしばりつけた女の子たちが物欲しげ
ガイドのアレックスさんは　僕があげるからと
子燕にやるように　円陣を組ませて優し気に
一個のお菓子を細かく分けた

【三、アマゾン河口のくらし】

日本からの移民が川を遡っていく
人跡未踏の奥地で作物を市場に出すことができるのだろうか
が、突然　原始の世界で幻覚の様な光景を見た
原生林が切り払われ　夜でも煌々と輝いている御殿
アマゾンの奥地にスペインが造ったアマゾネス劇場
金・銀を手に入れ伐採で蓄えた侵略の証
一九六〇年のはじめ頃、友人はブラジルのパラ州
アマゾン川の河口にある小さな村に住んでいたという
森を渡るサルの群れから　はぐれた子ザルを預けられた
おかると命名　父親のベッドの上には猟銃が下がっていた
彼女は牧場主が営む私立の学校に通った
ブラジルはルーツを各国に持つ雑多な移民の国だ
ウェントは黒人の男の子だが人種差別は記憶にない
学校の近くにグアバの樹が静かに実をつけていた
日曜日には教会へ行って神様のカードをもらった
それが善良な市民である証
ケネディ大統領の暗殺はベレンの市場で聞いた
それからアボカドの美味しいアイスクリームを食べた
東京オリンピックは父親と領事館の新聞で読んだ
あのアボカドの時代　彼女の愛読書は日本語の辞書だった
帰国時　箸の使い方はすっかり忘れていたという

【四、オオオニバスとピラニア釣り】

アマゾン河でピラニアを釣ったこと　正夢だったか
歯だけが鋭くて可愛いピラニア
いま白くて紅い腹を見せて　目の前に転がっている
七匹も釣れて意気揚々　唐揚げで祝盃していると
天罰だろうか　スコールがやってきた
おや、あの緑の平らな桶みたいなもの何だろう
海と空を逆さにしたようなオオオニバス
茶色づいた河に緑濃く浮かんでいる
我が家の七輪を植木鉢にしたホテイアオイにも
ある朝目覚めると薄いピンクが開いていていた
長崎の佐世保市亜熱帯植物園の温室では
アマゾン原産のオオオニバスの花が咲くという
夕方から朝まで一株に一輪だけ　不定期に咲くという
花の寿命は短くて初日は白、再度開いた時は淡いピンク
翌朝しぼんで水中へ
大河のアマゾン川で育つのが幸せか
文明の中で飼育・過保護されるのがしあわせか
生か死か　それが問題だ
裸然として川辺での民はゆったりだ
自殺願望の人は　こんな暮らしをまずしてみるとよい

【五、地球の声に耳傾けよ】

―コンドルは叫び、アルパカは吠えている―
アルパカよ　聴いているか　コンドルは飛んでいくよ
なんと美しい笛の音か　澄み切った空を亘《わた》っていく
アルパカよ　自分より背の高い「ヤマ」をひく少年よ
聴こえてるかい　各国首脳にスピーチした
ブラジルの先住民　チュイ・スルイさんの言葉
「私たちは、アマゾンに少なくとも　六千年住んできました。
部族長の父は、
『星、月、動物、木に　耳を傾けよ』と言います。
川は死に絶えつつあり、花は昔のように咲かない。
『私たちには時間がない』　そう地球が語っています。
このままでは私たちは間違った道を歩まなければなりません。」
国連気候変動枠組み条約第二六回締約国会議で
首脳級会合の開会式や各国首脳の演説に先立ち
環境活動家の若者が登場してスピーチしたこと
アマゾンの原生林が荒らされて善良な原住民は
水銀汚染に侵されて苦しんでいる
金の採掘のためには　儲けしか考えていない
ゴーゴーと地響きを立てて流れ落ちるイグアスの滝よ
下から巻き上がっている飛沫は怒りの為か
ナイヤガラの滝も　ビクトリアフォールも警告音を打ち鳴らす
今に　地球が熱く、熱く、燃えだすと…

【六、元フジモリ大統領】

とうとう「フジモリ時代に幕が下りた」
一九九一年　ゲリラが日本大使館公邸を占拠した事件
軍の突入作戦で人質を解放した
目がテレビ報道に釘付けになった
ジャンバー姿に長靴
貧困地区やアンデスの先住民の村を熱心に回る
左翼ゲリラに対抗する狙いもあったのだろうが
貧困撲滅に力を入れるフジモリ氏は
忘れられた貧民層にとっては「救世主」だった
地区に電気や水道が引かれ、家はブロック造りに変わった
住民は地区を「ケンジ・フジモリ」と名付けた
どこが間違っていたのだろう
その後政権の汚職などが相次ぎ
二〇〇〇年　日本に事実上の亡命
曽野綾子氏がプレハブの住まいを提供
だがそれも焼け石に水の如くであった末路
泥色をしながら三方から流れ込むアマゾン河は
大河の一滴とはなり得ず　密林の中で奇妙に混濁し
軍政から民主主義に移行した
多くの南米の国々のことも知らぬげに
境界線を盾に　きょうも滔々と流れている

堀田京子・小詩集『なんにもいらない』十七篇

訪問者

真夜中の悪夢
ふと　我に返る
一人寝の私　虫の音もたえ
こみ上げる　寂寥感

あの人が　私の傍にやってきた
うたた寝の私に　そっと布団をかけてくれた
幻のあなたがほほえむ

共に過ごした五〇年の歳月が
たまらなく愛おしい
キンモクセイの香りにむせぶ夜
あなたの温もりを
胸に抱いて
今日を生きる私です

再会

今夜もあなたがやってきた
背広姿で　荷物をかかえ
無言で玄関に立っていた
まなざしが私を抱く
つぶらな瞳が私を見てる
何を言いたかったのだろう

大きな背中を思い出す
夜露がダイヤモンドの涙をこぼす
あなたの故郷が蘇る
私のお守り　結婚指輪
忘れていた指輪をはめてみた
朝焼けが燃えている

大丈夫
私はこうして生きています

なんにもいらない

なんにもいらない
あなたがいれば
あなたをあいしているから

なんにもいらない
げんきなからだがあれば
だいじょうぶなんとかなる

なんにもいらない
しぜんがあれば
はかいしたらとりかえせない

なんにもいらない
ぶきはいらない
みんなすてればすてるとき
へいわこそじんるいのきぼう

柿

今年も柿が実る頃です
あなたの大好きだった柿
澄み切った秋の空にぽっかり
光を浴びて輝いています
葉っぱも色好き終焉の時を待っています
こんなにも美しく散って行けたら
素晴らしい
その日を迎えるために
私も今日を生きています
仕事が好きだったお父さん
仕事を成し遂げるために
生まれてきたような人生
働く事が好きで　すべてだった
不器用なあなたでしたね
あれからもう十五年
すべては夢のようです
子どもたちがあなたの面影をどこかに宿し
生きている喜びの中で
未来をつないでいます
柿を食べるたびに　より深く
あなたを思い出します

コスモス

紅色・オレンジ色・黄色
ただ咲いているそれだけでいい
一面に咲いたコスモスの花
人に元気を与えてくれる
秋風がほほをなでてゆく
群れ飛ぶ　赤とんぼ

生きているそれだけで意味がある
誰かを励まし元気を与えてくれる
赤とんぼ　わたしの肩にとまったよ

あなたと一緒に

花やの片隅に見つけた
私はあなたに一目ぼれ
侘助ツバキ君　会えてよかったね
日照りの夏を乗り越えて咲いた
一つ二つ数えていくつ　たくさんの硬いつぼみ
柔らかな日差しに　淡いピンクのおちょぼ口
私はあなたをお部屋に招き入れた

朝に夕に　あなたと口づけ　おちょぼ口は花になった
一つ二つ数えて幾つ　みんなで春を呼ぶ
わび・さびの世界に思いをはせる
寂しくなんかないよ　温かい春が来る
侘助君は私の恋人
あなたといつも一緒にいたい

皇帝ダリア

四メートルの長身のあなた
青い空にピンクの大輪の花が似合う
風に腰をへし折られて塀に寄りかかり無残な姿
それでも懸命に強く生きていた
今　見事な花を咲かせてた
胸にしみるピンクの花々
すばらしい命の輝き
どんな状況でも生きることを
あきらめずに踏ん張ったお前
お前の生き方に学ぶ私です

わたしの朝

朝が来た　さあ　窓をあけよう
新らしい光が空をそめる朝露がキラリ
小雀たちはチュルチュルミチュル
おはよう　双葉がぐんぐん伸びてきた
やったー　ピンクのバラが満開
わたしは鼻をすり寄せて香りに酔う！
一輪はさみを入れて　あなたに届ける
椿の固いつぼみを両手でつつみ
あたたかい息を吹きかけて
春までがんばれと応援する
葉はつやつやと元気いっぱい
昨日よりまた今日は
たくさん咲いた菊の花　黄色い季節
地面から頭を出した福壽草
君も生きていたんだね
色づいてきたミカン
なでなでしながら完熟の日を待つ
柿の葉が音もなくハラハラと落ちる
ベリーの紅葉はことさら心にしみる
絵具でも出せない彩のすばらしさ
役目を終えて　終焉の時
弔いの美しい歌を歌う
カラスがひと啼き　朝の挨拶

行雲流水

青い空に雲が流れてゆく　どこまで行くのだろう
水はよどみなく川を下り　とどまることを知らない
駆け足で　走り続け　夢のように過ぎ去った日々
眠っている私の顔に　小鳥が足跡をつけていった
歌っている私の顔には　茶色いスタンプを押した
空を見上げていると　光が降り注ぎ私の髪を白く染めていった
私が食事をとっていると　いつの間にか歯がとけていった
私の目はだんだん弱くなってきたが心の目は輝きを増してきた
日が昇れば消えてしまうようなはかない命　朝の露の様
老いてゆくこの身　嘆くことはないのだ　自然の摂理だから
肉体は滅びつつあるが　魂は輝きを増してきた
夜空に瞬く兄弟たちと　無言の言葉を交わすこともできる
長くて短い年月が過ぎていった　私はもう何も怖くない
善も悪も　愛も憎も　悩みさえも　歌声と共に山の彼方に
心地よい風の声が聞こえてくる　私はもう何もいらない
白バラの咲きほこる季節　幸せな思い出だけが胸に蘇る

落ち葉よ

地上に降りたあなた
赤や黄色に体を染めて死に化粧
秋の陽に　カサコソ　ささやく
風吹けば　舞い踊る
ぬれ落ち葉　などと侮られても
あるがまま　朽ちてゆく　それぞれの終り方

春の日　若い芽は萌え
緑の服をまとい　暮らした夏の日々
燃える太陽のもと　生繁り光合成
サワサワと　語り合いながら上機嫌
やがて紅葉　散りゆく定めの葉っぱ
新しい命を　はぐくむために

大地に還りゆく　落ち葉よ
めぐりめぐる　命の循環
生き物を育くみ　守る樹々
お前はまた一回り　大きくなった
人生の春夏秋冬は　一度きり
艱難辛苦《かんなんしんく》を　乗り越えて

あなたは偉い

あなたは　しっかり根を張り　生れたところで生涯を過ごす
　節くれだった太い幹　艱難辛苦乗り越えて今を生きる
　すくっと立ってそこにいる　マイナスイオンいっぱいに
あなたは　風ふけば　風吹くままに　雨降れば　雨の中
　嵐の夜はじっと歯を食いしばり
　雪の日には　ひたすら耐えて
　　いつも天を仰いで　太陽に向かって生きる
気持ちいい青空　深呼吸　長い飛行機雲がなびく
大地のお恵みをしっかり吸い上げて　葉を繁らせる
コケまで生えてきたようだ　生き物達の楽園
身体に虫が付いても　懸命に踏ん張っている
アリさんがあなたをくすぐりにたよ
クモさんが枝に糸を張り巡らし獲物を狙っているよ
小鳥たちはピチクりさえずりながら　羽を休めている
小さな虫の卵が産み落とされ冬を越す
あなたの　足もとで子どもたちがかくれんぼ
　もういいかい　まーだだよ
あなたも一緒に　ここまでおいで甘酒しんじょ　鬼ごっこ
ヨチヨチ歩きの赤ちゃんが　ニコニコはじめの一歩
女の子はスカートはいて踊りだす　お母さんの笑顔がこぼれる
芝生では少年たちの野球試合　歓声が響いてにぎやかな公園
おじいさんおばあさんも木陰で一休み

こうして何百年も人間の暮らしを見つめている樹木
ただ立っているだけで　二酸化炭素を吸収し役立っている
何より素晴らしいのは　不戦・不争　の真実だ
大自然に学べと叫ばれてきた
人は大自然の宇宙に生かされているのだ
人間たちは大事なことを　忘れてしまったようだ
この世は進化とともにますます欲がらみの狂いだした世界
最悪の戦争に突入　殺しあい憎しみあって　何の意味がある
安心安全はどこに　平和こそみんなの願い
生きとし生ける者たちの願いなのだ

明日のあしたは

揺れ動く経済　歴史的円安　目まぐるしい世界の渦中で
明日のあしたは　どこへ向かってゆくのだろうか
膨らむ国債　国民の借金は一人当たり一千万を超えている
コロナ禍の経済　失業　物価高に追いつけぬ賃金の低迷
一時的な　政府の救財策
統一教会がらみの　数々の不祥事が暴かれる中
人気取りでお金をばらまく方法で解決するのか
マイナポイント　一万円あげますよ
出産費用も応援しますよ　ハイハイ助かりました
デジタル社会　キャッシュレスで三万円も得します
アメをちらつかせて国民の目をごまかす
無知はアブナイ　仕返しのムチが待っている
ちらつく経済の破綻　汗水たらして働いた金が紙切れになる時
ジワジワと嫌な予感　一気に崩れ去る不安
逃げ道は海外投資　そんな余裕の人もいるが
この国のリーダーは詐欺師まがい　国中に詐欺師が横行している
この国の国民は善良でお人好しだからだましやすいのだろう
軍事費も増額　いたちごっこ　平和憲法もアブナイ
このままでは明日の明日が保障されないのではないか
弱者に降りかかる重圧　社会保障費の値上げ
一気に崩れ去る経済不安
いつもアンテナを張りめぐらしていないと
大変なことになるのでは……
安心安全への揺らぎが止まらない現代
何をなすべきか
無力感のみ

藁にすがる人　もうだまされまい

助けてください　神様仏様　サルノコシカケ　アガクリス
癌　藁にもすがり　様々な商品にすがる
時遅し　生活習慣から発生した病

薬はもろ刃の刃　それを知りつつ　服用
漢方が合わず体に異変の人もいる

自然界から離脱した暮らしの中で健康がむしばまれてゆく
デジタル社会の複雑な時代　ストレス社会の弊害

テレビから飛び出す誇大宣伝　載せられまいと思いつつ
もしかして　もしかしたら　効果あるかも　馬鹿な思い込み

血流の良くなる電気椅子　騙され高額な商品に手を出す
三日坊主　マイナスイオンは大自然にあふれている

猫背は治る　キャッチフレーズに飛びつく危うさ　もろさ
整体でも治らない背筋力の弱さ　完璧な体の人はいない

白内障にレーザー照射　週刊誌に取り上げて売りこむ
ついでにブルーベリーも効果大と大宣伝
罠に　振り回される弱い人間

ひざ痛にはコラーゲン　宣伝を信じても救われない……
体は全体でバランスをとりながら生きている
わかっちゃいるけどやめられない人間様

骨粗しょう症にカルシウム剤
そんな宣伝に乗せられてサプリを飲む

身体にとっては迷惑　自然の食品から作られるもので賄うべし

シミしわが嘘のように取れますクリーム
シミ一つ一万円で消えます
ためしてガッテンやっぱりまやかし
シミもしわも生きてきたあかしと納得

沖縄のシークワーサーが今人気らしい
その皮を粉末にしたものには物忘れ防止の効果ありとのこと
信じる者は救われるか　実験開始
若がえりの秘宝かもしれないとひそかにほくそ笑むこの頃

医者様さえコレステロールを下げないと危ないよと警告
笑いが止まらない薬業界　年商数億円市場　巨額な富をゲット

食べ物よりも本人の体質の影響が多いらしい
小太りは長生きとか

インフルとコロナの合体ワクチン接種
限りなく変化するコロナやウイールス
いたちごっこ　接種薬品の弊害・副作用は手探り　危険な関係

玄米派　に白米派　小麦はアブナイ派
食品があふれる中での選択
自己決定権は本人に

添加物や化学物質の多さにはうんざりである
電磁波の飛び交う時代に
生き抜く知恵を持たないと健康でいられない

歩け歩け一万歩（歩きすぎ）水は一日2リットル（とりすぎ）
何でも程々　この目で確かめ
この体で感じた真実に　従うしかあるまい
いいことはいいだろうし　偽薬でも病が治るというから

ネット上の年間の詐欺サイト一万件
消費者センターの相談も　きりがない
人間の弱さを狙い撃ちの商売人　何でも真実なら
この世から病人はいなくなり悩みは消える

金のためなら騙すことも何の罪悪感もなしそんな時代
自分で作っているトラブル　振り回されない自分が大事
分かっているつもりが　本当はわかっていない

人は木が枯れるように老いてゆくのだから
与えられた命を　素直に受け止めて　現状を見つめ受け入れ
天寿を全うすることが生きる秘訣かもしれない
神様は耐えられない苦しみは与えないというではないか

まだ見ぬ未来よ

見たくもあり　見たくもなし　近未来の世の中の変わりよう
コロナは　気候変動は　年金は　戦争は　食の安全は
核のゴミは十万年も消えない　絶望に近い雨が降る
地獄へのアクセルを踏み続けたら……
果てのないＡＩ　と人類の未来は
今　一人一人が　この大地の上に立ち
しっかりと足を踏みしめてゆけばよいのだと気づく

世界の人口八〇億人突破　二〇八〇年　世界の人口一〇四億人
孫が生きて　高齢者になったとき
どんな暮らしがあるのだろうか
どんな世界がやってくるのだろうか
そう遠くない未来だが想像もつかない
安心した暮らしや食べ物は十分にあるだろうか
あの世に行く前の心配ご無用
残す言葉は　あきらめないで

大宇宙はパラダイス　誕生の奇跡　あなたの私の命
太古からの　虫や鳥たちの懸命な生き方に学び
深紅のバラの歓びにあふれた姿に感動
根をはり増え続ける雑草の強さに驚嘆
ふるさとの川の流れは　絶え間なく続き海へ注ぐ

深海で生きる魚の不思議な命の鼓動を聞く
行く雲の流れの中に　変わらぬ愛の光
連なる山々　森の中で　深呼吸をする時
どこまでも深い紺青の空に吸い込まれそうな時
すべては宇宙の愛だと知るのです
時の流れは夢のよう　駆け足で　過ぎ去った人生
夜空の星々の魂のきらめきに亡き人々の魂を見る
消えゆくもののあわれの中にさえ　愛はあふれている
人は花　人は鳥　人は川　人は海　人は大地の子　宇宙の子
みんなみんな　この世界で懸命に生きる　いとおしく輝く命
神々の声が全世界へ　愛のこだまとなって響き渡る

回想

なつかしさのあまり　私は　青春を過ごした地に足を運んだ
一六〇円支払い巣鴨に降り立つ
池袋から国鉄運賃十円の時代を思う
とげぬき地蔵を横目に　文京方面に歩き出す
あの頃の子どもたちはすでに六十歳を過ぎている
定年退職
面影を探しながら　幼き日の姿を思い描く
時の過行く速さに戸惑いながら　懐かしの道を約三〇分歩く
〇歳児のあどけない笑顔
五歳児のたくましい姿　園庭ではしゃぐ声が耳に残る
あの日のままのかわいい子どもたちの人生
幸せだっただろうか
あの頃の親御さんはみな天国だろう
なにもかも移り行く中で　昔と全く変わらないものがあった
園庭の大きな桜の木　二十歳の春にあの桜の木の下で
三〇名の卒園児と記念撮影したのだ
こみあげてくるものがあった
脱走したマー君に噛みつかれた記憶
彼はどんな大人になったかな
障がいをかかえていたあの子は
どんな人生を送ったのだろうか
一九六四年東京オリンピック
園児達と見上げた青い空五輪のマークの感動
今でも一人一人の天真爛漫な記憶が鮮明に浮かぶ
美貌を持て余すほどのあの保育士はピアノも達人だった
どこからか聞こえてくる乙女の祈り　トルコマーチ
仲間たちとの夕餉　館長の祈りや　讃美歌
ショパンのピアノ曲
それぞれの人生を思う
走馬灯のように脳裏を駆け巡るあの日々
なかでも私を探してやってきた父の姿は目に焼き付いている
戦後まもなく建てられた希望の園舎は新築されていた
昔お世話になった園長はとうの昔にいない

退職後一度お会いしたが
まるでミイラのようになっていた
跡取りの息子さんも若くて旅立たれたという
大は変わり見知らぬ息子の連れ合いが経営しているらしい
何でも知っている桜の大木は悠々と風にそよいでいた
ザラザラした木肌をさすりながら
行く年月の流れを回想した
すべてのものは移り行き浮き沈みの激しい時代
再会の喜びに震えた
今ここに立っている不思議
歩いてきた道を振り返ると心がいっぱいになった
帰りは懐かしの三十二番の荒川線に乗車し帰路へとついた
巣立った子供たちの幸運を祈るばかりだ

希望のタネ

ヴェトナム戦争反対！アメリカはベトナムから出て行け！
シュプレヒコールを挙げながら
大勢の仲間と参加したデモ行進
南北に引き裂かれたヴエトナムは統一の時を迎えた
（一九六五年から十年間）
ぬぐい切れない多くの善良な市民の犠牲を払い
戦争は終わったかに見えた

戦後復興　苦しみを乗り越えて廃墟から立ち上がった人民
ビルは建ち　オートバイが町をうずめ経済成長
にぎわう繁華街
あれからもう半世紀
そんな戦争があったことすら忘れ去られようとしている
五〇〇万人の人間が枯葉剤を浴びた
あの戦争はまだ終わっていないのだ
地雷に足を吹き飛ばされ坊や　寝たきりで起き上がれない若者
癌あまたの生涯を背負い生きる　三世代にわたる枯葉剤ダイオ
　キシンの後遺症
化学兵器の残虐性は長きにわたり人間を苦しめている
アメリカとの裁判は敗訴
格差のなかで今でも戦争の傷跡は消えない
大勢のベトちゃんドクちゃんが
重い年月を背負いながら暮らしている
化学兵器枯葉剤は数世代にわたり人間の遺伝子まで狂わせる
親は高齢化して　障害のある我が子に付き添えない現実
貧しさも追い打ち　行政からも忘れ去られようとしている
ヴェトナム人はアメリカは憎まず戦争を憎むとまで聞かれる

そんな時代に希望のタネをまく方がいる
坂田雅子さん「失われた時の中で」ドキュメント映画
枯葉剤を告発
枯葉剤で夫を亡くした妻の渾身の作品
第一作目は「花はどこへいったの」

沈黙の春ヴェナムの　苦しみを支援
まかれた種は春が来れば芽吹き花を咲かせるだろう
枯葉剤を浴びて亡くなった大勢の米兵もいた
戦争に勝ち負けはない　過去の悲劇　戦争を忘れるな
ウクライナに雪が降る　春を待つ草たちの声
犬も猫も美しい祖国の空も　木々もみんな終戦を祈って生きる
憎しみ合ういじめの構造は　憎しみが増幅　雪解けは来ない
大量殺人を犯しても犯罪にならないのが戦争
国家権力を盾に戦争を仕掛けて世界を恐怖に
世界は一つ　地球も一つ　破壊されたものは帰らない
始まったら終わりのないのが戦争
危機一発　核兵器を取り巻く世界の状況
いままた軍備増強の中で　平和憲法の大切さをかみしめる

終末時計

朝が来た
元気飯食べて出かける
自分探しの一人旅
あとは成り行き任せ

日が暮れた
今日も一日有難う
御飯も済んだ風呂に入ろう
あとは寝るだけ

よく働き　よく遊んだ人生
瞳を閉じて君を探す
愛を叫んだ日々があった
週末時計はあと一分三十秒
その瞬間まで生き抜く
あとは死ぬだけか
　歯・母・笑　ハ　ハハ　ハハ
もう笑うしかない

佐野玲子・小詩集『砂上の優越感』四篇

Ⅰ

もう三年近く前になる
ラジオをつけたら　ニュースの途中
「新しい生活様式」という言葉だけが
スッと 耳に入った

たちまち奔放な回路に 自在な推測が走り
にわかに射し込む光明に
思わず 目が輝いた

　これからは
《体の利く者は みんな各々 土を耕す》
そういうことね、きっと！
自分たちの体の原料 ＝ 食べ物 ＝ 無数の命…
その「めぐみ」にあずかるからには
自分たちの手で！　この土地で！

海の彼方から運んでくる
そんな一時代の狂騒も
ようやく終わりが見え始め
《自給自足にまさる豊かさは無い》

この 当たり前と思われる考えが
やっと
表《おもて》に 出てきたんだ
よかった！
まさに「災い転じて…」

頭の中が キラキラと回転した
この数秒間の体感、
私の中では
真実
本当のこと

　そのとき刻まれた痕《あと》は
今も 色濃く脳に残っている

が…　次の数秒で……

ニュースの続きに
耳が戻り
はっきり見えた つもりの
大きな明るい光が
跡形もなく
消え失せてしまったことも
本当で

Ⅱ

私たち 動物の肉体
まちがいなく 天然もの

具体的には100％
自分が食したものから できている はず

まちがいなく この地球の成分
水と塩のほかは
ひろく「土」を母体とする
植物の命　動物の命

けさの朝ごはんだけでも
取り込ませてもらった命、いかほど…
と、とても数える という域の数ではない

おかげで、あい変わらずの体が
日々 保たれている

この肉体を成している
無数の生命体、
そのもとを遡れば
みんな「土」に辿りつく はず

その莫大な命を育み養う
ゆたかな「土」が 豊かにあるところこそが
いちばん「ゆたか」で すばらしいところ

——とは、だれしもが……

《農》という 業《なりわい》は、
あらゆる命が
くり返しくり返し 巡《めぐ》り廻《めぐ》っている
この「天地」から、そのほんの少しばかりを
「めぐみ」として
引き出させていただくこと

そして、自分たちも
「その大きな流れの ただ中にある」という
たしかな実感のなか

来る日も来る日も
毎年毎年 何百年も 何十世代も
くり返し くり返し
先人たちが
《農》を
いとなまれ続けたおかげで

大地のゆたかさは 保たれ

私たちも
悠久の時空にただよう
ほんの一隅の生にすぎない…
と、
天然ものの
一員であり続けてきたから

めぐりめぐる「天地」の流れの
その端くれとして

人間も、くり返す くり返す
「天地」から「めぐみ」を引き出させてもらいたいから
手入れを
くり返す くり返す
十年一日のように

その くり返しの中に

きっと
安らぎ　満ち足りる心…
天地との一体感……

きっと だから

美しさは守られていた

裏山　小川　ため池
田んぼ　畑
石垣　土塀
畦道　裏庭　生け垣
土蔵　草葺小屋

「価格を付ける」かりそめの貨幣経済とは
土台から 次元の違ううつくしさ

ヒトも《天然もの》であり続けていたから
人知れず 吾知らず
ととのい
あらわれる　うつくしさ

「天地のめぐみ」という
「《命》の営みに」は
土台から
当てはまるはずのない
「効率化・時短」が求められる　―近代化―
何でもかでも お金に換算されてしまう
―近代化―　の波とは
未来永劫 波長が合うはずのない、

ほんものの、
ゆたかさに あふれている
《いなか》と言われるところこそが
とびきり すぐれている
　　　　　　　　――とは、だれしもが……

――が、

あらゆる命を宿している「土」を、
あらゆる命の生命線である「水」と
分断してしまうような素材で
覆い潰してしまった
　　　　　　　　――都市が
《いなか》よりも優位にあるかの言動が
あたり前のようにある

なぜ

「母なる」などとも 冠してきた大地
私たちの肉体の由って来る《きた》 土を、
かけがえの無い 田んぼを、
拒絶したかのような
　　　　　　　　――都市が
発展…?
ゆたかになった…?

「天然ものの命」が
見わたすかぎり
一つも見当たらないような
　　　　　　　　――都市が

なぜ

この 素朴な「なぜ」を
「なぜ」のままにしていると
見えないような気がする

「砂上の優越感」の裏側の土台に
重たく潜んでいたモノが
この何百年
何をもたらしてきたか

途上国 と言われる
その「途」とは
▽▽への 途次《みちすがら》 にすぎないことが
―近代化― が、その出発点から
宿命づけられているらしい 行く末が
日々の食卓の命さえ
見えにくくなっているように

Ⅲ

昨日まで
同じ敷地の中で暮らしていた、
大切に育てていた、
その近しい命を いただく、
という
いかにも重たそうな 生活文化が
ほとんど芽生えることのなかった島々に

日常的な肉食が
海の彼方から
一気に 押し寄せてきた

血肉をいただくための
家畜と暮らす日々
という
彼の地には
深く根付いていた
泥付きの重たい根っこは
バッサリ 切り取られ
どっと なだれこんできたのは
土から上の「食」だけ

和魂洋才という言葉があったけれど
「洋」の中にも「魂」は しっかり宿るものを…
その「魂」
私たちとは相容れにくい、その「魂」を
きっちりと見極める余裕もないままに…

自分を筆頭に
鶏一羽、
自分で締めることさえ できない者がほとんど
という
この現世《うつしよ》に
どっぷり肉食
既に久しい 飽食の濁流

《いただきます》
この ひとことに
「土」から直《じか》にいただく「めぐみ」への
ありがたい思いは
たしかに感じられるけれど

《いただきます》
痛みをともなう
重たい命への おもいは、
どれほど こめられているだろうか
心配になる

Ⅳ

つい最近のこと
ラジオのスイッチを入れると
ニュースの途中
『野生化した○○が△△を食い荒らして…』

く、く、食い荒らす…？
そんな言い回しが　当たり前なの？
そんな感覚が…

人間の姿で生きていることが
息苦しい
恥ずかしすぎる

身勝手極まる人間に
拉致されてきたものたちの
子孫は　縁もゆかりもない
四面楚歌なる その土地で
ただただ ひたすら
その命、生きていくほか
すべがないから
「食っている」
それだけなのに だけなのに

100％人間都合の「開発」という破壊行為の下
瀕死の重傷を負ったもの
命は取り留めたものの
生活の場を 突然 消し去られてしまったもの

ましてや、放射能による惨状に至っては…

バッサリと 想像力を断ち切らなければ
同じ時空に ニコニコしてなどいられない

「草木」の中にさえ、
たましいの存在を
たっぷりと 感じ続けてきたはずの私たちなのに

「菌類」への深い感謝の念《おも》いから
《菌塚》を建立された方もおいでになる
そんな国柄の、そんな私たちだったのに……

「食い荒らす」
そんな物言いが あてはまるのは

「煩悩の肥大・増長」果てしもない
飽食の世の 私たち
命が 命に見えなくなりかけている
私たちだけ

柏原充侍・小詩集『光がすべてをつつみこんで』十二篇

夜のマンションの灯り

孤独だった
愛する人がいない
病気をかかえていた
親はそんな私をあわれんだ

でも僕にはわかるんだ
この世の中には　神の摂理が働いていると
大人になりたくない
争い合いたくない

みんなから好かれたい
少年時代　スポーツが全くできず
本だけがたよりだった
学級が上にあがると
そのたびにクラスメイトが異なる

つらかった　一人でねてるふり
卒業式の日
私は　紅白まんじゅうを　トイレで食べた
今日も　深夜のマンションの一室では
狂気がくり返されているだろう

私のお友だち

病気がちで　ねてばかりいた
ある日　姉がプレゼントをしてくれた
小さな　いとおしい目　ほほの赤い
小鳥だった

友達がいなかった　学生時代の友は皆
仕事につき　結婚をして
母はけんめいに　勤め働く父の留守を

小鳥よ　小鳥よ　小鳥さん
「出たい　出たい」とピイ　ピイ鳴く
それは私自身のことだったのかもしれない
やがて病気が治り　ある日母が
「あの子は　ありがとう　ありがとう」
そう鳴いて出ていったと

今から想えば　小鳥は悪霊もつれていったと

おとうさんは　もうすぐ八十歳
生涯現役　そう笑って　皆をよろこばせ
どこまでも遠い空は　人生とともにあった

命の鐘

ほろびさってゆくもの
それは〈いのち〉
生を受けたものは　必ず死ぬる
いつまでも生きていたい

皆が想う　永遠のいのちが欲しいと
空が紅に染まり
人生が　人が信じられなくなり
風からは　駅のホームで背中を押され

恐ろしい　生と死は二律背反
鐘がどこかで鳴っている
山上の頂に近いお寺から
仏様がちゃんと見ていますと

ヒロシマ　ナガサキの　いのちの鐘

今年も終戦記念日をむかえ
お盆がすぎて
残暑の残るこの空のもとで
「今日も私　生きています」

美しき春（うつくしき　はる）

おいでよ　おいでよと　おともだち
まっているよ　まっているよ
とおく　とおく　てをふっている
あの　ちいさいころの　あたたかさ

おかあさんと　てをつなぎ
いまだ　あい　を　しらず
おいでよ　おいでよと　おんなのこ

みちをゆけば　さきは　ながくて
こわかった　にげだしたかった
ほほえんでくれたのは　うしろに
あなたでした　おかあさん　えがおで
いっておいでと　ゆうきを　くれた

あの　はる　の　おもいで
あのときの　えがおは　ゆめだったの
それでも　みち　は　つづいてゆく
どこまでも　さきに

いまは　もう　なき
おかあさんが　まっているから

車イスの青年

彼はいつも一人だった　眼鏡をかけていた
ものしずかなたたずまい　何を観ているのか
自分にできて　他人にはできない
それが人生の意義だといった

彼と話した日々　言葉はなくとも
哲学者と対面したかのよう
何があったかは知らなかった　ただ
ただ　人生が充実していれば

私は尊敬した　障害を持っているのに
普通人と同じ人生が送れないのに
彼は自尊心が強く　芸術家であった

己が境遇を誇りにしていた　なぜだろう
自分は他人とは違うから
平凡人とは異なり　独自の世界観
心理学者や哲学者さえも超越して
ただ　ひとり静かに微笑み
「生きているのは楽しい」

着古した背広

父は言った　志あるもは労働すべきと
定年退職まで　ひたすら戦い続けた
砂の戦士　砂漠の都会のなかで
自然は　緑は　太陽は

重苦しい空気と大気の圧力
季節はずれの雨が　しと　しと　しと
降っている　降っている　苦しめと
苦しめ　苦しめ　苦しめ　お前の人生

太陽が陰にひそめるとき
鉄の雨が降ってくる　はるか異国の土地で
かっての戦友たちはどうしたのだろう

平和な世界のなかで　文明という
矛盾した　夢を失った　旅人たち
だから今日も働くのだ　人生があるから
こころの闇　それすら人生

〈あなた〉の着古した背広は
文明によって破滅した　あなたの人生だった

耳がきこえない少女

笑っていた　ただ　笑っていたのだ
あなたのまなざしは　いったい
誰をみているの
愛されていた　お父さんとお母さん

障害を持った子供だといわれ
苦しかった　人生は　生きるとは
強かった　あなたは強かった

耳がきこえない　それが
他人の批評がきこえずにすんだ
悪を知らない貴女
恥を知らない乙女

あなたの前には未来という
無限の可能性に満ちていた
美しい　美しい　あなたのたたずまい
少し微笑《ほほえ》んだ
あなた　あなた　あなたの美しさは
耳もきこえないほど

お医者さんがくれた　ひとこと

たよるひとがいない　一人暮らし
夕刻の燃えるような紅《くれない》の空
世界が黄色くみえた　世界が恐ろしかった
一本の刃物　とまどった　死にたくない

ひとはみな　この道をたどる
それを道という　それを道徳という
それを　ひと　の性《さが》だという

『淋しいかい　悲しいかい　絶対大丈夫
僕がいるから　君のために僕がいるから
病院へ電話をかけておいで
いつ来てもいいよ　かまわない
いつまでも　どこまでも　君を待ちつづけるから

なぜなら僕は医者だから
なぜなら僕は　にんげん　だから

愛しているよ　君の弱きこころを
「こころ」をいつまでも大事にして

人生という　美しい花々を咲かせよう』

光がすべてをつつみこんで

遠《とお》い　遠《とお》い　冬の御空
太陽は　雲がくれ
歩んでいた　前へ向かって　どこまでも
残酷《ざんこく》な冬が去《さ》ってゆき
風が暖かくなってゆく
桜《さくら》ふぶき　並木道
闇の存在から　一すじの光が――
この世のすべてを光がつつみこんで
やがて　人を　自然を　大切にしたい
冬から春に　季節が変わりゆく
希望だった
神経質な　こころ焦がす　春の風
〈あの日〉に誓った　約束の意味

「おまえは強くなった」
それは厄病を克服《こくふく》し　暗黒《あんこく》の冬の夜から
戦争という　人類の闇から　救われた刻
光が　この世のすべてをつつみこむまで

あの冬を越《こ》えるまで

あの冬を越《こ》えるまで
恐《おそ》ろしい　厄病の存在
まるで　虫ケラのように　命を奪《うば》われ
肌は寒く　風は冷たく
人の優しさ　教えてくれたのは
……ただ　貴方《あなた》だけでした
生きることの潔よさ
苦しかった　つらかった
それでも　〈人〉は皆　生きてゆく
生きること　それは　信じること
今だ　色を覚えず
青年の志　どこまでも　太陽がこころ照《て》らし
冬の道を歩きつづけた
もういちど　言いたい
「貴方《あなた》は　どこにいますか」
あの冬を越《こ》えるまで

春は　近かった
　遠かった

大切なこと

駆《か》ける　駆《か》ける
どこまでの　あの虹《にじ》の向こうまで
何と　美しい墨色であることか
雨がぱらぱらと降ってきた
若かりし　青春の日々
信じていた
己が人生は　自分のためにあると
ただ　急いだ　急いでいるのだ
何よりも大切なこと　それは
生きること
人の為に　尽《つ》くすこと
今だに　前は闇《やみ》につつまれ
遠い　遠《とお》い　人生の道
いつかは　立ち止まる刻《とき》がやってくる
何が言えるだろう……
信じていた
あなたはいつまでも生きれると

ふたりの人生

ねむい　ねむい　ねむい……
今は　年とった　おとんとおかん
おかんは　だれよりも　つよかった
おとんは　飯《めし》を食べている
そして　眠りだす……
無口で　無表情で　ただ
おとんとおかん
偉《えら》い　偉《えら》かった
ふたりとも　戦前に　生をさずかり
必死で駆け抜けた　ふたりの人生
ぼんやりと　宙を見ている
何　かんがえてるんやろ
とおい　とおい　昔《むかし》のこと
戦争のこと　あまり話《はな》さなかった
ねむい　ねむい　ねむい
「このまま　いなくならいでね」
春を迎《む》えるとき　暁《あかつき》を覚えた

沖縄の方々が私に示してくれた温かな心遣い。
それらは忘れることのできない
大切な記憶として私の中に残っている。

そして、そこには人に対する沖縄の人々の深く温かい愛情が表れ
ているのではないだろうか。そうした、人に対する沖縄の人々の
温かい眼差しの謎を解きたくて、そしてその温かさに触れたくて、
何度も沖縄を訪れる羽目になってしまい、今日まできている。
——本文「ちむくぐる」より

定価：2,200円（本体2,000円＋税10%）

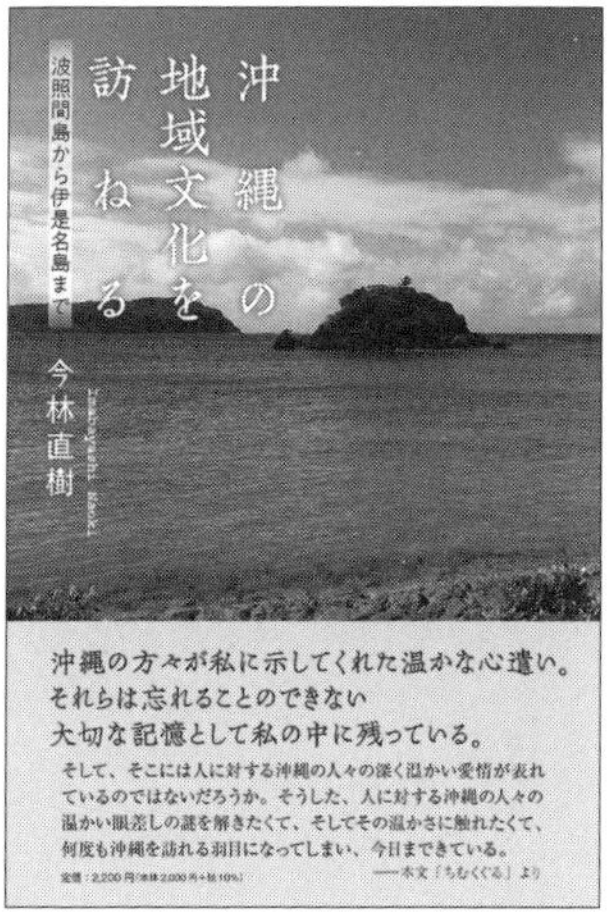

今林直樹
『沖縄の地域文化を訪ねる
―波照間島から伊是名島まで』

2022 年 12 月 22 日刊　四六判／ 352 頁／並製本
2,200 円（税込）

沖縄の方々が私に示してくれた温かな心遣い。それ
らは忘れることのできない大切な記憶として私の中
に残っている。そして、そこには人に対する沖縄の
人々の深く温かい愛情が表れているのではないだろ
うか。そうした、人に対する沖縄の人々の温かい眼
差しの謎を解きたくて、そしてその温かさに触れた
くて、何度も沖縄を訪れる羽目になってしまい、今
日まできている。(――本文「ちむくぐる」より)

永山絹枝『児童詩教育者
詩人 江口季好―近藤益雄の障が
い児教育を継承し感動の教育を実践』

2022 年 11 月 4 日刊
四六判／ 296 頁／上製本　2,200 円（税込）

永山絹枝氏は、近藤益雄から学んだ江口季好の
「詩は生活の現実を見つめ、世の中の矛盾を書
き込んでいくもの」という信念と「障がい児教
育」や「児童詩教育」の根幹に据えた実践活動を、
自らを含めた三代目に残し継承すべきだと考え
て本書を執筆された。(鈴木比佐雄・解説文より)

児童詩教育者
詩人 江口
季好

近藤益雄の障がい児教育を継承し
感動の教育を実践

Nagayama Kinue　永山絹枝

永山絹枝氏は、近藤益雄から学んだ江口季好の「詩は生活
の現実を見つめ、世の中の矛盾を書き込んでいくもの」とい
う信念と「障がい児教育」や「児童詩教育」の根幹に据え
た実践活動を、自らを含めた三代目に残し継承すべきだと
考えて本書を執筆された。
——鈴木比佐雄・解説文より
定価：2,200円（本体2,000円＋税10%）

エッセイ・評論・追悼

ノースランド・カフェの片隅で　文学&紀行エッセイ

第三十五回　柳田邦男『犠牲』――「憐れみ給え、わが神よ」を巡って――

宮川　達二

二つの肝臓の摘出がすんで、洋二郎の遺体をわが家に連れて帰ったのは、午後十一時すぎだった。

居間に安置して、グラスに水を供えたとき、賢一郎がテレビのスイッチを入れた。偶然にもNHKの衛星放送でタルコフスキーの映画『サクリファイス』が放映されているのに気付いたのだった。映画はまさに終ろうとするところだった。

なんということだろう。あの『マタイ受難曲』のアリア「憐れみ給え、わが神よ」のむせび泣くような旋律が部屋いっぱいに流れた。

柳田邦男『犠牲（サクリファイス）』―夜間飛行―　一九九五年

―「憐れみ給え、わが神よ」―

私は音楽、特にモーツアルトとバッハを好み、好きな曲は繰り返し聴く。最も好きな曲はと聞かれたら、しばし躊躇するが、バッハ『マタイ受難曲』――第四十七曲　憐れみ給え、わが神よ――と答えるだろう。「憐れみ給え、わが神よ」は、新約聖書の『マタイによる福音書』を題材とする作品のなかの一曲である。

『聖書』の「マタイによる福音書」第二十六章で、弟子のペテロがイエス・キリストとの関係を問われて三度否認する。この罪を悔い神に祈るペテロの心情は、すべての人間の弱さを現わし、信仰の有無を越えて我々の魂の奥底を表現する。キリストを裏切った心の痛みは、神の憐みに寄り深い慰めと恵みへと高められる。

憐れみ給え、わが神よ、
したたり落つる我が涙のゆえに、
こを見たまえ、心も目も
汝の御前にいたく泣くなり。
憐れみ給え、憐れみ給え！

―憐れみ給え、わが神よ―　歌詞ピカンダー作　訳杉山好

多くの人々が生と死の極限にさまよう時、魂の救いとなる旋律。私は、一九九〇年年代初めにこの曲を知り、バッハこそ芸術の到達点に至る芸術家だと強く感じた。

―柳田邦男『犠牲』―

「憐み給え、わが神よ」が、印象的に登場する本、それが一九九五年に刊行された柳田邦男著『犠牲』である。この本は、柳田邦男の次男洋二郎の一九九三年に起きた自死を扱っている。柳田邦男（一九三六～）は、現在八十六歳、ノンフィクション作家である。もと、NHK記者だが、作家活動へ移り、『マッハの恐怖』『ガン回廊の朝』『撃墜』などで知られる。彼が、旺盛な作家活動を行っていた一九九三年、中学生の頃から長く心を病んでいた二十五歳の次男洋二郎を失う。自らの子を失った衝撃は、柳田邦男の人生、仕事の大きな転換点だった。

この次男の追悼記で、バッハ「憐れみ給え、わが神よ」は、重要な役割を果たす。その最も印象的な部分が、冒頭に挙げた

息子洋二郎の遺体をわが家に連れて帰った時の文章である。柳田邦男が、この本のタイトルを『犠牲』とした理由は、バッハの旋律と関連の深いタルコフスキーの映画『サクリファイス』にある。次男の洋二郎は、生前に書いた手記でこの映画とバッハの旋律について、次のような文章を書き残している。

天才映画詩人タルコフスキーの遺作映画「サクリファイス」は、感慨深く観た。ある意味では、この映画を契機として、この文章を書くことになったと言える。

中略

タルコフスキーのこの遺作は、いまこのとき人に残っているのは、不毛なものを「希望」に変えつづける意志だ、と言っているようにみえる。冒頭のタイトル・バックに出るレオナルドの「東方の三賢人の礼拝」と共にバッハのアリアが聞こえる。ラストシーンの少年の呟きのときもアリアが流れた。僕は感動してそのアリアに感情移入し、心が高揚したのを覚えている。

「ぼく自身のための広告」　柳田洋二郎の手記

手記を書いた彼は、キリスト教の教会に通っていた時期がある。しかし、心を病んでいた彼は、信仰には至らずに苦しみの果て、死へと向かった。しかし、心を込めて救いの道を探っていた彼は、映画「サクリファイス」の冒頭と最終シーンで流れたバッハの「憐れみ給え。わが神よ」に強く心が惹かれていた。柳田邦男は、この作品『犠牲』で初めて個人的な問題を扱った事になる。

―映画『サクリファイス』―

映画『サクリファイス』は、一九八六年にロシア人監督アンドレイ・タルコフスキー（一九三二～一九八六）によって撮られた。彼は表現の自由を奪われた旧ソ連から亡命、パリに住み、この映画を完成した年、五十四歳で亡くなる。寡黙で難解と言われる作風だが、柳田邦男と次男洋二郎はこの映画について、死に至るまで繰り返し語っている。柳田邦男が、次男洋二郎の追悼記のタイトルを『犠牲』としたのは、この映画と次男の死が深い関りを持つということからだろう。最終シーンで、命の樹に水をやる、言葉を失っていた幼い少年が、バックに「憐れみ給え、わが神よ」の旋律が流れる中で、次の言葉を声に出す。

「初めにことばありき、なぜなのパパ？」

―バッハの投げかけた光―

作曲家武満徹は、亡くなる前日の一九九六年二月十九日、偶然スイッチを入れたラジオで『マタイ受難曲』全曲を聴いた。音楽評論家吉田秀和はバッハのこのアリアを「至高の歌」と呼んだ。女性アルトによる嘆きの歌は、寄り添うようなヴァイオリンの優しき音色で包み込まれ、許され、遠い彼方から地上に光が差し込む。ヴァイオリンの音こそ神の許しかもしれない。「憐れみ給え、わが神よ」は、映画監督タルコフスキーが映画のテーマである犠牲を象徴する旋律とし、一人の青年の死を想い、苦しむ心に訴え、柳田邦男の追悼記に繰り返し描かれた。バッハの旋律は、混迷の現代を生きる我々をも、光あるところへと導くだろう。

まりあオーラ

中原　かな

私のベッドは幸運にも窓側であった。六人部屋の狭い病室で人と人に挟まれて長い入院生活を送るのは憂鬱だから、外の景色が見えるのはこの上なく幸せなことだ。

チーフ看護婦のIさんに、別室でいろいろ私自身についての質問をうける。

「お好きな食べ物は？」

「里芋の煮ころがし。果物。漬物。おかゆ」

「嫌いな食べ物は？」

「肉類。練《ねり》製品。揚げ物」

「肉は全部だめですか。食べるものはないのですか」

「鳥、牛、豚、馬、全部だめです」

詳しく聞いていちいち用紙に書いていく。几《き》帳面きわまりない。生命に関わる仕事をしている人特有のものだろう。アバウトな人では、助かる人も助からなくなる。

しかし、いつも他人の考えも自由も無視して当然のシビアな職場にいるので、私自身の嗜好など、こうも熱心に丁寧に聞かれると心が癒されるようだ。いつも牛馬のごとく扱われているのである。

ナイチンゲールがクリミア戦争に従軍した際、兵士の死亡率がぐんと下がったという。

ひとりひとりのつぶやきや嗜《し》好まで大切にする看護こそが生きるエネルギーをはぐくむのだろう。

学校なら、「わがままをいうな」の一言でかたずけられる。一束《ひとたば》教育が不登校、非行を招く。

病室の隣のベッドは子宮癌のUさん。この人は心配症でどんな安全なことでも心配せずにはいられない方である。

「どうして、こんなになっちゃったか」

入院中くちぐせのように言っていた、癌はストレスからという記事の載っている雑誌を家の人が持ってきた。心配は最大のストレスかもしれない。そういえば、聖書に心配するなかれ、とあった。

前のベッドは、いろいろな人が入れ替わり立ち替わりやって来る。

退院した後、抗癌剤の点滴を打ちにくるのだ。抗癌剤は六回やる。一ヵ月に一度ぐらいの割合でやるらしい。

Pさんは乳癌が原発、その後あちこちに転移して、現在は肝臓癌だという。

闘病生活かれこれ十年になるとか。この点滴が済んだら引っ越し行事が待っていると、すこぶる元気である。

初対面の私に、胸を見せてくれた。何もなかった。とても自然だった。人工の乳房もこさえなかった。

この偉大なる主婦に感動した。

そのほかに末期癌患者のBさん。寡黙なJさん。豪快な女社長Gさん。この方々が癌病室三号室のメンバーであった。

入院して三日目の夕方、美人医師クレオパトラ（私のつけた愛称）に呼ばれる。

「手術をあさって金曜日にしたいのですが。手術予定だった人が内科療法に変わったので」

「手術をおねがいします」


そんなわけで急遽《きょ》入院五日目に癌切除となった。

明日が手術という日、夕食の膳を見て一種の感慨に襲われた。黒芋の煮ころがし。おかゆ。漬物。滅多に食べられないマスクメロン。担当のナイチンゲールがやってきて、「おかゆだったら、どんどんおかわりできます。おかずはできないの、ごめんなさい」と、申しわけなさそうに言った。

彼女はいつもベッドにしゃがんで、患者の目の高さで話す。律義な昔ながらの看護婦さんだ。

手術当日、前の人が良性腫瘍《しゅよう》だったということで、時間がくりあがる。

何も彼も早めに事が運ばれたのがよかったようだ。後でわかったことだが、乳癌はリンパ節にすでに転移していたからだ。手術は六時間かかった、ここで四人に一人が死亡するという難手術を名主治医H先生、は成功裡《り》に終了してくださった。

生命力はひとりひとりの違いに応じて接することで、湧出するものかもしれない、Jさんは同じ癌でも手術後、五年間抗ホルモン剤を飲用するそうだ。私は抗ガン剤を二年間。もっとも私は医師に内緒で飲まなかった。


朝トイレに起きると素敵な看護婦テレサが、「おはようございます」と、声をかけてくれた。

テレサとは密かにつけた愛称だ。

台車でおまるを運んで、手には点滴を持っていた、他の患者と話していたが私を認めるとそう挨拶《あいさつ》してくれたので、私は心動かされた。昨夕、彼女が五時に退勤したのを知っていた。そして零時にエレベーターが夜の廊下にピンポンと響き、降りてきたのが彼女だった、深夜勤で、疲労の絶頂にあるはずなのに。


三十五日の病院生活の間、ひとりひとりだれもが大切に看護される現実をまのあたりに見た。

人間はこうまで崇高になれるのだ。末期のBさんも奇跡の退院を遂げた。

退院の日、病室のみんながエレベーターまで送ってくれた。

無事、生還である。

今年二十五年目の夏がやって来る。

戸田勝久さんの絵画

淺山　泰美

神戸の画家・戸田勝久さんに初めてお逢いしたのは、二〇一〇年の十二月のことだった。

三条京阪から歩いて五分程南の骨董《こっとう》品の店が軒を連ねる古門前《ふるもんぜん》通りに店を構える、「思文閣ギャラリー」で戸田さんの個展が開かれていた折のことで、コールサック社の鈴木比佐雄さんとご一緒した。何故鈴木さんとご一緒だったかというと、その年、京都の詩人山口賀代子さんが『離れ湖』という題名のエッセイ集をコールサック社から出版され、その表紙カバーの装画が戸田さんのアクリル画であったというその御縁なのだった。

戸田さんの絵画のことはもちろん以前からよく存じ上げていた。京都の詩人で、私と同じ高校の出身である広岡曜子さんの詩集『落葉の杖』の装画が戸田さんのものであった。

小ぶりで洒落た美しい詩集の版元は「詩学社」である。奥付は二〇〇二年八月三十一日となっている。さて、「詩学社」がなくなって、もう何年になるのだろう。今ではそこから発行されていた詩の月刊詩「詩学」を知る詩の書き手もそう多くはあるまい。今となってはもう幻の雑誌であり、幻の出版社である。装丁は北見俊一と記されている。北見さんには一度だけお逢いしたことがある。だがそれがいつどこでだったかが憶い出せない。誰かの出版記念会の席だったような気もする。いずれにしてももう三十年近く前のことである。懐かしい御名前である。

この個展の会場で、『小路の秘密』という題名のアクリル画の小品に目が止まった。画は八センチ四方程で、晩秋の夕暮れ刻を想わせる青灰色の空の下に神戸の遠景が見える、人ひとりがやっと通れるような路地の、くすんだ緑色の木の塀に一枚のポスターが貼られている。紺色の夜空に飛来した彗星が描かれていて、塀の上には樹木が夜を待つようにこんもりと生い繁っている。何とも心魅かれる不思議な味わいの、どこか懐かしく詩的な風景画であった。戸田さんの地元である神戸に現存する場所とのことだったが、私には戸田さんの心の中にだけある、どこにもない遠い場所への通路のように思われてならない。

この作品は縁あって私のもとにやって来てくれた。嬉しいことである。もともと私はよく描き込まれた小さな絵画が好みなのだが、もう十年以上経っても少しも見あきることのない作品である。私はこの題名にインスパイアされて詩を書いた。

戸田さんのアクリル画の魅力は多くの者の心を魅きつけてやまないが、水彩画の美しさも又特筆すべきものである。二〇一四年に出版した詩集『ミセスエリザベスグリーンの庭に』では、表紙カバーと化粧扉とに戸田さんの水彩画を使わせて戴いた。表紙カバーの絵に描かれた淡いピンク色のラナンキュラスの数輪は、夢の中の花園の微風に揺れているかのような風情があり美しいことこの上ない。これは二〇一二年の思文閣ギャラリーで拝見した作品である。その題名は『眠りの花』という。初日だったにもかかわらず、この絵はすでに売約済みであった。清楚な美しさが忘れられず、いつしかこの作品で新たな詩集の表紙を飾らせて戴けたら、という想いがふくらんでいった。

化粧扉に使わせて戴いた水彩画『春の兆し』は、鉱物のような青空を背景に、白い燈台と清らかな白木蓮の数輪が描かれている。この燈台はかつて戸田さんがイギリスに旅行された際にスケッチされた画が元になっていると伺ったが、詩的で澄明な画風の佳品である。

これは毎年、春さきにわが家の玄関に飾っている。戸田さんの絵はどれであっても描かれている風景のむこう側へと見る者の心を誘ってくれる。時と場所を超えて、私たちの内面に静かな光となって射し込んでくる。

かつて、日本画家の上村松園はこのように語ったという。「たとえ邪まな心の者がいたとして、私の画を見ることでその心が浄くなるような、そのようなものでありたい」と。

「真・善・美」と言ってしまえばそれまでなのであろうが、私には戸田さんの絵にはそのような作用があると感じられてならないのだ。心を覆う雑念の霧が払《はら》われて湖面のように静かになる、というような。そのような純粋さを絵画が持つとき、そこには芸術が求めてやまぬ究極の答えがあるのではなかろうか。人の魂はそれに慰さめられもするであろうし、救われもするであろう。

二〇二二年春に上梓した詩集『ノクターンのかなたに』を編み始めたとき、私の脳裏に鮮やかに甦る一枚の絵があった。戸田さんの『森の夢』である。私はその題名を憶えてはいなかったが、戸田さん自身から、描かれた海はノルマンディーの海辺、と教えられたことだけは忘れずにいた。二〇一五年の五月の大阪は心斎橋大丸での展覧会でのことだった。その個展のDMもこの作品だった。この世の外までも続くような果てしない海に漂うように浮かぶ、透けるような、欠けはじめた巨きな月。そこに浮遊する森。幻想的で超現実《シュール》でリリカルな、音楽を感じさせる絵画。聞けば六号だそうであるが、それよりもはるかに大きな存在感を放ちこちらに迫ってくるのであった。戸田さんの代表作の一つと言えるのはでなかろうか。生命の永遠性を感じさせるのみならず、この世の封印されている秘密までをも垣間見させてくれるかのようにな傑作《けっさく》である。

そのような素晴らしい作品を、著作活動四十年目の節目の年に上梓することとなった詩集の表紙に使わせて戴くことができた。私には有難いだけでなく、とても不思議な巡り合わせに思われる。もしあの時、あの会場に足を運んでいなかったとしたら、私があの絵を目にすることはなかったであろうし、この数年の間に、どなたかの書物の挿画にあの絵が使われてしまっていたならば……そう思うと、この偶然はこの半世紀、詩を紡ぎ続けて来た私へのミューズからの贈り物であるのかもしれない。否、そもそも戸田さんとの御縁じたいが、ミューズからの何よりの恩賜であったのかもしれない。改めて戸田勝久氏に深謝を申し上げるとともに、今後も素晴しい御仕事をされることを念じてやまない。

エッセイ

「一〇億円当たったら」Ⅱ

黄輝　光一

「世の中に寝るほど楽なことはなし、浮世のバカは起きて働く」

私の家は「川崎大師さま」から約4分。今年は昨年以上に、なんと約三〇〇万近くの人々が、三が日に、ある目的でやって来ます。たくさんの願い事をいっぱい袋に詰めて。しかし、さすがに神様には、全部は叶えてもらえそうもありません。何万人という人々が、後ろから、押せや押せやとせき立ててくるものですから、ゆっくり願い事をする暇はありません。

そこで彼（三〇歳男性）は、今回は、たった一言「どうぞ、年末ジャンボ宝くじ、一〇億円が当たりますように」と願った。彼の悲願です。今日は、元旦。きのうの一二月三一日には、すでに結果が出ている。今度こそ当たりますようにと。

はっきりと申しあげて、一〇億円を当たった人は、「神に見放された人」だと思います。更に言えば、「地獄行きの入場券をもらったようなもの」です。まあ、そう言ったところで、本人は、まったくそのことに気が付かず、「やった〜！！」と雄たけびを上げて、「神様ありがとう！」と何度も言うことでしょう。しかし、思うにその後の人生は、惨憺たるものではないのでしょうか。

はっきり言えば、そこから、彼が、そのお金を何に使うかです。「世の為、人の為」にどういう形で使うのか。

が、しかし、そういう人は、まずいないでしょう。彼の人生は、大きく狂うことになります。本来あるべき「人生の目的」が、大きくゆがめられることとなります。神様レベルでいうならば、その瞬間、神さまから「最高レベルの試練が与えられた」ということです。

「彼は、一〇億円をもって、人生で何をするか」です。

しかし、この話には、大前提があります。

「死生観」です。

神はいない。悪事を罰するような神はいない。神も仏もない。「死んだら、それでお終い」と確信しているならば、彼が、その後の人生で、超、快楽的な人生を選択してもまったく不思議ではありません。そのお金の使い道は自己責任ということですが、おそらく物的欲望を満たすため、享楽、快楽のために散財、浪費されることは間違いないでしょう。

しかし、私は死後世界の確信者なので、ある重大なことを知っております。

つまり、死んだ後に最初に問われることは、「あなたは、どのような人生を送ってきましたか」ということです。

これは、あの世の絶対、必須項目です。時間をかけてゆっくりと自分が生きて来た我が人生を思い出し振り返り（魂に刻まれたアカシックレコードという全人生の記憶）、人生という問題集の答え合わせをする作業です。ただし、神さまから、強要されるということでありません、自分自身が、自分自身に問いかけるということです。

あの世自体が、肉体という衣を脱ぎ捨てて、こころ（たましい）がさらけ出される世界なのです。見えないものが見えてきます。おのずから、「生きてきた現世での思念、行動、人生観が問われます」、つまりカルマ（原因結果）の法則です。その指針は「あなたは、現世で何をしたか。世の為、人の為にどのようなことをしたか」です。

もう一度、言います「あなたが、人生で何をしたか。愛と奉仕のために、何をしたかです。」

「そんなバカな、そんなことはありえない」と思う方もたくさんいると思いますが。もしも、何も問われないとしたら、死後世界がないなら、やりたい放題の快楽的人生を、否定することは難しいです。

短い人生を「とことん楽しむ」「やりたいことをやる」「自分の夢（この世的な物欲な夢）の実現」「他人は関係ない」「時として、法を犯すこともやぶさかではない」という自己中心的な考え方が、正解になってしまうかもしれません。というより、そういう人生観を否定できないと私は思います。

現実は、まったくちがいます。

この世が原因、あの世が結果の世界です。現世はコインの裏側、あの世が表です。

まさに、問われるのです。あなたの人生が。

現在七二歳の私は、現在、守護霊さまに、頭脳明晰で頭が確かなうちにと、七二年間の色々な出来事をすべて思い出し、反省し、あの世で、最初にお会いする大変お世話になっております守護霊さまに、「故郷に帰ってきました」という帰還報告をし、心からの感謝を伝え、以心伝心、テレパシーによる守護霊さまの「問いかけ」に、いつでも答えられるようにしておきたいと考えております。

ただし、もうすでに、相手は、私の人生のすべてを先刻ご承知です。知れ渡っております。求められるのは「魂の成長を促す反省」です。決して後悔と懺悔の叫びではありません。私は、毎日「守護霊さま」「守護霊さま」と感謝とお祈りを捧げております。（拙著「守護霊の涙」に掲載あり）

さて、ここで、先ほどの一〇億円のお話にもどります。人生の最大の幸運に恵まれた彼は、しばらくして会社を辞めるでしょう、「がむしゃらに働くことに、価値が見いだせなくなるでしょう。そして、何が人生で一番大切なのかを見失う可能性が大です。人生とは、快楽の追求ではありません。

人生とは、色々な体験を通して、「あることを学ぶため」に生まれてきました。艱難辛苦はこころの肥やしです。苦しみや悲しみは、それを乗り越えるためにあります。実は、生きるためには絶対に必要な「苦しみという試練」です。更に言えば「七転八倒《しちてんばっとう》」するような大艱難を経験し克服して、初めて「魂の花火」に点火される、まさにあなたの「目覚め」です。その日から、この世界の、この大宇宙の見えなかった真実が少しずつ見えてきます。魂の覚醒から魂の成長へと……

ここで、二〇二二年八月二四日に九〇歳で亡くなった稲盛和夫氏の「生き方」の本と講演から、彼の「死生観」を語る部分を引用したいと思います。

彼は、経営の指南役です。京セラを起こし、第二電電、そして日本航空の立て直しに尽力しました。日本経済に大きく貢献しました、まさに「経営の神様」。言葉を変えれば「お金の神様」と言えるかもしれません。が、しかし、その本に書かれていることは、真逆であり驚嘆であります。

「よみがえれ魂」（コールサック一〇四号）でご紹介しましたが、稲盛さんへの敬愛と追悼の意味を込めて、再度掲載します（抜粋編集）

「死によって私たちの肉体は滅びますが、心魂は、死なずに永世を保つ。私はそのことを信じていますから、現世での死とはあくまで、魂の新しい始まりを意味します。だからその旅立ちに向けて、周到な準備をすべく、最後の二〇年は人生とは何かを改めて学び、死への準備をしたい。そう考えて得度（とくど）を決意したわけです。

人生とは、良き経験を多く積んで行くことが『心を磨く』ことにつながり、おのずから悟りに近づくことになる。そうやって高められた魂は、現世だけでなく、来世にも継承されていくのです。人間という生命が最終的に目指すものは、ただ、心の訓練にあり、その魂の修行の場として、私たちの人生が与えられているということなのです。従って、その大目的の前では、この世で築いた財産、名誉、地位などは、いかほどの意味もありません。いくら出世しようが、一生かかっても使いきれないほどの財産を築こうが、こころを高めることの大切さに比せば、いっさいは塵芥《じんかい》のごとき些細なものでしかないのです」と。

そして、その心とは、「利他」です。「世のため、人のために尽くせ」と何度も述べ、それによって心は磨かれると。

この「生き方」の終わりには、「宇宙意志」「サムシンググレート」「魂」「真我」に多くのページがさかれております。

では、稲盛和夫氏の根底にある思想の原点、それは何か。それは「生長の家」の創始者である「谷口雅春」の教えです（稲盛氏の『ガキの自叙伝』より）。彼はその著書「生命の實相」に深い感銘を受け、更には仏教、臨済宗の「禅」へと繋がっていく。更には、氏の「盛和塾」の講和（CD）の中で、「シルバーバーチの霊言集」に言及しており、氏が説く内容は、まさにバーチの教えそのものであり、谷口雅春氏の教えと共に、多くの驚く程の共通項が見受けられます。

シルバーバーチとは、世界三大霊訓と言われており、三〇〇〇年前に死んだ「高級霊」であります。約60年間（1920頃~1981年）に及ぶ霊界通信であり、稲盛氏はそれを読み、更なる死後世界の確信に至ったと思われます。

確かに、科学万能主義の時代に、にわかに信じられないお話だと思われますが、その膨大の量と内容の卓越さは読むものを震撼させせます。バーチの言葉です。

【苦はありがたいこと】

「魂の偉大さは、苦難を乗り切るときにこそ発揮されます。失意も、落胆も、魂の肥やしです。魂が、その秘められた力を発揮するには、いかなるこやしを摂取すればよいかを知る必要があります。それが地上人生の目的なのです。失意のどん底にあるときは、もうすべてが終わったかの感じを抱くものですが、実は、そこから始まるのです。あなた方には、まだまだ発揮されない力――それまで発揮されたものよりはるかに、大きな力が宿されているのです。それは楽な人生の中では決して発揮されません。苦痛と困難の中にあってこそ発揮されるのです。

金塊もハンマーで砕かないと、その純金を拝むことができないように、魂という純金も、悲しみや苦しみの試練を経ないと出てこないのです。それ以外にあるという人が、もしいるとしても、私は知りません。」

皆さまは、どのような死生観をお持ちですか。

拙著「告白～よみがえれ魂～」の中の『青年の苦悩（一〇億円当たったら）』の続編として「現在の私の思い」を述べさせていただきました。

佐喜眞美術館『「復帰」後　私たちの日常はどこに帰ったのか展』感想　後編

高柴　三聞

阪田、宇良両氏の展示の部屋を抜けると向かって左側の方から、強烈な人の気配を感じることがあります。右側は袋小路上になっておりはめ殺しのガラスの前で人が佇むようにして彫刻作品が展示してあります。儀保克幸氏作成の木工彫刻作品である「Remembering childhood dream」です。作品は女性の胸像で流れるような髪の造形に美しい顔が伏目がちで、その憂いとも悲しみとも言えない静かな感情とともに私達に何かを問い詰めているような風格があります。あの強烈な人の気配の正体は彼女の無言の問いかけであったのだと感じさせられます。沖縄戦を経験した琉球の島そのものが海洋の中を佇みながら静かに耳を澄ませて人間に問いかけてくる。私達はその彼女に明確な答えを投げ返すことができるのでしょうか。そんな自問自答を思わずせずにはいられない作品でした。

またこの作品が展示されていた場所はケーテのピエタが設置されていた場所でもありました。ピエタもまた子を失った母親が私達に強い問いを無言で発する作品でした。この小さなスペースは沈黙の問いの間とでもいうべき場所になっておりました。

この作品について、宇良氏が面白い事をお話ししていらっしゃいました。展示準備の際に阪田氏の作品（椅子に鈴がまかれている形状）が運ばれてくる時、シャンシャンと鈴の音が聞こえたのだそうです。彫像の女性はまるでその音に聞き入っているようだったと感想を述べられました。一つの作品が別の作品と触れ合うとき、私達にまた違う地平を垣間見せてくれる好例のように思いました。

この彫像の作品に向かって右手側の壁、すなわち壁を隔てて反対側には石垣克子氏の「黄金森公園からの眺め」というタイトルの作品が展示されています。激戦地であった土地が時を経て現代に至った風景が描かれており一見穏やかに見えますが、緑を侵食するようにアスファルトやコンクリートの建物が立ち並ぶ風景は、ある意味で沖縄戦の記憶を薄れさせ経済と生活に追われる私達の姿を彷彿とさせます。これで、いいのでしょうかと石垣克子氏の声が聞こえてきそうな気持になります。

目を転じて袋小路の反対側の出口の方に向かって左側に堂々とした「白澤図《はくたくず》」が展示されております。これは喜屋武《きやん》千恵氏の手による作品で、琉球史上初めての画家自了の作品にインスパイアーされた作品です。白澤は老人の頭に牛の身体をした祥獣であり、平和と知恵の象徴でもあります。老人の知恵はある一面では普遍的な知を象徴するものでもあります。普遍的な知は総ての人に平等に恩恵をもたらすいわば人類知とでも呼ぶようなものであると考えられます。

翻って、この「白澤図」の作品の壁の裏手には石垣克子氏の手による作品「はざまに」というタイトルの油絵がかかっています。はからずも裏手の喜屋武氏と対になるようにして片や日本画、片や洋画という対になっております。この石垣氏の作品は黄色とオレンジを基調としたもやもやとした暖色系の色の中に、ふわりと人の姿をしたものが見えます。これが、青い寒色系の色で左右を分断されています。青い色の縁は大きな鋸の刃のような形をして黄色い色を侵食しています。右側の人の形が少ない方はやや寂しげにも見えます。この絵は日本本土と沖縄の関係を描いたようにも見えますし、フェンスによって分断された沖縄の姿そのものにも見えてきます。喜屋武氏の作品が普遍的な知を描いたのに対し、石垣氏は分断された姿を表現しており、この二作品は壁を隔てて背中合わせで対を為しております。

本展示会の最後の部屋の左手側は喜屋武千恵氏の聖地を描いた巨大な絵が飾られております。タイトルは「祈りの地――Land of Prayer」。

沖縄人、いや琉球人と呼ばれた先祖から続く聖地を描いた作品となっておりますが、そこには神の像も石の塚もありません。ただ自然が静かに横たわっているだけです。三庫理《さんぐーい》と呼ばれる岩の三角の空間から陽の光が差し込むとき太陽が生まれる姿を感じた私達の祖先は、そこに聖性を見出したのだと思います。この作品には水があふれ緑豊かな空間が描かれています。まさに、自然の恩寵そのものが静謐の中に描かれ切っています。

この作品向かって右手に喜屋武氏のもう一つの出展作である「共鳴」が展示されております。赤あるいは黒を基調とした四つのパネルが交互に循環するように並べられており、その中で、丸い形をして脚の生えた、丁度その姿はクラゲに似たものが赤から黒、黒から赤へと翻弄されるように移動して見えます。この奇妙な形のものは後でソテツの種子だと教えて頂きました。聞けば、喜屋武氏の作品にはソテツがモチーフとしてたびたび登場するのだとの事でした。このソテツ、一つには自然と共鳴する女性の子宮とソテツ（雌株の）を重ねイメージを膨らませて描かれております。

この壁面の二作品は沖縄の自然をテーマとして描いていると断言してもいいのだと思われます。この壁面の対面の作品は人の営みが主なテーマになって描かれております。泉川のはな氏の作品が展開しております。

左右の両サイドに、「流布」というタイトルの連作が展示されており、この作品に挟まれるようにして巨大であでやかな「南国遊覧之図」と銘打った作品が展示されています。

両サイドの「流布」はどちらも沖縄をイメージさせる花などの柄が描かれた布が銀色のフェンスに結び付けられて風に舞っているのです。布は風にたなびいてフェンスの存在を隠してしまいそうな勢いです。観光の島沖縄そのものの現実が暗喩的に描かれております。

そして「南国遊覧図」は那覇の港を背景に楽しげなものが沢山書き込まれています。中にはお土産屋さんでよく見かけるアグーの人形などもあります。現在のものは色を塗り過去のものには色を塗らず、現在の風景に並置して描かれています。更によく見ると人の足がちょこんとかわいらしくあちらこちらに描かれております。これは、過去の私達の祖先の足跡を暗喩させるものであるようです。交易と観光、過去と現在を柔らかなタッチで描いています。この作品を「流布」と併せて考えると沖縄の光と影、過去と現在が対比されながら描かれております。壁の反対側には与那覇氏の作品が背中合わせで展示されており、まるでフェンスの表側と裏側であるかのように感じます。この展示は、他作者の作品同士が不思議な対比を為しながらいろいろな側面を気付かせてくれます。

この部屋の出口、常設展示の丸木夫妻の「沖縄戦の図」が展示されている部屋に続く出口の両サイドの壁には、今回最後に紹介する仁添まりな氏の作品が二点展示されております。

左手の作品は、「百年越しの彼誰」というタイトルでオオサイチョウという鳥が中心に描かれており、この鳥が甕に活けられた白いユリを見つめている姿が中心となり、多くの蝶があるものは火に焼かれながら乱舞しています。この作品が描かれるモチーフとなった出来事として今回の首里城の火災があったそうです。まさに今焼けていく首里城を氏は、首里城に近い芸術大学から目撃したとのことです。オオサイチョウが悲しげで不安そうなのは彼女の当時の感情でもあり、我々沖縄県のみならず首里城を見守る多くの人の心情を代弁しているように思えてなりません。

もう一つの作品「炎中昇華図」はまさに炎の中にあって向き合う二羽の闘鶏と絵を観るものを逆に睨み返している一羽の闘鶏が中心になって描かれています。殺気と闘気を瞳にはらんだ物凄い表情の闘鶏には理由があります。この作品が書かれるきっかけになった出来事として戦えなくなった闘鶏を廃棄するという事件報道があり、作者はその時の感情を絵で描こうと思い立ったそうです。そうして地獄草子の鶏地獄を参考にしながら構図を考えたとの事でした。鶏たちの足下には死んだ鳥の骸が描かれ炎に巻き上げられるようにしてここでも多くの蝶が描かれております。一つの行為に対しての抗議を越えて燃え上がるようにして生きる生命そのものが迫ってくるように絵が描かれております。

この二作品とも炎の中の作品ですが、部屋の出口を挟むようにして展示されており、その出口の先には巨大な「沖縄戦の図」が鎮座しています。仁添氏の作品の意図を越えて二つの作品は「沖縄戦の図」という本尊の両脇に控える脇侍のような佇まいを呈しています。

仁添氏の作品が沖縄戦をモチーフにしていないのにも関わらず激しい炎が沖縄戦を思い起こさせずにはいられなくなるのです。そうしてすべての展示作品を串刺しするように、丸木夫妻の「沖縄戦の図」が全体の背骨として関わっているように感じられます。この展示の姿は美術館の職員の方に聞いたところ目で観て一番素晴らしい展示を試行錯誤した結果だとおっしゃっていました。目論見を持って展示なさったわけではないそうですが環境と一つ一つの作品の持っている力が発揮されて強い印象を残すものになったと思います。ある意味直感の勝利でもあります。

私は、この作品全体の鑑賞した結論として私達沖縄の人間のアイデンティティーの一つが「沖縄戦の記憶」だという考えに至りました。沖縄戦そのものが、琉球の過去を変え沖縄の今を歪めている中、私達が捨てようにも捨てきれない何かを今回の展示会は強く思い起こさせてくれました。願わくば十年後の展示会が叶う時はコロナも戦争も無い平和の中での展示であることを切に長いながら筆を置きたいと思います。
※前編の文章中、阪田清子氏の氏名が坂田と誤って表記されている部分がありました。お詫びと共に訂正を申し上げます。

良いこと日記

岡田　美幸

拙歌集『現代鳥獣戯画』の学校を扱った連作にこんな一首がある。〈教室で君が泣いたという噂、どうか誤報でありますように〉〈保健室で「友達の作り方」という資料を渡されトイレに流す〉〈卒業の日の思い出を吊革の輪っかの中にちょっぴり捨てた〉これらを見た読者から「学校が嫌いなんですね」と言われた。この短歌を詠んだ当時の高校時代の自分は「はい」と言う。だが今は三十代前半になり、性格が丸くなり「あ、はい、ええ、まあ…」と濁す。

理由は時間の経過や年齢だけではない。書くことで（短歌なので「詠む」の方が強いが）気持ちが外在化し、形になったことで読者という他者の目に触れた。そのプロセスを経て、浄化されたのだと思う。

日記も効果がある。私は「良いこと日記」をつけている。以前は紙のノートに書いていたが、すごい量になるので今はスマホの日記アプリに書いている。

内容は「昼食が美味しかった」「今日読んだ本が面白かった」「かわいい猫を見た」など、少しでも良いと思ったことを書く。そして「ありがとう」などなるべく前向きな言葉を書く。

良いことを書くと、日記を見返した時に良い日を過ごした気分になる。よってストレス解消になり、無駄な買い物が減り、一日の終わりの時の満足感が違う。その上日記に書こうと良いこと探しをする習慣がついた。

探すといえば、俳句を詠むために季語探しをする。通勤の道も「あっ、寒椿」「あの赤い星は冬の星座のベテルギウスだ」「この桜の木、返り花が咲いている」「もうミモザの花の季節か。また春が始まる」など、季節に敏感になった。

この習慣は良いこと探しのように気持ちを前向きにする。返り花は、季語を知らなければ一生知らなかっただろう。

良いことや季語を探すことで、自分以外の世界に興味を持つ。季節の移り変わりから人は宇宙や自然の摂理を感じる。良いことや季語などの「物事」を自分はどう表現するか、どう感じるか、何が嫌いで何が好きかなど、自己理解につながると思う。

例として返り花を見た体験を挙げると、時期外れに咲いた花をどう感じるかが良い例だ。「季節外れなんておとぼけね」と思うか「最近の地球温暖化のせいか」とか「こんなところに返り花がある。なんかラッキー」など十人十色の感じ方がある。

創作活動を通じて、意外な自分に気付くこともあるかもしれない。身の回りの「物事」だけではなく、自分の内面の発見もあるだろう。創作活動や書くことを難しく考えすぎずに、ちょっとした日記から短歌や俳句など、創作の幅を広げていくことが出来れば楽しいと思う。

そして表現したものを発表することで、その感想を読者からもらうこともあり、更に世界が広がる。このように自己表現が自己実現につながることもある。ただの日記や日常も楽しむことできっと広がっていく。

やわらかい幸せ冬のベランダのベテルギウスはルビーに似てる

若き表現者を探し求めて（5）「医者の不養生」について考える

熊谷　直樹

「医者の不養生」という言葉があります。私達は普段、自分では全然できていないにも関わらず、偉そうに他人にアドバイスなどをしてしまうことがよくあります。偉そうであればある程、ふとそれに気づいた瞬間、恥ずかしくてたまらなくなります。年齢を重ねてくればくる程、恥ずかしさは増します。

これまで自分の仕事についてあまり表立って書くことはありませんでしたが、作品を見れば何となくわかってしまうと思うので、今さら隠しだてしても仕方ありません。私は、これまで長らく学校や塾で国語を教えてきました。いわゆる教員というやつです。あまり自慢げに言いたくないと思っているのには理由があります。多かれ少なかれ教員という仕事はファシズムと切り離せませんし、学校という場所は、いくら誰が何と言おうとも、生徒達をある一定の型に入れて押しかためる気持ちの悪い場所だからです。とは言っても、「教育」なるものはある一定の価値観や、多くの人々が共有すべき規範を伝えていくべき営みである以上、致し方がないところでもあるかも知れません。

とは言っても私はファシストが嫌いなので（やれ詩人や芸術家やらを自称していてファシズムが平気な者がいたら、それはただの変態です）、周りの多くの無自覚なファシストの教員に囲まれていたり、あるいは自分自身がそういう無自覚なファシストの一人でいたりすることに違和感を感じることも少なくありません。

さて、「医者の不養生」です。目の前にいる生徒達の中には純真な生徒もいたりします。そして真剣に自分の将来について考えたり色々と悩んだりしている者もいたりします。「そんなこたぁ知らねぇよ」とも言えないので、こちらもついうっかり、親身になって相談に乗ったり、一緒に考えたり、アドバイスをしたりすることも少なくありません。

少しでも「こうしたい」「こうなりたい」と思っている生徒がいたら、あるいはそういう思いをまだハッキリとは持てていない生徒にも、「夢を叶えたいならば、スタートは少しでも早い方がいい」などと力説しつつ、自分が国語の教員になりたいと思い始めた当時のことなどを同時に振り返ったりもしてしまいます。私が国語の教員を志望したのは十四歳、中学二年生の頃のことでした。社会に出てからは、生徒達の前で国語を教えることで生計を立ててきました。

今よりももっと若い頃ならば、今よりも希望に満ちあふれ、今よりもはるかに迷いもなかったのでしょう。一人の人間の生涯を考えた時、その人物が青年期なのか壮年期・中年期なのか老境にさしかかっているのかで、ものの見方や考え方、あるいは感じ方は当然のように変化していくものです。どうやら精神的な面での活力や活動性も、年齢を重ねてゆくことや肉体的な老化と無関係ではないようです。

そしてだからこそ、経験を重ねれば重ねる程、より謙虚であらねばならない、より恥を知らねばならない、より己が何者でもないことに真摯に向き合わなければならない、と考えてしまうのです。これはまあ、ひとつの美学みたいなものです。そして同時に若い世代の感性・感受性に対して、うらやましくもあり、まぶしくもありするものを感じてしまうのです。

その夜は歩こう。

（後悔が追いかけてくる足音など気にせず）
もう、その道しかない
などと
諦めきったのならば顎を上げよう。
それは諦めじゃない
金剛石の覚悟だ。

（その金剛石が美しいかなんてことを
気にかける必要など何処にもない。）

羽島貝さんの作品、「その夜は歩こう。」の冒頭部分です。〈もう、その道しかない／などと諦めきったのならば顎を上げよう。／それは諦めじゃない／金剛石の覚悟だ。〉とは何という凛々しい、力強い響きでしょう。そしてこう言われてしまうと「その通り」「そうなんだよね」と返すしかなくなってしまうような気分になります。

しかしながらその〈覚悟〉には、どこかヒリヒリするようなヒリつくものも感じてしまいます。

私だけでなく、多くの教員達が、夢を抱く多くの若者たちを世に送りだしてきたわけですが、彼ら彼女らのゆく先にはこのようなヒリつく〈覚悟〉が待ち受けていなくてはならないのだろうか、と考えると、何だかとてもすまないことをしてしまったような罪悪感めいたものに襲われます。そして進路アドバイスなどということについても忸怩たる思いを感じます。

〈確固たる足取りなど／金剛石の覚悟に比べたら／そのモース硬度は／歯牙にも掛からないだろう。／／その夜は、歩こう。／／もう無理だ／／と。／／諦めを覚悟した／そんな夜には。〉と、羽島さんは作品を結んでいます。

昨年一〇月、アントニオ猪木が亡くなりました。彼が有名にした「道」という詩があります。元々は哲学者の清水哲夫（暁鳥哲夫）という人の作だということです。〈この道を行けばどうなるものか。／危ぶむなかれ、危ぶめば道はなし。／踏み出せばその一足がみちとなり、／その一足が道となる。／迷わず行けよ、／行けばわかるさ。〉というものです。多くの人は、アントニオ猪木の作だと思っていたかも知れません。これは新日本プロレスの道場にも掲げてあり、道場訓ともなっているそうです。「燃える闘魂」として知られていたアントニオ猪木ですが、彼はいつも自分自身と闘っていたのかも知れません。

羽島貝さんの「その夜は歩こう」という作品からこれとよく似た、決然とした強い力を感じずにはいられませんでした。

羽島貝さんは、一九七三年生まれということなので今年で五十歳となる書き手です。本誌の編集としても力を発揮している、注目していきたい書き手です。

〈詩人〉の王国とその行方
——マーゴ・カラナン「大勢の家」を読む——

原　詩夏至

　先日、近所の図書館のリサイクル資料（自由に持ち帰り出来る放出図書）の棚で偶々オーストラリアの作家マーゴ・カラナン（一九六〇‐）の短編集『ブラックジュース』（佐田千織訳。河出書房新社・二〇〇八年）に出会った。「訳者あとがき」によれば二〇〇五年度の世界幻想文学大賞（短編集部門）受賞作とのことで、すでに世界的な評価は定まっているようだが、私は不学にして知らなかった。収録作は十篇。いずれも印象深いが、ここでは、とあるカルト集団（と思われる）で育った所謂「宗教二世」の成長を描いた「大勢の家」を取り上げたい。

　主人公はトッドという少年。幼い頃から母親ボネ、重度の障害を持つ妹アーデントと共に、世間から隔絶された共同生活を営む謎の集団の内部で暮している。集団の指導者は〈吟遊詩人《バード》〉と呼ばれる謎の男ジョー。〈三人の家〉と名づけられた聖具（どうやら古いアコーディオンらしい）を巧みに操り、その家に暮すとされる三人の元型的人物（アンネ、ロブレー、ヴィルジャストラマラタン）の物語を倦まず弛まず繰り返し続ける。そしてそれがこの集団を支える神話とも礼拝ともなっているらしい——尤も、まだ幼いトッドにその全容が隈なく見通せているわけではないのだが。

　そんなトッドに、ジョーは説き聞かせる。まずアンネは「薪を全部割り、畑を耕し、野菜を収穫して料理し、家畜を連れて動きまわっている。どうやって毎日それだけの作業をこなしているのかわからないが、とにかく彼女はやってのけ、そのあいだずっと繰り返し鼻歌を歌っている」。またロブレーは「典型的な男」であり「ゆったりとしたローブを着て、バードと賢明なやりとりをしながら、いつもお茶のテントで過ごしている。誰もがそうあるべきだが、ロブレーはとても小さなことに喜びを感じる。その声は心臓の鼓動のようだ。とても低い声でなかなか聞こえないが、常に存在している」。そして三人目の「謎の子ども」ヴィルジャストラマラタンは「男の子でも女の子でもない。いや、男の子と女の子が一緒になった存在だ。甲高い声は蚊の羽音のようだし、気が散りやすくて落ち着きがないところも蚊に似ているな」「ヴィルジャストラマラタンは、いつもうるさくほかのふたりを踊りに誘っている。もちろん、ふたりは決して誘いにのったりしない。自分たちのやり方を崩さず、この子どもを無視するだけだ。だからヴィルジャストラマラタンは歌のようなものを歌いながらふたりの周囲をぐるぐる回り、どんどん熱狂していって、おしまいには毎回くすくす笑い出す。そしてその騒ぎが静まると、わたしたちはふたたびアンネとロブレーの安定した歌声を聞くことができるようになるのだ」。

　明朗・活発で働き者の「母親」。堅実・穏和で英知に満ちた「父親」。そして安定した秩序に生気に満ちた攪乱を齎すトリックスターとしての「子ども」——その聖なる「三位一体」。バードが思い描きその周囲に集う人々が共有する生の理想は、恐らくその辺りにあるのだろう。また実際にも「バードの民」における労働・生産（菜園経営と山羊の飼育）の担い手は主として女性であり、「お茶のテント」で夜通し直接バードの演奏と講話を聞くことを許される——というより、或る意味「義務」として課せられる——のは成人男性、及び「中人期」と称される十二歳以上の少年に限られる。そして、それより幼い子ども（＝ヴィルジャストラマラタン）に関して、バードはただこう語るに留めるのだ。「ヴィルジャストラマラタンの歌は、いつだってわたしたちのまわりにあふれているではないか。鳥のやかましいさえずりや、山羊の不満げな鳴き声、それに幼稚なゲームをしたり転んでけがをしたりした子どもたちが騒ぐ声のなかに。あの歌は男たちの頭痛のもとだ。遠ざけておくにかぎる。子どもたちは中人期に入れば、アンネやロブレーのように静かに歌うことを覚えるだろう。山羊や鳥の鳴き声や、そのほか世界にあふれる無数の声についていえば、わたしたちにできるのは、せいぜいアンネの鼻歌やロブレーの鼓動にかき消される程度にまで静まらせることくらいなのだよ」。

とはいえ、バードのこのような「宇宙＝秩序《コスモス》」は、反面、絶えざる危機に脅かされてもいた。例えば、①まず女性たちに関して言えば、彼女らの多くは夫の他、バードとの間にも公然と子をもうけていた。つまり、男性たちの「お茶のテント」とは別に、いわば「エロス」という自分たちだけのバードとの「直接的交流」の場を確保し維持していたのだ。それは見ようによってはより腥いとも動物的とも言え、又より根源的・本質的ともいえたが、いずれにせよ、追々、何らかのかたちで共同体としての「バードの民」のありように一定の変質を齎さずにはいないだろう。又、②男性たちに関して言えば、彼らは一面においてはバードの高邁な理想の栄えある護持者であり信奉者でありつつ、他面では彼ら・彼女らが背後に振り捨てて来た筈の「汚れた文明世界」との間の必要悪的な「（再）媒介者」でもある、という深刻な矛盾を抱えていた。例えば「薬や薪などが必要になったり、親戚の葬式があったりして、男たちはときおり町に出かけていった。ウィンサム（トッドの女友達——引用者註）はパパからいろんな話を聞いていた。町で泊まった小さなプラスチック製の家や、テレビを見た喫茶店の話だ。（中略）二日がかりで町までいってきた男たちは、疲れた様子で口数が少なかった。そんなとき〈詩人〉はいつもひどく腹を立てていて、自分専用の川を泳いで妻子全員に抱きしめてもらうまで機嫌は直らなかった」。そして③子どもたちに関して言えば、その「山羊や鳥の鳴き声や、そのほか世界にあふれる無数の声」との間に未だ明確な境界線を持たないその鋭敏すぎる感受性は、時にバードの思い描く共同体のありようそのものに放置し難い深刻な亀裂を齎した。例えば、ある少年。「その子は決して眠ることがなく、中人期に達する前に〈三人〉のことがよくわかるほど特別鋭い耳を持っていたにちがいない。水音が声をかき消してくれる川下のほうで、その子はよくアンネの鼻歌やロブレーの鼓動のような歌を次々に歌いながら、泥をこねてジープやロケットをつくっていた。そんなある日のこと、春が近づいてこれから起こるあれやこれやにみながわくわくしていたとき、この少年は急に天を仰いで歌い出した……誰の歌かわかるものはひとりもいなかったが、もしヴィルジャストラマラタンに四人の姉妹と五人の兄弟がいて、みんな一緒に踊ればそんな音がしたかもしれない」「最初のうちは、トッドやほかの子どもたちはみんな笑っていた。だが、少年が歌いつづけ、彼の口から噴き出す音がとてもたしかなものになるにつれて、黙りこんだ。彼らの耳元で世界が次々に花開いた。始末に負えない騒音と戯れの世界が」「少年の母親が大声をあげて走ってきた。彼女は息子を泥のなかに突き倒し、夢中で歌っていた彼の目を覚まさせた。母と子はとても怯えた様子で顔を見合わせた。バード・ジョーの家の扉が横に開き、円くつながったあごひげが暗いなかに白い目のように浮かびあがった。バード・ジョーが家から出てきた。その足取りを見て、子どもたちはみんな縮みあがった」。必死に詫びを入れる母親。だがジョーは許さなかった。その後少年に加えられた折檻は凄惨を極めるものだった。

これに対し、トッドはジョーのお気に入りだったが、なぜ気に入られているのか、トッドにはジョーには分からなかった。まず——共同体の他の多くの子どもとは違って——彼の父親はジョーではなく、モリという裕福な、だが危険な仕事にも広く手を染めていた商人(乃至はむしろギャング)で、トッドが物心ついた頃には既に仲間内の「小競りあい」に巻き込まれて命を落としていた。そしてその妻であった母ボネ(ちなみに彼女の実家も有力な〝同業者〟であったらしい)はモリの死後、後から幼い子供たちを連れ、持てる財産を全て投げ出して「バードの民」の群れに加わった——但し、バードとの間に新たに子供をもうけることはしないという誓いを立てた上で、いわば一種の「寄留民」として。なぜ彼女が他の子どもたちの母親のようにバードとの出会いを——つまり、バードとの「愛の物語」を——語らないのか不思議がるトッドに、ボネは説明する。「母さんは商人みたいに取引しただけ。心の問題じゃなかった。あなたとアーデントが平穏に生きていけるようにするための手段だったのよ」「こういうことなのよ、かわいいぼうや……一方にはお金と、いつもそれを目当てにつきまとってくるモリの……仲間たち。そしてもう一方には? 世間とのちょっとした隔たりと安全と、わたしのふたりの赤ちゃんと、静かな暮らし」。つまり、ボネは「バードの民」の中にあっても、一貫して自分と自分の家族の物語を生きていたのだ——必ずしも「バード(と)の物語(だけ)」ではなく。そして、バードは、自分がそんな彼女に「ふさわしい人間」でないことを内心恥じていた。「わたしは何人もの妻、奴隷のような男たち、そして知恵を持っていることにきまり悪さを感じていた。わたしは純潔を説き、王子のように暮らしていた。己の立てた誓いにしっかり支えられ、純潔を守って暮していた。ボネは何も説かず、わたしの魅力や権力を総動員しても、あの女性の考えを変えることはどうしてもできなかった。彼女はわたしへの教訓として、毎日、目の前に存在したが、いったいわたしはその教訓に学んだだろうか?」(傍点原文)。

トッドがバードのお気に入りだった理由——それは、彼が「ボネの息子」だったからだ。そして、自分の後継者に真に相応しいのはそんな彼しかいないと考えていたからだ——己自身の血を分けた無数の「バードの息子」たちではなく。だが、バードがそんな己の胸中をトッドに明かしたのは死の直前、既に全てが手遅れになった後だった。というのは、トッドは、十二歳の誕生日を迎え「中人期」の一員として初めて「お茶のテント」の集いに参加して間もなく、自分でも訳の分からない衝動に駆られ、これという理由もなく、ふらりと群れを出てしまったらかだ——母も、障害児の妹も、全てを投げ出して。

街で見つけた新しい仕事、新しい生活。トッドは全てを貪欲に吸収した。「おまえは何でも知らなくちゃ気がすまない。商人や、洗濯屋の職人や、兵士や、織工や、デビルデアをして遊んでいるスラムの子どもたちがやっていることを全部だ。おまえは乗り合いバスやトラクターをすべて運転し、市という市を訪ねなくちゃ気がすまない。きっとおまえのなかには六百人の人間がいるんだな！」——そう、新しい友人たちにからかわれながら。そしてそんな或る日、とある店先に、あのバードの〈三人の家〉より遥かに立派なアコーディオン——〈大勢の家〉——を見つける。「〈三人の家〉がすり減った茶色い木でできていたのに対し、〈大勢の家〉は曲線部分が血のように赤いガラス製で、銀の線で飾られているようだった。〈三人の家〉では黄色い歯が二本だったのが、〈大勢の家〉ではまばゆいばかりのプラスチック特有の白い歯とつるつるした黒い歯がひと組そろい、反対側には黒いボタンが格子状に並んでいた。〈三人の家〉の部屋は埃まみれのひび割れた茶色い扇状の紙でつながっていたが、〈大勢の家〉にはしっとり濡れているような赤い革が張られていた」。トッドは金を貯めそれを買った。そこに「過去の質素な暮らしと現在の華やかで贅沢な暮らしを固く結びつけるもの」を見たからだ。

やがて、トッドは何年もの間顧みることのなかったバードの村を訪う——街の友人セイムドを伴い、子どもたちへの土産の数々、そしてあの〈大勢の家〉を携えて。だが、久しい留守の間に村はすっかり変わってしまっていた。期待をかけていたトッドに去られたバードはすっかり気落ちし、男たちも皆トッドの後を追うように群れを去った。バードは、それでも残された女たちを引き取り、全てを続けて行こうと試みたが、やがて妻たちの間にいさかいが絶えなくなり、遂には家も「お茶のテント」も全てを放擲して「道路沿いの古い牛小屋」に引きこもってしまった——胸に死病を抱えたまま。そして、トッド自身の家では既に息絶えた障害児の妹アーデントが裸であぐらをかいている母ボネの腕の中で凄まじい腐臭を発していた。

トッドは己のなすべきことを知った。まずアーデントの埋葬。そして母への労い。「「ごらんよ」彼は言いたかった。「この子は生まれつき病気だったんだ！　人間の姿こそしていたけれど、病気そのものだったんだよ。しばらくここにいて、やがて逝ってしまうだけだってことはわかってたじゃないか」と。だが、そんなことを母親にいえるわけはなかった。母親はアーデントが解けないゴムのかたまりのような体で誕生してからそのちっぽけな存在に終止符を打ったそのときまで、ずっと面倒を見てきたのだ。感謝されることも報われることもなく、せいぜい鼻をふんふん鳴らしてくれればいいほうで、またおむつを替えてやらなくてはならないだけの存在を実際に世話してきたのだ」。それなのに「彼は立ち去り、何年ものあいだ母親のことや母親が背負っている務めについてきちんと考えてこなかった。そしていざ考えてもすぐには帰らず、それからさらに何年もぐずぐずずしていたのだ」。そして、墓前では、村に留まったかつての女友達ウィンサムがこんな弔辞を述べる。「アーデント、彼女の人生は短いものでした。たいした人生ではなかったと思う人もいるかもしれません。でも彼女は、わたしたちみんなと同じように、肌に陽射しを感じ、同じようにおいしいものを食べました。わたしたちと同じように、勢いよく燃える焚き火や新鮮な雨のにおいを嗅ぎ、同じ鳥の歌を聞きました。（中略）とても幼い頃に父親を亡くしましたが、彼は多くの子どもの父親と違って、娘を置き去りにして逃げたのではありません。それに彼女には、毎日ずっとそばにいてくれるボネという母親がいました。そして、このトッドという兄もいました。トッドは子ども時代を彼女とともに過ごしました。たしかに彼は中人期を迎えて出ていきました――ですが、戻ってきたではありませんか。いまここに、彼女の墓のかたわらにいるではありませんか」。そして、その胸を打つ言葉に、正気を取り戻したボネは答えるのだ。「いままで聞いたバードのどの話よりもよかったわ」と。又「バードだったら、あの子にさんざんお説教をして台無しにしてしまったでしょうね」と。

だが、だとしても、トッドはやはり、もう一つのなすべきことを逃げずに成し遂げなければならない――即ち、今しも失意のうちに世を去ろうとしているバードとの対面を。それは、厳しい試練でもあった。例えばまず、友人セイムドが埋葬の間トッドに代わって奏でていた〈大勢の家〉の調べを「大きなレイヤーケーキのような音楽」と嫌悪と共に一刀両断する。又、持参した子どもたちへのみやげについても、「光り物をいくつか持ってきただけですよ、バード、何も害は――」と気弱に弁解する言葉を遮って、断罪する。「おまえに何がわかるというのだ？」「おまえ自身そこまで毒され、着飾って、光り物と音楽と気晴らしに自分を見失っているではないか。俗世間の友だちを連れてきて、かつてどれほど質素で貧しい暮らしをしていたかを見せてびっくりさせてやれば、いい気晴らしになると思っていたのか？　神のように入ってきて、おまえが考えていた父親のように贈り物をばらまけば愉快だろうと？」（傍点原文）。「この人は賢過ぎる」「あまりに賢いしあまりに正しい。世間の虚飾とはまったく縁がなかった頃の、素のぼくを知っているんだ」――そう考えて震撼するトッド――「昔の恐怖にがっちりとらわれて」。だが、バードの言葉はなお容赦ない。「おまえの父親のことは、よく知っていたはずだ。あの男は、息子の首にかけた綱をつかみでもしたかのように、おまえをここから引き離した。そしてさんざんうろつきまわりあいつ流の服や宝石で身を飾ったおまえをまた送り返してきた――おまえは自分の意思でしたことだと思っているかもしれんが、またもやモリ・シンプシムが面倒を起こしただけのことだ。見あたらないのは銃弾ベルトと外国製の銃だけだ。それに、あいつの金を目当てにつきまとう兵士仲間と。その心の弱さは父親と同じだな」と。そして、とどめに「どうしておまえは母のように強い人間になれなかったのだ。ほかの男が誰も――このわたしでさえ――なれなかった、彼女にふさわしい人間に」と。そして、最後の別れ際に、既に長らく放置されて久しい〈三人の家〉をトッドに譲り渡す。「そのいまいましい代物を持っていくがいい。ほかにもいろんなものを奪ったついでに、それも持っていけ」「さあいけ、わたしの心からその重荷を取り除いてくれ。それに、おまえという重荷もな。わたしが安らかに何も持たずに死ねるよう、そっとしておいてくれ」。トッドはバードの牛小屋を辞し、既に残骸しか留めない「お茶のテント」の跡地で〈三人の家〉を操る。やがて姿を現わす懐かしいアンネ、ロブレー、そしてヴィルジャストラマラタン。その歌声にいつか母親ボネも聴き入っている。かくて、なすべきことは皆終わった。トッドは母を連れ、心優しいウィンサムに別れを告げて、友人セイムドと共に村を去る——恐らく、今度こそ、本当に。

バードの夢の王国は、潰えた。男たちは既に去り、残された女たち・子どもたちも又、彼の死と共に散り散りとなるだろう。〈三人の家〉が奏でられることも、もうあるまい。そして、巷には〈大勢の家〉のもっと騒々しい、だがもっと豊かな調べが響き渡るだろう。そして、その奏で手であるトッドは、もはやかつてのバードのように己の民を引き連れて「出エジプト」を試みることはないだろう——少なくとも地理的には。だって、そうするには彼の「家」には既に余りに「大勢」の人々が良くも悪くも住みついてしまっているのだから。

だが、それでは、あの三人——アンネ、ロブレー、ヴィルジャストラマラタン——はどうなったのだろう。やはり、バードの死と共に、跡形もなく消え去ってしまったのだろうか。

或いはそうかも知れない。だが、私は、必ずしもそうとは思わない。例えば、ボネ。何の報いも求めることなくただ黙々と障害のある娘の介護と看取りを終え、彼女は今、街へと向かうトッドとセイムドの車の中で「心の奥で何か楽しいことを考えている様子でじっと彼らを見つめ、ふたたびまっすぐ前を見」ている。だが、その瞳の中に輝いているものこそ、実はあのいつだって陽気な働き者のアンネではなかったか。或いは、トッド。今しも世を去りゆこうとするバードの最後の思いを受けとめた彼が、いわばその形見とも言うべき〈三人の家〉をあの懐かしい「お茶のテント」の跡地で奏で始めた時、そこにいたのは紛れもなくあの謙虚で思慮深いロブレーではなかったか。そして、アーデント。傍目には「人間の姿こそしていたけれど、病気そのもの」「しばらくここにいて、やがて逝ってしまうだけ」とも見えつつ、しかもなお生涯を母の手に護られ、他の人々と同じように「肌に陽射しを感じ」、「おいしいものを食べ」、「勢いよく燃える焚き火や新鮮な雨のにおいを嗅ぎ」、「同じ鳥の歌を聞き」、そして最後に、遂に帰還した実の兄によって手厚く葬られて安らかな眠りについた彼女こそ、あの人界の内と外とを分け隔てなく行き来するいたずら好きの、だが本当は優しく物静かな「謎の子ども」ヴィルジャストラマラタンだったのではないだろうか。

追憶の彼方から呼び覚ますもの（8）
ラッセルと哲学入門
――地でゆく老いと人生の一冊

日野　笙子

「いま必要なのは、あれこれのイズム、すなわち主義へのアピールではなくて、たんにコモン・センスへのアピールであることを訴えたい。」（バートランド・ラッセル）（註1）

「考えねばならないのは、どうすれば愚かな殺し合いをしないですむかでしょう。あんな恐ろしい兵器で戦争を止める発想自体、筋が通っていませんよ。」（ヘティ・バウアー）（註2）

　今さら哲学入門でもない。今回取りあげるのはバートランド・ラッセルの古書『哲学入門』（註3）。原題は『哲学に関する諸問題』。入門は邦題である。入門から始まれば出門があってもおかしくない。後者が似合う年齢である。ましてや難解な学問の冠がつく書物だ。このラッセルの本はその扉を開けた途端あれよあれよと煙に巻かれる。何気なく知っていたと思うことがことごとく覆される。帰納的な自分の知識をなぜ疑ってゆくのか、経験に寄らない知識がなぜあるのか、人生の一コマ一コマを追いかけてつかもうとすると途端消えてしまう。ドミノ現象のように音を立て記憶の壁は倒れていく。加齢で集中力が持たないから新たな記憶になって定着する間もないのだ。パタパタと時間の扉が閉じてゆく。まるで古い切れそうな映画のフィルムを無理につなぎ合わせようとしてるかのようなあやうさだ。不思議に魅了される思想なのだ。なぜか？　そのあたりが本稿で言いたいことなのかもしれなかった。

　もともと古くさい本の再読が趣味だったがこの本は色褪せることなく私の青春だ。浮き世に生きてきた私流の訳は「哲学出門」の書。ここかしこにほろ苦い涙の半生の跡がある。七〇年代と八〇年代、数知れず味わった破綻の思い出、いわば青春の総決算だった。浦島太郎よろしく、このバートランド・ラッセルの「哲学入門」は、実に地でゆく老いと共に人生の問題意識を提供してくれた基本書だった。若い時分に読みかけ頓挫したテキストでもある。私なんかはほんとエラそうなこと言えるスタンスじゃないこと自分でよく知っている。頭だって決してよくはない。一庶民である。冒頭に書いた「今さら」の理由だ。晩年近くなって学び直したい、そういう無謀なことを選択した動機が実際のところよくわからない。説明が難しい。ただ、記銘力やマークシート式の知識や計算力の速さではお手上げだが、論文形式の思考の醍醐味があった。確かに難解ではある。何度も頭がまっさら状態になった。これが白紙状態、タブララサ（哲学用語）でなくて何だろう。ＣＭのコピーじゃないけれど「答は一つじゃない」では済まされない深遠な厳しさがある。だから長すぎる中断の末に、法学や哲学、論理学や数学のテキストなんかをネットで購入している自分に驚いた。変身を遂げたのではない。空想癖のある自分がアリストテレスあたりが出てくる中世の本の魔法使いの老婆に思えてきた。それでも希望の本が割と安価で到着すると人生でこんな嬉しいことはなかった気分になる。パンデミックの規制が緩んだ今、かつての知人を誘って天井がどこまでも高いビヤホールへ行った。知人は私にシナリオなどのお手本を教えてくれた人だった。内心私は後ろめたかった。面白くなりそうなところでシナリオからお勉強に関心が移ってしまったのである。かなりオタク的性格でもあったから一人でこつこつトランス状態の勉強というのは案外向いていた。あくまで過程を楽しみたいものだ。

自分の思考で自分の言葉ですでに客観化された問題を読み解いて書き直すのであるから、どうしたって時間はかかるだろう。実際は見当違いな思考をしているのかもしれない。自覚の伴った問題意識が肝心なのだ。物事というのは険しい道を通れば通るほど読み解けて到達したときの充実感は凄いもんだ。昨近は論文やレポートももちろん創作も、剽窃（他人の文献、考察、意見を自分のものとして写すこと。一部表現を変えてあたかも自分の考えとすることも含め）には厳しく厳重にチェックされると聞くが当然だと私は思う。そもそも哲学的に人生を回顧するにあって、そういう学び方ってほんとはあるわけないのだが。それはともかく試行錯誤の時間がもう自分にはないではないか。うーん、確かに。微妙な問題だ。さぁ、本題に入らなければ。

時代はますます暴力的に怖くなってきた。困難な時代に入ったと本当に思う。この危険な流れを分岐として、自分が記憶の中にやり過ごし傍観したりしてしまった悔いや躊躇を掘り起こしているのだ。やりきれない何かの正体？　自分なりの問いを挙げてみた。まずは、哲学的知識を追求することの意義についてである。そして、自我を越えた知識の確実性についてである。

哲学にはさまざまな分野があるのは言うまでもないが、歳月の中で出会った一冊の本を哲学のテキストとして読んだ記憶である。後者の問いは自己というものとの折り合いの付け方でありそれは逆説的に前者の問いに帰納されてゆく。新たな知識を広げる喜びと言い換えてもよかった。哲学を本格的に深めるには私は力不足だとは思う。どうやらエッセイともつかない雑文に終わりそうだ。

哲学の問いには際限がないが、冒頭に拝借した二人の言葉は直近のこの国への提言としても普遍的だと思った。この先どうなってゆくのだろう。本当に怖い。庶民の経済を生活を大国の属国にしてしまう馬鹿げた軍事拡大とその悪政ぶりに。デモクラシーを身につけないものが為政しようとしていることに対して。若者も老人もおちおち芸術もスポーツも勉強もしてられないではないか。大国と軍事依存の密約を結ぶということは国民の主権や自由、生存権を放棄するということだ。大袈裟ではない。どうしたらいいのか。そこに人間としての哲学的反省があるのではないのか。言語を持つ自分たちが、記憶から歴史から可能なすべての言語世界から、問い直し読み解こうとし、翻弄や逡巡にさらされながらも引き受けてゆく。たとえ哲学的なアポリアを完全に理解出来なくても。今を生きる人々の心を貫いてきた哲学者たちの思想はきっと新しい時間で言葉の強さを教えてくれるだろう。彼らの言葉は生きている読者の生命を借りて今この瞬間も生き続けているのだから。

口幅ったいことを書いてしまった。いつも初心のつもりだったが、同時に長く時代を生きた者としては義務のようなものも感じている。学び直しと同時に人間の広範な歴史観にふれなければならない。そのことがさらに難しく感じる所以なのだ。

この本には人生の課題を自覚させてくれる何かが確かにある。そう感じさせてくれる文体なのだ。ラッセルの静謐で厳かな素朴な喩え、彼の人間的特徴が実に多く反映されている。もちろん哲学をよく理解して言っているのではない。私の知識などは本やメディア、映画やドラマのそれを越えるものではないからだ。私の願いは、市井の片隅に生きる者としてやさしい言葉で人生で必要なちょっとした哲学や文化を語る人間になることだ。

その頃の私はラッセルの喩えで想像すると、「立てこもっている兵士のようなものだ」（註4）。そんな生活には満足はなかった。「牢獄」から「哲学的観想」へ脱けだすのが賢い人の哲学的方法なのだろうが当時の私にはその自覚すらなかった。取りも直さずそれが「世界との間に乗り越えがたい壁」で、ラッセルの言う「自我」すら、その馴らし方がわからなかったのだ。「観想するときには、私たちは自我ならざるものから出発し…」（註5）ラッセルはさらに「知識欲」について言及する。「知識と呼んでいるのは自我ならざるものとの統一ではなく、偏見・習慣・欲望をあわせたものであり、それにより私たちと世界との間に乗り越えがたい壁が作られてしまう。こんな知識欲に喜びを見出すのは、自分の言葉が絶対の力を失うのを恐れるあまり、家族や友人からけっして放れようとしないようなものだ」（註6）。

もちろん私はラッセルの人物像をリアル世界では知らない。けれども彼の「非個人的」な世界を観るまなざしのようなものが好きだ。排他的で狭隘な家族愛や自己愛にとらわれないすがしさも。厳しく孤独だが。ラッセルは三度ほどの離婚と何度かの再婚をしている。決して利己的な安定やけちくさい権威にしがみつく人じゃない。徹底した個人主義者である。

話を戻そう。こんな私にだってやみがたい理想があった。長きに亘った自分の人生から自ずと帰納されてきた思い。諦観のような境地と言っていいのならそのような目的地を私は欲した。非力ではあるが。それから巡り巡って、「哲学入門」である。

実は若い頃、私の青春期であるが、ラッセルの名は、ある反戦運動のデモで聞いたことがあった。大国の侵略戦争に抗議する庶民の団体にその名があった。青春期と書いたが我ながら意気地のない半生だった。次いで今から四半世紀前、時代はイラク戦争のあたりでこれまた再会するようにラッセルの名を聞いた。

平和運動で何度も投獄されたラッセルは、とてつもない人間味にあふれた哲人、という先入観があった。だから本の目次を見て、最終章「哲学の価値」が真っ先に私の興味を引いた。

ラッセルの言葉を拝借して、哲学的知識を追求することの意義を老いへの準備を兼ね少しばかりであるが語ってみたい。感銘を覚えた人生の課題である。この一冊はその哲学的実現が「蓋然性高く」最大限生かされていたと思ったから。

「哲学の価値は主にその不確定さそのものに求めるべきなのだ。…習慣的信念や常識から、そして心に浮かんだことを慎重に考えて同意するのではなく鵜呑みにすることからさまざまな偏見が生まれる。哲学は私たちの思考を広げ習慣の抑圧から解き放つのである。開放的な懐疑の国に旅したことがない人から尊大な独善性を取り除き、私たちの驚異の念を生き生きと保つのである。…その際、自分の目的や欲望は世界の無限に小さい断片であり、自分が何をしようとも、それら断片を除いて世界には何の変わりもないことを理解する。…それゆえ、問いそのものを目的として哲学を学ぶのである。人間の真の自由、そして狭隘な希望や恐れへの隷属状態からの解放があるのだ」（註7）。

二つめの問いは自我を越えた知識の確実性についてであった。「哲学入門」は入った途端頭をひねる。言い回しが二転三転と難解で複雑な文体だ。問いは基本的なのだが何度も門前で苦心した。これはじっくり読まなければならない、そんな気にさせられた。私は言葉という作法で人間の心や真実を表現することを希望してきた人間だがこの時不思議な感覚に捉えられた。詰まるところこの本がいろんな矛盾や逆理や混沌をはらんだ魅力的な書に思えてきた。門前払いはごめんこうむる。物的対象は私が使っているどこにでもあるような筆記具、ペンである。さて、「知識の確実性」に向かってまずは一歩踏み出してみたい。

確実な知識とは何か。ペンはペンじゃなかろうか、ペンで描いた夢は夢、ペンは道具、夢は現実じゃない。夢のなかのペンは心の中のもの。では道具って？　書かれたものは何か？　夢って？　現実って？　私って？　正直、冒頭からこの収拾のつかなさである。

「この問いは一見難しくなさそうに思えるが実は最も難しい問題のひとつである。自信を持ってきっぱりと応えようとしても、何かがそれを妨げている。そのことをはっきりと認識するとき、私たちはすでに哲学をはじめているのである」（註8）。

ペンはペン？　この浅はかな思考の私がまたもや引っかかったのがラッセルの言う「妨げている何か」なのだ。そして、普段当たり前だと思っていることがことごとく、未知の難問の山となって立ちはだかってきた。ソクラテスの無知の知くらい知っていると思ったが、どうやら、「あまりにたくさん見つかるので、本当に信じてよいのはどれかを知るためにはかなり考えなければならない」（註9）のだった。知識のほとんどは経験によるものだから、例えばペンのインクがなかったら書くことができない。夢の中のペンは実在しない。ペンで描く言葉は記述の事柄など、このあたりは経験的にうっすらとわかるのだが。

私はよく夢のリアルさを考える。夢を見る主体を観察者に見立ててみよう。夢は現実ではない。けれども感覚や情緒をあたかも再現ドラマのようにリアルに体感できる。まるっきり偽の世界とも言えない。ラッセルの文中で、ペンの存在と知識の確かさについて思いを巡らすと、「わからなさ」が何故かこの夢の比喩でピンと来るではないか。

同じペンを違った人が握れば違った筆記用具に見えるだろうし、また夢の中も別物のペン、これは対象（ペン）とはまるっきり違うものだ。感覚によって直接意識されるもの、見えているもの、触れているもの、これをセンスデータとラッセルは言うのだ。ペンが確かに存在すること＝実在、とペンそのもの＝実存は違うと。夢の中で見たペンは夢の中で存在するが夢が覚めれば消滅する。だとするとペンを握る人はそれぞれだ。よってこのペンが実在する本物かなんてそれこそ誰が言える？　と。そしてラッセルはデカルト以後を説明し結局は存在すると考えるのは本能的であり、と言うのだが、ここでも「本能的」とまとめたことが私は引っかかった。ラッセルはセンスデータという概念を提示しさらに知識を二分する。ペンの色や形、観察者からの光の角度など直接意識しているセンスデータについての知識を「面識」とし真理の知識と分ける。もし実在のペンを語ろうとすればこのセンスデータとの関係で証明できそうなのだ。ここでさらに判らなかったのは、センスデータの持ち主は人間なのだが、そもそも根源に人間がいるわけで、普遍的に信じられているものと前提されているところだ。自信を持って問えなかった。私のセンスデータは夢のようにつかみきれなかった。

さて結びとしたい。動物は面識する自己を意識できないのだそうだ。経験し、さ迷い、実にラッセルを学習体験する以外は真実はどこにもないことになり、私の哲学入門という選択は成立しなくなる。ここまで来て気付いたこと。私の知力は息も絶え絶えだ。けれども不思議なことに、記述し続けたことによってだろうか私的な経験を超えた愉しみが生まれてきた。ラッセルの哲学と繋がった記憶が新しい時間に接続する未来を待っている気分だ。明日このペンが何かを生み出すということは帰納できないけれども。夢のような漠とした世界から演繹される確かなもの、難しいけれどそれを追いかけてみたい。

〈了〉

註

註1　一八七二―一九七〇。イギリスの哲学者、論理学者、数学者。貴族出身。原水爆禁止運動の指導者のひとりとして九七歳の生涯を閉じるまで活動を続けた。「ラッセルのパラドックス」で有名。アインシュタインと「ラッセル＝アインシュタイン宣言」を発表。ベトナム戦争ではサルトルらと批判行動を展開。第一次大戦が勃発するや平和運動に身を投じ母校の講師の職を追われ投獄を経験。一九二〇年労働党代表団とともに革命後のロシアへその後は中国を訪問。ヴィトゲンシュタインとともに論理実証主義の形成に大きな影響を与えた。（出典「世界の名著」中公新書一九六三年）

註2　イギリスで八〇年にわたり反戦と男女平等を訴える一〇六歳の活動家。反戦平和集会の常連でデモにも加わった。その出発点は一九一四年のロンドンのトラファルガー広場で九歳の時。（出典「平和のための名言集」早乙女勝元編 大和書房二〇一二、「朝日新聞記事」二〇一一年一一月）

註3　バートランド・ラッセル　高村夏輝＝訳『哲学入門』（筑摩書房二〇〇五）

註4　前掲註（註3）一九一頁。

註5　前掲註（註3）一九二頁。

註6　前掲註（註3）一九三頁。

註7　前掲註（註3）一九〇～一九五頁。

註8　前掲註（註3）九頁。

註9　前掲註（註3）一〇頁。

参考図書　上記註以外
『哲学小辞典』栗田賢三・古在由重編岩波書店一九九〇
『思想』岩波書店　二〇一九年第一一四二号

「うちのおじいちゃん」と呼ばせて

富永　加代子

初めて会った時、その人は丹前姿のまま片足を玄関の土間に踏み出し、満面の笑みを浮かべて「やあ、よく来たね。」と迎えてくれた。義父は物静かで大体のことは義母に任せているように見えた。何を話したわけでもないが、義父になる人との初対面は、私にはそれで充分だった。

やがて、結婚して娘が生まれた。病院に駆けつけた義父は「大きな目だなあ。あんたにそっくりだ。天晴れ、天晴れ！」と言い、翌年に息子が生まれると「でかした、でかした。これで後継ぎができた。」と手放しで喜んでくれた。

同居を言い出したのは義父。「保育園の送り迎えくらい僕がしてやるから、帰ってこないか？」『帰ってこないか』にしびれた。そして、私達は娘の小学校入学を機に同居を始め、私は義父をいつの間にか「うちのおじいちゃん」と呼ぶようになっていた。

息子が四年生のある日の夕方。商店街のカードを売る店に入り込んでいる息子を見つけた。何と私の財布からお金を抜いてカードを買っていたという。義父も側溝にカードをちぎって捨てている息子を見かけたと言う。

この件は私が決着をつけるから茶の間にいてくれと義父に告げ、二階から、息子を引きずり降ろして玄関の外へ放り出した。「罪状は、親の金を勝手にとってカードを買い、いらないとなると破って捨てた事。依って、許さん！　有り金を持って出て行け！」と私は財布を投げつけた。給料日前の財布には小銭しかなかったが仕方ない。ここで息子がごめんなさいと反省して、一件落着の場面であった。

が、この時茶の間から転がるように飛び出してきた義父が「あいつは悪い奴じゃない。俺に免じて許してやってくれ。俺が代わりに謝る」と私にすがり付き土下座をしたのだ。

十歳の子供を、ましてや可愛い自分の息子を悪人だと私だって思ってはいない。しかし、物事の善悪は教えるべき時がある。義父に土下座されても、ここで怯んでは息子のためにならないと私も踏ん張った。

義父に再び茶の間に戻ってもらい、玄関を開けると、裸足でうな垂れながら息子が立っていた。「ごめんなさい。僕が悪かった。」と言うのが精いっぱいで後はしきりに目頭を拭っていた。

いつも仕事、仕事で家に居ないのに、たまに早く帰宅したと思ったら可愛い孫を叱り飛ばして非道な嫁だと義父は思ったことだろう。それでも、夕食の時間にみんなが茶の間に揃った時には、いつもの通り団欒の時が過ぎた。何も知らない娘がはしゃいで話をしてくれたおかげかもしれない。

後に義父は、この日の出来事が私への信頼に繋がったと話してくれた。私が息子をこんな風に叱ったのは、後にも先にもこの一度限りだったが、義父は、時々息子に「お前の母ちゃんは怖いからなあ」といたずらっぽい顔で耳打ちした。

義母が亡くなり、七回忌が過ぎた頃、風邪をひきやすい義父を日当たりの良い所で生活させたいと家を新築した。北側の四畳半の茶の間から、二階の南向きの我が家での一等地に、居間と義父の部屋をしつらえた。八十歳を過ぎてからの新居は義父には酷《こく》かと思ったが、「僕は、この年になって初めて新築の家に住めた。」と喜んでくれた。

北の窓から見える隣家の樹木を眺めては軽井沢のようだと言い、そこから見える青空は色が濃いと言ってお気に入りだった。南の窓からまっすぐに伸びた路地を往き交う人を観察して、帰宅した私に「最近は、この辺りも外人が増えたなあ。」とか、「犬を散歩させる人は、大体同じ時間に通るね。」などと統計的な視点で見聞きしたことを話してくれた。

しかし、義父が見ていたのは、その路地を歩いて帰ってくる孫達の姿であり、何かしらおやつを用意して子供達を待っていてくれた。おかげで、子供達も私も鍵を持ち歩くことなく、安心して帰宅することが出来た。

奥尻島が津波の被害を受けた時、テレビの映像を見ながら泣いている娘を抱き寄せて慰めてくれたのも、保育園でいじめに合って長く登園出来ずにいた息子に寄り添い「友達だもんなあ」と遊んでくれたのも義父だった。

子供達は成長するに従いそんな義父の思いを知りつつも、カバンを放り出して遊びに行ってしまったが、その様子さえ楽しそうに帰宅した私にひと通り話すのが義父の日課になっていた。

子供達が下校した後の学校は結構忙しい。会議や教材研究を終えて、フッと息を吐く。すると、主任が家で待つ耳の大きな犬のことを話し出す。つられて先輩が長生きの黒猫のことを話す。そうなると私も義父とのやり取りを話すことになる。

帰宅すると、義父は正座しながら洗濯物を畳んでいた。それも私のレースづかいのキャミソール。ギョッと息を飲んだ時「女の人の下着はフニャフニャしてうまく畳めないねえ。」ときた。「これは何度やってもほどけるんだよ」と私のキャミソールに悪戦苦闘している。ぐっと堪《こら》えながら、「ああ、お義父さん自分でやるからそのままでいいよ。」と言うのだが、制止の言葉は耳が遠いので聞こえないのである。

室内に取り込まれた洗濯物に目をやると、私が朝干した順番とは異なっている。理由は太陽の向きに合わせて上下を変えたり、順番を入れ替えたりしているのだという。私は、「取り込んでくれさえすれば、私が畳むからね。」と毎日同じことを言い、義父はいつも洗濯物を丁寧に畳んでくれる。これは感謝すべき事だが、実の父さえ私の下着には触らなかったのに…である。

いや、それどころか、見上げればピンチハンガーの中ほどに、まず、右のピンチに私のブラジャーの端が留められ、パンツ、パンツ、娘のブラジャーと繋がって、その端は反対側のピンチに止められていて、まるで運動会の万国旗のようになっている。「どう思いますか?」と問う私に先輩方は腹を抱えて笑い「いいおじいちゃんじゃない!」いつもの決まり文句で話は終わる。

ある時、共に怒って欲しいと前夜の事件を聞いてもらった。

私が風呂に入っているとガラッと戸を開けて義父が「へへっ、坊主か」と言って去って行った。すぐに、息子と間違えたのだとわかったが、いい気はしない。風呂から出て脱衣所の戸を開けると、義父は直立不動で指先まで伸ばして立っていた。「大変すまないことをしました。私は妻を亡くしてから七年になりますが、ほかの女性と肌を合わせるというようなことは一度もしていません。真面目な人間です…。」義母の死後、八十歳の義父がどのように生きてきたか、この私が一番よく知っている。

義父は私に心から詫びてくれたが、「もういいよ」とかわし横をすり抜けながら、「熟女の入浴シーンを見ておきながら、へへっ、坊主かって何？」と言ったが、「えっ、何て言ったの？」と耳の遠い義父に聞き返されてしまった。こんな台詞は二度とは言えない。主人は「お前の怒りはそこかよ！」と笑っていた。

笑い飛ばさなければ先が続かないのだ。でもせめて先輩には「それはひどい。」くらいは言って欲しかったが、「おじいちゃん、かわいそう。」と意味の分からないコメントを残してお開きになった。そして、家で待つかけがえのない大切な存在として「うちのおじいちゃん」は幾度も話題に上った。

家族が仕事や学校に出かけている時に、家の中で転倒してしまった義父。体の痛みと咳が出たため、掛かりつけの病院に受診したところ入院することになった。義父は状況が摑めぬまま、病院の中を歩き回り、手足を拘束された。そのためかどうかは不明だが、認知症が進行し、退院後は特別養護老人ホームに入所することになった。

一人で家に居られなくなったので仕方なかった。私が仕事を休めばよかったが、その選択はせず入所を進めてしまった。施設では、いろいろな問題が起こり、義父の願いとはかけ離れた生活となった。週末に家に帰って来ると、大好きなお酒を飲み、にこにこしながらご飯を食べた。好物の柿をほおばる姿を子供達と写真にとったりしてわずかな時間を楽しく過ごした。

義父は、施設で自分が必要とされないことを憂い、「僕は姉さんのために、まだ働けると思うんだが…。」と私の職場で仕事を手伝いたいと言った。義父は入所してから私を嫁ではなく、姉さんと呼ぶようになっていた。施設に戻る時「僕は、まだしばらくは家を離れなければならないんだ。だから、どうかみんなで姉さんを助けてやってくれ。」と演説した。認知症を患っているとは言え、その言葉には義父の優しさと責任感が溢れ、その都度胸が震えた。

義父は、一年の入所の末、亡くなった。様態の異変を感じて家族が揃ったことを耳元で伝えると、意識のなかった義父が目を覚まし、「そうか、安心だな。」と笑った。翌朝、義父は危篤状態になり、子供達が「おじいちゃん、ありがとう」と声を掛け、義父は何度も息を吹き返し、それに最期まで応えていた。

子供の面倒は僕が見るからここで暮らさないかと同居を促してくれた義父。留守番役を最後まで果たしてくれた義父。子供達が成長し、私達夫婦も仕事に追われ、夜遅くまでひとりぼっちで過ごした晩年。一度も責めることはなかった。

義父がいた頃、家には雑草が生えなかった。それは義父が毎日少しずつ雑草を抜き、庭を手入れしていてくれたからだった。義父はこの家と家族を守り、私達はその上に安心しきってあぐらをかいていたのだった。義父が亡くなり十八年になるが、世界でただ一人の「うちのおじいちゃん」として、義父は今も私達家族の中に存在している。

「近藤益雄《えきお》を取り巻く教育者・詩人たち（その二）」

国分一太郎《こくぶんいちたろう》――「益雄への弔辞を読む」（2）

永山　絹枝

この道
まっすぐです
この道を
行きます
あらし
吹く日も

（国分一太郎）

国分一太郎は、教師生活の第一歩を、村山よりはややおくれて一九三〇年北村山郡長瀞小学校において踏み出す。そこでまぎれもない東北の子どもの現実にぶつかる。この現実にたいして公教育制度の何とむなしく何といつわりなことか。子どもたちの側に立って権力の正体を見てしまった彼は、当然子どもの側に立ったたたかいを組まねばならぬことになる。その実践はたとえば文集『もんぺ』『もんぺの弟』等に見られるような豊かな内実を備えたものに結晶し、〝ひとりの喜びがみんなの喜びとなりひとりの悲しみがみんなの悲しみとなる〟という、北方の教師たちのあいことばとなって展開していくのだが、権力は現実を媒介して結びつけていく生活綴り方の思想の存在を許容しなかった。美しいものがことごとくかなしいものに変わっていく時代であった。

（「生活綴方運動」遠藤豊吉　1972）

一、東北の生活台

最上川　　国分一太郎

わがふるさとの／ふところの川
うちわの川
ふるさとの山から発し
ふるさとの野をめぐり
人びとに送られ迎えられつつ
海へといく

わがふるさとの／つつましい川
律義ものの川
他の国のミズをうばはず
他のクニの山をおかさず
内なる仲間をよびあつめひきつれつつ
海へといく

わがふるさとの／しずかな川
はげしい川
おもてやわらかな日にも
底にはきびしさあれと
人びとによびかけ訴えつつ
海へといく
このような川／昔からの川
わがふるさとの川

（『山形の先達者2』）

これは、国分が晩年、自分の人生をふりかえって書いた詩であるが、苦しい時、悲しい時、自然は変わらず大きく懐に包み込み癒してくれる。命の根源を支えているふるさと。最上川に憩い、命を育み、最上川に群れて、共に生きる仲間に呼びかけた。

他の国の水をうばわず／他の国の山をおかさず

内なる仲間をよびあつめひきつれつつ／海へといく

大自然の営みの中にある平和な暮らし。切望する暮らし。

『小学校教師たちの有罪』によると、治安維持法違反で特高から調べられた昭和八年（一九二三）は、尋常三年の男組六十三人を受け持ち、四、五年と持ちあがって（教労事件のために、六年生には持ち上がることが出来なかった。）『もんぺの弟』という文集を作成している。現実には過酷な状況下で実践を続けるという、その渦中での苦悩は一通りではなかったであろう。

教労事件、それにつづく北方性教育運動の起こった昭和初期の東北地域とは、いったいどういう状態にあったのだろうか。

村山ひでは『愛とたたかいの詩』（P15）に書いている。

「一九三〇年代は、世界恐慌の嵐が吹き荒れ、東北農村の生産物である米と繭が大暴落し、農村は娘さえ売った時代だった。この暗い時代の過酷な東北の生活台に生きる子どもたちに限りない愛情をそそぎ、魂をふれ合わせ、生活をありのままつづらせながら、生活を発見させ、生活を批判させて、生活を組織し、指導して、明るい明日に生きることをはげましてやまなかった若い教師たちがありました。このヒューマニズムの教育が、北方性教育運動とよばれて、日本の民主教育のひとつの遺産となって残されたのです。」

二、弔辞を読む

【益雄への弔辞③】―教労事件で監視厳しく

「その時分、わたしは昭和七年三月の教労事件に関して、検挙・釈放されたあとを受け、視学、校長らの監視がきびしく、毎日不愉快な気持ちでくらしていた。自然その思いをいやすために、子どもたちとの綴方のしごとに身を入れていた。一方、アカのレッテルをはぐことに心を使っていた。

益雄さんに出す私の手紙には、いつも不満の気持ちがさらけだされていただろう。それに対して益雄さんからはすぐ返事が来た。私たちの手紙は週に二回も三回も発信されることになり、山形と長崎の間を、ふたりの手紙は、つねに行き交わっている状態となった。」

〜　〜　〜　〜　〜

国分は、一九三一（昭6）年、当時非合法だった山形県教育労働組合に誘われ検挙されている。「アカのレッテルをはぐことに心を使った」という弾圧の厳しさ故の悲哀を正直に吐露するところに国分特有の骨太さが伺えるが、拷問を受けて死亡した仲間達を目にして「生か死か」切羽詰まされていた。

昭和十五年には、山形で村山俊太郎が検挙され、続いて秋田、岩手、青森、新潟、北海道と…。「生活綴り方事件」である。

三浦綾子の『銃口』、村山ひで『明けない夜はない』、佐竹直子「獄中メモは問う」、そのままの綴方教師たちの受難である。国が暗黒の社会となったがために自由を奪われ，多くの人の才能が開花されず、摘み取られていった悲惨な歴史的事実である。

『国分一太郎文集9「凶作の地」P42』には苦しみの絶頂に居て正常な判断もできなかった国分の姿が吐露されていて、痛々しい。

「…私のかわりに床屋の跡取りになってくれた弟正二郎のにわかの死に会い、私は極度の不眠症におちいった。肺もそこなわれていた。精神が錯乱するなかで、七月中国大陸への侵略が始まった。私は教え子とも離れ、友人平野婦美子さんの世話で、千葉県市川市の精神病院に入院した。…一生のあいだ農村教師であろうとした私の夢はここで絶たれた。悶死するような状態のうち知らぬまに起こった戦争、私はそれをそしらぬふりしているか、そうでなければ死んでしまえばよかった。…

私から、村の子どもとの生活をうばった。村の子どもがしあわせになることを、ひとえに考えるうぶな考え方に、みなケチをつけ、犯罪者とした。父の頭髪を皆無にし、母の毛髪を白くさせた。心を許したはじめの女のひとをうばい、自由でおおらかな尊敬する老校長をうばった。…ささやかな願いをおしつぶした。しかも、そうさせられたのは、私の内部にひそむ「家」の意識の弱さのためだった。」

一方、近藤益雄も同じ状況にあった。一九四一（34歳）年、平戸高等女学校へ異動を迫られ挺身隊教育を。その揚げ句、召集され、熊本の駐屯地に居る時に長男「耿《あきら》」が爆死したという驚愕の知らせを受けるのである。このような反動の嵐の中で互いを励まし合い、「綴り方教育」を捨てず踏ん張っている。その息遣いまでが、「弔辞」には読み取れる。

これが、国分一太郎の当時の動向（経歴1）である。

・一九一一年（明44）に生まれる。（益雄は一九〇七）。
・一九二五年（大正14）・山形県師範学校本科第1部に入学。
・一九二七年（昭2・16歳）村山俊太郎と知り合う。
・一九三〇年（昭5・19歳）――長瀞《ながとろ》小に赴任
・一九三一年――（満州事変／短期現役兵として入隊）
・文集「がつご1」「もんぺ」「もんぺの弟」を発行。
村山俊太郎にすすめられ、山形県教員組合の結成に参加。
・一九三二年（昭7・21歳――）検挙される。十日で釈放。
童謡づくり、生活綴り方の実践・研究にうちこむ。

師範学校当時に知り合った村山俊太郎との交流で、詩歌（童謡・短歌）に触れ、綴方に出会う。

前述したように当時の綴方実践家の多くが短歌や俳句や詩歌に親しんでいる。「赤い鳥」の誕生が国定教科書からの脱皮であった、子ども本来の純な童謡や童話を目指し北原白秋や野口雨情など活躍していた。益雄も大正デモクラシーのなかでセツルメント運動に励み、雑誌『赤い鳥』へ投稿しながら民主主義の素地を養い、書くこと・創作することの喜びと感動を育んでいる。即《すなわ》ち、綴方教育は「赤い鳥」から始まり、次第に文芸的なものから離れ、高知の小砂丘忠義の「綴方生活」へ傾注していくのである。地域や子等の生活に根ざした物の見方考え方を大事にする「生活主義（綴方）教育」へと展開していくのである。

これらを証言してくれる村山俊太郎の手記を付記しておこう。

【国分一太郎君の仕事】　村山俊太郎《としたろう》

国分一太郎君が、私と親しくなったのは、昭和二年、同君が師範の三年で、私が師範の専攻科時代に始まる。その頃二人は、同じ汽車のなかで短歌を語ったり、万葉を語ったりしていた。それから十年あまり、私と国分君とは兄弟以上の親しさになり、よろこびもかなしみも、ほろにがい生活の味もともにかみしめてきた。佐々木昂《こう》さんは、国分のことについて語るならば私が一番よいといっていられるが（教育週報）実は知りすぎていて語れないもののひとりが私だろうと思っている。（中略）

二十七の若さで倒れた国分が、これまでなした仕事については、今更私がここにおしゃべりする必要もなかろう。

まず昭和五年長瀞《ながとろ》に赴任し、文集〝がっこ〟をつくり、翌年は短期現役を終えてから文集一冊と詩集一冊をつくり、それ以来精力的にコツコツと原紙を切り、ルーラーを回転し、文集〝もんぺ〟〝もんぺの弟〟を出した。積み重ねると机の高さにもおよぶであろうこの文詩集をみるたび、私はいったい何をしていたろうかとムチ打たれながら驚いていたのだ。

国分はその後さまざまな教育ジャーナリズムのうえに良心的な論文を発表しているが、この仕事は、すべて子どもに打ちこんだ実践を土台とするものであり、そこに国分一太郎の本質的な仕事の光がある。単行本に収められている綴方、読み方の論述だけでも優に部厚い本に纒まるほどだが、教国、実国、綴方生活、工程、国研をはじめ、全国の地方誌に掲載した綴方教育の論説だけでも三十篇をこえている。ことに最近始めた彼の随筆、童話、創作、童詩などには、彼独特の子ども観察を描き得て私のもっとも愛する彼の仕事だと思っている。私は今これらの仕事について語るだけの紙面は持っていない。

今回、扶桑閣から出版した『教室ノート』は彼の教室記録である。あんな大部な文詩集をつくりながら、よくもこんなに丹念に毎日の記録をとったものだと思わせるほど、国分君はすばらしい教室記録を書き綴っている。この記録は全部未発表のものである。一日一日の子ども生活の観察が、あの鋭い国分の〝眼〟をとおして描かれている。私はこの記録を整理しながら、このままで出してしまうのはまったく惜しい気がした。この記録を土台にして元気になった国分が系統的に纒めてくれたら、すばらしい生活教育の実際が記録されるであろうが、今私は戸塚君や、佐々木昂さんと相談して、国分の仕事の素材の一部分を諸兄姉の手もとに紹介させてもらうだけの仕事きりできない。

私は国分がいかに熱情的に子どもの生活を組織しようとして働いたかの、ほんの一部分でもに諸兄姉がふれていただいたらと思う。そこにはいささかの、ごまかしも安易も妥協もない。採録した創作も、随筆も、童話もこうした国分君の一面を表現するものとして私たちは親しむことができる。

原稿の整理のことで国分の枕もとを訪ねた私に、幾度か〝遺著〟になるような気がしてと囁いて、心を暗くさせていた国分も最近では〝もう死なない自信がついた〟と笑ってくれた。私はこの笑いを、全国の諸兄姉――温かく心を寄せてくださった方がたの前におくりたい。そして扶桑閣のこの仕事（救援出版）をひとりでも援助してくれることを願っている。

底本：「村山俊太郎著作集第三巻」／百合出版 1968

筆者は、ひとつは戦前の国家権力に弾圧されながらも村山俊太郎ら同志と共に歩もうとした国分一太郎の全体像から、もうひとつは国分一太郎と近藤益雄との交流から、私たちは何を学ぶことができるのか、さらにそこからどのような人間の可能性を見出せるのか、彼等を同時化（シンクロナイズ）させることによって表出させたい。戦前の国家権力による弾圧があった時代に私たちが生きて遭遇していたら、どうしただろう、どうなっただろうと、現在のロシアとウクライナで戦禍に巻き込まれている教師達に思いを馳せながら、何度も反芻する。

そう、国分や益雄等を支えたのは同志であり、家族であり、意志や思想の強さであった。それだけではない。これまで明らかにしたように、目前の子どもたちへの良心が、どんなことよりも譲ることができなかったのであろう。のちに国分は、生活綴り方運動への弾圧について以下のように述べている。

「…目の前にいる子どもたちに、どういうふうに学力をつけたらいいか」、あるいは「自分でものを考えるような子どもに育てるためにはどうしたらよいか」ということをやってきたという点では、やましいところは無く、今から考えれば「民主主義の教育」をしてたんですよね。あるいは「生活にそくした教育」というものをしてたんでしょう。あるいは『経験というものをひじょうに大事にした』ということですね。

正義が通らない時代を背負いながら奮闘する彼等。東北の若い民主的な教師達の同志的支え合いに深く感じ入る。

三、どんなにか春を待ち望んだことだろう

春がくる　　国分一太郎

お山で／雪崩《なだれ》つく／音がして
夜でも／こっそり
春が來る

つららが／とけて／雨しずく
のきにも／こっそり／
春が來る

父さは／夜なべの／わらぞうり
いろりばたにも／春が來る

野道／ぽっぽと／ぞうりはいた
夢にもこっそり／春が來る

これは、教労で検挙された後、昭和八年に書いた作品である。目を閉じて、お山に、軒に、夜なべの父さに、夢に、春を思い描き、春を求める心境で涙が滲む。（こっそり）が三回でて来る。何故か。今のコロナの時代以上に重圧は頭上を覆っていた。神経を患うほどに。ゆっくり、こっそりでもいい、来る春が待ち遠しい。切実に待ち望まれた春なのである。

近藤益雄は詩で呼応した。

冬景　近藤　益雄

農婦は食塩の如きものを冬空の下にまく。
いつも悲しみは白い。
痩せ枯れた土を刺繍《ししゅう》する青い麦の芽。
地平線。その外側に海が在る。
寒く収縮しながら農婦は今日も
港へ運ばれる行李《こうり》を見送る。
生活の土塊を蹴って、
寒い波止場へ集まる出稼ぎのむすめたちよ。
農婦一人食塩の如き肥料を白々とまく。
打ちつゞく畑地の中に埋まる太陽は、
今日も絶望の光茫を青白い月光に換へはじめた。／／
月よ。
食塩の如きものは白くして、白くして眼に沁みる。

『教育北日本』創刊号／三五年一月）

農婦が寒い空の下で撒くのは娘を出稼ぎにださねばならない辛い母の涙であるかもしれない。

東北の貧しさに呼応して寄せた作品。冬空の下で撒く春からの生育を促す寒肥。いま冬の時代に在る綴り方教育だが春に再び芽吹けるように。

現代からは想像もつかない困難な時代があった。その事実が、これ等の作品や証言から深層に滲み入ってくる。

お月様三年　土田　繁治

お月様の光で
わらすごくお父さんよ
なんぼかうれしいだらう
お月様を見い見いしてゐる
お月様よ／毎晩ではれ
しごとするいからよいぞ
あかるくてらせ／まるくてらせ
どこまでもてらせよ
お月様。

「もんぺの弟」2号

もんぺの弟は、山形長瀞尋三　国分一太郎編輯《へんしゅう》

学級全員六十名の生活詩集、農村の中に生きる子どもたちの鋭い生活の眼とあたたかい感情がひしひしと感じられる。

この「お月様」に於いても、夜も働く親への子等の注ぐ眼差しと応援の言葉は、同じく土に根を張り逞しい。教師も同じ土壌に居たからこそ、生まれた作品だろう。そんな綴り方教育に情熱を注いでいた国分を教壇から追放し、教え子から切り離したのは、戦争へと向かう時の政府であった。その重圧で神経を患い入院。残された親族も細々と暗い戦時下を生き抜かねばならなかった。

【引用文献】

『獄中メモは問う』――作文教育が罪にされた時代――
佐竹直子／道新選書／2014

万葉集を楽しむ　十五
奈良の大仏に塗った黄金

中津　攸子

黄金の産出を喜ぶ大伴家持の歌

万葉集に陸奥国から黄金の産出したことを寿《ことほ》ぐ歌が掲載されています。その中の大伴家持の詠んだ長歌を略記し、その大意を左記します。

陸奥国より金を出せる詔書を賀《ほ》く歌一首短歌を併せたり

葦原の瑞穂《みずほ》の国を天降《あまくだ》り領《し》らしめしける天皇《すめろぎ》の神の命《みこと》の御代重ね……鶏が鳴く東《あづま》の国の陸奥《みちのく》の小田なる山に黄金ありと……大伴の遠つ神祖《かむおや》のその名をば大来目主《おほくめぬし》と負ひ持ちて仕へし官《つかさ》　海行かば水《み》浸《づ》く屍　山行かば草生《む》す屍《かばね》　大君の邊《へ》にこそ死なめ顧みはせじと言《こと》立て……大君の御言の幸《さき》の聞けば貴《たふと》み

（一九—四〇九四）

——葦原の瑞穂の国を天から下ってお治めなされた皇祖の神々が御代を重ね、天つ日嗣として統治してこられた天皇の御代に、領有される四方の国々は山河も大きく広く、貢物、宝物は数え尽くすことが出来ない。

しかし（本文・然れども）我が大君が諸人を誘い、大仏鋳造という良い事を始められ、黄金は十分あるのかとお思いになって御心を悩まされていたところ、東国の陸奥の小田郡の山に黄金が出たとの奏上があったので御心を晴れ晴れとなされ、天地の神々も喜ばれ、皇祖の神々も力を添えられて御代は栄えるであろうとお思いになられ、武人の大勢の供を従えられ、老人も女も子も満足するようにお治めになられていられる。

それをたいそう尊み嬉しく思って、（我が）大伴家の遠い祖先、大来目主が天皇にお仕えしていたその大切な役目は、「海を行けば水に浸かる屍、山を行けば草の生える屍となっても大君の傍で死のう。後を省みることはすまい」と誓いを立て、現在まで伝えて来た。そういう祖先の子孫なのだ、大伴氏と佐伯氏は。

子孫は祖先の名を絶たず大君にお仕えする、と言い継いで来たので剣や太刀を腰に佩いて、朝夕の守りとして朝廷の門を守護する者は我々の他にはない、と心を奮い立たせ、思いはまさる。大君の詔の栄えを耳にして——

家持の長歌は初めに天皇の統治される豊かな大和の国を祝《ことほ》ぎ、然れども、と続けていますので、祝ぐことを止めると思わせられます。しかし意に反して、良い統治をなされていると褒め称え、黄金産出について語っています。

という事は、この「然れども」の不自然な使い方は歌の巧みな家持が後世の人々に注意してもらいたかった言葉ではないでしょうか。

ところで戦時中に歌われた「海行かば水浸く屍……」の歌が万葉集を編集した大伴家持の歌であることを知らない人もいる

かも知れません。

この歌を読む限り、大伴家持は己の人生を捧げるほど天皇に尽くそうとしていると感じられます。同時に歴代の大伴家がどんなに天皇家に尽くしてきたか思い返してもらいたいと望んでいると分かります。さりげなくそのように詠みながら、陸奥国より金を出せる詔書を寿ぐこの長歌の中で、大伴家持は奈良の大仏に塗る黄金が無いのではないかと聖武天皇が心配されていられたと歌っています。

聖武天皇の大仏建立

橘は実さへ花さへその葉さへ枝に霜降れどいや常葉の木
（六―一〇〇九）

――橘はその実も花も葉さえも枝に霜が降っても栄えるめでたい木です――


と聖武天皇は左大臣の葛城王が臣下に下り、橘の姓をもらった時に、その一族を寿いで橘の木の素晴らしさを詠んでいます。

このように心優しい聖武天皇は深く仏教に帰依し、仏教を基にしての政を理想として、大和国内の各国に国分寺、国分尼寺を建立し、その総寺として東大寺を建て、本尊として盧舎那仏を祀りたいと望まれました。

それというのも、盧舎那仏とは宇宙の中心に居て、存在する全てのものを含み、全てのものに含まれている、故に草の葉先の露などどんなものの中にも生きていると聞かされた聖武天皇は、大宇宙の命と己の命の響き合うことを知って感動したのです。

それで世界に類のない大きな盧舎那仏を造ろうと心を決められたのです。

そのため天平十九（七四七）年から天平勝宝元（七四九）年までの三年間に八回鋳込《いこ》みを行い、労働者として延べ二六〇万人、当時の全人口の半数を動員しました。こうして結局十年の歳月を費やし、総重量二八〇トンの世界最大の銅の大仏を作りあげました。

が、そこに塗る金がありません。

聖武天皇が困り果てていますと、隣国の陸奥国小田郡涌谷（宮城県）で金が産出したとの知らせが入ったのです。

古代、日本は全域が日高見国でしたが、朝廷の先祖が大和に入りますと、大和の周辺から次第に範囲を広げて四方を征服し、聖武天皇の頃には、四国、九州、中国、近畿、中部、関東をほぼ統治下に入れていました。

朝廷の支配下の国は大和朝廷にちなんで大和の国、それ以北はもとのまま日高見国でしたが、朝廷では「日高見の国」の名称を使わず、新たに「陸の奥の文化果てた国」の意味で陸奥《みちのく》と呼びました。ですから陸奥国とは大和朝廷の命名した国名で大和国の隣国でした。

ちなみに江戸期から盛んに行われた七福神めぐりですが、七福神の中の天の付く三柱の神はインドの神、付かない三柱の神は中国の神で、日本の神は恵比寿様ただお一人です。

江戸時代までの人々は都から見て東の国の人々は東えびすと蔑まれていたと知ってはいても、そのえびす様こそ原日本人であり、えびす（恵比寿）とは原日本人の中の勇者のことだと知っていたのです。それで国学の起こると共にえびす信仰が盛んになったのです。

えびすとは原日本人の勇者のことと、江戸時代までは伝えられていましたが、明治に入って多くの伝承が急激に消し去られました。例えば江戸期までは神宮は香取神宮、鹿島神宮、伊勢神宮の三神宮のみで、どんなに大きい神社でも出雲大社、諏訪大社など大社と呼ばせ、神宮を名乗らせませんでした。ところが明治に入りますと、明治神宮、橿原神宮、宇佐神宮、平安神宮等々神宮を乱立させました。と言うように伝承が消されたのです。

ところで陸奥国で金が採れると聞かれた聖武天皇はたいそう喜ばれ、年号を天平感宝と改めました。そしてさらにその年の七月二日には天平勝宝と改元しました。

このことを記念してか涌谷には天平勝宝元年創立の黄金山神社が現存しています。

この黄金の動きで分かりますように、大和朝廷では隣国の日高見国で金が採れているなどの様子が分かっていませんでしたが、日高見国側は船を出して当時の世界貿易と言える貿易をしていましたから、大和国では今、金を求めているなどの情報を把握していました。大体、日高見国の船が行き交う海を日高見国の別名である「日の本の国の海」とのことで日本海と呼んでいたことからも日高見国側の文化度の高さが分かります。

日高見国は仏教国でしたから隣国である大和国が大仏を作り、その大仏に塗る黄金を求めていると知って、仏教を大切にするためなら黄金を提供しましょうと申し出たものと思われます。

聖武天皇のご退位

隣国での黄金発見の瑞兆が伝わり提供の申し出を受けながら、その年のうちになぜか聖武天皇はご退位なされました。そして聖武天皇と光明皇后の皇女とされる孝謙天皇（阿部皇女）が即位され、前述通り年号を天平勝宝と改めました。

ところで孝謙天皇の母とされる光明皇后は藤原不比等の三女で、母は橘三千代でした。

当時まで皇后は皇族の娘と決められていましたから、貴族でない光明皇后の立妃に反対していた左大臣長屋王を藤原氏が軍兵を出して急襲し、亡き者にするという大事件があって、光明皇后が誕生しました。　光明皇后に次の歌があります。

吾が背子と二人見ませば幾許《いくばく》かこの降る雪の嬉しからまし

（八―一六五八）

――（夫の）聖武天皇と一緒に見ていたら、どんなにかこの降る雪をうれしく見られたことでしょう――

光明皇后が聖武天皇に捧げた何ともしおらしい歌です。

この歌を捧げられた聖武天皇は、経費など気にされずに遷都を繰り返された方でした。が、深く仏教に帰依しておられましたし、光明皇后も同じでした。

一方、長屋王は大般若波羅蜜多経を書写させました。その一部である二百十余巻が現存していることでも分かりますように熱心な仏教徒でした。長屋王は、

「山川域を異にすれども風月天を同じくす。

これを仏子に寄せて共に来縁を結ばん」


との四句を縫い付けた袈裟千領を遣唐使の榮叡と普照に託し、出来る限り多くの中国の僧に渡すようにと依頼しました。

長屋王の贈ったこの袈裟を見られた高僧鑑真が、日本へ行き、伝道しようとの固い決意を持たれた故にその来日が実現したのです。

ちなみに鑑真がやっと日本に向かう船に乗り、舟出した時、鑑真と別の船に乗り、共に日本に向かった阿倍仲麻呂はその出港の時に、

天の原ふりさけ見れば春日なる三笠の山に出《いで》し月かも

と日本を懐かしみ、中国を離れる港で詠んで、三笠山に出る月を思い故郷に帰れると喜んだのですが、仲麻呂の乗った船は嵐のためにベトナムに流されてしまい、生涯日本に帰って来られず、中国で客死しました。

阿部仲麻呂は奈良時代の人ですが、この歌は万葉集編集の時には伝えられてなかったらしく万葉集には掲載されず、古今集に収録されています。

それはとにかく黄金産出の報を受けながら、なぜ聖武天皇はご退位なされたのでしょうか。

大仏の四分の一しか塗れなかった黄金

東大寺に「涌谷から献上された黄金は九百両」との記録が残されています。約束通り、正式に日高見国から送られた黄金は九百両だったのです。

ところが九百両では奈良の大仏の四分の一しか塗れません。しかし大仏の全ては黄金で塗られています。必要な残りの四分の三の黄金はどこから運ばれてきたのでしょうか。

東大寺の黄金の量の記録に気付いた学者たちの説は、

「多分大陸あたりから輸入したのだろう」

との推測に留まりお茶を濁しています。がこれでは解決になりません。

当時中国では、中国全土の黄金の算出量より日高見国からの黄金の輸入量の方が多かったと記録されています。ということは、もし中国などから大仏に塗る黄金を輸入したとすると、中国、その他の国が日高見国から輸入した黄金を再び海を渡って大和に運ぶことになり、海を二度渡る無駄な費用がかかります。

もちろん大和朝廷の領域内からは一かけらの金も産出されていませんでしたから、大陸の事情を考えれば奈良の大仏に塗られた黄金は、日高見国から直接奈良に運ばれたのではないで

しょうか。そう考えるのが一番自然です。もし黄金が日高見国から追加され、運ばれていたのだとしたら、どんな条件で運ばれたのでしょう。

孝謙天皇の歌が万葉集に載っています。

この里は継《つ》ぎて霜や置く夏の野にわが見し草は黄葉《もみ》ちたりけり
（一九―四二六八）

――この里は次にはもう霜が降りるのだろうか。私が夏の野で見た草がもう黄葉している――

孝謙天皇の記憶は確かで、事実をよく見て考えられる方だったようです。

皇位と黄金

阿部皇女とは日高見国王安部氏の娘ではないでしょうか。朝廷では黄金産出国の王、安部氏の娘に皇位を譲り、不足している黄金を手に入れたのではないでしょうか。朝廷はひそかに皇位を売って黄金を手に入れたと考えられるのです。

孝謙天皇の幼名は阿部皇女ですから、日高見国王である安部氏の娘かも知れません。安部氏に一時的にせよ皇位を譲ることで朝廷側は黄金を手に入れたのも知れません。

頭は良くても今でいうややノイローゼ気味で恐れ多いことですが遷都を繰り返していられた聖武天皇と光明皇后との間に子は恵まれなかったのではないかと思えてなりません。お二人に子はなかったかもしれません。

その証のように阿部皇女であられた孝謙天皇は生涯、結婚を許されませんでした。皇位は一代限りのものとされ、子を産むことを禁じられ、孝謙天皇の個人的な幸せなど問題にされてなかったのだと思われます。

孝謙天皇と清僧道鏡との関りや、道鏡の左遷、孝謙天皇が重祚され称徳天皇となられたこと、その他、この頃の朝廷をめぐる多くのいざこざなど、この黄金問題の路線上でもう一度考え直し見なおす必要がありそうです。

それはとにかく朝廷はなりふり構わず黄金を手に入れ、高さ一七メートルの山のような壁を壊し、周りの外型を取り外し、大仏の全てが現れるや、人々はその気高さに打ちのめされました。責任者国君麻呂の感激はどんなに深かったことでしょう。

大伴家持は万葉集の中で三番目に長い力作である先の長歌の反歌三首の最後に次のように詠んでいます。

天皇《すめろぎ》の御代栄えむと東なる陸奥《みちのく》山に黄金花咲く
（一九―四〇九七）

――天皇の時代が永遠に栄えるめでたい印として東国の陸奥の山から黄金が出た――

大伴家持は、大仏に塗った黄金は陸奥から運んだものと詠みながら。記録に無い黄金の不足分も陸奥から運ばれて来たとの暗示として長歌の中に、不自然な「然れども」の表現を使ったのだと私は思いたいのです。言葉を変えれば奈良時代には驚くべき世界一の産出量であった日本の黄金が世界を動かしたのです。

繰り返しますと、大伴家持が伝えたかったのは、奈良の大仏に塗った黄金は全て陸奥の国から産出したもので、その黄金を手に入れるための密かな約束事があったと気付いてほしいという事ではなかったでしょうか。

大伴家持はあくまでも事実こそ尊い、あるがまま、なるがままを認めたうえで英知を働かせることが、後の世の平安をもたらすと信じていた人だったと思われます。

天皇と大君

大伴の家持の長歌の中に「大君の邊にこそ死なめ」とあり、反歌に「天皇の御代……」

とあります。大君も天皇も同じく国家の統治者です。ただし大君の君はリーダーで、大君はリーダーの中のリーダーですからどちらかと言うと並列ですが、天皇とは天皇星のこと、北極星です。

天体の全ての星は北極星を中心にして回っていますから北極星は大宇宙の中心であり、絶対的存在です。絶対者である天皇の称号を家持が意識して使っているところに大伴家持の、

——万葉集を後世に伝えたい。権力者に焼かれてしまいたくない——

との苦心の跡が見えています。

ところで万葉集の中に大伴御行の歌、

大君は神にしあれば赤駒の匍匐《はらば》ふ田井を都となしつ

（一九—四二六〇）

——神である大君は赤駒が這っていた田を都に変えてしまった——

があります。大伴の御行は大納言で鉱物資源の開発に努力していましたが、対馬で金が採れたと聞き、派遣した三田首《おびと》五瀬が対馬産の金を持ち帰りましたので朝廷に献上しました。朝廷では年号を大宝に改めたほど喜びました。が対馬で金は採れず騙されたと分かって御行の評判は急激に落ちてしまいました。

御行が天皇でなく大君と詠んだことでも、後の大伴家の当主家持ほどの危機感を持てない坊ちゃんであったと分かります。

世界を動かした東北の黄金

マルコポーロの書いた『東方見聞録』の、

「東海にあるジパングは黄金が想像できないくらい豊かにあり、宮殿の屋根は全て金でふかれ、宮殿内の道路や床は4センチもの厚さの純金の板が敷かれている。その上バラ色の真珠も大量に産する」

との記事を読んだコロンブスは、

「よーし、黄金の国ジパングへ行くぞ」

と決意し、大金持ちの人々に順次協力を求めましたが誰一人賛成せず、結局スペインの女王イサベルの賛同を得て決行出来ることになり、船頭を募集しましたが応募者がなく、再び女王

に頼んで囚人を出してもらって航海に出ました。が、一年たってもジパングは発見できず、船内にコロンブスを殺せば国に帰れるとの暴動が起こりそうな気配が漂いはじめた時、やっと陸地が発見されました。この時、インドに着いたと思ったコロンブスはそこにいた人々をインディアンと呼びました。アメリカ大陸の発見です。

コロンブスが船を出したのは一四九二年、日本では室町時代、銀閣寺を建てた足利義政の二代後、足利義詮の時代でした。

奈良時代には多分世界一の産出量であったと思われる日本の黄金が、後にアメリカ大陸を発見させ、世界を動かし、世界の大航海時代を呼んだのです。

日本の黄金発掘最古の記録

日本の黄金の発掘の最古の記録があるのは黄金迫《はざま》、すなわちカムイシモリ（神居ます領域）と呼ばれ、ケセンとも呼ばれている地域でした。ケセンは今の宮城県北部、岩手県の大半に秋田県の一部が入る広大な黄金算出地域のことで日高見国の中心地でした。

当時、日本の国内で黄金の採れていたのは東北だけでした。その日高見国の中の大きな金山は氷上山の玉山金山、矢作の雪沢金山、馬越金山、世田米の蛭子金山などで、金の採取は何と五三二年（二十七代安閑天皇）から一九五七年（昭和三十二年）まで千二百年余りも続けられていたのです。

ところで日本刀の源流と言われている蕨手刀は一八八本発見されているそうですがその半数がケセンで発見されています。蕨手刀は鉄製ですから錆びやすく残りにくいので、現存するのは一パーセントと言われています。この説を取って計算しますと、ケセンには一万本の蕨手刀が存在していたことになります。ここで注意したいのは蕨手刀の生産地と、黄金の産出地が重なっているという事実です。

このことからケセンは古くから鉱業の発達していた地域であることが分かります。

特に金は東北でしか取れていませんでしたから、その採掘法や細工などはケセン独自の文化であったことが分かります。

ちなみに佐渡の金山は江戸開幕の二年前に武田信玄の家臣大久保長安が掘ったものですし、甲州金は武田信玄の時代に城攻めに先立って金師に地下水の流れを変えさせて城中の飲み水が無くなってから城を攻める等、金師を金の採掘以外にも信玄は巧みに使っていたことが分かります。

このように日本の鉱業は古くは東北で起こったと考えられそうです。

その証のように世界四大文明の一つ、黄河文明である黄河のほとりから出土した漆器と、三内丸山遺跡から出土した漆器を比べますと三内丸山から出土した漆器の方が技術が高く、しかも黄河の辺の漆器より五百年前のものと科学的に証明されているそうです。最近は世界の教科書の多くから四大文明発祥地は消えているそうですが、日本の東北の持つ高度な文明についての今後の研究を世界が待っていると言っても過言ではないようです。

心眼の奥の詩魂　四季派の盲目の詩人
庄内の加藤千晴（一）

星　清彦

　私は縁あって一昨年より四季派の詩人やその周辺の人々を知ることとなりましたが、その中の一人として、また酒田市の詩人「加藤千晴」という人物が気がかりになりました。やや女性的な名前ですが、細面のハンサムな男性です。なぜこの名前を知ったかといいますと、山形県西川町の山奥にある集落、「岩根沢」での丸山薫の「仙境」出版記念会によります。丸山薫が終戦直前から戦後までの約三年間を、この奥深い山の小学校で代用教員をして過ごしたのは、あまりに有名な話ですが、その代用教員を辞めた後も、まだ岩根沢に留まり「仙境」という詩集を編みました。そしてその「岩根沢」で詩人のみならず、地元の人々も集まっての盛大な出版記念会が昭和二十三年四月十八日に開かれ、その時の集合写真の中に、

「目が不自由であるにも関わらず、片道五時間もかけて酒田から加藤千春も参加している」

　という丸山薫の一文を見つけたからに他なりません。酒田市の加藤千晴とは誰だろう。しかも盲目の詩人とは。誰かに代筆を頼んでの詩作であろうが、大変な苦労があっただろうに、と私の故郷でもある酒田市在住のこの詩人にふっと興味が沸いたのです。名前は知っていましたが丸山薫はこの時が初対面でした。

その生涯とは

　加藤千春は明治三十七年（一九〇四年）九月、加藤磯太、とみ江の三男として、酒田市利右衛門小路に生まれています。兄と弟がおり「秀才三兄弟」と言われるほど優秀な兄弟でした。同じ酒田市出身の私ですが、さすがに明治時代の町名は理解できず利右衛門小路とはどの辺なのだろうかと頭を傾げていましたが、在学した小学校が琢成《たくせい》尋常高等小学校と知り、私が子どもの頃にも琢成小学校は有りましたので、少し町場の方だろうというぐらいの予想はつきました。その後隣町の鶴岡中学校へ進み、更に青山学院英文科へとつながりそこを卒業しています。大正時代前期に隣町へ、そして青山学院ということは東京でしょうから、大正時代に酒田から東京へ出て学習することができたということは、財力も豊富な家だったという予測がつきます。

　大正十四年（一九二五年）青山学院を卒業と同時に当時京都に住んでいた兄の丈策のところに居候します。すぐには職にも就かずにブラブラしていましたが、兄弟の関係は良好でしたので、きつい小言を言われることもなくきっと居心地がよかったのでしょう。そして在学中より始めていた詩作だけは熱心に取り組んでいたのでした。

　その後、荘内中学校から京都市の第三高等学校に移った滝浦

文弥教授の世話により、昭和初期に第三高等学校事務局に職を得ました。事務局書記時代に「四季」「西日本」「詩風土」など に詩の発表の場を得、戦中ですが昭和十七年（一九四二年）五月に第一詩集「宣告」を京都の現代社より刊行しています。上製で九十九ページ。縦十八、七センチ横十三センチとやや小振りの詩集です。まだ紙にも少し余裕があったのでしょうか。印刷所は当時の勤務地、京都の印刷所から出されています。そしてこの頃から徐々に視力は奪われていったのではと察しています。

第一詩集「宣告」より

「宣告」は昭和十七年五月の刊行であることを前述しましたが、昭和十六年十二月の真珠湾への攻撃により中国一国との戦争から、米英をも相手とする、世界大戦へと戦線は膨張していきました。それによっていろいろな物が統制下におかれ、紙もまた貴重なものになりつつあったので、この「宣告」も幻の詩集になってもおかしくはなかったのです。実際加藤千春は戦時中でもあり「今回の詩集の上梓は諦めてもよい」と出版元と思われる津田という人物に電話で話しています。ところがこの津田氏は断固反対し、結果出版にこぎつけられたのでした。珊瑚海海戦が同じ昭和十七年の五月ですし、翌六月にはこの戦争の勝敗を決定づけたとまで言われるミッドウェイ海戦が行われました。この後より一気に当局からの締め付けも強くなった筈ですから、本当にぎりぎりの状況下での出版だった訳です。

「（略）文学を机上の遊戯としないものにとっては、今こそ自分の裡に掴み取った真実を、愛する大地へ、故郷へ投げつける時なのであろう。（略）人々は真実に目覚めて、身軽にならねばならない」

「僕にとって詩は最後の道であった。追い詰められて行き当たった血路であった。ここにのみ僕は許され、ここにのみ僕は救われるのだ。これは僕の運命であった」

「僕の一切の不幸も詩の中で歓喜を生んだ。何故ならば詩は真実であるからだ」

詩は真実であると言う。真実という言葉が幾度もかみそりの刃のように現れます。そして一切の不幸とは何でありましょう。当時としてはむしろ恵まれている環境のようでありながら、自分は孤独で不幸だと言う。失明の兆候がそう思わせたのでしょうか。これをどう感じたらよいのでしょう。そして何故第一詩集のタイトルが「宣告」という厳しいタイトルになったのか。確かに生まれながらにしての失明ではなく、成人してからの失明はいかに不安であったか、いかに孤独を感じたことであっただろうか。私の想像以上の苦しみであったのでしょう。

ここに第一詩集「宣告」より、幾つか転載します。

麦　畑

麦畑　麦畑
生きてわれ
ふたたびかかる日に逢いぬ
五月の空の青ければ
かぐわしき風のわたれば
麦畑　光に酔いてそよぐぞかし

麦畑　麦畑
ああ　とことわに
われ生きて
いっさいの苦患をはなれ
光の中に歌わばや
み空なる鳥のごとくに
ひたぶるに
ひたぶるに　歓びの歌うたわばや

皿

皿を洗え
今日は何をもりしや
あすはまた何をもるべき
皿を洗え　皿を洗え

祈り　二

私が字を書き本を読み
世間に心をゆるさぬゆえに
私の妻と私の娘は
私の偉大であることを信じながら
しづかにごはんをたべている

神様
私をゆるして下さい
そのしおらしいたましいたちに
何のよろこびももたらさない
やくざなものをゆるして下さい
小さな燈の下で
ごはんをたべる人たちに
お菜やお魚をたべる人たちに
もっとよい日をあたえて下さい

神さま
私に弓と矢をさづけて下さい

小さな燈のまわりには
大きな闇がひろがっていて
あの暗い山々や谷のあたりには
どんな恐ろしいものがいるか知れません

神さま
小さな燈の下にいる
かよわいものを救って下さい
いわれのない私の生ゆえに
私のそばでごはんをたべる人たちに
かわらぬ愛をそそいで下さい
私もかれらの幸をねがい
はげしく泣くでありましょう

石をたたく

石をたたいても
石をたたいても
どんなあとがのこるのだ
石をたたいても
石をたたいても
つかれてたおれてしまうだけだ
石はかたく
石はつめたく
つめたくむごいかたまりだ

かなしいさだめをなきながら
石をたたいているものよ
そのおそろしいかたまりを
そのいぶかしいなきがらを
むなしくたたいているものよ

石
石よ
幾千年のながい嵐に
おまえは何を夢みたか

詩のよろこび

あんな時でも
僕はよろこんだ
このたわけた犬め

詩のよろこびは
僕を八つ裂きにするだろう

死を夢みた野獣のように
僕は誰も知らないところに行こう

一読してこの詩集のほとんどを貫いているものは、漠然とした寂寥たる思い、というようにも受け取れました。それが孤独や不安、寂しさに通ずるのでしょうか。千春は幼少期より身体が弱かったそうですが、そんなこともあり社交的ではなかったと私は想像しています。三兄弟の仲はよく、失明してからは兄や娘に口述筆記をしてもらい、作品を仕上げていますがそれでも孤独だという心境に変化はなかったようです。けれどもそれだけで「一切の不幸」とまで言い切るでしょうか。まだ完全に失明した時期には至っていません。謎が深まるばかりです。

この「宣告」を貰った詩人たちの感想があります。

丸山　薫「貴誌宣告をいただきました。これは近頃めずらしく知恵の実の熟れた詩泉です。大変愛読できそうです。いずれ四季にも書いていただきましょう。」
三好達治「御家集宣告小生共までお見せ下され深謝仕り候。一巻を貫流する詩趣詩魂、頗る同感に絶えず候。（略）」
伊東静雄「（略）頭脳全く生気なく、到底責任ある感想を申し上げられそうにありません。只詩句の柔軟さははっきり印象いたしました。（略）もし大阪にでもおいでの折りにはお立ち寄り下さい」
大木　実「御高著宣告を御恵送くださいまして有難うぞんじました。昨日、丁度、丸山さんがお見えになり、お噂などをいたしました。ご精進を陰ながらお祈りもうしあげます」
田中冬二「（略）御作品中『冬の歌』『鶯』のようなもの、『麦畑』のようなものの中に、貴君の詩精神が生きていると思いました。（略）」
杉山平一「（略）お名前は何かで拝見して記憶いたしております。全編人生的な命題に向かって投げられてある熱情に持たれるものがございました。私は『祈り二』を涙ぐましい感銘を以て拝領いたしました。『毀れた玩具』や『皿』『荷車』も好きであります。自分の好みであります雨の詩などもよいと存じました。自分の好みであります」

他にもたくさんの詩人たちからの感想がありますが、どれも好印象な文であることをお知らせしておきます。加藤千春の当時の評価がよく解ります。「宣告」を刊行して正解でした。
次回は第二詩集「観音」について。この詩集は手元にありますが、終戦後半年にしてはしっかりとした装丁で七十五年も経っているとは思えないほどです。どれだけの人々の手にとられ私のところにあるのでしょう。感慨深いものがこちらにもあります。

八重洋一郎詩集『日毒』はなぜ脅威となったのか

鈴木 比佐雄

「コールサック」（石炭袋）の執筆者のひとりから八重洋一郎詩集『日毒』について、二〇一八年の日本現代詩人会の理事会の理事たちと現代詩人賞選考委員長の野沢啓氏との間で論争が起こっていることを知っているかとのメールがあり、その経緯は元理事長の秋亜綺羅氏のブログを読めば論争の内容が分かるので、見解を聞かせて欲しいとのことだった。

秋氏のブログは、野沢啓氏が二〇二二年夏号「季刊　未来」に執筆した批評文に対する秋亜綺羅氏（当時の理事長）と中本道代（当時の詩集賞担当理事）からの「公開質問」とそれへの野沢氏の回答文からなっている。その回答文には発端となった批評文が次のように紹介されている。

《ことの起こりはこうである。昨年（二〇二二年）夏号の『季刊 未来』にわたしは「八重洋一郎の詩に〈沖縄〉の現在を読む――言語隠喩論のフィールドワーク」という文章を発表し、八重洋一郎の詩がもっている重要性とその意味づけをおこなったうえで、二〇一八年の日本現代詩人会主宰の現代詩人賞の第一次選考委員会でわたしが推薦して受賞候補にくわえた八重洋一郎詩集『日毒』にたいして、当時の新藤涼子会長が、最終決定をするはずの第二次選考委員会が始まるまえに、そのときのH氏賞選考委員とわれわれの現代詩人賞選考委員が両方とも集まり、ほかに理事会の関係者も数人いるまえで、あろうことか、この『日毒』は受賞してはならない、と発言したことに言及した。こんな無法なやりかたはないだろうと思ったわたしはすぐにその理由を糺したのは言うまでもない。すると新藤会長はそれは「ある筋」からの意向だと言うので、さらにわたしがその「ある筋」とは誰のことかと追及したところ、名前こそ出さなかったものの「この詩集の賞金を出す基金を預かっている者だ」と返事したのである。（略）はからずもこの一件について誰が係わっているかを問われるがままに白状してしまったのである。そして言うまでもなくこの人物は桃谷容子基金ほかの公益信託基金の形式的な代表とされている郷原宏氏のことではない。その裏で実権を握っている者のことだ。／そう言えば、この人物は、数年前に沖縄で現代詩ゼミナールが開催されることになったとき、講師に八重洋一郎が呼ばれたことにたいし、理事会でその担当者をものすごい剣幕で怒鳴りつけたそうである。これは理事会の何人ものひとから聞いている。》

この「実権を握っている者」は前会長で桃谷容子氏の遺産管理を任された以倉紘平氏である。このことに対して、秋氏と中本氏は二人とも新藤会長の「『日毒』を受賞の対象にさせてはならない」という発言を聞いていないので、「野沢さんの言うことは勝手な想像」だと言っている。この場合はどちらかが嘘をついていることは明らかだが、野沢氏は自分が新藤氏に二度も問い質したこともあり、また「わたしにはウソを言う理由がない」と語る。さらに次のように事実を指摘する。

《新藤涼子会長が歴程の会でつねづね日本現代詩人会の会長は歴程から出さなければならないと言っていたことはたしかに伝聞ではあるが、歴程の複数のひとから聞いていることであり、会長＋理事長人事の現実もここ数年は歴程メンバーで構成されている事実がある以上、秋が知らないふりをするのはどうみてもおかしい。／このことは現に詩集賞に端的に現われている。数ある詩人賞のなかでも比較的歴史が短いか財政基盤の弱そうなところは選考委員がほとんど歴程メンバーで占められているというレッキとした事実はどう説明するのか。

・丸山薫賞（豊橋市）の選考委員――以倉紘平、新藤涼子、高橋順子、八木幹夫、高階杞一（前の四人は歴程同人、ただし八木はその後に歴程を退会している）／・山之口貘賞（沖縄県）の選考委員――以倉紘平（委員長）、高橋順子、市原千佳子（すべて歴程同人）／三好達治賞（大阪市）の選考委員――以倉紘平（二〇一六年から委員長）、高橋順子、池井昌樹、岩阪恵子（前の三人は歴程同人、ただし池井はその後に歴程を退会している。この賞は二〇一九年で終了したので、名前はその時点のもの）／・このほかに伊東静雄賞（諫早市）や小野十三郎賞（大阪文学学校）にも資金を提供している。》

一九三五年に草野心平・中原中也などが創刊し宮沢賢治も参加した同人誌「歴程」は、実は私も会員だった市川縄文塾を主宰していた宗左近氏が長年発行所になっていた。しかし宗氏が亡くなった後に、新藤氏などが発行所になり大きな変質を遂げていたことが理解できた。野沢氏は日本を代表する詩人団体がていたことが理解できた。野沢氏は日本を代表する詩人団体が選考委員たちに委託した最終選考に、特定の詩集を外すように圧力をかけたり、その他の詩集賞の選考委員が「歴程」の同人に偏っていることに不信感を抱き、新藤氏と以倉氏などの「歴程」幹部たちが意図的に行っていた政治的家的な体質に深い憂慮を抱いていたのだろう。私は野沢氏から二〇二一年に寄贈された『言語隠喩論』を拝読し、とても誠実な文体と内容を兼ね備えた思索に富み画期的な言語思想論だと高く評価していた。一例をあげれば吉本隆明の言語発生論について、それ以前にルソー、ヴィーコ、カント、ハイデッガー、ヤコブソン、リクールなどの哲学者・思想家たちが類似した発想で考察していたことを丁寧に論証し展開している。吉本隆明は使用する概念について出典を明らかにしない傾向があった。しかし野沢氏の論考はすべての概念を明らかにしながら論を組み立てていて、とても信頼でき翻訳をしても世界に通用する論考であり、私もカントやハイデッガーなどの箇所は特に共感を抱き刺激も受けていた。

実は二〇一八年六月頃にあった詩祭の現代詩人賞、H氏賞の授賞式の後の懇親会に出席し、私も前理事会の理事であり、八重氏が受賞できなかったことは残念だったが、受賞した清水茂氏の詩論集『詩と呼ばれる希望』もコールサック社から刊行したこともあり、私の卒論の教官であった矢内原伊作氏と清水氏は親友の関係だったこともあり親しくさせてもらっていた。その詩祭の懇親会で野沢氏を見かけたので、話しかけて野沢氏が『日毒』を推してくれたお礼を伝えに行った。その際に先に『日毒』についての評価の問題となり、引用した内容とほぼ同じことを野沢氏は私に話して下さり、『日毒』への不当な扱いに言いようのない怒りが私に伝わって来た。秋氏たちが「野沢さんの言うことは勝手な想像」として、野沢氏を貶めることはあってはならないことだったと私は考える。

ところで、以倉紘平氏と私との関係も少しお話しておきたい。

以倉氏とは私が二〇一五年まで二期四年ほど日本現代詩人会の理事を務めた時の後半の二年間が同時期の理事仲間だった。当時の私は国際交流担当理事で韓国から詩人たちを招待し日韓の詩歌の交流を促進したり、HPを根本的に変える担当理事だった。その期間には西日本ゼミナール担当の北川朱美氏たちから沖縄大会の案が出て私も賛同したのだった。二〇一六年二月に開催された沖縄大会について、野沢氏は「この人物は、数年前に沖縄で現代詩ゼミナールが開催されることになったとき、講師に八重洋一郎が呼ばれたことにたいし、理事会でその担当者をものすごい剣幕で怒鳴りつけたそうである」とあえて伝聞を伝えているが、このような体験を私もしている。その一例として二〇一六年二月の沖縄ゼミナールが開催されて、次のような出来事があった。八重洋一郎氏は講演で詩「日毒」を朗読しその詩を含めて沖縄・石垣島で詩を書くことの意味を語った。また評論家・俳人の平敷武蕉氏は沖縄文学全般の特徴を語ってくれた。高名な詩人・評論家の高良勉氏や池間島の詩人・小説家の伊良波盛男氏など沖縄の優れた詩人・評論家たちが力を合わせて作り上げたゼミナールだった。日本現代詩人会は各県の詩人団体に対して財政支援をするが、基本的には口を出さないことが通例だ。その代わり地元の詩人たちが実行委員となって、当日までの実務的な仕事をして頂く。その意味で北川氏や沖縄の実行委員たちは良き仕事をされた。最後の質疑応答でも活発な質問が出て、中には「日毒」について八重氏に質問が出て私も議論に加わった。会が終わった時に、出口で偶然以倉氏と出会い、今日の感想を聞いたところ、「鈴木さん、『日毒』は中国を利することになりますよ」と私に冷水を浴びせた。私は即座に「以倉会長、日本現代詩人会には千名以上の会員がいますよ。沖縄の会員たちやその周りの思いを受けて止めて下さい。そして全会員を代表する本当の会長になって下さい」という意味のことを私は伝えた。以倉氏は背を向けて去って行った。それ以前にも以倉氏は私と会った際に「鈴木さん、コールサック社はニュートラルに、ど真中にいて下さいね」と何度も言われていた。私は苦笑していたが「ニュートラル」ではない出版社が刊行した『日毒』が中国を利して国益に反すると考えた以倉氏は、手段を選ばないで排斥するという確信犯になっていたかも知れない。そう考えなければ元会長が現会長を通して正規の手続きを踏んでいる候補作品を最終選考会の前に、選考するなと言う前代未聞の事件を引き起こすわけはない。この以倉氏との会話の後に懇親会があり、さらに八重洋一郎氏と二次会で直接様々な話ができて、詩「日毒」を柱にした詩集をまとめることを勧めたのだった。それから一年後の二〇一七年初めに詩集『日毒』の原稿が八重氏からコールサック社に届き、数か月後には刊行された。それから一年後の二〇一八年三月に野沢氏たちを巻き込む以倉氏の越権行為が実行されたのだった。しかし以倉氏はきっと自らの行為を越権行為であり間違いだと考えない確信犯なのだろう。

なぜなら今から十四、五年前の二〇〇九年か二〇一〇年頃に、嵯峨信之氏と最も親しかった池下和彦氏や栗原澪子氏ら二〇名近くの人びとが集まった「東京詩学の会」の元会員たちが、神保町の山の上ホテルに集まり『嵯峨信之全詩集』を刊行しようとの話になり、池下氏や栗原氏たちが推薦しその場で賛同を得られてコールサック社が版元になり刊行することになった。池下氏はその件は以倉氏にも報告しておくとのことだった。しかしその後に池下氏から以倉氏がコールサック社ではなく、思潮社に任せたいと言っているので、直接電話してくれとのことだった。電話をすると「嵯峨さんの全詩集はブランド名がある思潮社が相応しい」との一点張りだった。私は「嵯峨さんは、思潮社よりも吉野弘など戦後詩の多くの詩人たちを育てた詩学社の方が老舗であり、思潮社文庫にも最後まで入ること良しとしなかった。しかし思潮社社長自らがやってきて頭を下げたので仕方なく入ったことも、以倉さんは聞いているでしょう。嵯峨さんは思潮社のブランド名など考えたことはありませんよ」と私は反論して平行線になった。けれども以倉氏は元会員たちを説得して「東京詩学の会」のその時の総意をひっくり返した。このように以倉氏には民主主義的なルールや合意があっても、それをひっくり返し自らが支配するような行為を貫いていく成功体験がたくさんあるのだろう。文学の言語表現で自らの想像力を貫くことは良きことだが、特権的な信条を優先させて、沖縄の民衆の思いを代弁する『日毒』を排斥しようとした以倉氏は、今後文学に関する公的な役職に就く資格はないと私は考える。どうかこれ以上晩節を汚すことをやめて欲しいと願うばかりだ。以倉氏にとって「八重洋一郎詩集『日毒』はなぜ脅威となったのか」という問いは以倉氏の深層を想像するだけだが、そのために引き起こした行為は、日本現代詩人会の存在自体を揺るがし、関係した理事たちや所属する会員も深く傷つけることになった。

最後に私が嵯峨さんを偲んで記した詩「葉《は》・菜《な》・見《み》——嵯峨信之さんへ」（詩集『東アジアの疼き』）を引用したい。一連目のIさんは以倉氏のことで西行への思いを抱いて見上げていて今も心に刻まれている。一九九二年四月に嵯峨氏、以倉氏、桃谷容子氏、福田万里子氏たちと吉野の山桜を見に行ったことを記したものだ。

《「葉《は》・菜《な》・見《み》——嵯峨信之さんへ」

山櫻が好きな詩人Sさんがいた／そのSさんと仲間たちと山櫻を見に／吉野に行ったものだ／吉野は千本の山櫻で霊気に満ちていた／西行の住居跡を前に／一本の山櫻を見上げるIさんを／かたわらで眺めていた／／ぼくは櫻の樹のしたに咲く／関東とは違うタンポポやスミレが気になって／根元にチラチラと視線をおくっていた／結局山櫻を見に行ったのに／しゃがみ込んでタンポポやスミレをみていたら／これは白花タンポポですよと／女性詩人福田万里子さんが教えてくれた／／白花タンポポと山櫻を／同時に愛でることができて／山櫻と野草の詩人たちに感謝をした／山の土産物店には大きな柿の木があった／その店で一輪挿しのような徳利を買った／今もSさんの徳利といって愛用している／まだ木の芽の柿の枝から降り注ぐ／春の光を眺めながら店の食堂で／Sさんたちと柿の葉鮨を食べ／柿の葉茶も飲んだ気がする／／Sさんが亡くなった後に夢を見た／柿の葉に包まれている人がいる／その葉をはがしていくと／その人が生まれ変わるという／はがし始めると／確かに若返った人がいるようだ／はがした葉には詩が書かれていて／ひたすら読み続けながら／もっとはがそうとしていたときに／Sさんの涼やかな声が中から／聞こえた気がして／夢から覚めた／／＊嵯峨信之　一九〇二～一九九七年　『嵯峨信之全詩集』》

耳澄ます蛇笏・龍太の冬の声

鈴木　比佐雄

一月二九日に笛吹市小黒坂の山廬俳諧堂での吟行会に参加した。

飯田蛇笏・龍太の生家を見学し、裏の狐川の水辺や後山を散策し、久しぶりに俳句を詠んだ。

参加者は横澤放川、橋本榮治、董振華、小鳥遊彬、峯岸一茂の各氏で、私以外は本格的な俳人たちだった。

一人五句ずつ提出して、名前を伏された七句を選び、横澤放川氏が司会をして自分の選んだ句の評価を語る会だった。

今回の吟行会は在日中国人の俳人董振華氏が企画された。

董氏とは昨年五月下旬に、俳人の黒田杏子氏の提案で私と鈴木光影と董氏の三人でレンタカーを借りこの地を初めて訪ねた。

山梨県笛吹市境川町小黒坂の飯田蛇笏・龍太の生家、隣接する山廬俳諧堂、周辺の山河を散策し、龍太の長男飯田秀實氏に会い、『山廬の四季』という書籍の企画・提案をして具体的に刊行の目途を付けて欲しいとのことだった。

董氏は当時、黒田氏が監修をする『語りたい兜太　伝えたい兜太――一三人の証言』の本格的な聞き手・編集作業をすることもあり、「山廬」を体験しておいた方が日本の俳人たちを理解する上で董氏にとってきっと良き影響があるとの黒田氏の助言だった。

黒田さんから「山廬」は「俳句の聖地」だとお聞きしていた。以前より一度は行きたかった憧れの場所であった。

そのひと月前に秀實氏の随筆や膨大な写真を送って頂いていた。

それらの随筆や『蛇笏全句集』や『龍太全句集』を拝読し、秀實氏の写真を何度も見ていると私の企画・編集案は、不思議なことだが自ずと造本計画のイメージも立ち上がってきた。

当日は、一一時に到着し、散策し昼食をはさみ、打ち合わせは午後六時半まで続いた。その入念な打ち合わせによって、飯田秀實随筆・写真集『山廬の四季　蛇笏・龍太・秀實の飯田家三代の暮らしと俳句』は、スタートし、一〇月三日の蛇笏忌の奥付で九月上旬には刊行することが出来た。

黒田杏子氏の跋文「山廬と私」では、龍太の誘いで「山廬」を訪れた時に掛けられた言葉を紹介し、なぜ秀實氏にこの本を勧め、「山廬」という「俳句の聖地」を広めていきたいかの思いが率直に語られている。その箇所を引用したい。

《先生は「女流俳人などという名称はどうでもよい。会社の仕事と句作の両立は生やさしい事ではないでしょうが、このちも俳句に打ち込まれ、本格俳人をめざして下さい」と。／そしてなんと迎えの車が来るまで、ご夫妻は庭に立たれ、おふたりで私をお見送り下さったのです。（略）私が「山廬」の為に出来る事、龍太先生ご夫妻のご恩に報いるために出来る事は何か。ずっと考え続けてきました。考え抜いた末、写真撮影の腕前が抜群な上に、龍太先生ゆずりの文章家である秀實さんに『山廬十二カ月』の刊行を提案。しかし具体化の見通しは全く立ちません。／『証言・昭和の俳句』と『木の椅子』の増補新装版を出していただいたコールサック社の鈴木比佐雄さんに相談したところ、この企画はにわかに具体化に向って動き出しました。／私は私の生きているうちに何とかこの本が世に出る。それが悲願でした。（略）この美しいブックレットが日本および地球上のＨＡＩＫＵ愛好家の皆さまにひろく受け入れられる事を私は希い、信じております。》

黒田氏の龍太に対しする深い敬意がこの随筆・写真集『山廬の四季』を誕生させ、今後も多くの人びとに「山廬」を広めていく原動力になるだろう。

また長谷川櫂氏には『山廬の四季』の序文となる随筆を再録させて頂いた。

その中で自分の句集『古志』に寄せてくれた龍太の帯文の「私は氏の行方から、目を離さないつもりである」という言葉を引用し、「龍太に厳しく見守られている」と語っている。

また龍太の句〈一月の川一月の谷の中〉を「戦後最高峰の句」と明言する。

私もこの句を生んだ狐川の谷の中に佇み、その見識に頷くのだ。

ところで冒頭で触れた山廬俳諧堂での句会で私が選んだ七句と作者名を下記に記したい。

さざ波のごとき残雪龍太の忌　榮治
湯けむりのやうな畑煙春隣　放川
一月の夫婦の守る山廬かな　振華
昼月のかかりて後山芽吹きをり　一茂
残雪の雁坂越ゆれば兜太の地　一茂
ひとつづつ光るもの持ち辛夷の芽　一茂
一月や谷あい龍太かわ龍太　彬

私は詩や評論が中心だが、かつて旅をした秋田、沖縄、ベトナムなどでなぜか俳句を読みたくなった時があったこともある。そのような僅かな経験しか持ち合わせがないが、次のような句を詠んだ。

選んでくれた俳人たちの名も感謝を込めて下に記させて頂く。

幻の龍太の背を追えば冬の水　（選）榮治・彬
雪いだく白根三山みな澄める　（選）彬
狐亭冬のせせらぎ静かなり　（選）放川
耳澄ます蛇笏龍太の冬の声　（選）振華・一茂

台湾問題・尖閣諸島などで日中関係が不穏な情況であっても、二人の在日中国人である董振華氏と小鳥遊彬氏とは、俳句を詠み批評をし合い、昼食には彼らの手作りの餃子を味わい、良き一日を過ごした。

董氏とは今年初めにも『兜太を語る――海程一五人と共に』の刊行にも版元として支援をさせて頂いた。

日中の文学者たちが力を合わせれば良き仕事が遺せる事例になるだろう。

俳句の座の文学には、違いを尊重し他者の幸福を願い多様性を育む願いが込められている気がする。


現在、台湾に近い先島諸島・沖縄諸島に危機意識をあおり、ミサイル基地だけが解決策であるかのような言説は避けるべきだろう。

漢字、仏教、稲作などかつて中国から学んだものは多い。その文化を共有し日本は独自に発展させてきた。

日中は、急速に人口が減っていく時代を迎えた。戦争を始めたらどちらかが破滅するまで引き返すことは難しい。

何とか互いの知恵を出し合って共存する新しい関係を創っていくべきだろう。

最後に『山廬の四季』の中で特に心に刻まれている龍太・蛇笏の各五句を引用したい。

いきいきと三月生る雲の奥　龍太
冴えかえる山ふかき廬の闞かな　蛇笏
春の鳶寄りわかれては高みつつ　龍太
たましいのたとえば秋のほたる哉　蛇笏
どの子にも涼しく風の吹く日かな　龍太
茶の木咲きみそらはじめてみるごとし　蛇笏
露草も露のちからの花ひらく　龍太
芋の露連山影を正しうす　蛇笏
一月の川一月の谷の中　龍太
門前の雲をふむべく年新た　蛇笏

また黒田氏が『山廬の四季』の刊行された記念に、筆文字で色紙に書いて贈って下さった次の句も紹介したい。

蛇笏龍太語り伝えてけふの月　杏子

柳宗悦が直観した民藝品「モノ」という美的存在
岡本勝人『仏教者 柳宗悦　浄土信仰と美』に寄せて

鈴木比佐雄

詩人・評論家の岡本勝人氏は、宗教哲学者で民芸運動の創始者である柳宗悦が、いかにして仏教精神と民藝の美との共通性を見出し実践したかを詳細に解明していく貴重な労作を刊行した。柳宗悦は一昔前の宗教と芸術に関心のある全国の人びとに大きな影響を与えていたことを私も身近に知っている。例えば秋田の義父の書棚には柳宗悦著作集が最も良き場所に置かれて、所々に付箋も挟まれて愛読されていた。その影響は家の中に置かれている民芸品や使用している食器・調度品などの美意識を見れば明らかだった。地方の宗教・思想・哲学・芸術に関心を持つ知識人たちにとって柳宗悦全集は、単なる書斎に飾っておく書物ではなく、限りある命の営みの中に絶えず美意識を語り掛ける実践的な宗教哲学と美学のバイブル的な存在であったと思われる。

ところで私の暮らす柏市と我孫子市の間には、かつては利根川の一部であった周囲約二〇キロの細長い手賀沼がある。我孫子駅南口で下車して歩いていくと旧水戸街道が走っている。その信号を渡たり公園坂通りを降りて行くと手賀沼公園に行くことが出来る。その坂を降りていく途中を左に入っていくと、入り組んだ坂がある静かな住宅地の中に柳宗悦旧居三樹荘跡が見えてくる。木々に取り囲まれ、手賀沼を臨むことが出来る大きな住まいである。柳宗悦は声楽家の兼子と結婚し二十五歳頃の一九一四年から一九二一年までここに七年間ほど暮らした。民芸運動の根本的な思想・哲学を思索し、妻の歌声や小鳥の鳴き声が百年前にこの場所で響き渡っていたのだろう。彼を慕う多くの文人や芸術家たちが訪れて語り合い、手賀沼の畔にも足を運び、宗教哲学や民芸の美が語られたのだろう。

本書は、序章「木喰仏との運命的な出会い」、第一章「民藝と野生の思考」、第二章「妙好き人という存在へ――木喰仏、色紙和讃」、第三章「南無阿弥陀仏――柳宗悦の視線」、第四章「『仏教美学』四部作について」、終章「最後の美意識」、「おわりに」に分けられている。この章題を追うだけでも、岡本氏がどういう観点で柳宗悦を探究していったのかが想像できるだろう。岡本氏の「おわりに」の冒頭に柳宗悦の生涯を簡潔に紹介した文章が記されている。これは読めば民藝運動を構想し実現させた稀代の人物を生み出した土壌と足跡が理解できると思われるので引用したい。

《柳宗悦（一八八九―一九六一）は、宗教哲学者で、民藝運動の創設者である。東京麻布で、海軍少将の柳楢悦《ならよし》と嘉納治五郎の姉・勝子との間に、三男として生まれた。／その生涯と業績は、三期に分けて概括することができる。／前期は、学習院時代から関東大震災までの活動である。宗悦は、学習院高等科から東京帝国大学文学部に学び、直観によって「美と信仰」を融合する神秘主義詩人ブレイクや、ホイットマンの宗教哲学を専攻した。学習院では、英語を鈴木大拙、ドイツ語を西田幾多郎、その他神田乃武《のぶ》、小柳司気太《しきた》等の諸教授に学び、郡虎彦《こおりとらひこ》らと『桃園』を発行する。さらに、志賀直哉、武者小路実篤、里見弴らと『白樺』の発行にかかわる。結婚後の我孫子では、バーナードリーチとの親交や、浅川伯教《のりたか》や巧《たくみ》の影響によって朝鮮李朝陶磁器への関心が起こり、「朝鮮人を想ふ」など朝鮮への親愛と光化門の移転に関する文章を書くなど、「朝鮮民族美術館設立」に奔走する。／中期は、震災後の京都移転から太平洋戦争終結までの活動である。河井寛次郎との朝市での交友から、庶民の日常雑器である「下手物《げてもの》」を発見する。また、「木喰《もくじき》仏《ぶつ》」の地蔵菩薩や不動明王などの発見と、日本全国を遊行した「木喰五行上人」の短期間の研究があり、それにともなう旅を試みる。河井寛次郎や浜田庄司とともに、無名の職人、民衆の実用品、地方性を志向する「民藝」の新語をつくり、「時充ちて、志を同じくする者集り、茲《ここ》に「日本民藝美術館」の設立を計る。自然から産みなされた健康な素朴な活々《いきいき》とした美を求めるなら、民藝 Folk Art の世界に「来ねばならぬ」と、「日本民藝美術館設立趣意書」を発表した。私財と大原孫三郎他の資金によって日本民藝館が設立され、初代館長に就任する。百二十号つづいた月刊『工藝』や、寿岳文章との『ブレイクとホヰ(イ)ツトマン』の創刊をはたしながら、全国への旅によって各地の伝統的な手仕事を発見し、四度の沖縄訪問では、古着市で琉球王国の美の蒐集をするほか地方としての沖縄の方言問題の論争にかかわる。／後期は、戦後から晩年に至る活動である。戦前より茶人と民藝の関係から「茶と美」の探求もくわわるが、終戦まじかの疲労等により病をえると、他力念仏門への関心がたかまる。北陸の城端別院で、蓮如上人の筆跡による開版の版木の「高僧和讃」など、染紙の「色紙和讃」を発見し、五箇山に妙好人の遺跡を訪ねた。「美の法門」を書き、『南無阿弥陀仏』を上梓する。さらに病のなかで、「無有好醜の願」や「美の浄土」などを発表し、文化功労章を受章した。》

柳宗悦の経歴は誰が見てもエリート中のエリートだと思われる。ところが日本帝国が植民地化した朝鮮の李朝陶磁器に光を当て、また琉球王国の美の蒐集、庶民の日常雑器、無名の職人、民衆の実用品、地方性を志向していく。岡本氏はその足跡を自らも実際に辿り、柳宗悦が木喰仏に仏教の慈悲を宿した美を直観するように、多くの民藝に感受するように柳宗悦の目指した精神性を記していくのだ。岡本氏は第四章の9『最後の仏教美論「法と美」』中で柳宗悦の到達した表現世界を次のように記して、その功績を讃えている。《柳宗悦が、その晩年に語るものは、禅と浄土教を通過した思索の世界である。その究極の精神世界は、確かに柳の宗教遍歴の内実を体現しつつ、現象の「モノ」にちかづいている。柳宗悦がたどりつく文章世界は、わかりやすく語ることであり、語録や法語にちかいものだ。そこに、仏教の深甚な言葉の世界と民藝品の「モノ」の世界が融合し、禅と浄土教の世界とが融合し、禅と浄土教の思想が綾なす織物となって、民藝品を包み込んでいる。》

このように岡本氏は柳宗悦が直観した民藝品「モノ」という美的存在こそが、多様性に満ちた民衆の願いや救いであり、それは禅と浄土教の目指す本願とも融合すると語っているのだろう。

加賀乙彦氏の「永遠の友」に近づきたい

鈴木　比佐雄

小説家・精神科医の加賀乙彦《おとひこ》氏が1月12日に逝去された。一七日深夜には加賀氏が会長をしている「脱原発社会をめざす文学者の会」の事務局からメールで訃報が届いていた。

またNHKでも死亡ニュースが流れたと友人から聞かされ、今日の朝日新聞「天声人語」、東京新聞「筆洗」や社会面でも、加賀氏の業績を讃えるだけでなく、加賀氏の言葉を引用して人間存在の在り方や死刑制度やハンセン病患者の人権などの問題に積極的に提言し活動もされてきたことを伝えている。

これらの記事を読んで加賀氏が本当に亡くなってしまったことを知らされて今は感謝の思いを直接伝えられない残念な思いをかみしめている。

加賀氏とは、日本ペンクラブの平和委員会活動の件で当時の委員長・理事で弁護士でもある梓澤和幸氏と一緒にご自宅にお願い事でお伺いしたことからご縁が出来た。

私も副委員長・理事をしていて様々な研究会活動を企画・運営していた。

その後はなぜか親しくさせて頂き、私が提案した下記の2冊の本もその企画を話すと面白がってご承諾下さり企画出版することが出来た。

二〇一九年には加賀氏の死刑廃止の評論を一冊にまとめた、『死刑囚の有限と無期囚の無限　精神科医・作家の死刑廃止論』。

二〇二一年には名作『宣告』と『湿原』の登場人物を語る名文を集めた、散文詩『虚無から魂の洞察へ　長編小説『宣告』『湿原』抄』。

二〇二〇年二月下旬には、紀伊国屋新宿本店で五〇名限定の出版記念の対談を梓澤氏と行うはずだったが、新型コロナが蔓延し始めて、加賀氏と相談し開催を最終的に延期することにした。

その後も目途が立たず実現できなかったことは今でも悔やまれる出来事だった。そのイベントのことで打ち合わせに行った際のことを私は詩に残している。

その詩「朝の祈り」を下記に再録したい。

「朝の祈り　――加賀乙彦氏の言葉に敬意を込めて」

敬愛する小説家Kさんの自宅で
死刑廃止論をテーマにした新刊記念会について
打ち合わせが一段落したあとに
聞き手となるAさんの持参した桜枝の蕾を愛でながら
新刊の書評を書いた歌人のFさんが持参したワインをあけて
私が持参したチーズなどをつまみに
復讐と許しをテーマに語りあっていた

K先生はどうして死刑囚Sと親しくなったのですか
死刑囚のSは死刑囚らしくなかった

数多く診察した中でも彼は例外的な存在だった
もうれつに聖書を読んで神に祈っていた
他の死刑囚と違っていたのは信仰があったからだろう
だから彼の文章も内省的で素晴らしく
医学雑誌の編集をしていたので原稿依頼をした
それからだんだん親しくなった

Kさんはお気に入りのショパンのバラードをかけてくれた
その曲を聴いて私たちが口々に讃えていると
Kさんが静かに語りだした

人を殺す時に死刑になると思って人を殺す者はいない
たとえ殺人者であっても罪を悔いる気持ちが大事だ
日本には仇討の歴史があった
遺族の方は本当に辛いだろうが
いつまでも責めるのは意味がない
許すということも大切だろう
死刑囚の多くは拘禁ノイローゼを病んでしまう
彼らの心の病を治して、なぜ殺人を犯したかを
神のもとで悔い改めて人類のために
生かして語らせるべきだろう
人を殺してはいけないというのが自分の信念だ

Fさんが部屋の亡き妻の写真のことを尋ねると
天を仰ぎながらその胸の内を語られた

クリスチャンの私は毎日、朝のお祈りをする
妻に向かって、どうして早く亡くなったのか
時に泣きながら……

人間は弱いものですよ

加賀さんの人間存在を洞察したよどみない言葉を今も想起することが出来る。このような真実の言葉を発する加賀氏がいない世界は本当に寂しくなった気がする。

最後にお会いしたのは二〇二一年の暮れに、『虚無から魂の洞察へ　長編小説『宣告』『湿原』抄』の見本を届けて、寄贈先のことなどを打ち合わせした。

要件が終わり、いつものように持参したワインを開けて話をお聞きしていると、この『宣告』と『湿原』に登場する人物たちのエッセンスを本にしてくれて感謝している、君は「永遠の友」だと仰って下さった。

きっと加賀氏の代表作である大河小説『永遠の都』になぞられて言われたのであり、本当にあり得ないもったいない言葉に私は恐縮していた。

たぶん加賀氏は自分の長編小説を愛読してくれる読者を「永遠の友」だと語ったのだろう。

その時には加賀氏の体力はかなり落ちていて、休まれたい様子だったので早めに引き上げた。

翌年には、ご家族の声の留守電になり、施設に入られたよう

だった。

それから一年が経った。今後も私は「永遠の友」になるべく、加賀氏の長編小説を折に触れて読み続け学ばせて頂くだろう。


それからコールサック社が刊行した加賀乙彦氏の評論集『死刑囚の有限と無期囚の無限　精神科医・作家の死刑廃止論』と散文詩集『虚無から魂の洞察へ――長編小説「宣告」「湿原」抄』について世に広めて下さった俳人の黒田杏子氏について触れておきたい。じつはこの二冊の本の企画・編集で頻繁に本郷にある加賀氏のマンションにお伺いしていた。その近くに黒田氏のマンションもあり、私が黒田氏と『証言・昭和の俳句』の編集の件などで立ち寄った際に、黒田氏に加賀氏の新刊のことを話したことがあった。すると加賀氏が会長である『脱原発社会を目指す文学者の会』で『死刑囚の有限と無期囚の無限』について加賀氏と黒田氏は対談をする計画があるが、新型コロナで目途が立たないらしいと語られた。黒田氏もその会の会員であり、その対談が出来る日を心待ちにしていたが、その日が来ないことを本当に残念そうに語られた。黒田氏の父は医師であり、死刑囚の監獄医でありながら小説家になった加賀氏の業績をとても高く評価していた。黒田氏は「詩歌の表現者たちは、加賀氏のような思想・哲学が宿っていて魅力的な人物が描かれている長編小説や評論集を読んで学んで欲しい」と語られた。そして黒田氏の長年の親しい文学者・編集者・マスコミの記者たちの数十人にその二冊の書籍が出るたびに自腹を切って寄贈してくれたのだった。もちろん加賀氏にもそのことは伝えていて、その際に黒田氏に感謝の思いを語られた。紀伊国屋書店での対談や黒田氏との対談を実現できなかったことは、加賀氏自身もきっと心残りだったと思われる。

ご冥福を心よりお祈り致します。

加賀乙彦さんを悼む
人間の弱さを見つめ続けた世界的作家

福田　淑子

「人間は弱い生きものです。私も例外ではありません。だから、私も追い詰められたら、人を殺すかもしれません。」

加賀乙彦さんのお宅にお邪魔して、差し入れとしてお持ちした好物の赤ワインを美味しそうに飲み干して加賀さんはそう答えた。私が、「先生はなぜ死刑廃止を訴えられるのですか。」とお尋ねした時のことである。それから、ホオッと息をついて、ゆっくりとした口調で語り始めた。

「年齢を重ねたら、少しは人間が穏やかになるかと思いましたが、そんなことはない。この年になっても、心の中から消えない沢山の恨み、怒り、悔恨が渦巻いています。今でも、人を殺さないとは言い切れません。（しばらく沈黙）キリスト教の洗礼を受けたのはそれもあります。」そう言って、うっすらと涙を浮かべているようだった。

コールサック社が『死刑囚の有限と無期囚の無限』という著書を刊行した二〇二〇年に紀伊國屋書店新宿本店にて加賀さんの記念講演を催すということになり、打ち合わせのために社長の鈴木比佐雄さんのお供をして飯田橋の加賀さんのお宅を訪れた。コロナ禍のせいでついに講演は実現しなかったが、それをきっかけに他の出版社の編集長や作家の方々の随伴者として、加賀さんのお宅をしばしば訪れることになった。食料や好物の赤ワインの差し入れがてら加賀さんが亡くなる前年までの二年間で、十数回訪問した記録がある。そこで、いろいろなお話を伺い、そのおかげで、加賀さんの晩年の様々な本音を聴くという僥倖に恵まれた。

前述の話は、その中でも、身体を貫くほどの衝撃を受け、忘れることのできない貴重な話の一つである。

加賀さんは、一九五七年、二十八歳の時にパリの精神医学センターに留学している。精神病理学や犯罪心理学を学んでいざ帰国するというときに、北フランスのフランドル地方にある精神病院の医師として働く機会を得た。この時代に書いたのが長編小説『フランドルの冬』である。これは出版の翌年の一九六八年に芸術選奨文部大臣新人賞を受賞している。フランドルの精神病院の医師たちを取り巻く赤裸々な人間の痛み苦しみ絶望が描かれている。主人公の日本人医師は敗戦国の植民地の民として手痛い目にも合う。しかし、生きる苦難に、フランス人も日本人もない。そこには傷つき苦悩する様々な若者の青春とその死が描かれている。

加賀さんによればこれは実話ではない、実在の人物でもない、実際の世の中には実在しないが、人間そのものを描いたとのこと。加賀さんには帰国してからの東京大学医学部の中での人間関係の苦悩や痛みの体験があるようだった。そこでの体験も交えて人間の本性を表現したと語っていた。人間の苦悩に寄り添う作風はすでにその留学体験からも得ていたと思われる。

帰国後、精神科医として殺人を犯した無期囚や死刑囚と向き合い、死刑というものについて多くを書きつづってきた。そのきっかけとなったのは、著者がまだ駆けだしの医務官として東京拘置所に赴任した時に出会った死刑囚の正田昭との交流である。彼をモデルとして死刑囚の心理を描いた小説『宣告』によって、加賀さんは本格的な作家として歩み始めた。この小説が発表された一九七九年ごろは、日本ではまだ「死刑廃止論」が議論される気配は薄かった。他人によって意味もなく殺される被害者の無念と大切な人を失った遺族の心情を思えば「殺人は万死に値する、殺人者は死んで償え」と思う気持ちに同調する人も少なくないだろう。加賀さんは、十六歳の多感な時に敗戦を迎えている。この多感な愛国少年にとって、戦後の日本の姿から受けた衝撃と喪失感、さらに深い人間不信は筆舌に尽くしがたかっただろう。フランス留学の体験もそれに追い打ちをかける。再び人間に対する信頼を回復していくきっかけが、この死刑囚、正田君（と筆者は呼ぶ）との出会いだったのではないだろうか。

「人間は弱い生きものです。何事もなく善人として生きていてもきっかけがあれば悪意に打ちのめされ、人を殺したくなることもある。」と語る加賀さんが好きな作家はドストエフスキー、音楽家はベートーベンである。彼らを尊敬し敬愛しつつも、人間としての弱さ、愚かさをこの二人の偉人の中にも見い出していた。思えばそれは、己を鏡に映すような語り口であった。

ある時、卒寿の記念に出版されたという『加賀乙彦自薦短編小説集　妻の死』が話題に上がった。著書の表題にもなっている「妻の死」の話になった。最愛の妻が自宅で亡くなられた折のことを書いたその小説の話をしながら、ご自分や周囲の対応を責めて涙ぐまれていた。どれだけの悔恨があるのだろうかと、加賀さんのマンションの玄関ドアを開けると真正面の壁にやさしく微笑まれている亡き夫人の大きな写真を拝見しながら胸が痛くなった。その小説集の中に掲載されている「遭難」やカフカの登場する「教会堂」にはかなり厳しい人間洞察の描写があり、加賀さんのいうところの「人間は弱くて残酷な生きものです。しかし、救いもあるのです」という二面性を最後まで手放すことなく、小説家を貫いた方だった。

またある時は、長編小説『永遠の都』がロシアで出版されたことを大変喜んでいらして、その本と何枚も記念写真を撮った。ロシア語のまったくわからない私がその本を手に取り「日本文学の誇りです。やはり長編小説でないと描けないことがある。ロシア文学に劣らない世界的な名作ということです。」と申し上げると、「自分の作家人生の中で、このことが一番うれしい。僕もドストエフスキーやトルストイに並んだかなあ」と茶目っ気たっぷりに照れていらした。「可愛らしいですね。」と申し上げると「賢い男はみんな可愛いいの。僕もいまだに女性に大変もてますよ。」と楽しそうに笑っていた姿が昨日のことのように思い出される。

ご冥福をお祈りします。合掌。

加賀乙彦さんを偲ぶ

梓澤《あずさわ》　和幸《かずゆき》

二〇二三年は特別な年である。戦争という言葉が現実の響きをもってこの国の空を覆っている。一月十二日加賀乙彦さんは他界された。身近に触れた故人の像を紹介しつつ加賀さんを追悼したい。

1

『湿原』、『宣告』にふれたことをきっかけに私はこの作家に強く憧れた。「虚構はノンフィクションより深く真実をえぐりだす。」このことばに引き付けられ、小説を書きたいと思った。四〇歳のころだった。中学二年の同級生だった高橋千剣破氏に頼み込んで同氏と加賀さんの推薦で日本ペンクラブに入会させてもらった。

胸に刻まれた体験を記しておきたい。

二〇一六年三月宮崎県延岡市で日本ペンクラブ平和の日の集いがあった。一三〇〇名もの大きな会場で開かれ、加賀さんは沢地久枝さんとの対談のため出演された。集会の様子を伝えるペンクラブの会報にのった八〇代後半になる加賀さんの肖像のなんと若々しいことか。広い額、微笑した瞳の大きい目、立ち姿からたちのぼる力。

宮崎空港から延岡市の宿泊先まで一時間半の道のりを出演者とスタッフ総勢三十名ほどがバスで移動した。この道のりで加賀さんと隣席になった。いろいろと質問させていただいた。

「フィクションとしての小説を書こうとすると、裁判所に出す準備書面とは違って思わず肩に力が入り、物語が出てこない。どうしたものでしょうね。」

二つの言葉が記憶に残る。

「人と自然をよく観察して、人物メモを重ねてゆく。大学ノートになん十冊ものそれがたまり、三〇〇〇人分に達したら、もう物語が出てくる」「トルストイの『戦争と平和』の中の時代の中で人物をとらえる描写は勉強になる。小説冒頭のアンナシェーレル邸の夜会の場面には小説の主な登場人物がほとんど出てくる。僕は何十回も読みましたけれど」

「ふるさとはどこですか。うん。群馬県の桐生ですか。ふるさとを大切にして訪ねなさい。季節ごとに赴くこと。ふるさとの人々、山、川、街、木々、花にふれるのです。」

人と自然に関心をもつこと、そこに食い入ってゆくこと。

加賀さんは自伝（集英社　二〇一三年）の中で作品をあげて次のように語った。「死刑囚　正田氏をモデルにした『宣告』について。

「私と正田昭との付き合いは長年に及び、最後の三年間には濃密な付き合いをしています。にもかかわらず、結局彼のことをわかっていなかった。そうであるなら人間を理解するということを主題にして小説を書いてみよう。そうして書き始めたのが『宣告』でした。」（自伝二二六頁）

「彼を正確に再現しようとしたら、科学的分析の簡単であいまいな操作でなく、複雑で矛盾に満ちた文学的表現によるしか方法がない。ぼくは死刑囚の表現としては文学の方法のほうが科

学より優れていると気づいた。」（『雲の都』第四巻一三五頁）
　精神科医師で上智大学で犯罪心理学の教員の経歴もある加賀さんの言葉として読むと重く響く。そして『湿原』について。
「ある人間をリアリズムで書く場合には、単に細部を描写するだけでなく、人間という存在そのものの秘密を明らかにしなければならないんではないか、と。そうすると必然的に神の問題、クロワール、すなわち「信ずる」ことの問題へと行き着き、いまだにこの問題が解決されていないことに気が付いたんです。」（自伝二四一頁）
　大学時代からふるさとには通っていたが、延岡への車中でアドバイスを受けた後は一段と桐生への旅には力が入った。毎年八月第一週には民謡八木節まつりが開かれる。人口一〇万の街に人口と同数の観光客がひしめく。開催の前になると市内に無数にある八木節を鍛えあう道場やサークルが祭りに備えて練習する。小学生時代の子どものころふるさとは世界に聞こえた絹織物の産地で通学で辻を曲がるごとに織物工場の織機のおとが聞こえてきた。あの時を思い起こさせるようにあちこちでお囃子の音が届く。
　梅雨明けの頃だった。ふるさとのシンボルとされる山に旧友と登っていたときのこと。市内の街路と緑の樹々を縫って蛇行する川は快晴の陽光を受けて遠景に輝く。
　横笛とかね、のメロデイーとリズムが山の中腹から響いてきた。予期せぬ音だった。むせかえる炎暑のさなか山車《だし》の上から聞こえる、熱で圧倒するような祭りのさ中の音頭取り（ヴォーカル）の節まわしとは趣を異にし、それは涼風にのって届く美しい響きだった。何十年も前のこの山に向かった小学生時代の遠足のことや他界した父母のことが一瞬にして思い起こされた。

2

二〇〇六年十一月十九日の戦争と文学第二回シンポジウム（東京堂ホール）のことも忘れられない。浅田次郎会長（当時）落合恵子さん、加賀さんの三人が基調講演をされた。

　冒頭、浅田会長は、日本に戦争文学というジャンルがあるのは、なぜかにふれた。一九世紀ヨーロッパの自然主義文学運動が日本に移入され一人称の私小説となった。その後のプロレタリア文学の興隆の流れがあったが、戦争の時代に入ってゆくと「軍隊や戦場での思いはみな同じという状況が文学の新しいジャンル戦争文学を生み出したのではないか。」と話された。「戦争文学は価値あるものと思っている。時代の苦労を共有しているからでこれからも書き継いでゆきたい」と抱負を語った。

　落合さんは「人の命より大事なものはない。そのあとに続いているのが、文学と表現ということだと思う。」と述べ、「書店をやっている自分、デモや抗議行動をする自分がいるが、これも表現の一つ。いつまでも私たちは受け身でいいのか、読者でいいのか」と問いかけた。

　加賀さんはこれを受けて、「戦争と文学」を考える時に一番基礎になる法律が二つある。徴兵令と姦通罪だと指摘された。一八七二年の徴兵令、一八八二年の軍人勅諭、一八九〇年の大日本帝国憲法、一八九〇年の教育勅語によって国民（国民）は立派な兵隊になれとされた。有夫の女性の姦通は懲役二年と定められた。こうしたことを文学はきちんとわきまえ時代の光景、時代の悲惨さを書くべきであると力説した。

司会者の私は「加賀さんはなぜ戦争を描いたのですか。」と聞いた。『帰らざる夏』『錨のない船』『永遠の都』を念頭においての問いだった。

「それは私が戦争の時代を生きたからです」との答えだった。

このシンポジウムにおける加賀さんの二つの発言の意図を企画にあたる立場だった私は深く受け止められなかった。集いの直後加賀さんは厳しい表情と言葉で私の構成と司会を批判した。

長いお付き合いの中でユーモアと激励で優しく包んでくれた「恩師」の初めての「叱責」だった。なぜあれほど怒ったのか。

この文章を書くにあたって『雲の都』五巻と自伝を再読してその謎が解けたような気がする。

「自分はなんと言う奇妙な戦争と平和と、自然の大災害と原子爆弾と原発災害の時間を生きてきたことかと不思議に思う。その謎は解けないが、それらの存在が人々を苦しめ滅亡の予告をしている事実からは逃げ出せない。そこに国の歴史と自分の一生を描いていくリアリズム小説の要請を覚えるのだ。自然災害であろうが、人災であろうが、それが確固として存在していたという証言が私の文学であると思っている。」（自伝二七五頁）

3

私の兄は一九四三年、戦争のさなか、空腹のせいか、防火用水の水を飲んでしまい、疫痢にかかった。女だけの家庭に近所の医師は対応してくれなかった。遠くから自転車で駆けつけてくれた小児科医師の治療は間に合わなかった。父は徴兵で佐倉の連隊の兵舎にいた。その留守宅で三歳の幼い命は大人が作り出した戦争に奪われた。死の床で「和ちゃんは？」とはいはいする私の名前を呼んだという。中隊長の部屋で電報を読み上げられた父は真後ろに卒倒した。

二〇二二年四月二日のTBS「報道特集」はウクライナ戦争を取り上げた。九歳の少年が四〇代の母親とともにロシアの戦車に追われ、生きながら焼かれて死んだ。映像は目撃した女性の証言と母と子の墓となる質素な十字架の映像を伝えた。

幼い命たちは私に叫ぶ。

「僕たちの痛みと悲しみを忘れないで。戦争はなぜ起こるの。ねえなぜ。教えて。」

いま私たちの眼前に繰り広げられる日々の政治はこの問いに行動をもって答えを紡ぎだすことを求めているのではないか。

加賀さんの死を悼み、その大きな営みを承継しようとするなら、子どもたちの未来を守るために行動で抗わなければならない。抵抗が作り出す人生と歴史を文字に刻まなければならない。

加賀先生。もう一度でいい。胸襟を開いてお話ししたかった。

＊筆者プロフィール／前日本ペンクラブ平和委員会委員長、弁護士、一橋大学法学部卒。著書／「報道被害」（岩波新書）「改憲　どう考える緊急事態条項　9条自衛隊明記」（同時代社）ほか。／「憲法について今私が考えること」（日本ペンクラブ編）（角川書店）の編集責任者を務めた。この書には加賀さんのエッセイも掲載された。

小説

第二十一回　作家山本周五郎――泣き言は云はない――

宮川　達二

「泣き言は云はない」
『チェーホフの思い出』（チェーホフ全集別巻）に記された山本周五郎自身の言葉

―作家山本周五郎との出会い―

一九六五年春、中学生だった私は黒澤明監督の映画『赤ひげ』（三船敏郎、加山雄三主演）を劇場で観た。私は、侍が登場する映画だとばかり思っていた。しかし、ひげ面の医者新出去定、若き医者の保本登が登場する白黒映画だった。原作は山本周五郎の『赤ひげ診療譚』。時は江戸後期、江戸の小石川療養所が舞台である。養生所を取り仕切る医者赤ひげの頑固なまでに社会の矛盾への怒りを忘れない姿、彼に反発しながら厳しい現実の中で成長してゆく医者保本、そして病と貧しさに耐える市井の人々との交流を、黒澤明監督の見事な演出、磨かれた脚本をもとに描く。私は、映画を観た後、すぐに新潮文庫版『赤ひげ診療譚』を手に入れて読んだ。中に、赤ひげが言ったこんなセリフがある。

「人間ほど尊く美しく、清らかでたのもしいものはない。だがまた人間ほど卑しく汚らわしく、魯鈍で邪悪で貪欲でいやらしいものもない。」

映像とは違った味わいを持つ、少年の心にも響く作品だった。原作者山本周五郎は、この映画の完成後すぐに、東宝本社の試写会で観て、「これは俺の原作よりよくできている」と感想を漏らした。山本周五郎は、自宅と仕事場のある横浜で散歩の途中の伊勢佐木町辺りで、よく映画館に立ち寄っていた無類の映画好きである。

続いて私は、高校二年の時にテレビで山本周五郎原作の『さぶ』を見た。日比谷芸術座で行われた舞台を中継したものである。栄二役は市川染五郎（現松本白鷗）、さぶ役は、故中村吉右衛門の実の兄弟である。この物語の最初の一行は次の通りである。

「小雨が靄のようにけぶる夕方、両国橋を西から東へ、さぶが泣きながら渡っていた。」

物語のすべてを暗示するかのような、秀逸な文章である。二人は江戸両国の経師屋芳古堂で働く表装職人だが、盗みという無実の罪を着せられた栄二は、仕事場で、そして送られた人足寄せ場で大きな試練と闘う。そんな栄二を慕い、たびたび寄せ場へ通い詰めるさぶ。題は『さぶ』だが、主役は仕事の腕がたち、男気があり、気風のいい栄二である。ここに、女の愛と嫉妬が絡むが、二人の青年の友情を描くテレビ放送の舞台中継に、私はこころ惹かれた。この時もすぐに新潮文庫版『さぶ』を手に入れて読んだ。私はこうして、映像を契機に、十代で山本周五郎の二つの作品に出会った。その後私は山本周五郎ファンとなり、長編の代表作の殆どを読んだ。

―短編「晩秋」―

私は最近、三〇〇編余りある山本周五郎の短編を、すべて読んでやろうと思い立った。多くのの短編を読んだが、忘れられない作品がいくつもある。長編作家とばかり思っていた山本周五郎の短編への底知れぬ情熱を感じた。

俳優高倉健（一九三一～二〇一四）に『旅の途中』というエッセイ集がある。この中に、「晩秋」という題の文章がある。

僕は不勉強なものですから、
ある方に「読みましたか？」と薦められて、
慌てて読んだ作品が、ついこの前もありました。
山本周五郎さんの短編「晩秋」です。
（中略）
この作品で描いているのは、古い武士社会ですけれども、
その筆はあくまで、
現代人が失ってしまった何か大切なものを追い求めてやまない――。
読んでいただきたいと思います。

高倉健『旅の途中で』二〇〇三年

行替えの多い、思いを込めた散文詩のような武骨な文章を書いた高倉健。私は、この文章に促されて「晩秋」を読んだ。

「晩秋」は、父親を切腹に至らせた老いた武士に、心を通じさせる津留《つる》の物語である。彼女は、不正を働いたとされ取り調べが始まった進藤主計の身辺の世話を言い付かる。津留は、母に託された懐剣を身に秘めながら、痩せた小柄な老人の世話を始める。この老人こそ、かつて藩政の実権を握り悪の限りを尽くし、彼に反抗した津留の父を切腹させた男である。しかし、日々老人と接しているうちに、憎き老人といつの間にか心が通い合う。最後に老人が津留に語る言葉は、死を覚悟し、悟りを得たかのような次の言葉である。

「一年の営みを終えた幹や枝は裸になり、ひっそりとながい冬の眠りにはいろうとしている。自然の移り変わりのなかでも、晩秋という季節の美しさはかくべつだな」

山本周五郎が「晩秋」を発表したのは、昭和二十年十二月である。この年の五月、最初の妻きよえは、病で亡くなっている。妻の死への万感の思いが込められた作品と言えるだろう。

―短編「なんの花か薫る」―

「なんの花か薫る」とは、噎せ返るような金木犀の香りを連想させる美しいタイトルである。山本周五郎は、仕事場のあった横浜本牧間門町から伊勢佐木町へ至る散歩道で、どこからとも知れぬ花の香りに魅せられたことが、一年を通してたびたびあった。

偶然に訪れた岡場所（未公認の私娼窟）で、お新に出会った若侍江口房之介。彼はお新に惚れ、彼女を妻とすると言い出す。彼はある日、こんなことをお新に伝える。

「花の匂いがするね」と彼はいった、「――よく匂うじゃないか、なんの花だろう」

だが物語の最後で、身分の差を乗り越え、信頼を寄せていた筈の房之介の不実が明らかとなる。房之介は、勘当が解け、なんと許嫁だった娘と祝言をするという。約束を反故にする薄情な男。同じ岡場所の女みどりが激怒し、房之介への憎しみを込めて、物語の終わりにこう叫ぶ。

「あの人でなし、殺してやる、放して、放して」

社会の片隅の岡場所と女たち、これは山本周五郎の短編の舞台に選ばれることが多い。

―短編「将監《しょうげん》さまの細みち」―

二十三歳の「おひろ」は、病気の亭主と子供を持つが、生活の苦しさのあまり料理茶屋と岡場所の二ヵ所で働いている。ある日、岡場所を訪れた客の前で「とおりゃんせ」で始まる童歌を歌詞を変えて歌う。歌詞を変えた部分が「将監さまの細みち」だった。この歌が、この短編を動かす鍵となる。さらに、「おひろ」は運命を嘆くたびに「五十年まえ――」「五十年あと――」という言葉を繰り返し呟く。運命には逆らえないという諦念にも似たこの言葉の一番印象的な部分は次の通りである。

「五十年前には、あたしはこの世に生まれてはいなかった。そして、五十年後には、死んでしまって、もうこの世にはいない、……………、あたしってものはつまりはいないのも同然じゃないの、苦しいおもいも辛いおもいも、僅かそのあいだのことだ、たいしたことじゃないのって、思ったのよ」

山本周五郎の人生への想い、それが深い余韻を残し読者は最後の場面へと導かれる。

―短編「橋の下」―

果し合いを目前にした若い武士が、橋の下で暮らす老いた男女の乞食と出会う。乞食の男が、若い武士に焚火で沸かした茶をすすめて話をする。男はもとは武士であった。恋した女を得るために、その女を妻としようとした親友を切り、その女と二人で家と故郷を捨てる。その後の困難な人生の果て、この橋の下で暮らすまで落ちぶれた。しかし、果し合いの迫る若い武士には忘れがたい話だった。橋の下を去った若い武士はこう呟く。

「心に傷をもたない人間がつまらないように、過ちのない人生は味気ないものだ」

乞食老人の話を聞いた若い武士は、果し合いをする相手と出会うが、お互いに斬り合いをする事はなかった。橋の下の老いた男の話は、若き侍の過ちを止まらせる。

―随筆「独居のたのしみ」―

山本周五郎の書き残した随筆は、膨大な小説に比べると多くない。生前の唯一の随筆集は『小説の効用』(昭和三十七年)で、以後の随筆を含めたのが『定本山本周五郎全エッセイ集』(昭和四十九年)として刊行されている。明治三十六年、山梨県に生まれ、幼少時代を横浜で過ごし、東京、神戸と移り住んだ山本周五郎は、昭和二十一年、四十三歳の時横浜へ戻り、本牧を終の棲家とした。横浜を描いた随筆は幾つかあるが、「独居のたのしみ」というエッセイは次の一行で始まる。

「私は結婚してこのかた家庭生活というものを持ったことがない」

ここでいう結婚相手は東京馬込で出会った吉村きんである。山本周五郎はこう言い切るが、二人は添い遂げ、仲も非常に良かった。彼は、本牧元町の自宅に妻と四人の子を残し、市電の停留所で三つ離れた中区間門町の旅館「間門園」の一室を借り仕事場とした。自宅に帰ることはあっても、この仕事場で亡くなるまで寝泊まりして仕事をした。妻と子供との生活よりも、小説家としての仕事を優先した山本周五郎。自己中心主義とも言えるが、仕事場での「独居」こそ数々の傑作を生みだす源泉であった。妻きんの夫の死後に刊行された回想録に、夫山本周五郎が仕事場から自宅へ帰ってきた時の言葉が記されている。

「やはり家庭はいいもんだな。だからこそ、こういう環境になじんでては、いいモノが書けなくなると思って、また仕事場へ帰ってゆくんだ」

清水きん『夫山本周五郎』昭和四十七年刊

昭和三十九年暮れ、山本周五郎は間門園から外出しようとして外の階段から足を滑らせて転落、肋骨二本を折る。以後健康が急激に衰える。二年後昭和四十二年二月、肝炎と心臓衰弱のため、彼は間門園の仕事場で亡くなる。葬儀も仕事場であったこの場所で行われた。

―『泣き言は云はない』―

山本周五郎の名言集に『泣き言はいわない』（新潮文庫）がある。山本周五郎の全著作から、編者が選んだ四五五の文章が選ばれている。人生を深く見つめる彼の眼は、教訓、説教と受け止められることもある。しかし、生を肯定し、愛を持って人々の生活を見つめる姿勢が、この小さな本に凝縮されている。

彼は、日本の庶民の感情と生活を描いた作家である。しかし、意外と外国文学を好み、英語の原書を読むのさえ好きだった。蔵書には、ストリンドベリ、ヴェルレーヌ、ヘミングウェイ、プーシキン、ツルゲーネフ、ハウプトマン、トルストイ、サローヤン等がある。彼が特に好んだ外国人作家が、ロシアのアントン・チェーホフである。山本周五郎の蔵書に、中央公論刊『チェーホフ全集』全十六巻があった。この全集別巻に、チェーホフの同時代の十人の回想文を集めた『チェーホフの思い出』がある。この本を愛読していた山本周五郎、巻末余白に直筆で

「泣き言は云はない　山本周五郎」（原文通り）

と書いた。時期は、晩年の昭和四十年前後の事と思われる。山本周五郎は、仕事上や金銭、人生上の泣き言を、妻や友人たちに漏らした事がなかった訳ではない。しかし、生真面目で倫理観の強い彼は、泣き言を他者に語る自分を許せなかった。その頃、短編の名手だったチェーホフの全集を読み、妻クニッペル、元恋人アヴィーロワ、友人ゴーリキイ等の回想を読んだ。そして、自分の人生を振り返り、この言葉をチェーホフ全集別巻巻末に書き留めた。

四五五の言葉を集めた山本周五郎の名言集『泣き言はいわない』は、こうしてチェーホフ全集別巻に書いた短い言葉を、編集者が総タイトルとして選んだ。作品の中の、セリフや文章ではない。いかにも、六十三歳の人生を生き抜き、名作の数々を生み出し山本周五郎の名言集のタイトルにふさわしい。

昭和十八年、日本が太平洋戦争のさなか、山本周五郎の『日本婦道記』が第十七回直木賞に推された。しかしこの時、彼は敢えて辞退する。その後も毎日出版文化賞、文芸春秋読者賞に推されるが、彼はすべてを辞退した。本人曰く、「これは頑固さからではなく、極めて謙遜な気持ちからの辞退」であった。彼の生き方が、権威と名誉と金銭欲から遠く、自らの作品で貫いた姿勢と矛盾しない点において、彼のあらゆる賞の固辞は見事としか言いようがない。

草莽伝

前田　新

老年期１

平成十三（二〇〇一）年、重度二級の身障者としての生活の二年目を迎えた。身辺を整理して、真は小説やエッセイや詩などを書く「六十の手習い」を始めた。

脳梗塞によって左半身にマヒが残り、労働力として生産活動にかかわることは極めて限定的になった。それは、老年のそれもかなり高齢の状態に比定される被扶養者の位置に移った。身体的にはたしかにそうだが、頭脳による生産活動は、まだ、その可能性が残されている。そのことをどう意識するか。真は自らの老年期をそう自覚して受容した。そして有り余る時間を好きなことに使えるという体験は、かつて一度も無かったが、左半身の不随とひきかえに、そうした環境が現実となった。これは恩恵というべきなのか、真は四十代の終わり頃に、老後の生活を維持するために、月にしてトータル二十万円の年金受給を準備していた。それは農業を生業しているので食糧費を自給することを想定し、年齢は夫婦とも七十歳を過ぎてからであったが、それが十年早く到来したことになったのである。

その年のはじめに近代文芸社から、「日本現代詩人新書」のオファーがあり、新書版の詩集『風伝記』を発行する。その冒頭に真はこんな詩を置いた。

風伝記

風伝によれば、昭和から平成の時代に貧しい鄙びた村を、〝魂のわがプロヴァンス〟などと空とぼけて、生涯そこを動かずに過ごした酔狂な風人もどきの百姓がいた。農をなりわいとしたが、還暦を機に農から放逐され、酔狂三昧をたくらんだが、突如、脳梗塞に襲われて不具の身となって、晩年をしばしの間、生きたと言う。

その折々、時の世の有様を百姓風情の戯れ歌に書き散らし「奇譚」などと称したが、当時は、行政から司法、警察から医者、ニセ坊主、政治家は言うに及ばず、地位を利用して賄賂や詐欺は日常茶飯事のことで、別段、奇異なことではなかったという。この風人もどきの老百姓、その好奇心のおもむくところ雑多におよんで捕らえどころなく、影のような存在だが、希薄こそ草莽の本領などとうそぶき、いかなる魂胆か

谷神死せず　是を玄牝と謂う　玄牝の門
是を天地の根と謂う　綿々として存ずるが如し
（「老子」谷神不死）

ここにこそ、書くべき詩の原点があると、扇

動した詩人、谷川雁にほだされて、資本によって粉砕される村のアジア共同体の残骸と破片を丹念に拾い集めて、その火炎土器の文様のような美しい原型をなぞりながら、人知れずその生涯を終えたという。


それゆえに、その風騒（詩文）風雅の趣にはほど遠く、時の覇者によって歴史の闇に葬り去られた者に異常なほどに執心を示して、遂に、この国の貴族文化の軌道から悦脱をして消えたという。しかし、そこに見る壮大な負の系譜こそ、玄牝の闇の世界、生命の根源としての詩歌の源泉の存在であったという。

かくして、夜は玄牝の闇に懸かる銀河系から吹き降りて来る風に乗って山野を飛び、明ければ農に帰って田畑を打ち、決して時の権威には媚ず、栄誉を望まず、賢治の夢想した道に頑なにこだわり、非道があれば出没して遊撃のさまに抗い、黙々として土百姓のいちぶんを徹して逝った。その存在の証は使われなくなった農具に深く付けられた手跡のほかに何もなかった。と風伝記は記す。


暇にまかせた戯言だが、詩集『風伝記』は奇譚「猿の国」のタイトルで恐いもの無しに、現政権を風刺した詩集となった。


この詩集が機縁になって後年、岡山県のくにさだ・きみさんが主宰する「風刺詩ワハハの会」に誘われて同人となり、詩誌『腹の虫』に福島県から故若松丈太郎さんや根本昌幸さんと作品を書いている。

同年、日本民主義文学会福島支部から支部会員の勧誘をうけて参加する。

同時に日本民主主義文学会の準会員になり、月刊『民主文学』に詩が掲載され、支部誌の『あぶくま文学』には評論『詩人渡部信義論』を三回にわたって執筆する。

平成十四（二〇〇二）年、福島民友新聞、文化部長菊田さんから、「みんゆう随想」のオファーがあり、隔週で足掛け二年間にわたって執筆する。

退院して三年目に入り、毎日の散歩や農作業のリハビリの効果もあって、トラクターでの耕起や代掻きを一町歩ほど行った。所有面積の三分の一だが、残りは以前に私が設立した農業法人に作業委託をしているのが、宅地続きの農地については、この年から試しにやってみて作業ができるまでになったことを確認した。そのうち三反歩が畑地なので、従前からの資材を使って露地栽培の夏秋胡瓜を五百本作付けして、出荷を再開した。

しかし、対外的にはまだ引きこもりの状態であったが、田植が終わった後、農作業をしているようだ。と言う噂を聞いてきたと、もと農協参事の佐治さんが訪ねてきた。佐治さんは真よりは九歳年上だが、「夜の帝王」などと陰口をたたかれる時の組合長と対立して、参事を辞めた人で真が理事の時には退職していたが、辞めたあと、能面を彫り、水墨画を描き、ひょっとこ踊りをするなど、多彩な風流人として知られていた。

「元気なったと聞いて、おらだちの仲間に入れたいと思って誘いにきた」と言って「いつまでも病人の気でいてもらっては困る。おらだち年寄り仲間四人で、絵画の展覧会や博物館の展示会、あるいは日帰りの出来る近県の美術館をめぐっている」仲間四人は、佐治さんが参事の時の理事仲間だと言い。年長者はまもなく九〇歳だが、還暦を過ぎてから美大に入り、今も百号の油絵を描いている。もう一人は奥さんに死なれてから、歴史の研究に没頭し、さらにもう一人は農業から起業して町の中小業者協議会の会長を歴任して退職した人で、いずれも風変りで一癖も二癖もある畸人であった。四年前の町長選のときに、真に打診にきたのもこの人達であった。

「有り難いお話しですが、御覧の通りの重度二級の障害者になりまして、レットカードを言い渡されました」と真は言った。

「だから、いいんだ。以前の君なら、仲間になれとは言われんが、半身不随のハンデがついて、それも若い時からきき過ぎた君の左にセーブがかかって、おらだちの仲間に丁度よくなったんだ」と佐治さんは混ぜっ返した。

「そうですか」真は思わず苦笑した。

そうして、それからは総勢五人で月一回、真たちは佐治さんの車で展覧会やギャラリー廻りに出歩くようになった。もともと絵を描くことも好きだったので、水彩や油彩も暇つぶしに始めた。スケッチブックを買い込んで庭の花を写生した。四季折々の花を見ているうちに、その花の蘊蓄《うんちく》をあれこれと書いて、福島民友新聞のエッセー欄を埋めるネタにしていたが、平成十四（二〇〇七）年、歴史春秋社からエッセイ集『花の手帖』として、花の挿絵を描いて出版した。そのなかから二編を引く

桔梗の花

日一日と秋が深まりゆく、〝気品〟という花言葉をもつ桔梗の花の薄紫の端正な風姿は、いかにも清々しい初秋の風光にふさわしい。

「草の花はなでしこ、唐のはさらなり、大和のもいとめでたし、おみなえし、桔梗」と、清少納言の『枕草子』に書かれるが、『万葉集』に桔梗は登場しない。山上憶良の秋の七草の〝朝顔の花〟が桔梗の花だと言われる。桔梗は東アジアにだけ自生する多年草である。ちなみにあの朝鮮民謡の「トラジ」は桔梗のことである。

草花が歴史や人間の命運かかわるなどたんなる偶然に過ぎないが、桔梗はその偶然を歴史上の人物に二度もつ花である。桔梗紋の坂本龍馬を入れるなら三度ともいえるが、その人物に共通するのは時代の転換期に、一度天下を取りながら消えていった人にかかわる悲劇の花である。

その一人は承平・天慶の乱（九三一〜九四七）の平将門であり、もう一人は本能寺の変（一五八二）の明智光秀である。いずれも歴史では権勢に叛いた逆賊として悲劇的な結末を迎えているが、その歴史の転換に果たした役割は、死してのち民衆に畏敬されて神として祀られ、多くの伝説を残している。

平将門にまつわる話は、下総（茨城）の「咲かずの桔梗」や

「桔梗塚」伝説である。これは将門の妃、愛妾ともいわれる人の名、「桔梗」にちなむものである。伝説は一様ではない、将門の弱点を知っている桔梗が内通して逆賊を滅ぼしたとするものから、将門が桔梗を誤解して殺してしまったという、まるでシークスピアの「オセロ」を彷彿とする話だが、史実は将門の伯父平良兼の謀略によって殺されている。桔梗の花は時代の変革に奔走した将門に民衆が添えた一輪の花であったか、将門の娘、如蔵尼はその晩年を会津の慧日寺で過ごし終えたことになっている。歌舞伎の将門の娘、滝夜叉姫は相馬中村が舞台である。

さて、もう一人は「水色桔梗紋」のあの明智光秀である。本能寺を囲む桔梗紋の旗指物と紅蓮の炎のなか信長の最後は、大河ドラマでお馴染みのシーンだが、『太閤記』の光秀逆賊説には異論も多い。作家の八切止夫は春日の局の父で光秀の甥である斉藤内蔵介（利三）を本能寺の変の実行犯とし、その姉である信長の正室であるお濃の方（桔梗）を共犯者としている。信長が斉藤内蔵介の義兄である土佐の長曾我部の征伐を宣したのが、その動機だという。真偽のほどはともかく歴史には謎が多い。

殺されたはずの光秀が比叡山の僧に匿われて、徳川家康の黒幕、天海として転生したという説もあとを絶たない。推理小説作家の小林久三『天下統一の闇史』は物証を挙げてそれ立証する。天海大僧生の生誕地である会津高田町に住む私には関心この上ない話である。

天海がどこの人なのかは、大正時代までは不明であった。その事跡は上州（群馬県）勢多郡新川の善昌寺で切れる。それも住職ではなく隋風（天海）は一介の雲水に過ぎない。上州、世良田郡の長楽寺との関係も同じである。その長楽寺が徳川家康の祖の菩提寺となる。そのからくりを清水昇箸『消された一族』が暴いているが、天海と家康の関係はそのことが発端とされる。長楽寺は源義家の子、国義が下野に降り、その子義重が新田太郎として土着した。清和源氏、新田一族の菩提寺であった。

しかし、時が移るなか、六代目の義政は世良田氏を名乗って実在したが、豊臣から天下を奪った家康が、秀吉がなれなかった武家の頭領、征夷大将軍になるには、清和源氏の血統が必要だった。そこで家康は隋風に東国（関東）地方にそれを探して乗っ取りをはかった。隋風が持ち掛けたのかも知れないが、それが成功して義政は会津の赤津村（湖南）に逃れ、神官として明治期までその子孫が定住していた。

長楽寺は家康から三百石の御朱印地を与えれて東国百寺を末寺にした。天海はそのとき、会津の天台宗の七寺も長楽寺の末寺としたのである。（エッセー集『花の手帖』に加筆した。）

これを読んだ小学校三年のときの担任、桜井信夫先生が、真に手紙をくれた。先生は相馬郡の小高町に住んでおられた。半世紀どころかあれから五十六年が過ぎていたが、真を覚えていてくれた。昭和二十一年、先生はまだ二十歳であった。教科書に墨が塗られて使えなくなった時で、まだ、新憲法は公布されず男女共学が実現してなかった。先生と私達は毎日、山野を駆け巡っていた。先生の御実家は隣村で山間部にあった。

先生の御舎弟が東大法学部に合格したのは、真が中学生のころにであった。「福島民友新聞」に隔月で連載したエッセーは、予期しないもう一人の恩師も読んでくれて、「心配していたが、安心した」と、葉書をくれたのは、高校の恩師だった。県立農業大学校の初代校長を退職して、福島市の郊外に奥さんと住んでいる河田先生だった。卒業したら村で農村演劇をやれ、と、真たちを激励してくれた。その時からも四十六年になる。思えば、会田真の老年期の初期を「福島民友新聞」に連載したエッセーが淡彩のように彩ってくれた。『花の手帖』には、歴史にまつわる花の話とは別にこんな花の話を書いた。

辛夷の花

芽吹きはじめたばかりの萌黄の麓山に、山桜よりも少し遅れて白い辛夷の花が咲く、まだ山巓から吹き降りてくる風はつめたいが、水は微かな音をたてて谷を下り、きらきらとひかりながら盆地の河を流れてゆく、春のさきがけである辛夷の花で、会津の農民はその年の作柄を占った。花が多く上向きのときは豊作を、花が少なく花びらが下向きに見えるときは、雨が多く不作と、辛夷はモクレン科だが、木蓮は中国からの帰化植物だが辛夷は「やまあららぎ」「はじかみ」と呼ばれる自生種で日本中に自生する。

一世を風靡した歌謡曲「北国の春」に歌われるような北国固有の花ではない。昔、壇の浦の合戦に敗れた平家の落ち武者が熊本県の奥地に逃れたある朝、突然、まわりの山に源氏の白旗が林立して、はやこれまでと自刃したという悲話が語られている。白旗と見えたのは一夜にして、咲いた辛夷の花であった。公達として栄華を極めた者の末路は、古今を問わず哀れなものであることの寓話として語られるが、それほどに辛夷の白い花は目に鮮やかに映るのである。

辛夷の花は別名、白桜とも呼ばれるが、しかし桜のような華やかさも散り際の見事さもない。純白の花びらが春の嵐に嬲られて、傷つき痛みながら散ってゆく、その哀れさは純白な花びらゆえに愛おしい。

俳人の高野素十は〝一弁の疵つき開く辛夷かな〟と詠んだが、その風情に心の痛みを託したのであろう。詩人高田琴子の詩「こぶしの花は」

あなたの好きな
こぶしの花が咲きました
ご健勝にお過ごしのご様子
およろこびいたします

四行の文字
四行のことば
誰に見られても困らない
一枚のはがき

これは高田敏子の秘められた恋の詩である。

敗戦で外地から引き揚げてきた高田は、混沌とする世情のなかでＯＬとして働いた。ある日、無理がたたって路上で倒れた。そこへ朝日新聞の駆け出し記者の安西均かリヤカーを引いて通りかかり、安西は高田をリヤカーに乗せて病院に運んだ。若い二人は名も知らずに別れた。やがて二人が詩人として再開することなど思いもしなかった。時が過ぎて高田はそのことをとある雑誌に書いた。それを読んだ安西は、それは私たと、雑誌に書いた。すでに二人は詩人として名を成し、四十路を過ぎていた。

　安西がある時期、不良中年などとダンディな詩を書いたが、この話と無縁ではない。二人は八十歳を過ぎたら一緒になろうと、言いつつ、七十代で亡くなった。先の詩は次のように続いている。

長い年月の向こうに咲く
こぶしの花
見上げる花枝の上に
形のよい雲のひとひらが浮いていた

ありがとう
文字にはことばを
ひとこと送って
文箱に納める
こぶしの花

二人は詩人としての軸足がぶれることはなかった。疵つき、痛みながらも純白に咲く辛夷の花は、どこか物悲しく美しい。

　詩人の三谷晃一さんも「病んだことを聞いて心配していたが、元気がうれしい」とはがきをくれ、詩人の瀬谷耕作さん、槙さわ子さん、田中絹子さんからも手紙が来た。その槙さんは翌年に三谷さんも平成十七年に、さらに瀬谷さんも忽然と鬼籍に移ってしまわれた。その年、真は小説「秋海棠」を「農夫病床記」と改題して、『農民文学』に寄稿し掲載された。

　農村の現状を凝視して、それを小説もどきに描いて主題の展開を想像する面白さにはまって没頭した。詩や評論とは異なる世界を小説の世界に発見した。この年、幾編かの農村を舞台にした短編小説のエスキスや詩や評論と並行して書いた。

　平成十五（二〇〇三）年、『民主文学』小林多喜二没後七十周年記念号に、詩「不在地主」を書く、その年、翌年に迫った高田ペンクラブ結成三十五周年記念事業として、町の先人を顕彰する『高田人物ものがたり』第一集を編集発行することになり、その編纂発行の責任者となる。人物の選定と資料の蒐集、ペンクラブ会員による執筆担当者などを決めて、その実行に着手する。真は昭和初期に活躍した農民詩人、渡部信義を担当する。

　平成十六（二〇〇四）年、『高田人物ものがたり』（第一集）を発行する。

　同年、『農民文学』に小説「春から夏、そして秋へ」を掲載する。

　その年の秋、会津在住の作家、笠井尚君が訪ねて来る。彼は法政大学を出て会津の芥川賞作家の室井光広氏とも昵懇《じっこん》で、双子の兄弟の兄は自民党の国会議員だったが、脳梗塞を患って辞職していた。彼は西部邁氏とも通底する思想の持主だが、若い頃から真とは交流があった。彼は郷土主義ともいうべき会津の保守系政治家、『評伝・八田貞義』や『最後の会津人・伊東正義、政治は人なり』を書いている。

「元気になられたようなので、頼みにきた」と言って、「会津が戊辰戦争一辺倒の歴史になっていることに、疑問をもってきた。そういう趣旨で『会津人』という月刊雑誌を発行したいので、原稿を頼みたい」と言った。

スポンサーはいるのかと聞くと、何とかなると言う。得てしてその手の雑誌は三号までになる。真は「おれは御覧の通りで屁の役にも立たないが、その趣旨に異論はない」と引き受け、彼は「書いていて本にしたいものはないか」と言うので、真は「いつ死ぬかわからないので、生きているうちに本にしたいものがある。それは会津の農民一揆の叙事詩だ」と、言うと彼は即座に「それ、本にしましょう。合津人社の出版第一号として」と、言い、「ただし、自費出版になりますが」と言った。

平成十七（二〇〇五）年に、真は『会津農民一揆考』を「会津人社」から発行し、そこに、芥川賞作家室井光広氏の跋文を、笠井君はつけてくれたのである。それから三年半、月刊『会津人』に、真は「風土論」を連載する。後に民俗をまとめた『西勝彼岸獅子舞考』の中に収録する。

同じ年、浜松市から会津若松市に移ってきた日本民主主義文学会会員の福島さんが訪ねてきた。本部から会津に会員がいると言うので、福島支部に聞いて真の住所を知り伺ったと言い、福島さんは夫君と二人で福島さんの故郷である若松市に移住したと言う。長い間、読者としてきたが、会津にも支部をつくる話になり、まずは文芸誌を発行しようと福島さんは新婦人の会に、真は高校の同級生の教師退職者やほか二名の高校教師の退職者を誘って文芸誌『萌』を創刊した。それから十六年、死に代わり生き代わりはあったが『萌』は続いて、十五号を数えている。代表者は福島さんにお願いし、真は創刊から毎号、執筆をつづけている。

平成十八（二〇〇六）年、詩人の葵生川玲さんからのお誘いで「九条の会、詩人の輪」に参加する。憲法九条に対する改憲の策同が企まれるなかで、全国の詩人を、九条を守り、平和への意志を世界に示すために、横断的に詩人が結集する団体、「九条の会、詩人の輪」が結成された。会津からは木村徳雄さんと真で郡山から新城明博、福島から太田隆夫、浜通りから若松丈太郎氏であった。いま、木村さんと真以外は鬼籍に移った。

平成十九（二〇〇七）年、会田真は七十歳になった。

明治八年に建設された旧村時代の村立小学校の廃校にともない記念誌を編纂することになり、編纂委員を委嘱されたが、身障者を理由に辞退し、明治期の建設にいたるまでの経緯と当時の村財政と教育への先人の努力などを記して記念誌に寄稿した。地方の衰退と市町村合併政策によって、ついに、旧村からはすべての公共施設と共同施設が消え、巨大なカントリー施設だけが残った。農村地域の人口減少は自然現象では決してない。政治による政策の結果である。

エッセイ集『花の手帖』が意外なところで読まれ、町の会津女子（現・葵）高校同窓会から、講演を頼まれた。重度二級の障害者になってから人の前で話をすることはなかったので断ったが、同級生で高校教師を退職した後一緒に詩誌をつくり、真が倒れた後は編集を引き受けてくれている方の奥さんが代表なので断り切れずに引き受けて、花にまつわる町の歴史などを話した。文学にまつわる話などをすることは、七十歳にして初めてのことであった。いやでも井上ひさしの三原則「むつかしいことをやさしく、やさしいことを深く、深いことを面白く」を実践的に学ぶ機会となった。

福島民友新聞への連載が契機になったのか、福島県年金者組合の機関誌編集部の寺崎さんからオファーがあって、県内版にエッセイを翌年から一年間、書くことになった。締め切りのある雑文書きに追われることになるなど予想もしなかったが、静謐はまた喧騒に変わっていった。

そうしたなかで真は集落に伝承される民俗芸能、彼岸獅子舞が存続の危機にあることをテーマにして、苦闘と希望をこめて小説「彼岸獅子舞の村」を書いて『農民文学』に送った。賞に応募したのではなかったが推されてはからずも、平成二十（二〇〇八）年、小説「彼岸獅子舞の村」は、第五一回日本農民文学賞を受賞した。選考委員長は畏敬する詩人の伊藤桂一さんに秋山清さんであった。

東京の家の光会館で表彰式が行われ、真は喜与と長女夫婦に送られて郡山から新幹線に乗り、次女夫婦と孫娘に東京駅で迎えられて、無事受賞をしてきた。東京にいる喜与の妹も駆け付けてくれた。受賞者は小説の真と詩の大塚史郎さんであった。大塚さんは「詩人会議」の重鎮で東国農民の見るからに逞しい風貌の方で、真よりはひとつ年長であった。

地方新聞や「赤旗」にも紹介され、『民主文学』の牛久保さんも取材にきてくれた。翌年の七月、町でペンクラブが主宰する祝賀会が開かれ、『農民文学』の木村会長ご夫妻はじめ、県内外から多く方が集まってくれた。

〝ケガの功名〟という言葉があるが、脳梗塞を患い身障者になったお陰で農民文学賞を受賞して、祝賀会を開いてもらうことなど〝ケガの功名〟そのものであった。

ひと夏の家族（3）

小島　まち子

病院を後にすると大が運転するワゴン車は市内の狭い道路から逸れて、真っ直ぐ東に伸びる外環道に向かっていった。市内の高校に通っていた洋子には、懐かしい町並みから離れていくのが少し残念な気もした。城下町であった頃の名残はいまだに残り、碁盤の目に区切られた旧道に沿って古い商店街や住宅街がひしめいている。友人たちと笑い転げながらあてどもなく歩いた商店街に目を凝らしていた。息を潜めるようにして初めて入った喫茶店も連日チョコレートパフェを食べ続けたフルーツパーラーも、すでに見当たらなかった。

外環道は集落から集落へと繋がるバス停のある旧道とは異なり、一面の稲田の中をノンストップで走る。繭子と洋子、博美と陸が声もなく稲穂のそよぐ窓外を見つめていると、

「ほれ、懐かしいべ。うちの田んぼ見せてやる」

と、大が大声で言いながらハンドルを切ってバイパスから逸れ、緩い坂道を下った。ワゴン車がようやく通れる幅の農道に出た。辺りを見渡すと、稲田の遥か先に洋子たちの実家のある集落が望め、ようやく自分たちの立っている位置が確認できた。

「なんだー、もううちに近いんだ」

と洋子。

「んだよ。この辺、田植えとか稲刈りとか手伝わされたじゃん、半分遊びながらだけどな。忘れたのかよ。」

「そうそう。『上手いなあ、稲刈りの天才だ』とか、あの父さんまでおだててたよな」

と繭子が遠い目をして微笑んだ。

田んぼに目を向けると、細長い葉に守られた穂先に稲の実が鈴なりにつき、膨らみ始めていた。これから刈り入れまでの3か月ほどを経て、ふっくらとした籾に成長し、葉も籾も黄金色に変色して穂先を垂れてくるのだ。

はるか彼方まで広がる田んぼも、さらにその先で稲田を遮って折り重なり立ち並ぶ青く煙る山々も、その山々の頭上に君臨し、夕日を一身に浴びて輝く鳥海山の勇姿も、そこにあって変わらない。不変であることの圧倒的な強さに包まれ、鎧ってい た気持ちがほどけていった。変わったのは死の病に取りつかれてしまった育だけだ。

「いつ来てもこの辺は同じだね」

「おう、ウンザリするほどなんも変わんねえべえ。変わりようがないんだあ」

大が大げさな溜息と共に応じた。

「田んぼに出てるのも、昔っからおんなじ顔ぶれでさ。爺ちゃん婆ちゃんになっても辞められないのさ。若いヤツはだあれも田んぼになんか見向きもしない」

大は自分のことを棚に上げて嘆いた。

「米作ったって、食っていかれねえんだからよ。田んぼ売りたくっても買い手もないんだと」

と、自嘲気味に笑った。

「そういえば、うちの田んぼは誰が世話してくれてんの」

繭子が思い出したように訊いた。とうに知っていたが、大の

気持ちが知りたいのだった。

「佐山の爺ちゃんさ」

佐山というのは母の育が少女の頃に預けられていた、祖母方の親戚だった。育の従弟にあたる佐山の爺ちゃんは長男で、育より十歳は上の筈だった。

「もうとっくに七十過ぎてるんじゃない。大丈夫なの」

「まあ、今は機械だからよ、何とかやってんだべ」

と大が答え、チラッと稲田に目を遣った。

「今日も草取りに来てくれてるんじゃね。ホラ、いるよ」

目を凝らしてよく見ると、一面の緑に覆われた稲田の中にチラホラと人が見える。腰をかがめているから稲穂の中に埋もれて見えないだけなのだ。この時期、田んぼには稲によく似た雑草が同じように生い茂るので、それを手作業で除いているのだった。機械にはできないことだった。

「挨拶してったほうがいいんじゃないの」

という繭子の掛け声で、車は舗装された農道から曲がり、さらに細い砂利道を入って行った。

何枚もの稲田を遣り過ごし、やがて大はあぜ道に車を停車させた。三人で田んぼの土手を歩く。稲穂の群れの中で腰をかがめていた老人がふとこちらを見た。

「お爺さん、ご苦労様です。矢野の育の子供です。いつもお世話になってます」

大が如才なく声をかけた。

お爺さんは時間をかけて骨ばった腰を伸ばし、麦藁帽子を取って片手を上げた。真っ黒に日焼けした顔を綻ばせると、顔中が皺くちゃになった。

繭子と洋子は慌てて深く腰を折って挨拶をした。

「なんか飲み物とか、お茶菓子とか買って来るんだったね」

車に戻ると繭子がバツの悪そうな調子で言った。三人ともいたたまれない思いで挨拶だけすると、すぐに車に乗り込んだのだった。七十を過ぎた老人が汗まみれになって実家の稲田を手入れしてくれているというのに、当事者の自分達は車で駆けつけ、ねぎらいの言葉をかけるだけ。手を汚さない自分達を少なからず恥じた。

「わたし、自分の家の田んぼがこの中のどこからどこまでなのかさえ知らない。大は知ってて車を止めたからエライよね」

繭子が驚きを隠さず、大を褒めた。

「おう。あなた方と違って、親父は俺には田んぼのことは厳しく仕込んだぞ」

「跡取り息子だからね。引き継ぐものだと思ってたんだろうね」

と、洋子が見渡す限りの稲田に目を遣りながら独り言のように呟いた。

「まあなあ。親父の世代はよ、それが当たり前だったからな。田んぼさ連れ歩いて教えているつもりだったんだべな」

大が他人事のように返すのに生返事で応じながら、洋子はそこにある筈のない稲田の風景に囚われていった。

ほんの幼い頃両親の後を追って田んぼに行き、おだてられて手伝ったことはある。

田植えの時期には、水田に入って苗を手植えする両親に土手から苗の束を投げてやった。刈り入れが終わった後の田んぼで落穂拾いをしたこともあった。稲刈りの終わった田んぼは土が固く乾燥し、稲の切り株が並んでいるばかりで、思い切り駆けまわることが出来た。少しばかりの落穂が入った袋を握りしめたまま、藹子や大と奇声を上げながら駆けっこをした。見上げる空は青く高く澄み渡り、空の青を背景に赤とんぼが無数に飛び交っていた。

父も母もほんの少し手伝うだけなのに、相好を崩して大げさに褒めてくれた。土手に腰掛けて、一緒に休憩のおやつを頬ばったっけ。農作業が機械化する以前の田んぼでは、農繁期には一家総出で作業をすることもあったので、姉弟それぞれに幼い頃の思い出がある筈だ。しかしそれも小学生までのことでそれ以降は田んぼのことなど考えたことがなかった。自動田植え機や、稲刈りからもみ殻を取り除くことまでできるコンバインなどの機械が導入され始め、人手をあまり必要としなくなったためでもある。母を助手にして父が機械を操作すると事足りるようになった。また、成長するにつれて山も田も畑も両親のもので自分とは関係ない、と言わんばかりに関心が薄れて行った。一切関わらずに成長したことが我ながら不思議な程だ。そこから上がったお金で大学まで出してもらったというのに。

亡くなった父の孝蔵は無口な人だった。あまり話をした記憶がない。あってもニ言三言、それ以外は母を通して自分の望みを伝えるだけだった。それなのにいつも身近だったのは、父が一日の大半を田んぼで過ごしていたからだ。外で遊ぶ時、学校の行き帰り、遊んで帰ってくる道すがら、父はいつも田んぼから見守っていてくれたのだ、と今更ながら思う。現に、自転車に乗れるようになったばかりの姉が、カーブを曲がり損ねてまだ水を張った早春の田んぼに自転車ごと突っ込んだ時、真っ先に駆けつけて、泥田に突き刺さった姉を救出したのは父だった。中学生の洋子が下校時に友人と立ち止まってはお喋りし、歩き出しては爆笑してしゃがみ込み、とダラダラ歩いていると、

「みっともない」

と、夕飯の時に怒られもした。

不意に懐かしさがこみ上げた。くわえタバコで黙々と仕事をしていた父が、今も田んぼのどこかにいるようだ。田植え時と収穫時の農繁期になると父は見違えるように快活になり、楽しくて仕方がない、といった様子を取り繕うことも忘れる程米作りに夢中だった。そんな父は、今のこの現状を、どんな思いで見ていることだろう。申し訳なさに思わず頭が垂れた。

育のいない実家は静まり返っていた。大と陸が洋子たちのスーツケースを家の中に運び入れようと玄関の戸を開けると、何か白いものが横切った。猫だった。いや猫達だった。大と藹子の後に続いて玄関の中に入りながら、猫が三匹、犬が二匹いるのだと、以前母が電話で話していたのを洋子は思い出した。

「あんた、知ってる？　猫何匹いるか」

藹子が上がり框に腰を落ち着けて靴を脱ぎかけたまま、洋子を見上げた。

「三匹でしょ。母さん前言ってたから」

「去年の暮れに七匹生まれて、今年に入って六匹が二回。合わせて何匹？」

腹立たしげに言いながら、繭子は足を踏み鳴らして茶の間の引き戸を開け、繭子に目配せした。

中を覗いて、洋子は思わず声を上げた。

大、中、小の猫が、部屋の至る所に蹲っている。

ブチ、トラ、黒、白、様々な毛色の猫たちは、洋子たちを見ても逃げようともしない。

「全部で二十二匹いるってこと？」

「そう。そしてこの先もどんどん増え続けるだろうってこと」

「それって、近親相姦ってことだよね」

洋子がトンチンカンな感慨をもって答える。

繭子と洋子が猫達を遠巻きに眺めながら立ち尽くしている間に、大は台所から冷えたビールとコップを三個持ってくると、

「あーあ、お疲れ。まず一杯やれ」

どっかりと卓袱台の前に座り、足を投げ出した。

一休みする前に手と口を清めて座敷に行き、洋子は神殿の前に土産の菓子折りを置くと柏手を打ち、こぶしを両膝の脇につき頭を垂れた。それは幼い時から明治生まれのアサに仕込まれた習慣で、大も繭子もこの家に帰れば自然にそうした。洋子はぼんやり神殿の中に目を遣った。

「この家は神道だから、死んだらみんな神様になるんだよ。真ん中にご本尊様、右側に山の神様、左側にご先祖さまがいらしてな……」

アサの声が脳裏に蘇り、教えられたとおり、真ん中、ちょっと体をずらして右側、左にずらして左側、もう一度真直ぐに戻って真ん中と、神殿の三方を拝み、顔を上げた。今の洋子にとっては巻き上げられた御簾の奥の暗闇に鎮座する山神信仰の神よりも、左側にいる筈の父や祖母が頼みの綱であった。

「母さんをまだ連れて行かないでよ」

と一人ごちた。

洋子は田舎を離れてからも、いざとなれば帰る故郷があり実家があり、そこには喜びに顔を輝かせて迎えてくれる祖母、両親がいて、それはずっと変わらないのだ、と信じていた。

「よぐ帰ったね。疲れたべ、まず上がって休め」

と、満面の笑顔で肩を抱き、手に下げた荷物を洋子からはぎ取って家の中に誘ってくれる祖母と両親の待つ実家。ずっと変わらないと思い込んでいたのに、この五年の間に母だけになり、今またその母が不治の病でもう長くないという。まるで幼子に戻ってしまったかのように、ザワザワと心もとない不安がこみ上げてくるのを抑えようもなく、しばらく神殿の前に座ったまま動けずにいた。

茶の間に戻ると、卓袱台の上には漬物や枝豆が並び、繭子と大はビールを飲みながら母の話をしていた。

「どうしたのこれ。誰が漬けた？」

洋子は胡瓜の辛子漬けと茄子の塩漬けを指差して歓声をあげた。

「漬物は喜代子おばさん、枝豆は今朝隣の母さんが持ってきてくれたんだ」

大が茄子の漬物をしゃぶりながら洋子にビールをついでくれる。

「俺達はさ、三人とも親を捨てたんだべや」

「それは違うよ。私と洋子は結婚して出て行く身なんだし、私達は後継ぎのあんたがいるから、安心してお嫁に行ったんだよ」

「したけどさ、あのおふくろと一緒には住めねえさ。俺はよくっても、奈津美は酔っ払ったお袋に、子供たちを触られるのもいやだってこぼすしさ」

「でも母さんは奈っちゃん可愛がってたじゃん。あんたたちの子だって、赤ん坊の時から世話したのも母さんだし、奈っちゃんは働いてたから母さんがいてずいぶん助かったと思うよ」

「おめえらは実際に一緒に暮らしてねえからよ。何とでも言えるさ」

そろそろ潮時だった。これまで姉弟喧嘩を繰り返してきて、三人とも少しは学習していた。

大は酔って怒り出すと手がつけられなかった。父の葬式の夜、洋子が言った一言に激怒した大は、一升瓶を投げつけてきたことがあった。祖母が亡くなった後も大喧嘩したっけ。思いは同じと見え、三人は同時に我に返り話題を変えた。

「とにかく、明日はおふくろが帰ってくるからよ。できるだけ喜ばしてやろう」

大も少しは大人になった。

明日はお盆の十三日だった。

翌朝、藺子と洋子は墓の掃除に出かけた。本当はお盆前に「墓掃除」の日があり、朝五時頃から隣近所の人と共同で行うものだった。豊かな稲田を見晴らすことのできる山の中腹に、矢野家のある在やその所縁の人々の墓があった。用水路にかかる橋を渡り、細い山道を登るとすでに墓地までの道はきれいに草刈りが施され、掃き清められていた。先祖伝来の苔むした墓石も、分家の誰かの手によってござっぱりしていた。二人は形ばかり墓石を拭き清めて水をかけ、後は墓地からの見晴らしを望んだ。同じように目を細めて遠くを見遣っている藺子に洋子が訊く。

「よくさあ、学校の帰りここに来なかった？」

「ああ、来た来た。お墓なのに全然平気で、石段に腰掛けて給食の残りのパンとか食べたなあ」

「見晴らしがよくて気持ちいいんだよね。それに父さんが下の田んぼにいたから安心だったし」

「そうそう、田んぼには決まって父さんいたよね」

「ねえ、母さん死んだら私たちもう帰ってくるとこなくなっちゃうね」

峻険な山頂を朝日に照らし始めた彼方の羽黒山に目を遣りながら、洋子が呟く。

「そうだよ。大達が帰ってきたら、もう他人の家だよ」

二人は不意に沈黙し、目を細めて朝日を臨みながらそれぞれの想いに耽っていった。

育は智の車で昼少し前に家に帰ってきた。パジャマ姿のままで車から降り、家の前に広がる畑に目を遣った。出迎えた大と藺子、洋子に向かって、

「なーんにも植えないでしまった。ごめんね。お盆なのに茄子

も胡瓜も枝豆も玉蜀黍もない。草だらけなだけだ」

そう言うと、自嘲気味に笑った。

「いいから義姉さん、早く中に入って休まないと」叔母の喜久子が母の手を引いて家の中に向かわせようとするが、育は手を抜き取るとそのままフワフワとした心許ない足取りで、畑に入って行った。

隣で育を目で追っていた洋子に、

「お母さんについてって」

と喜久子が慌てて囁き、背中を押した。

母の行く手には茗荷の茎が丈を伸ばし、涼やかな葉を広げて群生している。

「茗荷採らないと。智が好きだから。あんた達も今晩一緒にご飯食べるんだべ」

洋子の後から育を追って来た叔父、智は返事もできず、姉を一瞥したきり下を向いた。

育は茗荷の根元にしゃがみこんだかと思うと、みるみる見えなくなった。たまりかねた洋子が近寄ると、洋子の胸辺りまで伸びた茗荷の群れの中程に子供のようにペタンとお尻をついて、育はぼんやり座っている。両手に茗荷の蕾をいくつか握り締め、焦点の定まらない視線を泳がせている。むせ返るような植物の青い香りが漂う中、育の姿が一瞬透けて見えた気がして、洋子は慌てて母を引き起こした。

小説

人牛《じんぎゅう》

高柴　三聞

1

椿事というものは、世の中が平穏であっても乱世でもお構いなしに、ある日誰かの所にすっと舞い降りてくる。この時は、沖縄戦の時代に山原に住む清徳という名の一人の老人の所に舞い降りてきたのだった。

清徳が赤木の木陰で休んでいる時であった。何か大きな生き物が怒気を四方に放ちながら近づいてくる気配を感じて清徳は飛び起きた。

戦闘が日常的に行われている時であったから、うっかり暢気に構えていたら剣呑なことになると身を縮めながら首だけ亀のように伸ばした。

じっとりとした汗と温い風が肌に纏わりついて心臓だけが鋼のように脈を打っている。アメリカの兵隊にしてもヤマトの兵隊にしても、どっちも危ない。

清徳は、村の外れの高台に一人で住んでいる老人であった。現在の名称ではハンセン病と呼ばれ当時はらい病と呼ばれていた病気に罹患していた。当時はこの病気に罹患した人は屋我地島にある施設に収容されていた。しかしながら老人はどんなに周囲から強く施設への入所を促されてもそこに行くのを拒んできたのだ。

嫌なのは、嫌だからだと言い放つと徹底した頑なぶりを発揮して村人や村役場の職員、巡査らの勧告をことごとく退けて、一人暮らしを敢行していた。

そのうち沖縄でもアメリカ軍が空襲を行い、さらに米軍の上陸と共に戦火が広がると周囲の人間は忘れたかのように清徳をほっておいた。怒涛のように訪れる戦乱で人々は自分の事で精いっぱいである。

老人は病気のせいで指を欠損していたが、時間をかければ普通の健康の人と同じことはできるのである。妙な干渉が無い方がよっぽど気楽に暮らせるというものだ。

戦闘などの危険が無ければ食べられるカンダバーなどの草を摘んできて、決まって赤木の木陰で休んでからねぐらにしている小屋にかえっているのを日課としていだ。

清徳が異変を感じたのは草を摘んで木陰で休んでいるときの事だった。

しかしながら、どこを見回してもどこかの部隊が動いている様子が無く、戦闘の危険は無さそうである。ただ野良になった牛が一頭草を食んでいる。

人の声は聞こえずただ蟬がジーワジーワと鳴き盛っている。

その一頭の牛の向こう側から一人の男、服装姿格好からアメリカの兵隊に間違いないだろう。これが、何やら一人で怒りながら近づいているのだった。身長は優に二メートルはあるように思える。小柄な清徳老人からしたらまさに巨人である。顔はまるで真っ黒なのっぺらぼうのように見えるのだが、よくよく見つめていると大きな目玉が血走って見開かれているのが遠くからでもわかった。

怒り狂った青銅の巨人のようなその男は清徳にはわからない言葉で叫び散らしながら牛の背後に立つと、やおらズボンを脱いで牛に腰をあてがって自分のものを抜き差ししだした。

牛は相変わらず草を食みながら、これといって別段何かあるわけじゃなしといった顔をして動じないでいる。蠅がその尻にたかっているときは尻尾がゆらゆら振られるものであるが、その動作すらない。

この牛にとっては男など蠅ほど慌てるものでもないということなのだろう。面倒くさそうな顔をして只管《ひたすら》草を食い続けている。

晴天の雲を地面から突き上げる様に、男が歓声のような声を上げた。言葉というよりは叫び声だったかもしれない。そうして、その大男は、来た時とは打って変わって実に晴れ晴れとした表情を浮かべながらズボンをはきなおすと、回れ右をしてもと来た道を戻っていった。

兵隊は時折スキップでもするかのような軽やかな足取りになり、それにつられるように大きな尻が右に左に揺れた。

蟬は相変わらず鳴き盛っていて、まるで無限の時間を謳歌している。

息を潜めて赤木の木陰から様子を窺っていた清徳は、何だか酷く妙なものを見せられたような気持ちになった。

別に、牛も痛そうでも無いから可哀そうでもないのだが。しかしかわいそうといえば、あのアメリカの兵隊の方がどうかしてしまったのだろうとさえ感じて、人間の方がずっと気の毒であるという感想に清徳老人は至ったのだった。

しばしば住民に凄んでは高圧的に振舞う自国の兵隊と動物と交わる敵軍…。なんだかもうどっちもどっちである。とどのつまり、チューチヌクサームルゲレンゲレンパー（どいつもこいつも皆くるくるパー）になっているに違いないのだ。つまりは、どうかしちゃっているというのである。普通の人間がまともなまま殺し合いなんてどだい無理な話なのだ。どうかしちゃていなかったら戦争なんてできるわけがないのだ。

老人はあんまり変なものを見せられる機会が増えるのは、長生きの弊害と感じた。故に長生きするのもいい事ばかりではなく、この乱世においては意外な程困りものなのかもしれないと胸の内で考えながら、家路に向かう支度をはじめた。

清徳老人の脳裏には昨日手に入れた酒の事が急に思い浮かび始めた。こんな変なことに出くわしたら呑んで気分を変えるのに越したことが無い。

これから家で酒が待っていると思うと急に嬉しい気になった老人はいそいそと家路についたのだった。

案の定清徳老人は、呑んで寝て、その日の奇妙な出来事を翌日にはきれいさっぱり忘れてしまっていた。わすれたまま、老人にとっては数日大きな出来事も起きず安穏と時間が過ぎていった。

それが、丁度一週間も過ぎた頃だろうか。妙な噂を耳にしたのである。

2

老人のもとに報せをもたらしたのは老人と普段から親しくしている少年であった。この少年は、学校をある事情で放擲されてしまって、学校に通うことが出来なくなってしまったので、日頃からあちらこちらとウロウロして暮らしているような子供であった。

老人と少年が知り合ったのは、老人の家の近くで少年が老人の家屋の近くをやはりウロウロしているときに心配して声をかけたことがきっかけであった。丁度少年が草刈りを早々に終わらせてメジロを捕ろうと仕掛けをしていた時だった。老人は二、三度咳払いしてから少年に語り掛けた。

「山学校もいいのだが、本当の学校で勉強したほうが大人になってからはずいぶん楽になる気がするのだけどね」

そこで少年はぽつりぽつりと自分の今の状況を語り始めたのである。少年は、学校の校門に飾ってある御真影に挨拶をしなかったため、教師や生徒から折檻されたあげく、お前のような奴は学校に来るなと校長が高らかに宣言して学校を追い出されたのである。理不尽といえば、こんなに理不尽な話はない。学校は教える場所だ。子供の将来を慮って教え諭すならまだしも、学校の人間が総出で責め苦を与えて追い出すとは酷い話だと老人は思ったのだ。

老人は孤独であったから、たまに見かける少年とちょっとしたおしゃべりをするのがいつの間にか楽しみになっていた。少年は機転が利いて、冗談なんかも言ったりするものだから老人は大いに笑ったり感じ入ったりした。

この子は、いつか偉い大人になるかもしれないと思うと大変に頼もしくも思えた。

沖縄本島に米軍が上陸してくると、少年の姿も暫く見なくなっていたが、ある日ひょっこりと姿を現したのである。老人は何かあっては大変とばかりに「あんた、なんでこんなところにいるか！　早くお家に帰りなさい」と語気を強めて少年を叱った。話を聞いてみると、少年と家族は親戚の家に身を寄せたのだが、金持ちの人が親戚の家に逃げこんでくると、少年の家族は母屋から出されて山羊小屋に押し込められてしまった。多感な年頃の少年は、この親戚に反発して飛び出してきたのだという。

清徳老人が戦闘の様子を観察していると、状況的にかえって人里から離れているのが幸いしてか山の中などにいる人たちに比べると、この場所が安全らしいということが分かり始めてきた。

ちょうど老人の住まいがある丘のふもとに重い肺病の青年がいて、彼もまた老人と同じように一人壕で暮らしていた。

いつしか、老人の代わりに肺病の青年の様子を見に行ったり、米軍のテント跡に行ってきて缶詰などの食べ物を拾ってきてくれたりするようになる。「戦果」があがると家族のもとにも食料を届けに行きながら村人の噂話も耳聡く集めてくる。いつの間にか少年は青年を慕って防空壕の中で二人暮らしをするようになっていた。

一方で清徳老人の家族は老人と目下音信不通である。老人がこの病気に罹ってしまってから親戚だけではなく名護や那覇にいる子供達との交流をも自ら断ってしまっていた。暫く自らの横で支えてくれた清徳の奥さんはある日を境に居なくなってしまった。清徳老人はより一層強固に施設に行くのを拒むようになった。ここで一人頑張っていたら、戦争も何もかも面倒なことは終わってしまって平和になりさえすれば、嫁も戻ってくるのではないか。そんな淡い期待を一人抱えて、この家に住み続けていたのである。淡い期待はいつしか強い願望にかわり警察官がきても、清徳老人は毅然としていられたのである。

戦火の中一人で暮らす老人にとって少年は心にしみる程、孤独を埋めてくれていた。同時に、今の人でいう新聞やテレビ等のメディアのような存在でもあり生活を手伝ってくれる心強い仲間であった。まさに、欠かせない存在であったのである。

その少年が、村人の様子や村人から仕入れた話などを面白おかしく（時々この子は悪気なく話を盛って話す癖があった）語ってくれたのを、清徳老人なりに頭の中で整理して真偽を見極めながら状況を把握する一助にしていたのだ。

その日少年は今までの老人の人生の中でも飛び切り奇妙な話を、清徳老人にとうとうと話して聞かせたのである。老人の長い人生においてすら全く類するような話を聞いたことの無い話であった。

それは野良でうろついていた牛が人の姿に似た子供を産んだのだということだった。褐色の人の肌を持ち牛のように長い顔に人の様な手足を持った奇妙な生き物が産み落とされたと、村人はその牛とも人ともつかない生き物の話で持ち切りなのだという。

それは生まれて暫くすると、ちょうど人間が牛の真似をして四つん這いで歩くような姿と同じようにして親牛の周囲をぐるぐると回るようにうろついたのち、立ち上がったり、四つん這いになったりを交互に繰り返しながら移動して林の中に姿を消したのだという。

初めこそ老人は少年の話を、それこそ少年の顔に穴が空くほどびっくりした顔で眺めながら単純に不思議がり、また同時に感心してもいたのだが、はっとあの日の出来事を思い出してから急にそわそわした気分になった。

あの変な出来事に出くわしたのを自分が黙っていたせいで、よりによってこんな大変な時期に村人を騒がせることになってしまったと、清徳老人はそれこそお門違いな心配をはじめだしたのだった。

それから、これまた大変ご丁寧な事に人牛《じんぎゅう》（村人たちはその生き物の事をそう呼ぶのだそうだ。）の話題を少年が老人のもとに毎日のように届けるようになる。しかも、だんだんと尾ひれに羽ひれが付いてきて徐々に大ごとになってきた。とうとう終いには、米軍のジープや戦車をひっくり返しただとかを村人が語っていたと少年が半分興奮して清徳老人に告げてきた。少年の口の端には興奮のあまり小さな唾が玉のようになって両端に溜まっているのが見えた。

老人は、人牛の所業が本当に村人たちの話通りであれば米軍による山狩りが行われたりだとかもっと大騒ぎになるはずだと分析しながら、黙って少年の話を聞いていた。

話を聞きながら老人は、これは恐ろしい話だぞと内心思った。少年が噂を大きくしているのか、村人たちが話を大きくしているのかは知らないが、うわさが独り歩きするという云ことは恐ろしい事だと清徳老人は気付いていた。誤解と過った情報は時として人が人を迫害する事態まで引き起こしてしまうことがある。自らの病からの経験で、清徳老人はその事をいやというほど思い知らされていた。

本当かどうかわからない話で人は簡単に人を排除しようとする。初めは直接ではないが不満の言葉がこそこそと人伝に聞こえてくる。其のうち、直接心無い事を言って邪険にしてくることもあれば、屋敷に石を投げ込むなどの嫌がらせをする者も現れる。事と場合によっては戦が始まっていなかったらもっとひどい目にあわされていたのかもわからないと思うと、清徳老人は背中に水を浴びせられたような気がした。

しかも、生まれたばかりで、まだ本当に誰かに迷惑をかけたのかも眉唾な生き物がジープを倒すほど強靭で凶暴な生き物に仕立て上げられていく。事実強靭な肉体を持っていたとして、一体村の誰が襲われたというのだろう。この村の生まれの者は、よそ者ではない限り清徳老人の頭の中で確り把握されている。誰々の話では、誰々の言うことにはと、また聞きのまた聞きが延々と継ぎ足されていて、どこのだれがどんな目にあったのかはトンと解らないのである。小さな疑惑と推測はだんだんと膨れて悪意と恐怖に変わるのだ。清徳老人が思い知らされたのはこの事であった。村人の自分への対応が天と地がひっくり返る程の違いが生じる一方で清徳老人自身は、自分は自分で何も変わらないのに、何も悪い事もしてないのに、ここまで人の目は変わるものかと、酷く驚いた気持ちになったのを思い出した。驚きというよりは一種の絶望といってもよかったのかもしれない。

一方の人牛は人間と異なり出自自体が飛びぬけて尋常ではないのだから、あの不憫な生き物の運命が思いやられてならなかった。

老人は悲しい気持ちになりながら想像してみた。悪意というのは見えない小さな、それこそどんな小さな物よりも小さな極小の粒でできているのではないかと考えた。それが空中にふわふわと漂って、何かの拍子にぱっと集まって一人一人の人間の心に巣食うのだ。老人は、そうでなければ普段あんなに善良な人達がなぜここまで豹変してしまうのか、説明することが出来ないと思ったのだ。

ふと、老人は我に返って少年をみた。最近、少年の語りが上手くなって面白いのは良いのだが、ますます信用できなくなるのが玉に瑕だなと再度、心の中で嘆息した。

「それはそうと下の新垣さんは元気かね」

話題を変えようと、清徳老人はわざと明るい声でいった。「新垣」というのは、この丘のふもとに住む灰を患った青年の事である。

少年は、一瞬だけ戸惑った表情を浮かべたが、すぐに明るい表情に戻ると昨日も一緒に夕飯を共にした旨を話し出した。少年はさっきの牛人の話と同じ勢いで、昨晩食べた豚肉の鍋の話を雄弁に語り出すのだった。

3

「新垣」という青年は木々に囲まれた丘の麓に深い穴を空けただけの防空壕の中に一人で住んでいた。肺病ですっかり痩せていたのだが、もともと軍人でもあったせいか、弱々しいというより精悍な印象を与える顔立ちをしていた。口元は普段からへの字に閉じられていている。それが余計にその意思の強さを印象付けていた。青年の眼差しはすべてに諦観してしまって静かだけれどもどこか暗い悲しい色合いに満ちていた。

アメリカ軍が上陸してまだ日が浅い時期に青年は清徳老人の下にいて数日過ごしたことがあった。あのお調子者の少年も一緒だった。とにかく、この場所がどうなるかわからない見通しの立たない中で、三人は息を殺すようにして小屋の中にいた。

その最中《さなか》に、夕闇に紛れて五人の家族が助けを乞うて清徳老人の小屋に上がり込んできた。どうも他所の村の住人らしい。家族の中にひときわ目立つような若い娘がいた。その一家は戦闘が止むまで置いてもらえないかと懇願してきた。

清徳老人は全く構わないと答えたのだが、しかしと続けて自らの手を家族の前に差し出してきた。この病気にかかっている私の所に居ても大丈夫か、自己責任でお願いしたいと老人は静かに家族に語り掛けた。

母親と父親があからさまに怯えの色を顔に浮かべた。家族は小屋の隅で固まってひそひそと清徳に背を向けて何やら相談をはじめたのだった。そうして父親らしき男が何度もぺこぺこと頭を下げながら、大変お世話になりました、私達はこの辺でお暇致しますとぎこちない口上を述べた。

銃声の音も止んでしまって、確かに今なら安全に逃げられる絶好の機会にも思われた。

しかしながら、清徳の病気を嫌って一刻も早く離れたいと思っているのは一目瞭然であった。

家族が丘を降りた瞬間に、敗残兵を狩るために来ていた米兵が獣のように家族に群がって、若い娘を引き摺り倒した。何人もの男たちが入れ代わり立ち代わり乱暴を働いているのが、三人がいる丘の上からも良く分かった。

若い女の悲鳴はやがて小さく、とぎれとぎれになっていった。

老人は頭を振って悲しい顔をした。青年は暗い眼差しで丘を見下ろしながら老人に毅然と言った。

「同情するのはよしなさい。彼らはあなたを差別して丘を勝手に下りて、あんな目に遭ったんだ。自業自得さ」

吐き捨てるように語ると青年はへの字口に口を閉ざしたのだった。老人は愁いを帯びた目で青年を見つめながら、あの親御さんたちも子供に病気がうつるのが怖かったのじゃないのかなと言いかけたが、青年の険しい横顔に気圧されて口を閉ざしてしまった。青年はゴロゴロと酷く痰の絡んだような不吉な咳を二度三度すると、今度は興奮を抑える様に静かに深呼吸をはじめた。時折隙間風が吹いているときに聞こえる音のように、ひゅーひゅーという音がした。

清徳老人は青年の横顔を見ながら、青年の境遇を思いやった。ひょっとすると青年は自分が兵隊でいられなくなったために、家族をを救えなかったことに、自分自身に酷く腹を立てているのではなかろうかと思った。清徳自身もこの病気があってから地域から疎外され、家族とも音信を断つまでに至った。青年も、肺病に罹ってしまったために軍を追われ家族とも離れ離れにされてしまっている。孤立は人の気持ちに憔悴と苛立ちを生み、やがて言い知れぬ怒りの炎へと姿を変える。怒りの炎は青年の健康を随分と蝕んだのではなかろうか。

やがて悲鳴の代わりに、ひぃひぃという泣き声と共に、ケタケタと甲高い女の笑い声が混じって聞こえてくるようになってきた。多分、乱暴された娘の笑い声だろう。その家族はちょうど夜の焚火の際、炎の中から立ち上って空に舞う灰が闇に溶け込んでいくように暗闇に姿を消していったのだった。

青年は再び口を開いて傍らでじっと身を固めて小さく蹲る少年に諭すように、或いは独り言のように語り掛けた。

「なあ、坊主。人間は誰も信じちゃだめだ。国も、家族も親だって信じちゃだめだ。疑って、疑って自分で考えるんだ」

少年は青年の言葉を押し黙って聞いていた。

その日を境に、戦闘はだんだんと小規模になり散発的になっていったのだった。さらにそれから三週間経った頃、青年は死んだと少年が報せを持ってきた。

普段通りに、鍋を少年と囲んで二人満足して床に就き、そのまま朝になると青年は骸に変わっていたのだそうだ。

やはり肺の病は静かにそして確実に、この青年の肉体と生命を冒していたのだろう。そうしてとうとう命を奪うまでに至ったのだ。

清徳老人は少年に青年の親戚を教えて、青年が亡くなった旨を彼らに伝える様に指示した。

健気に一人走って報せを伝えに行った少年の後姿を眺めていたら、当方も無い寂寥感がこの老人の心を苛んだ。涙でボンヤリとした風景を眺めながら

「あの子は、また一人になるね」

と呟くと踵を返して、小屋の中に戻っていった。

4

戦後ということになるのだろうか。清徳老人は今一つ平和を実感できないでいた。投降を拒んだ日本兵の残党はパラパラと山の奥等をうろうろしているようだが、ほとんど見かけなくなった。

かわりに、ぐしゃっとなった兵隊の骸だけが置き土産のようにあちらこちらにあってひどい悪臭を放ち続けていた。老人はしみじみと呟いた。

「全く哀れな事だぁ」

戦争が終わる前から石川の方で軍の指導で諮詢会というものがつくられ、民主主義の真似事のようなことがはじまっていた。アメリカ軍が胸を貸してやるから、君たち沖縄の人間で自分たちなりに民主主義をやってごらんというのだ。これが沖縄の民主主義の新たな船出になるのだが、この民主主義には但し書きが付いていた。それは万が一にでもアメリカに逆らう気配が微塵にでもあったら全力で叩き潰すというものである。うかつに本気で民主主義をしようものなら潰されるという甚だ剣呑な民

主主義であった。

一方の清徳の村の村人達は収容所に集められ少年もそこへ移動したようである。

この時も老人は独り取り残されたのであった。それでも、食事には困らなかった。兵隊でもないしましてや本格的な戦闘も終わっていた。それゆえどうみても危険の無い老人に米軍は特に興味を持たなかったようだ。ただ病気の事を彼らも恐れて収容所には収容しなかったと思われる。

時折捨てられた米軍の食事を拾ってきてはねぐらで食べる。場合によっては戦争前より美味いものを食べる頻度が増えたくらいであった。

その代わりに独り言を言う以外老人は言葉を喋る機会を失ってしまっていた。

可哀そうに清徳老人は独りぶつぶつと何事か呟きながら生活を送る癖がついてしまいつつあった。

そんな時に久々に清徳老人の小屋に村人がやって来た。収容所の出入りは、随分ルーズなものではあったのだ。

それにしたって何人かの年配の男たちが血相を変えて乗り込んできたのである。尋常な様子ではない。そうして、それぞれ何やら興奮して何事かを全員でいっぺんに話し出すのである。

誰とも話をしない日々が続いていた清徳老人は目を回しそうな気分になっていたが、しばらく我慢して話を聞いていたら、あの人牛の事を探しているのだということが分かった。

だんだん話が分かってくると清徳老人は酷く肝を潰した。

あの人牛が人を襲ったのだという。しかも、若い娘を襲ったのだと。娘は襲われた日から数日引きこもってしまっていたと思ったら、姿を消したのだという。それきり行方がしれないということだった
清徳老人が確かかと問えば、目撃者もいるから間違いないとの返事が返ってきた。服を剝がされた娘の傍らに、やはり半裸の人牛がいて自身のモノをそそりたてて立っていたのだという。

やはり、襲ったところを見ていないのだから、まだ本当の所はわからないのではないかと清徳老人は内心思ったのだけれども、来訪者たちの怒りの様子に空気を読んで口を閉ざした。すこしでも、人牛の肩を持ったと思われでもしたら自分が下手人扱いされかねない。

老人は殺気立つ男達に、正直に知らないと伝えて何かわかれば知らせると言い添えた。男たちは、皆一様に肩をいからせながら清徳老人の下を去っていった。

老人は夜一人ゴロンと横になり、真っ暗な陋屋の中で物思いに耽った。

清徳老人は自分の前から姿を消した嫁の事を考えてみたり、人牛がどうしているかをぼんやり考えた。どっちでもいいから、自分の前に姿を現してくれないだろうかなどとも思ったりもした。

老人はコオロギとカエルの鳴き声を聞きながら、ゴロンゴロンと身体の向きを変えながら眼が冴えていくのをどうする事も出来ずにいた。夜が更けて来た頃、明らかに人のような気配とがさがさという草を踏む音が聞こえた。清徳老人は飛び起きて、転げる様にして小屋の外に飛び出した。

ぼんやりと暗がりに人影が見えたが、目の前にいる「それ」は今まで見たことも聴いたことも無い程奇妙な姿をしている。何が何だか清徳自身もわからないまま、目を凝らして見つめ続けるとボンヤリと形がはっきりしてきた。

長い顔をして、額の所には牛の角と同じように生えた瘤が二つ。どこで手に入れたか浴衣のようなものを羽織っているが、帯を結ぶ事も無くひらひら風に揺れている。身に纏っているものはそれだけだった。がっしりとした体つきだが、両の脚は牛のそれに似て曲がっているように見えた。それが、やや前かがみ気味で仁王立ちしている。

暗くてはっきりしないが、二つの目は酷く離れてついている。人間とあまりに違ったその顔は怒っているのか笑っているのか良くわからない。堂々としているように見えて、実は足元が小刻みに震えているようにも思われた。恐れと、憐れみと、驚きが清徳老人の心にいっぺんに沸き起こってきて、自分でも訳がわからず声を上げながら人牛に駆け寄ろうとした。

人牛は酷く驚いてかなり高い高さで飛びあがって身を翻した。人牛はどうやら酷く臆病なようだ。人を恐れて暮らしてきた証左なのではないか。

人牛は人間なんかよりも物凄い速さで走り出した。どこをどう走ったか、老人は息を切らせて人牛を追いかけた。数度、転んだが転ぶたびに起き上がって人牛を追いかけた。

いつの間にか、人牛が海沿いの崖のあたりに差し掛かりつつあることに気が付いた。老人は慌てた。人牛に「止まれ、止まれ」と叫びながら縺れる足を必死で前に進めた。

人牛は崖から中空高く飛びあがった。人牛は満月を背にして、大きな牛が二本の脚で立ち上がったようなシルエットを浮かび上がらせた。一瞬だけ時が止まって、人牛が浮かんで見えた。だが、無情にもすぐに時は動きだして、そのまま人牛は海に向かって落下していった。何やら声にならぬ叫び声をあげながら落ちていった。牛の涎そっくりな涎が月の光に照らされて、まるで銀色に輝く蜘蛛の糸のようにも見えたし、目端から飛び出した涙のようにも見えた。そうして人牛は真っ暗な海に寂しい水音を一つだけ残したっきり姿を消してしまったのだった。

5

人牛が姿を消してからさらに一週間も経過した頃であろうか。清徳老人は相変わらずまんじりともしない夜を迎えていた。

人牛は崖から落ちてしまって、姿が見えなくなってしまったことを、清徳老人は誰にも語ることは無かった。誰にも聞かれなかったので話していないというのもあるのだが、気持ちの中にぽっかりと空いた穴に苛まれるような心持の老人は、誰とも話したくなくなってしまっていた。

相変わらず、蛙や虫どもが鳴き盛っている。最早その音は騒がしいというよりも清徳老人の気持ちの中に忍び入ってきて老人の心持を森閑としたものにしていた。

この森閑とした中に明らかに人口の音が紛れ込んできた。キィキィと金属のきしむような音が一定のリズムで繰り返し聞こえてくるのだ。

寂しいと、だんだんと幻聴でも聞くのだろうかと老人ぽつりと思った。それにしても、本物みたいな気配だなと老人は感心した。

「おーい」と遠慮がちな声が聞こえてくる。どうやら、幻聴ではないらしい。そわそわした気分で清徳老人は起き上がると表に出た。

うっすらとした、月明かりに照らされて痩せた小柄な一人の男がリヤカーを引いて立っていた。

「あい！」

と老人は声を上げたが二の次が告げず、パクパクと陸に打ち上げられた魚のように虚しく口を空けたり閉めたりした。清徳老人はしゃべり方をすっかり忘れてしまっていた様子である。

「ひさしぶりだね、大丈夫だったか」

男は変わった抑揚の話し方で喋り掛けてきた。老人とこの男は戦が始まる前から旧知の中であった。

清徳老人は、しばらく人と話さなくなっていたので舌がもつれたり、言葉が出てこなくなったりで、男に心配そうな目で見つめられながら一人でもたもたしていた。

やがて、喋るコツをつかんだ清徳老人は今度は立て板に水という具合に喋り出した。酷く聞き取りにくい早口で長らく人と話す機会が無くて喋り方を忘れてしまっていたことを説明してから「無事だったか」と深いため息を吐き出すように言った。

男は、悲しそうな顔をしてからどこから話してよいかを話しあぐねている様子だったがぽつりぽつりと清徳老人に今までの近況を話した。

男の話の前に男の状況を少しつけ足して説明する必要がある。男はくず鉄を集めたり、鍋を直すなどして暮らしを建てる、いわゆる鋳掛屋をしながら暮らしていた。男は朝鮮から大阪を経由して沖縄に渡ってきた人で、沖縄の人と世帯を持っていた。丁度、一緒に釜山港から行動を共にしていた彼の仲間の男も同じように鋳掛屋をしながら生計を立て家族を養っていた。

戦争が近づくにつれ、差別が強まりつつあったので二人は相談して、家族を連れ島に移る事になったのである。こんな小さな島である。現に海軍だかの通信部隊が駐屯しているだけだという。大した戦闘があるとも思えないし、島の人々は穏やかだから、本島よりも安心して暮らせるのではないかと踏んだのだ。

ここまでは、清徳老人も知っている話である。男は島に渡ってからの話をはじめたのだった。

男と友人の家族は、それぞれ東と西に分かれて、なるだけ島にいる間はお互い目立つ交渉をさけ他人のように暮らした。目立たないようにするための彼らなりの工夫であった。

ともかく彼らは朝鮮人として周囲から目を付けられると危険だと判断したのである。

そうして沖縄の戦闘が本格化し島に上陸したアメリカ軍の前に恐慌を来した通信部隊は、アメリカ軍と内通している等のスパイと見做した島民を家族ごと惨殺し始めたのだ。

一人ならわかる。家族ごと後ろ手に縛りあげて抵抗できないようにして、殺すのである。残忍この上ない所業である。さらに殺した後は死体ごと家に火を放つ。

ある家族が真っ黒な家の中で黒いクレヨンが並ぶようにして

黒焦げの死体として並んでいるのを男も目撃したのだという。

その軍人達の魔手は彼の友人一家にも及んだのだという。この友人がスパイを働くことなど到底考えられないのだが、人間の不信はどこまでも人を軽率で残酷にしていくようである。

男の友人は、壕に逃げた所を引き摺り出され首に縄を掛け引き摺られながら絶命させられ、そのまま松の木に吊るされたのだという。彼の子供達も、妻もそれぞれ酷い殺され方をして生き残った者は誰もいないのだという。

男は生き延びることが出来た。家族も助かった。しかし、もうこの島も、この村も不安で生活していく自信がないので、那覇にでも移って暮らしをするか、沖縄を離れようと思った。

ただ、自分たちに親切であった清徳老人にだけはどうしても別れの挨拶をしたかったのだという。

男はリヤカーから新聞で包んだ黒糖の塊を清徳老人に渡した。清徳老人が餞別に何か渡そうとすると男は首を振ってから「ありがとう」とだけ言って清徳老人の下を去っていった。

キィイキィイと一定のリズムで軋む金属の音が聞こえなくなるまで清徳老人は男の後姿を見つめていた。

「こんな、情けない事ってあるかね、この戦はいつまでも終わらんねぇ」と清徳老人は二言三言独り言ちた。男に貰った黒糖の欠片を一つ口にすると甘味の中にほんのりとした苦みが口の中に広がったのだった。

6

沖縄の復帰闘争が島中で吹き荒れていた頃、前より随分と小さくなった清徳老人は屋我地島の施設で暮らしていた。

この施設で老人は絵を画くのを大の楽しみとしていた。熱心に汗をかきながら、水彩画やクレパスなど多様な手法で画用紙いっぱいに絵を画いていく。

その絵はのびのびとしていて見る人の心を随分和ませた。口を開けばダジャレ王で、単調になりがちな施設暮らしの中で、周囲の職員や利用者に何物にも代えがたい笑いと変化を与えていた。

「清徳さんはラジオだね」

と誰かが言っては、皆で笑ったものである。

しかし、清徳老人は誰にも語らないでいるある思いでいつも人知れずぼんやりと考え込むのである。病気になった自分も、昔共に暮らした少年も、あの肺の病の青年も、朝鮮の男たちや、あの牛から生まれた人牛も、他の村人たちと暮らせる手立ては無かったのかなと、何度も何度も一人で考えるのである。

何の心配も無く、お互いが暮らせていける世の中が平和だと思うのだが、沖縄の様子は基地がフェンスに囲まれ分断されるようにして日常がある。あるいは、海を隔てて大和と隔離されたようにして島がある。

アメリカや中国やソ連、朝鮮半島もギクシャクといがみ合った中に日本と沖縄があって、いつ戦争が始まって核が降ってくるかわからない世の中だ。そんなの平和なわけがないのである。

清徳老人にとっては未だに「戦さ世」は終わっていないのである。

つまるところ清徳老人は心の中の結論として、今は平和ではないのだと考えた。もうこの世には平和が存在しなくて、死んだ先に天国という所のみが平和なのかと思うとやりきれないのである。

「グソーで幸せになっても、今を幸せに生きられなかったら、何のための人生ね」

清徳老人は心の中で何回も問うた。時折訪問でやってくる牧師に、その事を打ち明けようとしたのだが、言い淀んで止めてしまうのである。

思案の末、幸せな所、平和な所を想像して画くということを老人は自分に課したのである。そもそも絵は大の得意であった。と同時にそれは、誰にも命令されたわけでも促されたのでもない、自分が求めて已まないものでもあった。

日増しに清徳老人の絵は、凄みを増した。技術的な上達ではない。ただ、願いと思いが強くなっていって只管に原色の色と共に画面に叩きつけられるようにして表現されていったのである。その表現の思いの強さの強まりが凄みを与えたのだ。

清徳老人の最後の作品は、大きな木の周りに村人たちが輪になって歌い踊るというものだった。絵の片隅に、子供たちに囲まれて幸せそうな二本足で立つ牛の姿があった。しかし、それが意味するものがなんであるかを知る者は、最早誰もいなくなっていた。

老人は、老人なりに考え想像して人が平和で暮らせる場所というのを創作してみせたつもりであった。老人はこの絵について多くを語らなかったが、この絵は施設の誰からも感心され愛されてきた。

長い年月が経って清徳老人は平成が始まる直前で亡くなり、あの絵も今は片付けられてしまって令和の今となっては、その絵の存在すら忘れ去られてしまった。

ただ、一人の老人が平和を願って描いた絵が施設の奥深い暗い倉庫の中で静かに再び陽の光が浴びるのを待ちわびながら昏々と眠り続けているのである。

小説

博徒伽藍日誌 7――「梟」

鈴木 貴雄

一

オレはすぐに分かったね。ライノがやってきた。オレが待ち伏せしているのを分かると、ヤツは足を止めた。歩道の舗装が道路側へ窪まった辺り。たじろいでやがるのか……取って喰ったりしないがな。戸惑っているばかりのアイツへ先制だ。オレは立ち上がって、それまでしゃがみ込んで居た階段からゆっくり降りる。あとずさりするライノ。逃げようってか。だが、そいつは無理だろう。左足を半歩後ろに下げて、ヤツの体勢は止まった。体が強張って、動けないはず。オレに逆らおうとするからさ。建物から離れ歩み寄る。こちらを凝視しているのかと思えば、まだ階段の方をじっと見てる。どうやら、オレに視線を据えることはできないようだ。構わずオレは、ヤツの傍まで行って祝詞を述べる。方向転換し、そいつがやってきた方角をたどるように歩み去ってやった。

深夜のこの時間、人通りはほとんど無い。車道は時折り車が通る。春先の宵だ。スウエットの上下では、少し肌寒い。なあに、歩いていれば、じきに体が温まる。日付は既に、金曜の夜から土曜日へ切り替わった。天気は良く、雲が掛かっていないため月が映えている。ライノへ借りを返したことで、気分は軽い。二駅分を歩いて自宅へ戻るつもりだった。酒場へ顔でも出してやるか。早足になったところから、小走りに駆け出した。よりスピードを上げた辺りで、徐々に足音が二重に聞こえてくるのが分かった。何故かって、追っ手が付いて来ているためだ。

ライノではない。アイツなら後ろを付け廻すのではなく、さっさとオレに追いついて用件を申述べているだろう。足音を聞いていると、細身の長身が浮かぶ。このまま走れば駅前に出るルートだが、それにはまだ八〇〇メートルほど掛かる。この速さでは、まもなく追い付かれてしまうだろう。作戦変更だ。オレはスピードダウンしやがてそこに留まり、振り返った。追手も走るのを止めゆっくりこちらへ歩み寄る。奴の顔を確認すると、オレは右腕で口元をぎゅっと拭う。この前のクリスマスシーズンにライノと呑んだとき、店でオレたちを突然取り囲んだ集団。そのときオレを詰問したボス役。それが追手の正体だった。そいつは薄手アウターのポケットに両手を突っ込み、足を半歩広げ余裕と言った雰囲気でこちらに視線を送っている。

「応援を呼ばなくて良いのか？ 助からないと悟って？」

「あのあと仲間うちから聞いたんだが、アイツは府中のレースの翌週にはオレたちの群れから離脱した。何かやらかしたんだろうけど、去る者は追わずが業界の鉄則さ」

アイツの行方に関して、オレの知っていることは本当にそれだけだった。奴はオレのセリフを最後まで聞かず間合を詰め、口をへの字に歪めて見せたあと、こう凄んだ。

「全部燃やしたって言っていたな。オリビアのポスター」

二

オレが所有していた、映画『アルゼンチン・タンゴの波間で』のロードショーポスターには、通常流通しているものとは別バージョンが含まれていた。それには主演のオリビア・アレサンドロは写っておらず、ヒロインの女優がレストランのテーブルでワイングラスを傾けているという、落ち着いたトーンのもの。彼女がひとり笑顔で乾杯のポーズという構図で、画角からは見切れているが、その相手がオリビアが演じている役だろう、ということは容易に想像できる。ところが『～波間で』の公開からさらに遡ること一〇年、同国で製作されたオリビアが主演のまったく別の映画があって、そのポスターが彼ひとりテーブル席にてグラスを傾けているというスティールだった。その二枚を左右に並べると、驚くほど自然にまだ年若だったオリビアと共演の女優が向かい合って歓談しているという映像が現れる。偶然なのか意図されたものか、関係者も散らばってしまって真相は分からない。当然、一〇年前のオリビアのポスターは高騰した。問題は『～波間で』の別バージョンのほうだ。元もと刷枚数が少ない上、ビジュアルがマイナーと受け止められたのか関心が少なく長らく市場に出なかった。ポスターをまとめて焼却したあのときも、こいつには価値がないだろうと考え、オレの自室の片隅にずっと放ったらかしにしていた。二枚のポスターが合致するという話が広まる以前、飲み屋で女の子に別バージョンの話をしゃべっちまった。そのとき、次に逢う日の同伴出勤を条件に、ポスターの残部を譲った。ランデブーのカフェで物《ぶつ》を渡し、そのあと店までお付き合いして貰った、という訳だ。後日、目玉が飛び出るような買い取り価格がトレードショップに掲示されていた。後の祭り。

「俺たちが追い込んでいる隙に、お前のコネクションを伝ってどういう訳かポスターだけが奴の手に渡った。換金して今頃ウハウハだろうよ」

「そんな……まさか、アイツが」

「嵌められたんだよ。俺もお前も。二枚のポスターの併《あわ》せワザを噂で広めたのも、奴だ」

そう言い残して相手はがっくり肩を落としオレの横を通り過ぎ去って行った。命拾いしたなんて、オレは思っちゃいない。アガリやポスターの件でアイツがしでかしたことに、オレが関わっていないか確認するのが目的で声を掛けただけということだろう。こちらも、情けない話を聞かされたという体《てい》で、肩の力みも完全に抜けた。相手もこちらも双方、ケジメがだらしないことで泣き出したくなるような状況になっちまった。界隈の男どもがこの体たらくでは、女にもまともに相手にされるわきゃない。

三

結局「スロプー」さんは僕にどんな用件があってここで待ち伏せしていたのだろう。疑問を抱えたまま、彼が座り込んでいたその階段を昇り切り、自室のドアを開け帰宅した。扉の外を注意深く確認。まだ誰か不審者が付いていやしないか。ドアポストに荷物があった。取り出すと、国語辞典くらいの大きさのプラスチック製カセット。昔、どこかで見掛けたことがある。映像を記録するためのメディアのはずだ。ステッカーにタイトルが記されている。「愛する人と踊れるなら」アルゼンチン・一九五九年製作。これも「スロプー」か？

金曜日の夜は、バイト先での「スロプー」の件もあり、疲れていた。そのため自習もせず床に就く。カセットは何も手を付けず、ちゃぶ台に載せたまま。再生するデッキなどあるはずもない。なにせＤＶＤ対応の物ですらプレーヤーを所有してない。翌朝は、サンドイッチを作り朝飯を済ませ、自習。金曜日の夜シフト明けということで、この日は終日フリー。数学の赤本を開き、作成したノートを参照しながら過去問を解く。志望大学の今年度の入試も当然挑戦した。共通テストの足切りは通ったが、二月の二次試験で玉砕。三年目の浪人生活に突入。僕にはどうしても目指したい大学があって、それに叶うまで勉強を続ける。親にもそう説明して、浪人生活の継続を承諾してもらった。下宿代を稼ぐためにアルバイトも続ける。少子化による受験人口の減少にもかかわらず、大学で僕の志望する学科の倍率は高止まりだ。僕と同じように、独自の研究プロジェクトを抱えていることで知られ、そこへ志望する受験生が集まっているのだ。過去問がひと区切りしたところで、玄関のチャイムが鳴った。誰だろうと思いそっとドアを開けると、そこにはナオミが立っていた。

四

「うちのハイヤー!で来たんだけどさあ、ほらこの辺って住宅街が入り組んでるじゃない？　車を降りてから歩いてぐるぐる廻っちゃった」

ナオミはそう言いながら堂々と僕の部屋へ乗り込んで、アウターを脱いだ。僕の部屋に女性が上がり込んだことなど、今まで一度もない。断じて。

「ナオミさん。どうしてこの場所が分かったんですか？」
「『スロプー』のオヤジに聞いたのよ。先週くらいにライノくんの家へサプライズで遊びに行こうとか言ってて。ライノくんのシフトじゃないときに『ゴーウン』で声掛けられたの」
「サプライズ？　それじゃあ『スロプー』さんも来るんですか？」
「来るんじゃない？　なんでも、映画鑑賞させてやるから今日この時間に来いとか言ってた。貴重な映画らしいよ。昔のなんだって」
「ああ……」

僕は昨晩のでかいカセットを思い出した。拾い上げてちゃぶ台に載せると、ナオミもつられて寄ってきた。

「そうそう。多分これよ。オリビア・アレサンドロでしょう」
「でも、うちプレーヤーありませんよ」

ナオミの言った俳優の名前で、おぼろげな記憶が蘇った。以前「スロプー」が話してくれた、映画のポスターと関係があるのだろうか？　突然、玄関のドアノブが無造作に開けられ、扉が半分開いたかと思ったら、箱型の機械を抱えた男が上がり込んで来た。「スロプー」だった。

「こいつをそこに置くぞ」
「『スロプー』さん！」

「スロプー」は、あいさつもなしに六畳一間の中央に置かれたちゃぶ台へその機械を置いた。古いビデオプレーヤーだ。電源を入れた途端にどこかが壊れてもおかしくないほど擦れている。

「こいつをＴＶへ繋いでくれ」
「『スロプー』さん、いきなりは止めてくださいよ。それに、うちはＴＶありません」

「スロプー」が持ってきたプレーヤーは、近所のリサイクルショップで見つけた物だということだった。「スロプー」に押し切られ、ＰＣ用に繋げていたディスプレイを引き出して繋ぐことになった。幸いなことに、互換性のある接続端子があった。ディスプレイはプレイヤーの上へ据置かれた。

「カセット、あったよな」
「これでしょ。どこにこんな古い作品があるのよ今どき」

「スロプー」の呼び掛けにナオミが応え「愛する人と踊れるなら」のテープを渡した。僕がプレーヤーとディスプレイの電源をオンにすると「スロプー」はカセットをプレーヤーへ押し込んだ。するとデッキはメカニカルな音を立ててカセットを飲み込みリールの回転が伝わった。三人とも、いつのまにか身を乗り出してディスプレイを見つめていた。そして映画が始まる。

オリビア・アレサンドロ扮する若き大学教授が、毎日立ち寄る喫茶店で、とあるウェイトレスと恋をする。最初、彼は彼女の恋心に気づかず、気まぐれに立ち寄ってコーヒーと軽食をオーダーし、一服が済むと言葉数も少なに立ち去った。実は、彼の注文するキッシュの種類を切らさないよう、彼女は密かに夜明け前にマーケットへ向かい材料を買い付けていた。あるとき早朝の仕事で港へ立ち寄った際、偶然食材を抱えた彼女と出会う。それは、彼がいつも注文しているメニューの材料だとすぐに分かった。

「驚いたよ。ここで君に会えるなんて」
「今からお仕事ですか？　今日のランチはラストオーダーを伸ばしましょう」
「夜の部は何時までオーダー可能？　踊り子は材料の目利きが上手な美味しいパイを焼く女性が良いな」

ふたりは恋を実らせるが、戦争がそれを引き裂く。彼は徴兵へ取られ欧州戦線へ。終戦となり復員した彼は、廃墟になった喫茶店でひとり佇む。崩れかかった店内のダンスフロアで、デュオの振り付けを相手もなく踊る。そして終幕。

五

「素晴らしい！　さすがオリビア」
「切ない話ね」
「風景綺麗でしたね」

エンドクレジットが流れ、デッキがオートイジェクトでカセットを吐き出した後の。めいめいが述べた映画の感想だ。

「これが例のポスターの本編ってわけね」
「そうさ。ポスターの話にも後日談があって、昨日の事なんだけどよぉ……」

「スロプー」は「アルゼンチン・タンゴの波間で」のポスターの話を切り出した。今流した「愛する人と踊れるなら」のポスターとで、不思議な取り合わせとなること。「スロプー」が所有していた分が不意に人の手に渡り、その取り合わせが広まると市場価格が高騰したこと。そして、昨晩の顚末……「スロプー」さんが僕のアパートの階段から立ち去ったあのあと、そんな出来事があったとは。

「仲間に裏切られ、お宝はくすねられ……だらしないオトコどもね」

「ナオミさん、そこまで言いますか」

「良いんだよ。本当のことなんだから。我ながら情けねえや」

「景気付けに、ひと勝負してみない？　カレのゲーム会社でイベントがあるの。まだエントリーできるよ」

ナオミからの提案。ナオミの知人――彼女のセリフの「カレ」というくだりに少々胸が騒いだが――の会社で賞金付きのポーカーの大会が催されるそうだ。二人勝負のテキサスホールデム。バジェットは総額百万円。参加資格は特になし。有明のホールを使ってゴールデン・ウィークにぶつけるスケジュール。僕は「スロプー」に水を向けてみた。

「『スロプー』さんにうってつけじゃないですか」

「その日はレースがある。ライノ。お前行ってこい」

「ライノ君に来て欲しいな」

二人から押され、どうやら僕が参加しなくてはならない状況になってしまった。僕はポーカーなんかやったことはない。ましてや大会に参加するなんて……鉄火場で素人に何ができる？　それでも、五月まで時間があるので、なんとか準備ができるだろう。

「じゃあ、アタシそろそろお邪魔かな。ハイヤーをこの時間に呼んであるの」

「オレも帰る。デッキはライノにプレゼントするぜ」

「そりゃ……どうもです」

「スロプー」とナオミは、それぞれアウターを着ると帰って行った。ふたりがいなくなると、僕の部屋に静寂が戻った。なんか寂しいな。三人で居るときの楽しい時間が、しばらく尾を引く。ひとつだけ気になったのは、プレーヤーをしまっておく場所が僕の部屋のどこにもないということだ。

六

「それじゃあ、尾乃道さんが持って行ったんじゃないの？」

「まさか。店の女の子に譲って、それっきりさ」

オレを囲んだ娘たちは、互いに不思議そうに顔を見合わせた。場末のキャバレーで愉しんでいると、女の子たちが聞きたいことがあると言って集まってきた。ポスターの件、話はまだ切れていなかった。オレの手を離れたポスターの束は、確かにアイツの手に渡った。しかし、換金の直前に第三者がヤツの前に現れ、むりやりポスターを奪い去ったとのこと。それが界隈では尾乃道の差金だという噂で持ちきりだということだ。

「尾乃道さんがキレて刺客を送ったってみんな騒いでるよ」

「そりゃガセだっての。ヤツが離れて行って以来、オレからは一切かかわらないようにしてる」

「でも、あの人の群れでは上から下まで怒り心頭よ。尾乃道にケジメ付けさせるって」

「上納金の不足をポスターで穴埋めするはずだったんだって。当てが外れたせいで、何人か飛んだのよ」

「『尾乃道が取り返しに来たんだ』って。思い込んだら単純なものでしょう」

「ヤツだ。マヌケなまま奪われたんじゃ立場がないからオレにおっ被せようって口上さ」

マズイことになった……ヤツの群れとはシマを巡って昔からいざこざを抱えており、根深い対立があった。そこにカネを持ち去って転がりこんだり、こっちにはなんの落ち度もないのに痛くもない腹を探られて来た。それに加えてポスターの件までもだ。あんな物、さっさと燃やしちまえば良かったんだ。

「尾乃道さん。これから日向舎のひとが来るそうよ。今日は帰った方が良いわ」

日向舎というのはヤツの今いる群れの元締めのうちのひとつだ。オレとここで鉢合わせるとやっかいだろう。オレは勘定を済ませると、女の子の案内でこっそり非常階段を伝って外へ出た。時刻は午前零時を廻ったところだ。小雨模様。オレは早足で飲み屋街を後にした。時折り通る車の音に混じって、人の足音が聞こえる。オレは歩くスピードを上げる。するとそいつの足音もついてくる。誰だ？　さっきの店に来た日向舎の客か？

それとも昨日の夜ライノの家の近くまで追って来たアイツか？　疾しいことなどないはずなのに、どうしてオレばかり付け狙われなきゃならんのだ。全部、あのポスターが起こしたトラブルだぜ。ポスターなんて趣味の範囲で楽しめば良かったんだ。それが取引市場でうっかり高値が付いちまった。売り買いして大儲けできたときは有頂天だった。でも、物事には必ずケジメを付けなきゃならねえ。マネーゲームの類には、強烈なしっぺ返しが大口を開けて待ち構えているのさ。カネで遊びたいのなら、ギャンブルに突っ込んだ方がよっぽど健全と言うものだ。

「冷えて来やがったなあ。桜も寒かろう」

寒さと心細さを紛らわせようかと独りごちた。そろそろ、蹴りをつけなきゃならねえだろう。おれは少しずつ速度を落としてゆっくり歩き、そして足を止め後ろを振り返った。しかし、どこを見渡しても追手の姿など居なかった。闇夜の中、細い雨。繁華街から離れて辺りは静まり返っていた。

振り返ったオレの目前に広がる風景は、確かに店から出てここまで歩いてきた道のり。それは、繊細な絵画にどろりとした灰のカタマリをぶちまけたような、暗い、暗い闇が広がっていた。

奇っ怪な出来事

躓きも言葉で編めばものがたり
躓き行路の人生《ひとよ》の一幕

大城 静子

S子が三十五、六歳頃の、今から五十数年も前の奇っ怪な昔ばなしである。

ある夏の夜の七時半頃であったか、玄関の音はしたが、声も掛けずに誰かがつかつかと家の中に上がってきた。夫Kの琉球かすり工房の手伝いの人かと思って、応接間の入口に座っていたS子が廊下の方へ目をやると、手拭いでマスクをした若い男が三人縦並びに立っている。

「あら、どうしたのそんな恰好して……」

と声を掛けているS子に近づいてきて、いきなり持っていた包丁をS子の頬に当てて、

「その顔に傷つけてやろうか、どうだ……」

どうだ、とお金を強要するでもなく、ただS子を脅しているだけである。あとの二人は突っ立って見ている。

応接間には、夫のKとお手伝いのNおばさんも居て、織手に届ける織糸の準備をしていたが、その二人には声も掛けない、何もしないのである。夫KもNおばさんも、突然の出来事にただ棒立ちになっていた。

包丁を持ってS子を脅している首謀らしい男が、突っ立っている連れの者に、

「おい、あの二人の所から、糸を取ってきてこの女を縛れ」

と言って、仲間の者が糸車の側に掛けてある絹糸を取って行こうとした時、

「その絹糸はよしてくれ」

と夫Kの声であった。その男は絹糸を木綿糸と替えた。その木綿糸で縛られ怯えながら、頭の片隅でこの強盗に何か大きな危険を感じていた。絹と木綿糸の区別を知っているという事は、このかすりの村の人である。

S子は首謀の男に手を合わせるようにして頼んだのである。

「そのハンドバッグに八十ドル入っている。そこにあるステレオもテレビも新しいものです。それから、裏庭に新車がある。どうかそれだけでゆるして……」

S子が新車の事を言うとすぐに、二人の男は夫から鍵を取ってさっさと裏庭に行ってエンジンをかけていた。

S子を脅していた男は八十ドルを取って、

「よそものはこの村から早く出て行け！」

と投げ声をして、包丁は台所の方へ投げ捨てて三人で車を飛ばすようにして去って行った。

S子は恐怖と奇っ怪な強盗に気持ちが混乱した状態で、警察に電話したのである。

めったにない強盗事件ゆえ、警察の方も、また新聞社の方もかなり緊張していた。S子は八十ドルの事と、車の事だけを話した。S子だけが脅された事や何か怪しいと思った部分は、端折って話す事にした。恐怖で疲労困憊しているという事で、話は短時間で済ませる事にした。

家屋敷に恐怖が充満していて、ここから逃げる事しか考えられず、その晩に実家に電話をしたのである。

「その屋敷に居ては危ない、子どもを連れてすぐに来るのですよ」

母は思う事があってひどく怯えた声であった。S子はすぐに実家に行く事にした。

すやすや眠っている二歳の息子を抱いて、Nおばさんにタクシーを呼んでもらい、夫のKの事や仕事の手伝いの事などをお願いした。おばさんは泣き出しそうな顔で深く頷いていた。

夫Kはこの奇っ怪な強盗事件に何か思い当たる事あってか、かなり困惑した様子であった。無口な質ではあるが、S子に対して一言の声かけもなく、息子の寝顔をじっと見ていた。

その大きな家屋敷と「Kかすり工房」とのわずか三年での別れとなった。

S子の母が、この家屋敷の事を気にしていたのは、この事件が起きる一年ほど前だったか、母の知人のおがみ事を仕事にしているEおばさんに、屋敷のおがみを頼んだ時の事、「この屋敷のおがみは、私のような並のおがみでは無理ですよ」と言って怯えていた。

その近くにある黄金森に作られた洞穴は、戦争の時に陸軍の仮設病院があった所で、今でも夜な夜な泣き声がするという噂もあり怖い所であると聞いてからずっと気にしていた母は、今度の事でますます気にするようになってしまった。S子は、霊の云々という事にはそれほど興味を持たない質ではあるが、母を見ていると急に三年前の事が思い浮かんだ。

夫Kの父親は、次男であるKと仲がよいので、生まれてくる孫とKたちと一緒に暮らす事を楽しみにしながら、この家屋敷も準備してくださったが、突然、肺癌で倒れ、誕生した孫を見る事もなく、夢の国へと旅立ってしまった。

「どうして、どうして、なぜ、なぜ」の言葉がS子についてくる。

翌日の新聞には、強盗事件として大きく報道されていた。車は那覇市の町筋に捨ててあった。その後、犯人は不明のままである。

この事件は、誰かに頼まれた不良若者が強盗のふりをしてS子を脅すために仕組まれた事は明白であるが、恐ろしくて公表はできなかった。

強盗騒ぎがあって四、五日後だったか、Nおばさんから電話があり、さみしそうな声で話したのは、「この頃毎日、御主人の高校時代の後輩という女性が、役所の仕事帰りに訪ねてきてつかつかと応接間に入って、楽しそうに大きな声で話しています。「高校時代から好きだった——結婚相手はKさんだった……」御主人の声は聞こえません。彼女だけが実に楽しそうに話している、その笑い声を聞いていると、気分が悪くなりますので、仕事を辞める事にします。申し訳ありません。ありがとうございました」と、泣き声であった。

S子が実家へ行ってから一ヶ月過ぎた頃だったか、夫Kから電話があり、待っているという近くの公園まで出かけた。驚くほどに憔悴していた。黙ったまま渡されたのは離婚届であった。S子は少しもためらいもなく名前を書いて渡した。二人して一言もない、まるで白昼夢のような別れであった。

　その四、五日後だったか、Kの友人という人から電話があり、「Kが結婚式を放棄して、夕べから自分の所に居ますが、かなり疲労しているので、迎えてやってください。あの妄想病女の脅迫を恐れて、さ迷っていたのです。許してやってください」と言う。友人の思いに、感謝をしてすぐに友人宅へ向かった。

嫉妬とふ罠に躓き捨て去った
「かすり工房」夢ものがたり

　S子と復縁した夫Kは、あの家屋敷も「Kかすり工房」も捨て去った。

　琉球かすり名工の夫の母親は、頼りにしていた後継者を失って、さみしい老後を過ごす事になってしまった。

　夫のKは病院の薬局の仕事に戻った。S子は那覇市役所の近くで、茶道・華道の教室を復活させて、暗い過去は、雑文で書き流して、明るい方向へと歩んでいたが、あの脅迫ごとは、まだ終わってなかった。

　稽古中に、暴力団の名で脅しの電話があったあとに、入口のポストに火の付いた紙切れを投げ込まれて騒ぎになり、わずか一年半で教室を閉める事になった。新しい自宅の方で稽古を始めるようにしたが、あの女性からの無言電話が、脅迫のようで恐ろしくて、S社中は終わりにした。

　東京へ移住することに夫も賛成して、息子と二人で先に上京する事にした。

ペン握り野道を歩《ゆ》けば楽がある
　草木が唄えば蛙も唄う

書評

今林直樹『沖縄の地域文化を訪ねる　波照間島から伊是名島まで』
書名からは想像できない多岐に渡る〝旅行記〟

狩俣　繁久

本書は、著者今林直樹が沖縄と出会ってから四半世紀の間の沖縄の〝旅〟を紅短歌会の同人誌『くれない』に綴った文章をまとめたものだ。その〝旅行記〟は現地に足を運び肌で感じたことを綴った文章だけでなく、現地で巡り合った人々との交流や、多くの書物の渉猟の成果を交えた文章もある。書名からは想像できない多岐に渡る〝旅行記〟なのだ。

本書は「島言葉と沖縄文化」「先島諸島の歴史・神話・文化と生物多様性」「沖縄本島（南部・中部・北部）・離島の歴史・文化・鎮魂」「気候変動・パンデミック時代に東北から「沖縄の地域文化を訪ねる」」の四章八六編の文章で構成されている。本書の八六編のすべての文章にはタイトルの他に副題がある。副題は個々の文章のテーマを表すだけでなく、〝島言葉〟や沖縄をよく知らない読者への道標にもなっている。なお、気になったことを少し。〝沖縄〟は沖縄本島及びその周辺離島を指す。宮古諸島や八重山諸島は含まれない。〝宮古〟は〝宮古〟であり〝沖縄〟ではない。〝八重山〟もまたしかり。〝沖縄〟では一括りにできない固有の文化と歴史がある。近年沖縄県で使われるシマクトゥバのシマは故郷を意味する。島にはハナリという。従って、シマクトゥバは島言葉ではない。故郷《シマ》の言葉《クトゥバ》だ。東北方言も九州方言も、そしてアイヌ語も故郷言葉《シマクトゥバ》だ。「私の故郷言葉《シマクトゥバ》と同じくあなたの故郷言葉《シマクトゥバ》も大切に」。これがシマクトゥバの思想なのだ。

Ⅰ章の最初の「ちゅらさん――「いときよらし」」には仲宗根政善著『琉球語の美しさ』の「ちゅらさんと美しい」の文章が引かれている。仲宗根政善は評者を方言研究の道に導いた恩師だ。頁を捲ると本書のあちこちに仲宗根の名前がある。評者と同じく仲宗根を師と仰ぎ、仲宗根政善著『沖縄今帰仁方言辞典』の出版に関わり『琉球語の美しさ』の編集を手伝った妻に本書を渡した。先に読み終えた妻が「著者の人柄が出ているね」と評した。

二つめの「ちむぐくる――「袖触れ合うも多生の縁」」では旅先で出会った人との交流が描かれている。「そうした、人に対する沖縄の人々の温かい眼差しの謎を解きたくて、そしてその温かさに触れたくて、何度も沖縄を訪れる羽目になってしまい、今日までできている」とこの文章を結ぶ。本書のいたるところに〝旅〟での様々な出会いと、そこで触れた人や事物に対する今林の思いが描かれている。

他者との関係は一方的なものではない。同じ行為に接しても、同じ物を見ても、そこに何を見、そこから何を得るかは人によって違う。宮古島の諺に「白手《ツスウディー》ヌ出《イディ》チカ白手《ツスウディー》ヌ戻《ムドゥ》リ来《く》ス（きれいな手が出たらきれいな手が戻ってくる）」がある。この諺は呼応しあう関係性を説いている。初めて会った人の何げない行為や事物に対する感動と学びは著者今林の資質が呼応したものだ。妻は本書のそこかしこに今林の「白手」を見出し「人柄が出ている」と評したのだ。

「ナヰとシガーリナミー――異様で不吉な干潮」では「ナヰ（地震）」と「シガーリナミー（津波）」を巡る文章だ。日本古語「なゐ」は石垣島ではナイという。石垣島気象測候所に勤めた岩崎卓爾（一八六九―一九三七）の「ナヰ（地震）」の話」の紹介に始まり、沖縄本島各地に伝わる地震除けの呪文「チョーチカ、チョーチカ」の話になる。続けて『琉球語の美しさ』の中の「シガーリナミー」を引用しながら、その語源が「潮干れ波」であり、地震直後の「異様で不吉な干潮」が津波襲来の前兆であるという仲宗根の文章を紹介する。

そして今林は「地震と異様な干潮、そして津波。今日、私たちはこの三つをワンセットにして頭に叩き込んでおく必要がある。なぜなら、二〇一一年三月十一日に発生した東日本大震災で私たちはまさにその光景を目にしたからである。」「今、私たちには沿岸部で地震が起こったときに取るべき行動を記した「新たな物語」が必要なのである。」「今年も三月十一日がやってきた。いま、東日本大震災のことを思い起こしながら、あらためてこのことを「新たな物語」として頭の中に叩き込んでおきたい。」と結ぶ。今林は岩崎卓爾の石垣島から沖縄各地の地震除けの呪文、今帰仁方言の「シガーリナミー」を経て、自身が居を構える仙台に帰ってくる。本書の端々《はしばし》に、帰るべき土地にしっかりと足を付けた今林の顔が現れている。

本書のあちこちに出てくる仲宗根政善は、戦後沖縄の琉球語研究の土台を築き、故郷のことばをこよなく愛し、ライフワークでもあった『沖縄今帰仁方言辞典』を刊行した。その功績により日本学士院賞を受賞した。その仲宗根政善にはもう一つの顔がある。

仲宗根政善は、Ⅲ章の「戦争の記憶――『ひめゆりと生きて仲宗根政善日記』」で次のように紹介されている。「仲宗根政善は一九四五年の沖縄戦でいわゆる「ひめゆり学徒隊」を引率した経験を持つ。戦況が悪化し、ひめゆり学徒隊にも解散命令が出た後、仲宗根は女生徒たちとともに戦火を逃れるうちに喜屋武岬まで追い詰められた。米軍が迫る中、手榴弾を使って死ぬことを訴える学生たちに対して命の尊さを説き、死ぬことを思いとどまらせて投降する道を選んだ」。仲宗根政善は、生き残った生徒と自らの手記をまとめて『ひめゆりの塔を巡る人々の手記』を戦後いち早く出版し、一貫して命の尊さと反戦平和を訴えた。ひめゆり資料館初代館長は仲宗根政善のもう一つの姿なのだ。

第Ⅳ章では「仲宗根先生のこと――「弾を抜くんじゃない」」、「石に刻む――教え子の名を刻む葛藤」、「戦争を知らない子どもたち――「勇気を振り絞って語ってくれた」」等々、青い海や沖縄の伝統文化ではない、今林が追体験した、時を超えたもう一つの〝沖縄〟が語られる。今林はそれらのことが沖縄だけの問題ではないことを訴える。Ⅳ章の最後の二つ「リスタート――まだ人の感受性は衰えていない」、「生きてさえいれば――「あなたの愛する人を幸せに」出来ます」は、今林の〝旅〟の終わりを飾るに相応しい文章だ。そして、この文章は、本書の書名から想像されるような〝旅行記〟でないことを如実に表すと同時に、〝著者の人柄と思想〟も表している。

高柴三聞詩集『ガジュマルの木から降って来た』
思考の可動域の広さをたのしむ

池下　和彦

はじめに読む「あとがき」によれば「もともと怪談書き」だった高柴さんは「地元の文学賞に詩などを何回も応募し」たものの「一回の例外を除き毎年落選を続け」「俳句を作るには饒舌すぎ、さりとて小説を書くには言葉が足りな過ぎ」たと述懐します。そんな先入観をもって、『ガジュマルの木から降って来た』を拝見しました。なるほど散文詩と非散文詩とが、そして自分と非自分とが自在に行き来する大らかな一冊とお見受けしました。

たとえば、ひとつの連から成る散文詩ふうな「目々連のいる教室」と題する次の一篇。

教室が、怖い。／ずっと、私を目たちが見つめるのだ。／教壇に立つ。／（中略）／それは昔見た妖怪の絵に似ていた。そう、障子の上に浮かぶ無数の目玉の絵。おのおのの、四角い机の上を埋め尽くす目玉。嗚呼、そっくりだ。／（中略）／ある日、カミサマは恐怖を克服するチャンスを私に下さった。／何時ものように恐怖に耐えながら授業をしていると教室の隅に蝙蝠傘を見つけたのだ。／先がピカピカに尖った、蝙蝠傘。／私は、教壇から降りておもむろにその傘を手に取り、机の上の忌まわしい目玉の一つに突き立てたのだ。／次の瞬間、けたたましい叫び声とのたうち回る生徒の姿が目の前にあった。信じてほしい。私は、子供達が大好きだ。本当に大好きなのだ。

のっけから「教室が、怖い。」のに、〆では「私は、子供達が大好きだ。」と断定する伸びやかな矛盾。作者は、その矛盾をたのしんでいらっしゃるふうにも見えます。偽悪ぶるとも違う大らかさ。私は、そこに思考における可動域の広さを感じます。まさに自分と非自分（もう一人の自分という他者）を描いて頗る秀逸だと思いました。

また、たとえば、一〇の連から成る「沖縄ソバの唄」の第六連は「どんぶりに緑が爽やかなネギを足し／燃える炎のような紅しょうが／ちょいと足し／さらに隠し味にコーレーグースを／ちょいちょいと／そうして初めて鮮やかな／黄色と赤に塗られた箸をかき入れるのである。／嗚呼、沖縄の自然の恵みを味わおう。」（全文）と、やや大げさに詠嘆しつつ、第八連では一転して次の展開と相成ります。

このメリケン、何処製かしら／この豚もどこの産地だろう鰹なんかもどうなんだ／しょうがやらねぎなんてもっと分からない／実は沖縄のものなんか一つもなくて／あってもひょっとしたら安全じゃなくて／物騒なものなんじゃなかろうかと／心配になってきた（全文）

第六連で「嗚呼、沖縄の自然の恵みを味わおう。」と詠嘆した作者が「実は沖縄のものなんか一つもなくて」と嘆息する真逆な双方向の視点。この視点こそ、高柴さんの思考における可動域の広さだと考えます。その最終連では「とりあえず、余計なことは考えないで／食べるのが一番だと言うことが／其の時分かった。」と柔軟に〆ます。これは、可動域の広い思考の成せる技だと私は思います。

　そして、たとえば、ひとつの連が三行から成る八つの連の「月とダチュラの花」は集中、非散文詩（いわゆる自由詩）の白眉といえるかもしれません。「どんな風に揺られても／根があれば自ずと／元の場所に居られる」（初連）と考え、「俺の根っこは／どうなんだろう／振り返ってみる」（第二連）と顧み、「人の目や言葉／思いも寄らない事／そんなこんなで／／グラグラと揺れ揺られ／気持ちが乱れてあちこち／うろうろしなかったか／／甘い汁に見とれて／計算高く欲に釣られ／バタバタしなかったか／／信念と自分を持って／月の高みを心掛けて／真実に向き合えたろうか」（第三連〜第六連）」と丹念かつ真摯に点検し、朝に夕に揺れる決心を次のように〆ます。やはり、この作品は集中の白眉に違いありません。

　何だか情けない気持ちで／月を探していると／ダチュラの甘い香りがした

　もう今日は帰ろうか／明日目が覚めたら／強い心で一日過ごそうかと

　そうして、たとえば、散文詩の佳品である「冥土の土産」の「この人達は、生きている人なのか？　／そして、この俺は死んでいるのか？」と、さりげなく呟く根源の自問自答に心底うなりました。

　おわりに、巻末に置かれる一二の連の「鳥と木」（これも「月とダチュラの花」同様、ひとつの連が三行から成る作品）を引用します。この作品も「月とダチュラの花」の「根」に呼応するごとく、空を飛ぶ鳥と対比しながら「木のように根を張って生きている／私は、空を飛ぶ鳥に憧れてたけど／飛ばないのと聞かれると困ってしまった」（第五連）と告白し、持ち前の可動域の広さをうかがわせます。作者の懐疑と得心との境界をたゆたう誠実に、私は粛然としました。

　鳥には鳥の生き方があり
木には木の本分というものがあって
とどのつまり自分は自分という事でしかない（第一一連）

　さて、「あとがき」によれば、高柴さんは「微力かもしれませんが言葉には力があると信じて」いらっしゃるとのこと。私流に申せば、言霊（文学の神さま）を信じていらっしゃるご様子です。この類い稀なる可動域の広い詩人の活躍に、きっと文学の神さまは微笑んでいらっしゃることと信じます。

神谷毅詩集『焔の大地』
――住民が透視したもの――

八重　洋一郎

詩集『焔の大地』においては、沖縄の自然、特に辺野古を含む山原《やんばる》の自然が、神谷さんの純心そのもの、真っ正直な心で微細にわたって描かれ、自然のうつろいが人間の心理を反映しながら次第に深くなっていく。例えばそれは次のような詩行となる。

ノゲシの白い穂は宙に舞い／サシグサの白い棘は人に寄り／ウマゴヤシの種は地に弾き／チガヤは白い茎の頂で旗になる／／ハイキビの白い地下茎は強害草になり横走して／地中で宿を探す独楽《こま》の回転を意識しながら／鶏鳴は今日も朝を開く

（根花の息吹）

キャンプ・シュワブ・ゲート前／イジュの白い花が散り／クチナシの白い花が咲き／台風で夾竹桃の白い花が又散る／鉄柵の中で咲く花は迷いながら／　美謝川《みじゃがわ》の流れに花びらを浮かべる

（迷雲）

考えてみれば、人間も自然の一部であり、やわらかく春を言祝ぎ、どこかから与えられる時間を味わいやすらっている。そこへその貴重な自然ではないものが、突然、この平和な辺野古に、白浜に、村落に牙を剝きだして襲来する。神谷さん初め辺野古の浜に立つ人々はそれを真っ正面から受けて立ち、肺腑からの叫び、言葉を挙げ、そして権力の、人間の様々な場面を底の底まで見てしまう。

殺戮《さつりく》への道を恐れ平和の火を消すなと／座り込む老人の群れをごぼう抜きにする／ゲートでは悲愴の悲鳴が響く／（中略）／魂を抜かれた警備の群集は／美しい大浦湾を黄色いフェンスで囲み／狂喜と悦楽の波を寄せて沖縄を襲う

（辺野古への襲来）

ここに対照的な二つの場面が鮮やかに浮かびあがる。住民の側では悲鳴があがり、権力の側では狂喜と悦楽が弾《はじ》ける。

この詩集ではこの二項対立が繰り返される。一方が「優しさ」として、もう一方は「醜悪」として描かれる。そしてその明暗が真っ正直な人々の心にくっきりと反映されるのだ。

ところでその醜悪は権力の側だけに現れるのではない。神谷さんや辺野古の浜に立つ人々にはそれが見えすぎるほど見える。権力によっての大金の誘惑を避けることができず、むしろ自《みず》ら権力の側へ転落してしまう。しかもそれは、多数であるからあまり心理的葛藤は覚えない。直接的悪ではないにしてもそれが醜悪であることには変わりがない。何年も辺野古で抵抗を続けてきた人々にはそれがはっきりわかるのだ。

実践が鍛えた〝視力〟である。

残念ながらこのような〝美〟と〝醜〟を繰り返しているうちに住民の側は次第に疲弊し、権力の側は自分たちが何をしているか分からないままに肥大化する。

現在この国は一見繁栄してるかに見えるが、それはこの社会の困難を弱者に押しつけることによって成りたっている。辺野古の浜で行われていることを見れば一目瞭然である。しかしそれを見ないふりをする人もいる。

ここで直接詩集には入っていないが、そのあとがきには書かれていて、「退職後、古代中国の文化に陶酔、――七度も足を運んだ」という事実について少し考えてみたい。

現在中国は独裁政権と見紛《みまが》う体制が続いている。外部から見ればいかにも不自由そうだ。しかし神谷さんは「書」を勉強するためわざわざ海（空？）を越えている。それは何故か。

古代中国文化へ陶酔……と神谷さんはいわれるが、別にもうひとつ理由があるのではないか。それは端的に言えば辺野古に代表される日本の政治社会、文化社会が余りにも〝キツ〟すぎる、別言すれば余りにも〝非合理的〟すぎるということではないのか。私（評者）は神谷さんから中国民衆の大らかさ、人の良さについて何度か聞いたことがある。辺野古状況に息が詰まってどうしようもなくなると無性《むしょう》に「書」の研究がしたくなるのだ。神谷さんの書かれる文字は実に美しい。

弱者沖縄はあらゆる面で弱者である。それはそれを強いている者が確実にいるからである。権力とは具体的に言えば〝人脈〟であり、その人脈が〝一致団結〟して横暴をふるい弱者になお一層の不利益を強いている。何度も言うが、それが辺野古で行われていることの正体である。この社会は古代中国の文化よりも、また現代中国民衆文化よりもはるかに劣っているかもしれないのだ。

例えば現政権は防衛予算増大に関して国民に納得いくように説明をしたことはない。むしろ、これは外部に知られると危険であるとの理由でずっと隠蔽してきた。同様に辺野古米軍基地の合理性についても説明できない。辺野古は昔の戦艦大和と同じで時代遅れのピラミッドと言われても仕方のない無用の長物である。このようなことのために沖縄側が苦しむ必要は全くない。その事を主張するためにも神谷さんの真っ正直な感覚は絶対に必要であり、真っ正直な感覚を持ち、不合理を憎み、そしてそれらを表現する言語能力を発揮している『焔の大地』は実に貴重な詩集だと思う。我々一般民衆もそれに続いて声を挙げなければならない。

「犠牲のシステム」を抱《かか》えている権力が自《みずか》らは被害、損失を受けることがなく、従って責任感覚が生じない。ある期間その体制を維持できるとしても、これを変革しようとの意識が生まれようはずがない。その結果その体制は遠からず崩壊する。我々はあらゆる場面を捉えてその不平等性、不合理性、不当性を主張しなければならない。

神谷さんの詩集『焔の大地』はそのヴィヴィドな好例となっている。

神谷毅詩集『焔の大地』
人間の心に基地を作らせない人

山﨑　夏代

この詩集を読みながら、わたしは何度となく、七歳の記憶をよみがえらせていた。母に連れられて立った焼け跡の原宿、新宿のガード下、当時住んでいた埼玉の田舎町に入ってきたジープ。ギブミーキャンディ。そして、それからの八十年近い歳月。わたしは何を求め、何を考え、何を見つめて、生きてきたのだろう。八十年、人間の生き方の夢まぼろし、わたしの住んでいる日本という国の戦後という夢まぼろし。

《高江の哀しみ》は今の日本という現実を映し出した鏡だ。

幾千の警備を集めて県道を封鎖して／森林を破壊していく／東京、千葉、神奈川、愛知、大阪、福岡、防衛局／数百人の機動隊が／一つの指令で抗議する老人の群れを襲う

そして、この作品の、この二行。

日本全体が幻想に酔っている間に
高江の山は塵芥のように破壊されて行く

ここに《永遠へ》という作品の部分をも紹介する。これは、一語もあまさず読んでおきたい詩である。詩としての格の高さ、美しさ、そこから立ち上がってくる人間の姿、権力に蹂躙される苦悶、必読の作品である。

群集が歌っている間に
群集が踊っている間に
群集が眼を閉じている間に
めくり忘れた七十年の年月に
埋め立てられ消えて行く
美しい辺野古の海

朝鮮戦争まではこの国、日本は生きるに必死であった。戦争の軍事需要で儲け、その後の経済的発展、もはや戦後ではないと叫び、ついにはジャパンアズナンバーワンと豪語するようになるまでの年月、わたしを含めて日本人のおおかたは、邯鄲《かんたん》の夢をむさぼっていたのだ。この国の、現実は本当の姿は沖縄にあった。人間は、現実を見つめるより、夢を見ていたほうが生きやすく楽である。基地？　それはアメリカに日本を守ってもらうためのものである。沖縄？　美しい日本の楽しい観光地だ。繁栄という幻想、核の傘のもとに安全だという幻想、敗戦直後のわたしたちが噛み締めたあの苦しい自責は消えている。《専制と隷従、圧迫と偏狭を地上から永遠に除去しようと努め》、《全世界の国民がひとしく恐怖と欠乏から免れ》、この日本国憲法の前文は、わたしたち日本人が為政者や軍部（これは国家の暴力装置である）への隷従、戦争の恐怖と欠乏の体験をへて、その痛みを知るが故の文である。この実体験からきた決意を、わたしたち日本人のどれほど多くの人間が忘れ去ったことか。

そして今、日本にとって、戦争は、幻想なのか現実の近未来か。軍備拡張、反撃能力、これは一体何だろう。どの国だって、戦争が悲惨以外のなにものも齎《もたら》さないことを知っているはずだ。増税して防衛予算を増やしますというなら、増税して世界中の貧困からくる悲惨を無くしますというほうがよほど、国家にとっての利益を齎すだろうと思うのに。外交も話合いもない、戦争への準備だ、と叫ぶのは、幻想の拡張ではないのだろうか。

《破壊の序曲》、これもまた、まごうことなく見事な詩である。

群衆で燃え殺戮で冷えきった時間
個に帰れなくなったとき
人は人間を捨てる
道を無くして帰る処を失い
寄留民として寄生する

いま、日本の幻想ははげかけている。戦後だ、もう戦後ではない、いいや、いまはあたらしい戦前だといったひとがいるが、それらすべて、八十年近い歳月の幻想。日本という国家体制は道をなくして戦勝国に従属していた寄留民、核の傘という信仰に似たものにすがっていたのだ。沖縄の現実、それこそが日本という国家体制そのものの現実だったのであろう。

この《破壊の序曲》の最初の四連を、わたしは何度も読み返した。際立って美しい詩である。あえて、紹介しない。心ある人には、詩集を手にとって読んでほしいのである。わたしの感想は、『ああ、この人は、沖縄の戦争を幼児期に体験し戦後の悲惨を知り尽くした、本物の詩人だ』。

詩集の冒頭。沖縄の詩人宮城松隆の追悼詩。《母の背中にすがり逃亡の道すがら／地底に近い壕の中で彷徨い／泣きわめく子供は殺せ！　／と殺意の中で母の乳房に息をしていた》詩人。この追悼詩を詩集の冒頭においた神谷の痛みを、わたしはひしと感じる。戦争という狂気がウクライナだけでなく、世界各地を揺るがしている。犠牲者は幼子であり、母であり、老人であり、罪なき者である。罪なき者も戦争の狂暴のなかに人間を捨てる。

なぜ、なぜ、わたしは詩集を抱えて叫ぶ、なぜ人間は戦争をするのか。個人であることをやめて、国家という組織の細胞になることが、なぜできるのか。

ただひとつのものも殺させない
人間の夢そこに基地はつくらせない　（《焔の大地》より）

人間の心に基地を作らせないと、この詩は叫んでいるのである。

前田新詩集『詩人の仕事』深い考察と静かな躍動

あべ　和かこ

美しいアイボリーの地に深い知識の世界に誘ってくる絶妙な青色の文字で「詩人の仕事」と刻印された前田新氏の詩集は、十三冊目の詩集です。詩集を読み進めると、この表紙の冬枯れた地に凛と立つ美しい白い木立こそが前田氏の心の有り様なのかもしれないと思えてきます。そして、植物が進化の過程で「生涯をその場所に在る」とし、動物とは違う生き方を選択したように、前田氏も生涯を通じて「会津」という地に在り続ける。そこで詩人として天命を受け、生涯をかけて受信し続けた叡智からの実りの果実を鳥や動物に運ばせ、或いは風に乗せて発信してきた集大成がこの詩集なのだと思えてきます。またこれから更なる交信が前田氏の下に注がれ、その賜を享受することになるに違いないと私は想像しています。

詩集は、一章「詩人の仕事」、二章「カンレン死」、三章「萃点」、四章「G線上の詩」の全四章、四十五編が深い考察と静かな躍動に包まれて編み込まれています。

詩集の題名にもなっている「詩人の仕事」が収められている一章『詩人の仕事』は「忘れえぬ詩人たち」から始まります。前田氏がこれまでの人生で出会った、忘れられない詩人たちの芳名を列挙して、リルケの「貧しさは内から射す美しい光だ」の言葉を引用しつつ詩は紡がれていきます。忘れえぬ詩人たちの精神の立ち位置がどのようであったかを前田氏は問い続けます。そして詩人が捉えた光を意思として詩の言葉に変える理を伝えてくれます。この章では一貫して溢れる「生命」への慈しみに乗せて、前田氏は生涯をかけて天から注がれてきた詩人の仕事の有り様を、私に惜しげも無く語ってくれます。続く「冬木立」はまさに前田氏の客観的詩的アプローチをもって成された自画像ともいうべき詩だと感じます。「詩について」1．2では、宣長の「詩は姿なり」を心せよとの小林秀雄の「言葉」というエッセイを読解し、前田氏の豊かな見識が教えてくれる詩論を改めて認識させられます。然してこの詩集において、心象を捉えた一枚の美しい絵の様な詩に何度か出会うのです。続く、「冬の交響曲」を照らすのは冬の天狼シリウス。冬の星座オリオンの南に輝く大犬座の一等星。全天において太陽を除く恒星で最も明るく青白く天に光る星です。潔き白色の輝きが、全てを見渡せてしまうからこその孤独と寂しさを秘めた切なさを募らせます。生命の住処である地球の将来を憂えるシリウスは、俯瞰の眼差しを得た詩人である前田氏自身。類い稀な資質を得た聴覚は銀河の中を北へ飛び立つキグヌス（白鳥座）の羽音も捉え得るのでしょう。「北への回路」では初冬の星空の様に物静かな語り口で秘めたる熱き銀河系の意思を未来への啓示として語りかけてきます。「わが農本の思想」では、厳しい自然と正面から向き合ってきた前田氏の言葉故に強い力を帯びており、「プランB」に帰着するとの言葉が説得力をもって迫ってきます。「会津彼岸獅子舞幻想」では、会津彼岸獅子といえば、戊辰戦争における会津藩家老、山川大蔵の奇策を思い浮かべます。ここでは会津の地に生きた人々の遺恨に対する鎮魂を主題として、厳しい生活の中にありながらも春の訪れを信じ、命を今に繋いできた祖先たちの御霊を詩に憑依させているかのようです。凍てつく厳しい雪に閉ざされた冬の景色も、「内なる樹」で樹の思想を得て自身への実存へと章は大きく舵をとります。そして一章は「稲を植える」で結びとなります。憂鬱が充満する雨季の後に到来する爽やかな初夏を想い、「ただ黙々と植える」との一文が、前田氏のこれまでの人生との向き合い方を静かに私に伝えてくれています。

二章『カンレン死』では、原発災害関連の詩、十編が収められており、三章『萃点』へと続きます「萃点」という見慣れない文字は前田氏がその詩の中でも示したように、民族学者南方熊楠の造語です。ここには十二編が収められており、前田氏が深く憂うる政治や社会の闇が詩として編み込まれています。

四章『G線上の詩』は最終章で、前田氏自身のことを描いた詩、十編が収められています。G線といえば、バイオリンが最低音のG線だけで奏でることができるバッハのアリアを思い出します。そのゆったりとしたアダージョのテンポの美しいメロディーに突然の不協和音が各所に現われ、私たちを悲しいような切ないような感情へと誘います。この曲がE音から緊張感の中、劇的に始まるところにもこの題名の深さを感じます。四章の冒頭の詩「忘れられない」。さながら、前田氏の抗えない生まれ落ちた環境の運命をE音の緊張感の中、淡々と詩が語ってきます。題名の強さが最終連、前田氏が運命を自分の下に取り戻すために自らの力でこじ開けた希望へ鍵穴から差し込む光をより鮮明にしているように思います。「傘寿」では、劇的に様変わりする世の中を激動の昭和を生きた前田氏の眼差しが捉えます。「便利」の正義が横行する中、あらゆる事柄の関係性が薄れています。昭和の深さについて、『昭和からの遺言』の著者、倉本聰の言葉を引用しつつ、前田氏自身の「深さの記憶」を偲び『私の一本のローソクの灯が…その人たちとのつながりの深さだ』と結びます。私はこの詩集を読み終え、未だお会いしたことがない前田氏の豊かで暖かな人柄を感じます。そして、その人生を自分に引き寄せ、光を見出し続けるために真摯に「生」に向き合い続ける稀有な躍動を感じるのです。この詩集の最後の詩「G線上の詩」はやはり、あのバッハの「G線上のアリア」の旋律に乗せて発せられたものであることが明らかになります。十八世紀、商業音楽がもてはやされた時代にあってバッハの音楽は神への捧げ物として創られたものであったことでしょう。バッハの音色は私達の心身を整えるという人もいます。私はこの一冊を読み終えたとき、気持ちが整い、明日を希求する優しい光に満たされたような不思議な想いに沈んでいきました。前田新氏の益々のご健筆と、私たち後進への更なる深い考察への誘いを祈願しつつ結びとさせて頂きます。

大畑善昭句集『寒星』
雪国のオノマトペの妙

福島　茂

大畑善昭さんが第3句集『寒星』を上梓されました。大畑さんは昭和45年に「沖」創刊と共に入会された最古参の方です。私は平成13年に「沖」に入会した後輩で、大畑さんは仰ぎ見るような大先輩です。私が「沖」の幹事長として運営に携わるようになり、沖東北大会や周年行事等を通して、大畑さんの謦咳に接するようになり、その高邁な精神に学んできました。この度、『寒星』を読む機会を頂き、僭越ですが、私が好きな句の中から30句を選んで鑑賞させて頂きました。

地水火風空の中なる雀の子

地水火風空は全て自然の摂理、その中で雀の子がどう生きてゆくのか、人間世界にも通じるようで考えされられる句である。

草に乗りはじめ初雪らしくなる

初雪は様々なものの上に降ってくるが、ほとんどは降っては消える。降っても消えないものに草があるという。雪をよく知っている作者ならではの句である。

雪掻きの爪の先まで疲れゐる

雪掻きは青森在住時代、いやという程行った。ほとんど毎日降っていたので、社宅の玄関から道路まで朝一番で行う。爪の先まで疲れるという感覚は、大げさでなく本当のことである。

寒星のびつしり鶏は止まり木に

句集名になった句。私の子供の頃、庭に鶏小屋があり夜になると降るような星空の下、鶏が小屋の中でじっとしていた。当にその時の景であり、なつかしさが込み上げてくるような句である。

まんさくの空の深みへ作務衣干す

北国の春は一斉に花をつける。その中でもまんさくの花は真黄色でその花が咲くと、春が来たという実感がわく。作務衣は作者の仕事着である。天気の良い日であったのだろう。作務衣を干したのである。

どこまでも秋どこからも津軽富士

津軽平野から岩木山を見ると遮るものは何もない。どこからも津軽富士は見渡すことができる。どこまでも秋は津軽平野の稲作の景であろう。どこのリフレインがうまい。

北上川かんかん冬の星撒かれ

かんかんのオノマトペが独特である。夜に流れる北上川、その北上川に星が撒かれる音がかんかんなのである。冬の夜の北上川の川面が金属のようだ。

早池峰は白象の背寒晴れる

雪の被った早池峰の頂を白象の背とみた作者独特の比喩である。これ以上の比喩はない。恐れ入りました。

湯じめりの巨岩の神を拝み秋

「沖」東北大会で私も湯殿山に行った。形代を手に持ち、裸足で湯の湧く流れを行くと巨岩が現れた。それが神だと言われ、山岳信仰の神髄を知ったように思われた。確かに巨岩が湯に濡れていた。あの光景を十七音に収めた作者の技量に感心した。

刃文のやうな山並冬晴るる

雪の被った奥羽山脈の山並である。その山並を刃文であるという。これは言い得て妙である。刃文を「じんもん」ということも初めて知った。「じんもん」という響きがよい。

三分間法話で締める初笑ひ

掲句を読んで大畑さんの法話を聞きたくなった。だいぶ前であるが奈良の薬師寺で法話を聞いたことがある。あのように人を引きつける話に感心したものである。このような初笑いを経験してみたいものである。

昼月の色づく頃の大つらら

私は以前に「昼の月そのまま寒の月となる」という句を作り、当時神奈川支部長であった長谷川鉄夫さんに褒められたことがある。白い昼の月が夕方になると黄色く変化してゆく。その頃より氷柱は雫を氷に変えて、大きな氷柱となってゆくのである。

寒星のぴしぴし赤子眠る家

ぴしぴしというオノマトペは星が家の屋根に当たるという音をいったものである。星降るという言葉があるとおり、地上の闇に星の光が降っているのだ。ぴしぴしという星の光が屋根に降る家では赤子が眠っているという。これはメルヘンの世界である。

北上は母なる流れ六月へ

ふるさと賛歌の句である。それも六月が一番だという。六月の全てが緑になる中を滔滔と流れる北上川である。

筆始すなはち戒名はじめかな

掲句こそ僧侶である作者ならではの句であり、すなはちという措辞に味がある。戒名は僧侶の生活の糧であり、仕事始めでもある。

凍大根つるつる星を照り返し

星を題材にした句にオノマトペをうまく使っている。掲句はつるつるである。星の降るような夜、吊された白い凍大根が星の光に反射している様をつるつると表現した。作者は冬の星をオノマトペとして使い表現しているのである。夏の星、春の星ではオノマトペは使えないのである。

木の股にしばらく宿り春の雪

春の雪は情緒的に使われることが多いが、掲句は写生である。春の雪は大方消えてなくなるが、木の股に残っていることとある。しばらく宿りの措辞が自然でよい。

あめんぼう水を耕しゐるやうに

あめんぼうが水の上をすいすい泳いで様を、水を耕しているようだとはうまい表現である。あめんぼうが水の上をすいすいしているのは一体何だろうと思うことがある。この句で納得した。

草の花渋民にもう君をらず

渋民村は石川啄木の故郷である。君をらずの措辞は恋のことであり、啄木の短歌を一言で表現した。草の花という季語がよい。

枯るるもの枯れ山の音川の音

山の音川の音が印象的である。冬枯れて、残ったのは山の音と川の音の自然の音のみであるという。人間の人知を超えた自然があり、哲学のようなことを感じる。

嚔して読経の一字二字飛ばす

滑稽その上なき句である。僧侶である作者を自分自身で茶化しているようで面白い。このような句が中にあって良い。

月光につんつんつらら太りけり

この句集ではオノマトペに楽しませてもらっている。つんつんつららのつの連なりが気持ちよい。氷柱は放射冷却の晴れた夜に育つ。月の光が氷柱に当たって、育てているようである。

早池峰の霧緞帳のごと上がる

早池峰は藍濃いく小春日和かな

一句目、朝方に霧で見えなかった早池峰が徐々に麓から上がって、全容を露わにしたのである。そのことを緞帳が上がると表現した。まるで自然の舞台を見ているようである。

二句目、「藍濃く」とあるから雪が降る前の早池峰である。小春日和で早池峰は藍一色に全容を見せている。これから本格的な冬に入る前の早池峰を作者は感慨深く仰いでいるのだろう。

雉子鳴いて北上川の渦ゑくぼ

句集には北上川も多く登場する。北上川の春の景である。雪解けで北上川は水量が多くなっており、流れに渦が出来ているのである。土手では雉子がけーんけーんと鳴いており、長閑である。このような景を句にしない方がおかしい。

八甲田山残雪を袈裟懸けに

青森在住時代、社宅の窓の正面から八甲田山が見えた。真冬の八甲田山は雪雲に隠れほとんど見ることができなかったが、三月下旬ころから見られるようになった。雪の八甲田山は本当に神々しかった。段々雪が解けて行く様を日々見ることができた。山の襞に沿って雪が解けてゆくので袈裟懸けという表現がうまい。

晴れ渡りイーハトーヴの稲穂波

イーハトーヴは宮沢賢治の世界である。宮沢賢治は詩人ではあるが、農業指導を行っており、稲穂波はそこからきているのだろう。

どか雪のいつか月夜となりてゐし

青森在住時代、一日に五十センチ以上の積雪を経験した。どか雪が止み、雲が切れて、一面白の世界に月が照っている景は実際に見たことがあり、その美しさに息を呑んだものだ。

東西に山を走らせ春の川

花巻市から見て西に奥羽山脈、東に北上高地がある。掲句の春の川は北上川である。愛する郷土の春の景をきっちりと十七音に纏められた。敬服するしかない。

剣道の子に沸かしおく菖蒲の湯

菖蒲湯は端午の節句に菖蒲の茎を入れて沸かした湯のことで、今でも残る行事の一つであり、作者の家でもやっていることなのだろう。剣道は日本古来の武道で今でも習っている子は多い。剣道の子と菖蒲湯の取り合わせがうれしい。

雪に音脳細胞の消ゆる音

感覚的な句である。雪の音は雨と違い静かである。脳細胞にも音があると作者は言う。具体的には耳鳴りのようなものか。雪の音を聞こうと集中すると耳鳴りも聞こえなくなる。作者の言わんとしていることはこんな解釈とは違うと思うが、俳句は作者を離れれば、色々な解釈があっていい。

『寒星』を読んで、好きな句の中から30句を選んでみると、20句は冬又は早春の句でした。その中で冬の星を詠んだ句が最も心に響きました。

都会ではビルが林のように立ち、そこから漏れる光は星の光を失わせました。私が子供の頃、真冬に祖父ともらい湯に行った帰り道で見た満天の星が輝く夜空は、今でも心に焼き付いています。そんな思い出が蘇ってきました。また私は青森市に4年近く住んだ経験から、雪、氷への思い入れが強く、多くの氷雪をテーマにした句群にも感銘を受けました。

最後に大畑さんが住まわれている花巻の自然である北上川、早池峰山を詠まれた句が四季折々随所に散りばめられており、風土性の強い句集であると感じました。一読爽やかな気分となりました。

大畑善昭句集『寒星』宮沢賢治のような読後感

井原　美鳥

「沖」の先師、能村登四郎は「息をするように俳句ができる」とおっしゃったそうですが、岩手花巻の僧侶でいらっしゃる大畑様の第二句集からこの第三句集まで幾らも間がありません。まさに「息をするように…」の句作スピードではないかと敬服致しました。毎月の沖誌からは〈好きな字は鳳凰の二字鳳仙花〉など自在の境地からの詩魂にいつも刺激を頂いておりました。

僭越ではありますが句集『寒星』から私の好きな句を挙げさせて頂きます。

Ⅰ　春の霜

ああ非力春いまだしの大津波

「ああ非力」の出だしに心打たれました。私の友人の実家も流され、妹さんはすんでのところ山に登って助かりましたが、振り返ると幼稚園バスが黒い波に呑み込まれるところだったとか。今もこの時の景が夢に出るという。石巻の方です。

叩きみてこの木は舟となる冬木

これは絶対に舟になる木だと思えるような立派な幹。もう買い手がついている木かもしれません。「大海に乗り出す舟となって頑張れ！」との旅立つ冬木へのエール。

Ⅱ　みどり差す

無きものは無きままで足り啄木忌

今、世間ではあまりにも人の欲が前に出過ぎている気がします。それも「我だけが良ければそれでよし」。何事にも尺度として経済効果が使われる。本来、分かち合う心は誰の中にも存在します。物欲というものは果てがないし、人はこれだけで満たされる訳ではありません。下五に置かれた「啄木忌」、彼のピュアな詩人精神も思うべきでしょう。〈ふるさとの山に向かひて言ふことなしふるさとの山はありがたきかな〉

草を抜け出す蚯蚓にも仔細あり

生きとし生けるもの全体への温かいまなざしを感じる。何らかの事情で草地を出た蚯蚓。炎天の舗道で力尽きた蚯蚓を見ますが、それにはそれなりの訳があったのです。

Ⅲ　行雲

大根の花まごころもこんな色

この句にも納得。十字型の花の形も主張しない淡い色合いも、そうか、まごころはこの色合いであったかと腑に落ちました。

少年老い易くて八月十五日

あの戦争の真っただ中に生を受けた少年、毎年八月十五日が来ると見聞きした当時の記憶がよみがえります。「老い易くて」の措辞は前出の句の「ああ非力」にも通じましょう。世は今もきな臭さの只中にあります。

Ⅳ　師の背

蜂に毒青柿に渋増ゆる頃

夏真っ盛り。毒も渋もそれぞれの生命を守り、繋いでゆくための最良の進化の過程から生まれたもの。人にとっては厄介だが蜂も柿も人のために存在してくれている訳ではありません。

傍に来し妻もさう言ひ秋涼し

岩手の秋はこちらよりはちょっぴり早いでしょうか？　睦まじいお二人の姿が浮かび、ご夫婦の歴史を思います。

Ⅴ　祈りの地

朴の花川は曲がるをよろこべり

確かに言われてみると納得。湾曲した部分の流れは一様でなく、ゆったりした場所、韋駄天走りの場所など様々です。清々しい朴の花の白さが川にも命のあることを教えてくれます。

昼顔は青天井を恋ふる花

昼顔は逞しい。上昇志向も半端ではない。誰よりも抜きん出て太陽に逢いたいのです。電柱に這い登って咲く昼顔。花はなよやかだが決して柔な花ではありません。（私の好きな花の一つです）

Ⅵ　子蟷螂

蟻が統ぶべし人類の滅後には

人類の滅後とは怖ろしいがこの句にも納得。昆虫類の中でも蟻や蜂はしっかりとした社会性を持って暮らしています。「一人はみんなのために。みんなは一人のために」。

いくさする者は暗愚と蓑虫は

今春の（二〇二二年）ロシアのウクライナ侵略から十ヶ月が経ちました。ロシアはかつての日本と同じ道をたどっている気がします。トルストイはクリミア戦争の経験から生涯「非戦、殺すな」を叫んだ！　と読みました。あの理想をロシアはどこへやってしまったのでしょう。時代の逆行を憂います。

句集『寒星』からは生きとし生けるもの、動植物を問わず特に小さく弱いものへの温かいまなざしを感じました。

どこか、同じ岩手花巻の産んだ詩人、童話作家の宮沢賢治の作品の読後感に似ています。賢治の澄んだ高い理想が通奏低音のように流れているからかもしれません。

格差と分断からくる世の中の不条理は賢治の時代にもありました。

これにへこたれなかった賢治のグスコーブドリのように人の英知は前へ前へと進んでいくのでしょう。今ある数多の困難は生みの苦しみと思いたい。

句集『寒星』からは大きな力で背を押される安堵感を頂きました。

私は初学の頃から俳句表現が観念的で物に即して詠むのが苦手。この句集『寒星』からは省略の妙（句の余韻から読者に景を想起して貰うことでこれを克服する）をもお教え頂きました。

これが直ぐにわが力になるかと言えば心許ないのですが、意識することで少しは身につくかと存じます。

永山絹枝『児童詩教育者 詩人 江口季好——近藤益雄の障がい児教育を継承し感動の教育を実践』
～詩を愛した教育者たちの魂の継承～

伊藤　芳博

最初、書名を見たとき、江口季好《すえよし》という名前が私はすぐには思い出せず、巻末にある略歴に目をやっていた。多くの著作が並ぶなかで『自閉症児の国語（ことば）の教育』という本が目に留まった。「ん?」書棚を探す。「あった!」、同成社から二〇〇三年に出版されていて、私は〇六年の三刷を購入していた。その年は、高校教員だった私が、希望して養護学校に異動した年である。知的障がいの子どもたちと一緒に学ぶことになり、そのとき参考にした一冊がこの江口季好の編著だったのだ。「まえがき」には、「自閉症児の教育にとって大事なことは、ことばの指導である」とある。自閉症児の国語教育についての本は、それまで我が国にはなかったとのこと。私は国語の教員であったため、初めての障がい児教育に「ことば」を糸口に接近しようと考えたのだろう。私はその後、特別支援学校で定年退職をしたが、その指導の出発点に偶然にも江口季好がいたのであった。なんという僥倖。この出会いがいかに貴重なものであったかは、本著を読み進めるにつれて、詩を愛し教育に命を懸けた江口の人生と実践を知ることによって明らかになる。この再会に導いてくれたのが、江口季好と彼が敬愛した近藤益雄とが切り開いた児童教育への、永山絹枝の共感的志であった。

本著の魅力の一つとして、私は、江口季好の詩が多く紹介されていることをまず挙げたい。なんと八十篇近くの詩が紹介されている。一般の読者には（詩や教育に携わる者であっても）、江口の詩を読む機会は少ないであろうから（私も初めて読ませていただいた）、このような執筆方針はありがたい。詩を通して、江口の人間性と様々な教育活動の核になる部分が見えてくるからだ。詩作品を論点ごとに精選するだけでも大変貴重な仕事である。私は本著を一読後、詩集のようにして詩だけをまた読み味わった。

この子たちは／えさをやるとき
からだの弱い鳩に／食べさせようとする。
からだの弱い鳩は／強い鳩におされ
よろよろとよろけて／食べることができない。
この子たちが／強い鳩にむかって
「あっち、いけ。」と手をあげると、
鳩はいっせいに飛び立っていく。
からだの弱い鳩は／少しおくれて飛び立ち、
それでも逃げおくれまいと／ひくくはばたいていく。
（「鳩」全行）

国語教師であった私は、こんな詩を生徒と一緒に読んでみたいと思う。生きる力と意味を、一緒に考えてみたいと思う。

先生のうちに子どもいるの。／いるよ。ふたりいるよ。
おかあさんはいるの。／いるよ。／おとうさんはいるの。
いるよ。江口先生がおとうさんだよ。
えっ、どうやって、先生がおとうさんになるの。
じゃ、おとうさんになろう。
「彰子、こっちにおいで。だっこしてやろう。
彰子、このごろ字がうまくなったな。
おとうさんに書いてみせて。」
「はーい。」
こうして、席にもどって字を書きはじめると、
わたしは、もう先生である。
あどけない子どもたちよ。／風が青い。
こんな日には、／この子どもたちと／手をつないで、
野原を／どこまでも歩いていきたい。

（「あどけない朝」全行）

ここには作者の優しさはもちろんだが、生活の場によって主体表現が変わるということの体験的な学びがある。作者と子どもとのやりとりの、愛おしいような学びの世界。その世界から吹いてきたさわやかな風は、いのちを揺さぶる。最後のすがすがしいつぶやきに秘められた教師としての決意にも気づきたい。いい詩だと思う。

永山さんには二〇二〇年、『魂の教育者　詩人近藤益男』があり、本著の副題にも「近藤益雄の障がい児教育を継承し感動の教育を実践」とあるように、継承者として江口季好の実践を捉えている。〈詩を愛した魂の教育者〉第二弾とも言える。本著の執筆動機について、永山さんは次のように書く。

江口氏は特別支援学級を担当するなかで益雄の実践を知り、バトンを受け継がれたのではないか……と。そこで益雄と江口氏の、障がい児教育と詩・作文教育・詩作・童謡等の共通点をあげ、（略）共通する核心的な思想を見出したい。それはまた、二人の相違点を浮き彫りにすることで明確になるかもしれない。江口氏は益雄を土台にどう発展させたのか、三代目となる現代の私達はどう受け継ぎ、次へとバトンを渡せばいいのか。

本著の概要も分かりやすく示されているが、私が注目したのは、「三代目～バトンを渡せばいいのか」という最後の部分である。優れた仕事を次の世代に受け渡していくこと。副題にもある「継承」は、後に続く世代の責任として学び伝えていくべき大切な仕事である。本著「あとがき」にも述べられている。

何とも尊い両者。弱き者を両手で慈しみ、守り、己を省みず踏ん張り、全身全霊で捧げた優しい教育者でありました。そのバトンを三代目が受け継がねばなりません。（略）このバトンを足場に、次に受け継ぐ人の登場を夢見ながら…。

近藤益雄、一九〇七年、長崎県生まれ。児童詩や生活綴方教育に携わる。障害児教育運動を推進。五三年、のぎく寮を創設、知的障害児の指導。六二年、なずな寮を創設、精神薄弱の成人を支援。読売教育賞、西日本文化賞。

江口季好、一九二五年、佐賀県生まれ。詩人。小学校で心身障害学級を担任、その後、国語教育研究者として大学等で活動。日本児童文学者協会、日本作文の会、日本国語教育学会、全国障害者問題研究会等に所属。サンケイ児童出版文化賞。社会文化功労賞。

永山絹枝、一九四四年、長崎県生まれ。小学校教員として「教育はロマン」を信条に、生活綴方教育に情熱を燃やす。精神保健福祉士。詩人。日本作文の会、長崎県作文の会、詩人会議等に所属。壷井繁治賞。

本著は、二部構成になっているが、どちらも、障がい児教育、平和教育、児童詩教育、生活綴方教育、童謡・詩作等に焦点を当て、近藤と江口の二人の教育者を対比させ、共通点、相違点などを指摘しながら論が進められている。そこに永山さん自身の実践が加わることもある。二人が、ときに三人が「時代差はあっても一つの地平に立って」（八〇頁）いることがわかる。近藤は道半ばで自ら命を絶ち、江口は癌と闘いながら活動を続けた。そこにあるのは「真実の相を見つめ肯定しながら茨の道を進む開拓者でなければ書けない邑楽《おおら》かさ」（二四九頁）である。共に「教育は感動である」（一五二頁）という体験そのものから学ぶという理念に貫かれている。感動によって「子どもたちの感覚の質をみがき、人間らしいやわらかな感情を伸ばしたい。真に正しく美しいものにたいしての実感を深く刻ませたい」（同頁）という希求。そのためには、観念ではなく実生活から学ばなければならないことを二人は実践で示しているが、さらに近藤も江口も「ことばの力」（二二六頁）の獲得に力を注いでいる点に着目した。その「ことばの力」とは、ことばのない子どもに対しても「だっこしたり、おんぶしたりしながら、キャッ、キャッと笑い声を出させることが、ことばの指導の出発点」（一一〇頁）としているところに、私は教育の本質を見た。

子どもたちの「生きる力」のために、「身の回りの出来事に目を向け」、「生活の中にある出来事を教材化する」（七六頁）と江口は言う。それはまた、現代において、失われつつある教育の「生きる力」を取り戻すことでもある、と本著は私たちに投げかけている。永山さんより十五歳若い私は、この著書に出会うことによって、さらに次のバドンの受け手となった。

永山絹枝『児童詩教育者 詩人 江口季好――近藤益雄の障がい児教育を継承し感動の教育を実践』「子どもたちのしあわせな未来への小さな音」を刻む人たち

鈴木　比佐雄

1

永山絹枝氏は二〇二〇年五月に『魂の教育者 詩人近藤益雄――綴方教育と障がい児教育の理想と実践』を刊行し、障がい児教育の関係者からの評価だけでなく、第四十九回壺井繁治賞を受賞し、詩人や詩人団体からも高い評価を受けた。児童詩が障がい児教育において、その子の人間的な言葉の潜在能力を引き出すために有効であることに詩人たちは気付かされたに相違ない。永山氏の生活綴方教育から発展していった障がい児教育者の近藤益雄の研究は、教育者だけでなく、言葉の原点を問うている詩人たちに真の詩の在り方について大きな問いかけをされたのだと考えられる。

それから二年をかけて近藤益雄の後継者と言われている江口季好について執筆を続けて、今回『児童詩教育者 詩人 江口季好――近藤益雄の障がい児教育を継承し感動の教育を実践』として刊行された。永山氏が二冊の研究書に「詩人　近藤益雄」と「詩人　江口季好」というように、二人の障がい児教育と児童詩教育の専門家に対して「詩人」と付けたのは、障がい児の内面から生まれてくる純粋で切実な言葉が詩として存在しているのであり、彼らのようにその子供たちの純粋な詩的精神や詩的言語を多くの人びとに伝えることが、真の詩人の役目だと確信しているからだろう。いわゆる優れた詩集を刊行し賞を受賞した者が世間では詩人だと思われている。しかし永山氏は障がい児や子供たちの心から発した言葉に詩を発見しうる者こそが本当の詩人であり、そんな詩人を感動させる子供こそが実は本当の詩人であり、本当は誰もが詩人を心の奥底に秘めている存在であると考えているに違いない。その意味で生活綴方教育から障がい児教育、そして児童詩教育へとつながれてきた歴史的意義を明らかにするために永山氏は筆を執ったのだろう。

江口季好は近藤益雄が理想の障がい児教育を実践していたが、志半ばで自死したことを心の底から嘆いた。永山氏はその近藤益雄が切り拓いた障がい児教育の志を引き継いで、児童詩教育を担っていった江口季好のような人びとの足跡を紹介していきたいと強く願ったのだろう。

2

本書は大きく二つに分かれている。Ⅰは「近藤益雄の障がい児教育を継承する」こと、Ⅱは「感動の教育を構想し近藤益雄の実践を全国に広める」ことだ。Ⅰは一章から五章までで、近藤益雄と江口季好との類縁性と違いを語っている。Ⅱは六章から最後の十章までで、江口季好がいかに児童詩によって子供たち自らが暮らしの中で生きる力を見出して、言葉の力に変換するかを実践的に語っている。

Ⅰの一章から左記の部分を引用する。

《近藤益雄・江口季好両氏とも筆者が尊敬する先輩方である。江口氏は、「子どもは自然よりももっと美しい」と言い切り、生み出された詩を「ひとつ　ひとつ　ひとつ　純白の　梨の花びら」にたとえた。「詩は感動である」「感動による教育こそ最もすばらしい」が江口氏の信条であった。児童詩教育はこの感動に根付いている、感動の大地を築くと、どの子も書けるようになる、と花いっぱい広がるように奔走された。ルソーにも関心が深く、子どもの人格や自由を尊重しつつ、その根底には、益雄と通ずる、生活綴方教師としての教育魂があった。》

本書の一章の1に記された「児童詩教育はこの感動に根付いている」という児童詩教育の神髄を語る言葉こそが、近藤益雄から江口季好を経て、永山氏に受け継がれている最も重要な「生活綴方教師」としての思想・哲学なのだろう。それは大人が子供の純粋さから学ぶというルソーの教育思想とも根底ではつながっているようにも思われる。生活綴方教育という子供たちの一人ひとりの異なる家庭や教育環境の中で、子供たちが自らの生活に即した言葉を発見していくことを促すことは、詩人がこの世にない言葉を発見する作業と重なっているのかも知れない。その意味では、近藤益雄も江口季好も永山氏も、子供たちの中でも人一倍言葉の習得に時間がかかる障がい児の言葉を獲得していくプロセスが、この世界の中で生きることへの「感動」であることを洞察しているのだろう。江口季好はルソーにも関心が深く、子どもの人格や自由を尊重したが、その根底にある、近藤益雄から引き継がれた「生活綴方教師としての教育魂」こそが、今日においても最も重要な「障がい児教育の実践的な精神」であると永山氏は指摘する。同時にそれを若い教師たちに引き継いでいきたいという永山氏の決意表明のような意志を感じ取ることができる。

永山氏は江口季好の詩「この胸に」と近藤益雄の詩「のぎく寮の歌」の二篇を引用して二人の「のぎく」が響き合っていることを発見する。

《空にきらめく星のような／うつくしい心を／ぼくもわたしも、この胸にもっている。／／あらしに負けない岩のような／つよい心を／ぼくもわたしも、この胸にもっている。／／谷間にゆれる野菊のような／やさしい心を／ぼくもわたしも、この胸にもっている。／／世界をてらす太陽のような／かがやく心を／ぼくもわたしも、この胸にもっている。》（江口季好「この胸に」全行）

《一、風が冷たく吹く朝に／のぎくの花は咲きました／下が厳しい明け方に／のぎくの花は香ります…／こんな子どもは優しい子／こころのきれいな子どもです／／二、のぎく　野の花小さな花／みんなの胸にさしましょう／さして明るく胸はって／手に手をつないで行きましょう／ここはみんなののぎく寮／花の輪大きく編むのです》（近藤益雄「のぎく寮の歌」全行）

永山氏は「どちらも慈しみに満ち、愛と元気と連帯を呼び掛ける歌（詩）である」と二人の根底にある精神性の類似性を語っているが、次のような二人を通しての課題を自らにも突き付けている。

《そこで益雄と江口氏の、障がい児教育と詩・作文教育・詩作・童謡等の共通点をあげ、確認してみたくなった。その上で、できるならば共通する核心的な思想を見出したい。それはまた、二人の相違点を浮き彫りにすることで明確になるかもしれない。／江口氏は益雄を土台にどう発展させたのか、三代目となる現代の私達はどう受け継ぎ、次へとバトンを渡せばいいのか。》

この箇所を読めば本書の永山氏のテーマが明らかになってくる。二人の「障がい児教育と詩・作文教育・詩作・童謡等」に寄せる「共通する核心的な思想を見出したい」との明快なテーマを語るのだ。その動機には現在の障がい児教育の現場に二人の「核心的な思想」を引き継いでいってもらいたいという願いがあるのだろう。江口季好は近藤益雄と十八歳ほどの年の差があり、佐賀県出身だが、東京池上小学校で障がい児学級の担任をした後に、日本作文の会の常任委員を長年務められ、『児童詩教育入門』『児童詩の探求』『ことばの力を生きる力に』などの著作物を次々に執筆していった。これらのタイトルを読んだだけでも江口季好の「児童詩教育」を切り拓いていく情熱が伝わってくる。先に引用した二人の詩を読み比べてみれば、近藤益雄の詩作の原点は生活を障がい児たちと共にする固有の価値がある「のぎくの寮」であり、その濃密な暮らしの中での一人ひとりが関わる「花の輪大きく編む」ことなのだろう。一方、江口季好の原点は、「うつくしい心、つよい心を、やさしい心を、かがやく心を」、「ぼくもわたしも、この胸にもっている」と本来的な心の中にある普遍的価値を語ろうとしている。近藤益雄は土のにおいがする野草のような存在に力点があるが、江口季好は無垢な子どもの心に存在する純粋な精神性に力点があるように思われる。永山氏はその二人が子どもの固有の価値を生かしながら普遍的価値を探っていく「児童詩教育」の可能性を切り離すことができない両面であると考えているのだろう。

3

永山氏は一章2以降でも江口季好と近藤益雄の二人の詩を引用しながら、児童詩の実作者である父のような近藤益雄、叔父のような江口季好の作品を慈しむように対比させ、二人の固有性と普遍性を宿した詩篇から子どもたちを讃美する姿勢に寄り添って学んでいこうとする。この書物が作家の評伝や学者たちの研究書ではないのは、近藤益雄と江口季好という障がい児たちの精神性の価値を誰よりも尊いと感じ、そこを原点として現在や近未来の障がい者教育の現場に、再生させたいという三代目の自覚を持つ永山氏の願いが行間から切実に感じられるからだ。

「2　詩作品を読む」では、江口季好の詩から障がい児たちへの深い愛情が伝わってくる。例えば、詩「鉄筆をにぎる」の中でガリばんの音を「子どもたちのしあわせな／未来への小さな音なのだ」と表現をする江口季好の精神の清らかさを永山氏は詩によって語らせている。
また詩「一本の白墨」では、「わたしもやがて／この世から永遠に去っていかねばならぬ日がくる。／君たちの幼い胸に、／ほんのちょっぴりの、／思い出と影響を与えて。」と、癌を抱えながらも自らの使命を全うしていく強靭さを垣間見ることができる。

永山氏は二章以降では次のような問いや解釈を発して二人の試みを読み解いていく。

二章〈二人の平和道〝教師への道〟〉では、「社会的な目を深め、教育創造に励み、愛と教育魂を深めたのか」。三章〈障がい児教育の道――「いのち（命）」〉では、なぜ「日本に於ける優生思想が引き起こした事件」が起きたか。四章〈児童詩、この良きもの――詩教育に命をかけた人〉では、「江口季好・近藤益雄の大きな功績が詩教育の普及であった」。五章〈江口季好・近藤益雄の童謡〉では、「国定教科書など当時の国家主義的傾向に対抗する真の子ども文化」を模索した。六章〈江口季好・近藤益雄の平和道――碑《いしぶみ》のように刻まれた〉では、「益雄も江口も平和の道をひたすら歩み続けた。それは戦禍を生き延びた者の使命であった」。七章〈江口季好の子ども賛歌――脈々とつながり讃えあう〉では、〈「いたわり」「他人の痛みを感じること」やさしい社会をつくること〉だった。八章〈障がい児のための教科書作り〉では、江口季好は「指導要領の問題点を指摘し、（略）国語教育・障がい児教育の体系化を成し遂げようとした」。九章〈江口季好の病床詩――くちびるに歌を〉では、「江口氏は綴方教師であり、詩人であった。病《やまい》のなかでも夢を持ち続けた」。十章〈江口季好の一生〉では、「江口氏は人々の幸せを願い、よく学び、実践した」。

最後に永山氏は佐賀新聞に掲載された山内克也による江口季好の弔文を受け、次のように語っている。

《教科書検定訴訟と広く社会活動に加わりながら、生涯現場教師として障がい児教育に携わった。／彼の生きる土俵の広さ、大きさを再認識。特に、「知的障がいの子等」にも積極的に詩を書かせ、どんな子どもも見捨てないと、心の輝き、生きる力を育くみ、表出させたのであった。／「詩は生活の現実を見つめ、世の中の矛盾を書き込んでいくもの」／という信念を貫ぬき実践した江口氏。老いても集う教え子達の「本当を生きた人」だったという尊いことば。》

永山氏は、近藤益雄から学んだ江口季好の「詩は生活の現実を見つめ、世の中の矛盾を書き込んでいくもの」という信念と「障がい児教育」や「児童詩教育」の根幹に据えた実践活動を、自らを含めた三代目に残し継承すべきだと考えて本書を執筆された。近藤益雄と江口季好のような本当の詩人たちの実践活動から生み出された、数多くの詩篇を含んだ永山氏の論考を、多くの人びとに読んで欲しいと願っている。

「生物多様性」を詠う234名の俳句・短歌・詩

地球の生物多様性詩歌集
生態系への友愛を共有するために
鈴木比佐雄　座馬寛彦　鈴木光影 編
「生物多様性」を詠う234名の俳句・短歌・詩
宮沢賢治は人間と野生生物との関係の様々な問題点を百年前に書き残した。
その問いかけは「生物多様性」が問われる現在において重要性を増している。
現在の地球の置かれている情況は、「今度だけはゆるして呉れ」という情況でないことは誰が見ても明らかになっている。
鈴木比佐雄「解説文」より
定価：1,980円（本体1,500円＋税10%）

A５判384頁・並製本・1,800円　編／鈴木比佐雄・座馬寛彦・鈴木光影

第一章　誰がジュゴンを殺したか　金子兜太　玉城洋子　上江洲園枝　松村由利子　謝花秀子　大河原真青　馬場あき子　照井翠　おおしろ建　石川啓　柴田三吉　栗原澪子　髙橋宗司　神山暁美　森田和美　萩尾滋　築山多門　斎藤紘二

第二章　海のかなしみ　金子みすゞ　曽我貢誠　草野心平　新川和江　ドリアン助川　淺山泰美　中久喜輝夫　うえじょう晶　村尾イミ子　星乃マロン　日野笙子　山本衞　青柳晶子　門田照子　植木信子　坂田トヨ子　橋爪さち子　福田淑子　青木みつお　秋野かよ子　ひおきとしこ　勝嶋啓太　金野清人　大塚史朗　高森保　山野なつみ　沢田敏子　中尾敏康　村上久江　末原正彦　武藤ゆかり　室井大和　おおしろ房

第三章　花に神をり　小林一茶　喜納昌吉　八重洋一郎　安井佐代子　影山美智子　高橋静恵　北村愛子　悠木一政　あゆかわのぼる　森三紗　吉田隶平　大掛史子　中川貴夫　埋田昇二　清水茂　比留間美代子　上野都　方良里　谷光順晏　柳生じゅん子　大城静子　福井孝　池田祥子　西巻真実　鈴木文子　小谷博泰　朝倉宏哉　糸田ともよ

第四章　昆虫の叙事詩　種田山頭火　高浜虚子　能村登四郎　森岡正作　渡辺誠一郎　大城さやか　鈴木光影　小山修一　ローゼル川田　藤田博　吉川宏志　坂本麦彦　後藤光治　福本明美　橋本由紀子　豊福みどり　髙橋淑子　福山重博　藤谷恵一郎　市川つた　相野優子　伊藤朝海　秋野沙夜子　中原かな　市川恵子　馬場晴世　根本昌幸　青山晴江　苗村和正　北畑光男　榊原敬子　梶谷和恵

第五章　悲しい鳥　松尾芭蕉　黒田杏子　能村研三　金井銀井　天瀬裕康　尹東柱　谷口典子　石川逸子　清水マサ　近藤八重子　飽浦敏　志田道子　安部一美　佐藤春子　長嶺キミ　佐々木久春

第六章　森の吠えごえ　与謝蕪村　太田土男　奥山恵　光森裕樹　坂井一則　矢城道子　小田切敬子　伊藤眞理子　江口節　谷口ちかえ　玉木一兵　赤木比佐江　高橋英司　宮本勝夫　望月逸子　小林功　室井忠雄　安森ソノ子　瀬野とし　日高のぼる　いとう柚子　二階堂晃子　熊谷直樹　水崎野里子　肌勢とみ子

第七章　「動物哀歌」が響きわたる　村上昭夫　杉谷昭人　みうらひろこ　高野ムツオ　中原道夫　岡田美幸　座馬寛彦　伊藤眞司　松沢桃　原子修　神原良　永田浩子　池田瑛子　小谷松かや　草倉哲夫　くにさだきみ　向井千代子　恋坂通夫　秋葉信雄　佐藤怡當

第八章　それぞれの命の香　高橋公子　琴天音　山口修　伊藤朝海　片山壹晴　植松晃一　佐々木淑子　園田昭夫　望月孝一　宮本早苗　酒井力　鈴木比佐雄

第九章　脆き星　永瀬十悟　中津攸子　向瀬美音　服部えい子　井上摩耶　貝塚津音魚　志田昌教　高柴三聞　徳沢愛子　こまつかん　佐野玲子

第十章　風景観察官　宮沢賢治　若松丈太郎　佐藤通雅　前田新　せきぐちさちえ　かわかみまさと　堀田京子　長谷川節子　田中裕子　関中子　藤子じんしろう　前田貴美子　赤野四羽　近江正人　登り山泰至　鈴木正一　石川樹林　呉屋比呂志　間瀬英作　武西良和　鈴木春子　本堂裕美子　青木善保　有村ミカ子

第十一章　荘子の夢　吉田正人　宮坂静生　つつみ眞乃　原詩夏至　山城発子　甘里君香　笠原仙一　永山絹枝　美濃吉昭　佐々木薫　香山雅代　古城いつも　伊良波盛男　柏木咲哉　篠崎フクシ

『多様性が育む地域文化詩歌集―異質なものとの関係を豊かに言語化する』公募趣意書

出版内容＝「多様性」は「地理的多様性」、「生物多様性」、「文化的多様性」などが深いつながりを持ってこの世界の地域文化として暮らしを活性化させる。それを詩歌の言葉の力より顕在化させたい。
A5判　約三〇〇〜三五〇頁　本体価格一八〇〇円＋税
発行日＝二〇二三年八月頃刊行予定
編者＝鈴木比佐雄、座馬寛彦、鈴木光影、羽島貝
発行所＝株式会社コールサック社
公募＝二五〇名の詩・俳句・短歌を公募します。作品と承諾書をお送り下さい。既発表・未発表を問いません。趣意書はコールサック社HPからもダウンロード可能です。
参加費＝一頁は詩四十行（一行二十五字）、俳句二十句、短歌十首で一万円、二冊配布。二頁は詩八十八行、俳句・短歌は一頁の倍の作品数で二万円、四冊配布。校正紙が届きましたら、コールサック社の振替用紙にてお振込みをお願い致します。
しめきり＝**二〇二三年四月末日頃**
原稿送付先＝〒一七三‐〇〇〇四　東京都板橋区板橋二‐六三‐四‐二〇九
データ原稿の方＝**〈m.suzuki@coal-sack.com〉**（鈴木光影）までメール送信お願いします。

【よびかけ文】

ドイツの哲学者テオドール・アドルノの「アウシュヴィッツのあとで詩を書くことは野蛮である」という言葉は、世界中の詩人や文学者の創作行為に深い問題提起をした。その後に刊行されたアドルノの主著『否定弁証法』中では、《永遠につづく苦悩は、拷問にあっている者が泣き叫ぶ権利を持っているのと同じ程度には自己を表現する権利を持っている。その点では、「アウシュヴィッツのあとではもはや詩は書けない」というのは、誤りかもしれない。》と、表現する権利は否定するものではないと軌道修正をしている。アドルノの言説に私は、詩の言葉や芸術に敬意を抱くハイデッガーを初めとするドイツの哲学者たちが哲学と言葉の本質的な関係を問う誠実さを感受する。アドルノの『否定の弁証法』の序論の中で次のような生々しい格闘の痕跡がある。《芸術を模倣し、みずから芸術作品たろうとするような哲学は、自分自身を抹殺することになろう。そうした哲学は、同一性の要求、つまり、対象がおのれに同化することを要請するだろう。なぜなら、哲学にとっては異質なものとの関係こそがまさしく主題であるのに、この哲学はおのれの方法に、素材である異質なものがアプリオリに従わねばならぬ至上権を認めようとするからである。（略）概念によって概念を超え出ようとする努力こそが、哲学の仕事なのである。》アドルノは文学や芸術に深い敬意を抱いているからこのような言説を放ったのだろう。文学者・芸術家もまたその真摯な問いを受けて、「異質なものとの関係こそがまさしく主題」であるというアドルノの言葉を、自らの作品の主題の参考にすべきだと私は考えている。今回の「多様性」もまた「異質なものとの関係」を豊かに言語化する試みだろう。作品例としては、ウクライナの地域文化を体現する十九世紀に生きた国民的詩人のタラス・シェフチェンコの長編叙事詩「ザポビット」（「遺書」）の「わたしが死んだら／葬ってほしい／なつかしいウクライナの／ひろびろとしたステップに抱かれた／高い塚の上に」。また宮沢賢治の詩集『春と修羅』に次の詩「原体剣舞連」がある。この詩は古代日本が多様性に満ちていたことを明らかにする貴重な詩篇だ。dah-dah-dah-dah-dah-sko-dah-dah／こんや異装のげん月のした／鶏の黒尾を頭巾にかざり／片刃の太刀をひらめかす／原体の舞手たちよ」。この詩「原体剣舞連」は月夜と篝火の下で、古くから伝わる民俗芸能の鬼剣舞の踊子たちの異様な舞い姿や太鼓の響きを全身に感じて、その響きを古代人たち

の命として詩にしたものだろう。詩歌の世界で「地域文化」を考える場合に参考になる書籍は、俳人の宮坂静生『季語体系の背景　地貌季語探訪』だろう。「私という身体のことばを介した生者と死者との語り合い」という俳句における死者と共有した時空間を問い直すことの重要性を「地貌季語」の精神性として原点に置いている。そして多様な「地方」の息遣いを宿し、「古人の感受性の集積」を彷彿とさせることばを「地貌季語」として蒐集することを提唱する。最後に歌人の馬場あき子氏の山形県鶴岡市の黒川能についての連作から五首を紹介したい。《笛の呼吸うし・うまのいき人のいきやわらやわらに笛に通える》《苗代や黒川能の上座口幕かかげさせ君は歩むを》《青年の面をかくし立ち出ずる白き翁ぞやわら耳もつ》《まれびとのさびしき情にみてあればおとめのごとし少年の舞》《青葉とうとと聞え白頭の鬼神はうたた抒情すらしも》。次のような観点で、『多様性が育てる地域文化詩歌集』に参加して欲しいと願っている。①多様な土地の言葉である地名・方言・生活語などを駆使した作品。②多様性に満ちた土地の芸能、行事記念祭、食文化、伝統工芸品などにまつわる作品。③季語・地貌季語や歌枕などに新しい意味や新しい多様なイメージを宿した作品。④海外の人びとが異郷である日本の地域文化を活性化させている紹介の作品。⑤地域文化と隣接する他の地域文化の相互影響や文化的差異を記した作品。⑥性的マイノリティを尊重する多様な地域文化の価値を有する街を記録する作品。⑦多様な世代が共通するテーマで未来を作り上げようとする試みの作品。⑧国家間の争いで他国の地域文化を武力で破壊しないための平和を促す作品。（鈴木比佐雄）

キリトリ線（参加詩篇と共にご郵送ください）データ原稿をお持ちの方は〈m.suzuki@coal-sack.com〉までメール送信お願いします。

『多様性が育む地域文化詩歌集——異質なものとの関係を豊かに言語化する』参加・収録承諾書

応募する作品の題名	
氏名（筆名）	
読み仮名	
生年（西暦）	年
生まれた都道府県名	

現住所（郵便番号・都道府県名からお願いします）※	〒 TEL（　　）
代表著書（計二冊までとさせていただきます）	
所属誌・団体名（計二つまでとさせていただきます）	

※現住所は都道府県・市区名まで著者紹介欄に掲載します。
校正紙をお送りしますので、すべてご記入ください。

以上の略歴と同封の詩・俳句・短歌にて
『多様性が育む地域文化詩歌集——異質なものとの関係を豊かに言語化する』に参加・収録することを承諾します。

印

編集後記

鈴木　比佐雄

二月十八日に現代俳句協会主催の『第40回兜太現代俳句新人賞・公開選考会』に参加した。その選考会後には黒田杏子氏が金子兜太について記念講演をし、またコールサック社から『語りたい兜太 伝えたい兜太――13人の証言』（黒田杏子監修）と『兜太を語る――海程15人と共に』を昨年末と今年は初めに刊行した董振華氏もスピーチされた。金子兜太が他界して五年が経つが、董氏が聞き手になり金子兜太と交流が深かった二十七名の俳人たちの貴重な証言が随所に記録されていて、金子兜太を論ずる際の一級の資料となる二冊が誕生した。董氏が試みた一人語りの方法は、黒田杏子氏が、実際は対談だがそれを一人語りにした方法『証言・昭和の証言』だ。董氏はそれを読んで衝撃を受けて、金子兜太のことをよく知る俳人たちに取材した本を作りたいとの相談をされた。黒田氏もその志や情熱を高く評価し、人選も助言して董氏を全面的に支援したのだった。その甲斐あり董氏の集中的な取材により一年足らずで二冊が刊行されたことは、奇跡のような思いがする。それも在日中国人の董氏によってなされたことは日中友好の観点においても、とても意義あることだ。董氏は一九九三年九月に訪中された金子兜太・皆子ご夫婦の通訳をし北京を案内したことが縁になり、三〇年にわたる師弟関係になっていった。董氏の金子兜太に寄せる尊敬の念と感謝の思いが、二十七名の日本人たちを動かして二冊の本を刊行させる原動力になったのだ。

また『第40回兜太現代俳句新人賞・公開選考会』に関しては、とても感心させられる選考会だった。五〇歳以下の俳人たちが作品五〇句で応募することが出来る。今回は新型コロナで数年ぶりの開催で七〇名の応募があった。最終選考には五名が残り、俳人の宮崎斗士氏が司会をして、その選考を作家の小林恭二氏（今回は紙面で批評し参加）、歌人の穂村弘氏、俳人の堀田季何氏、永瀬十悟氏、田中亜美氏などの七名が一次選考も行い、最終に残った五名の作品を七名で一時間半ほど討議をして、一位に二点、二位に一点を付けて、それを集計して一位を新人賞とし、残りの四名を新人賞佳作とした。選考委員たちは十分に読み込んで批評し、会場にいた五名の俳人たちや私たちもその多様な観点での批評に大いに学ぶものがあった。これほど公平で説得力をもつ選考会はないと思われる。若い表現者たちへの忌憚のない批評と新しい表現への温かい評価など、金子兜太の前衛俳句に賭けた情熱を引き継ぐ団体だからこのような試みが可能だったのだろう。票が二番目に多い俳人は十六歳であったのも驚きで若い才能が挑戦しているのだ。選考会の内容は文字化されて「現代俳句」五月号に収録され全国の会員たちに読まれることも大きな刺激となるだろう。

今号二五二頁には「八重洋一郎詩集『日毒』はなぜ脅威となったのか」を執筆した。昨年夏に未来社の「季刊 未来」夏号に野沢啓氏が執筆した「八重洋一郎の詩に〈沖縄〉の現在を読む――言語隠喩論のフィールドワーク」が、日本現代詩人会の存立をも揺るがし兼ねない事態を引き起こしている。これについて「コールサック」の寄稿者からも見解を問われた。またコールサック社は八重洋一郎詩集『日毒』の版元であり、企画・編集段階でも深く関わっていて、刊行後に多くの反響がある中で、日本現代詩人会の二〇一八年の「現代詩人賞」の候補にもなったが、次点になった経緯も詩際の交流会で野沢氏から直接聞いていたこともあり、説明責任があると考えて本号に掲載することにした。ここで触れたことは先に触れた『第40回兜太現代俳句新人賞・公開選考会』とは真逆の世界である。私は長く日本現代詩人会の会員であり、七年位前には二期四年間も理事もしていた。今回の野沢啓氏の提起した問題に耳を傾けなければ、会の信頼性が損なわれる可能性がある。その意味では日本現代詩人会には、現代俳句協会の「兜太現代俳句新人賞・公開選考会」のような開かれた発想が必要な時が来ているとも考えられる。

今号の特集1には「関悦史が聞く 昭和・平成俳人の証言⑵柿本多映――命の直観を書きとめる人――」を収録することが出来た。関悦史氏と俳句担当鈴木光影が大津に暮らす九十四歳の柿本多映氏を訪ねて取材し、関氏が一人語りにまとめて下さったものだ。柿本多映氏の語り口は素晴らしく魅力的だ。例えば「桂先生はね、信じてくださって。結局ほれ、私、偉うなろうとも何にも思わずに、好きで一生懸命書いていたのが良かったと思うんですよ。結果を求めることもないしね。桂先生が亡くなってからは、句を見てもらいたい相手はいないです。傲慢な言い方やけど。」などの内面の真実が率直に語られる。最後に収録されている俳句三〇句を読んでみると、誠実に生きることの緊張感が十七音の中で反響するようにズシリと胸に迫ってくる。その中から五句ほど紹介したい。〈立春の夢に刃物の林立す〉〈真夏日の鳥は骨まで見せて飛ぶ〉〈人体に蝶のあつまる涅槃かな〉〈我が母をいぢめて兄は戦争へ〉〈てふてふやほとけが山を降りてくる〉。

特集2では、『「困難な時代を詩歌の力で切り拓く」をテーマとして昨年十二月十三日NHKラジオ深夜便「明日へのことば」に出演し、昨年刊行した『闘病・介護・看取り・再生詩歌集』の内容やこれまで刊行してきたアンソロジーに関して質問されて語ったことの元の原稿を収録することにした。コールサック社のアンソロジーの歴史も語っている。

それから前号によびかけ文を執筆して公募を開始した『多様性が育む地域文詩歌集――異質なものとの関係を豊かに言語化する』にも詩・俳句・短歌でぜひご参加下して欲しい。今号にも口語趣意書が巻末近くに収録されているので、ぜひご参加下さい。

昨年秋に刊行した飯田秀實随筆・写真集『山廬《さんろ》の四季 蛇笏・龍太・秀實の飯田家三代の暮らしと俳句』が、地元の山梨県笛吹市を中心に多くの人びとに求められ、さらに全国的にも販売が広がっている。その「俳句の聖地」と言われている「山廬俳諧堂」で一月下旬の最も寒い頃に董振華氏、橋本榮治氏、横澤放川士たち六人で吟行をし句会をした。その時の記録を「耳澄ます蛇笏・龍太の冬の声」と言う題で収録した。ぜひ機会があれば笛吹市小黒坂の「山廬俳諧堂」と隣接する蛇行・龍太の生家を訪ねて欲しいと願っている。裏山の後山の狐亭という四阿に坐って時に狐川のせせらぎに耳を澄ますことも、良き体験だと思われる。114号にもぜひ様々な表現の試みのご寄稿をお待ちしています。

編集後記　　鈴木　光影

特集1「関悦史が聞く 昭和・平成俳人の証言」二人目の証言者は、柿本多映氏。東日本大震災で関氏が被災した際、柿本氏は支援のためすぐにお米を関氏の自宅に送ったという。それ以来、柿本氏と関氏は年齢の差を感じないような信頼関係で結ばれ、今回の三井寺でのインタビューもリラックスしながら行うことが出来た。戦中を軍事工場で働く女学生として生き延び、戦後の著名俳人と詩のミューズの如く交流し、その最期に立ち会いもした。俳句界を超えて貴重な時代の証言である。

今号の共鳴句を挙げよう。

北斎の大波かぶるノアの舟　　松本　高直
「ウ・ロ」の修羅幻視ならざる吹雪と兵　　山﨑　夏代
原子核鳴きかわしいる夏カモメ　　藤谷　恵一郎
母いつも手首に輪ゴム昭和の日　　原　詩夏至
湯豆腐を去年のあなたと食べている　　福山　重博
子供ノ日 ワルイコトッテ魅力的　　今宿　節也
和よ立てよ法よ立たんか斑鳩世界に　　水崎　野里子
8:15 am./August 6, 1945/frozen in time　DAVID KRIEGER

俳句欄初登場の藤谷恵一郎氏の掲出句「夏カモメ」の声は平穏な夏の日常だが、そのすぐ隣で行われる原子核の核融合は不穏である。

山﨑夏代氏の句群は、囲碁盤上の戦いが、いつの間にか人の世の修羅世界のイメージへと変貌し、碁石の白黒がそのまま敵味方の軍隊の比喩にも感じられ驚愕させられる。

編集後記　　座馬　寛彦

防衛費大幅増額の政府の方針を伝えるニュースがあったが、今号では高柴三聞氏の〈出鱈目のこんな国盗らせてしまえ／軍事に金をかけたところで〉を始め、戦争へ向かわんとする情勢への危機感が込められた大城静子氏〈弾道のミサイルの影かダーク・スカイしょうしょうとして北風の音〉、首を縦に振って歩く鳩の「頷く」姿が無惨でさえある原詩夏至氏〈炎夏頷く鳩たちに開戦を告げ知らす街路の拡声器〉などの歌も見られた。また、水崎野里子氏の〈血の色の赤子の手のひら無数にて避けて通れず靴で踏み浸む〉を含む「全山紅葉」十二首にも戦争の影が色濃く、紅葉狩りの折もウクライナの民の苦難が脳裏を過り、映像や文字情報など限られたものでしか繋がることができないもどかしさを垣間見る。牧野新氏が詠うように〈幸を受けるために／平和を願うために／世界のために／ぼくらは　人間〉であるはずが苦しまなければならず〈カミサマ〉を信じられない、そんな日々が続き、福山重博氏〈群れるのが嫌いで路上を一枚で転がる落葉踏み潰される〉のように、強者・マジョリティが弱者・マイノリティをいともたやすく踏み潰してしまう世界を突き付けられている。それでも、岡田美幸氏〈安眠のラベンダー湯で思い出すおばあちゃんちの紫ポプリ〉、村上久江氏〈独り身の心寂しき息子の皿にもう少しと嵩を盛りゆく〉のような「他者」との関り方を大切に温め、たびあめした涼香氏の詠う〈親の顔見えるわけでもないくせにまだまだ育つ勢いのパキラ〉の美しさを認める精神性に希望を抱きたい。

編集後記

羽島　貝

本号もご投稿頂き誠にありがとうございました。詩担当の羽島です。寒さが執筆を滞らせたのか、本号の締め切りは苦戦された方が普段よりも多く、みなさま本当にお疲れさまでした。

そこで前号の編集後記では、「完成させる」という事について考えさせて頂きましたが、今回は逆に「始める」という事について考えてみたいと思います。

執筆を開始するタイミングは皆さん様々な事と思います。

日常の中で降ってきた詩編をその場でノートに綴られる方、お茶を淹れて机へ向かいおもむろに原稿用紙を広げられる方、空いた時間にパソコンを開き、詩編を綴られる方、等々。

いずれも、頭に、心に、作品の芽生えがある時は良いのですが、問題はその端っこすら摑むことが出来ない時です。

過去作を引っ張り出して眺めたり、没にしていた作品と向き合ったり、人様の作品を読み漁ったり……する時間があればまだよい方で、日常は刻一刻と時を削っていき、あっという間に締め切りです。自分はそんな時、ランダムにテーマを書き出し、サイコロでも投げるようにその中の一つを選んで、そのテーマに課題のように取り組む事があります。いわば自身で人工的に閃きを引き寄せるという感じでしょうか。この方法は原稿依頼があった時などにも対応出来るような、発想力と創作力を育ててくれる筋トレのような効果もあるようです。書けない時にも、どうしても作品作りをしたい、というみなさま、よろしければ一度お試しください。

◎コールサック 114 号 原稿募集！◎ ※採否はご一任ください

【年 4 回発行】

＊3 月号（12 月 30 日締め切り・3 月 1 日発行）

＊6 月号（3 月 31 日締め切り・6 月 1 日発行）

＊9 月号（6 月 30 日締め切り・9 月 1 日発行）

＊12 月号（9 月 30 日締め切り・12 月 1 日発行）

【原稿送付先】

〒 173-0004　東京都板橋区板橋 2-63-4-209　コールサック社　編集部

（電話）03-5944-3258　（FAX）03-5944-3238

（E-mail）鈴木比佐雄　suzuki@coal-sack.com

鈴木　光影　m.suzuki@coal-sack.com

座馬　寛彦　h.zanma@coal-sack.com

羽島　貝　k.hajima@coal-sack.com

ご不明な点等はお気軽にお問い合わせください。編集部一同、ご参加をお待ちしております。

「年間購読会員」のご案内

ご購読のみの方	◆『年間購読会員』にまだご登録されていない方 ⇒４号分（114・115・116・117号） ……4,800円＋税＝5,280円
寄稿者の方	◆『年間購読会員』にまだご登録されていない方 ⇒４号分（114・115・116・117号） ……4,800円＋税＝5,280円 ＋ 参加料……ご寄稿される作品の種類や、 ページ数によって異なります。 （下記をご参照ください）

【詩・小詩集・エッセイ・評論・俳句・短歌・川柳など】

・1～2ページ……5,000円+税＝5,500円／本誌4冊を配布。

・3ページ以上……

ページ数×（2,000円+税＝2,200円）／ページ数×2冊を配布。

※1ページ目の本文・文字数は1行28文字× 47行（上段22行・下段25行）

2ページ目からは、本文・1行28文字× 50行（上下段ともに25行）です。

※俳句・川柳は1頁（2段）に22句、短歌は1頁に10首掲載できます。

コールサック（石炭袋）113号

編集者　鈴木比佐雄　座馬寛彦　鈴木光影　羽島貝

発行者　鈴木比佐雄

発行所　㈱コールサック社

装丁　松本菜央

製作部　鈴木光影　座馬寛彦　羽島貝

発行所（株）コールサック社　2023年3月1日発行

本社　〒173-0004　東京都板橋区板橋2-63-4-209

電話　03-5944-3258　FAX　03-5944-3238

suzuki@coal-sack.com

http:／／www.coal-sack.com

郵便振替 00180-4-741802

落丁本・乱丁本はお取り替えいたします。

ISBN978-4-86435-563-6　C0092　￥1200E

本体価格　1200円＋税

（ご注意）

・この用紙は、機械で処理しますので、金額を記入する際は、枠内にはっきりと記入してください。また、本票を汚したり、折り曲げたりしないでください。
・この用紙は、ゆうちょ銀行又は郵便局の払込機能付きATMでもご利用いただけます。
・この払込書を、ゆうちょ銀行又は郵便局の渉外員にお預けになるときは、引換えに預り証を必ずお受け取りください。
・この用紙による払込料金は、ご依頼人様が負担することとなります。
・ご依頼人様からご提出いただきました払込書に記載されたおところ、おなまえ等は、加入者様に通知されます。
・この受領証は、払込みの証拠となるものですから大切に保管してください。

収入印紙
3万円以上
貼　付

印

この場所には、何も記載しないでください。

払込取扱票

00	東京

口座記号番号	金額	千	百	十	万	千	百	十	円
00180－4－741802	※								

加入者名	コールサック社	料金		備考	

各票の※印欄は、ご依頼人において記載してください。

通信欄 ※

コールサック（石炭袋）年間購読会員　4号分（5,280円）

（　　号より）

ご依頼人

おところ（郵便番号　　　　）※

おなまえ　　　　様

（電話番号　　-　　-　　）

日附印

裏面の注意事項をお読みください。（ゆうちょ銀行）（承認番号東第54665号）

これより下部には何も記入しないでください。

切り取らないでお出しください。

記載事項を訂正した場合は、その箇所に訂正印を押してください。

振替払込請求書兼受領証

口座記号番号	00180－4　741802
加入者名	コールサック社
金額	※ 千 百 十 万 千 百 十 円
ご依頼人	おなまえ ※　　様
料金	（消費税込み）　円
備考	

日附印

この受領証は、大切に保管してください。

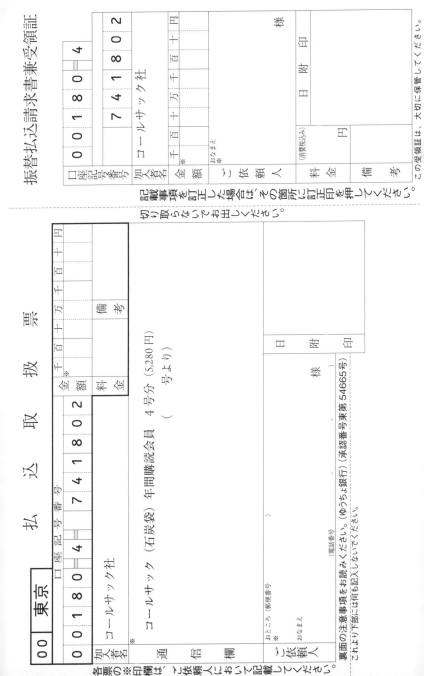

2019－2021年　評論集・エッセイ集

福田淑子
『文学は教育を
変えられるか』
四六判384頁・上製本・2,200円
装画／戸田勝久
解説文／鈴木比佐雄

髙橋正人 評論集
『文学はいかに
思考力と表現力を
深化させるか』
四六判384頁・上製本・2,200円
装画／戸田勝久
解説文／鈴木比佐雄

髙橋正人
コールサックブックレットNo.1
『高校生のための
思索ノート
～アンソロジーで紡ぐ
思索の旅～』
A5判80頁・並製本・1,100円

吉田正人
エッセイ・創作集
『共生の力学
能力主義に抗して』
A5判512頁・
上製本・1,980円
解説文／鈴木比佐雄

山本 萠
『こたつの上の水滴
萠庵骨董雑記《もえぎあんこっとうざっき》』
四六判256頁・
並製本・1,980円
帯文／尾久彰三

永山絹枝 評論集
『魂の教育者
詩人近藤益雄』
四六判360頁・
上製本・2,200円
カバー写真／城台巖
解説文／鈴木比佐雄

万里小路 譲
『孤闘の詩人・
石垣りんへの旅』
四六判288頁・
上製本・2,200円
解説文／鈴木比佐雄

万里小路 譲
『詩というテキストⅢ
言の葉の彼方へ』
四六判448頁・
並製本・2,200円

齋藤愼爾
『逸脱する批評
寺山修司・埴谷雄高・中井英夫・
吉本隆明たちの傍らで』
四六判358頁・
並製本・1,650円
解説文／鈴木比佐雄

2020年5月20日朝日新聞で紹介されました

照井 翠エッセイ集
『釜石の風』
四六判256頁・
並製本・1,650円
帯文／黒田杏子

『高橋和巳の
文学と思想
その〈志〉と〈憂愁〉の彼方に』
太田代志朗・田中寛・
鈴木比佐雄　編
A５判480頁・
上製本・2,200円

加賀乙彦
『死刑囚の有限と
無期囚の無限
精神科医・
作家の死刑廃止論』
四六判320頁・
並製本・1,980円
解説文／鈴木比佐雄

エッセイ・評論・研究書・その他の著作集

堀田京子 作　味戸ケイコ 絵
『ばばちゃんのひとり誕生日』
B5判32頁・上製本・1,650円

甲斐洋子 童話集
『すみれからの手紙』
四六判128頁・
並製本・1,980円
解説文／鈴木比佐雄

第二版刊行！

尾野寛明・中村香菜子・大美光代
『わたしをつくるまちづくり
地域をマジメに遊ぶ実践者たち』
四六判256頁・
並製本・1,980円

中村雪武
『詩人 吉丸一昌の
ミクロコスモス
――子供のうたの系譜』
B５判296頁・並製本・
2,200円　推薦文／中村節也

二階堂晃子エッセイ集
『埋み火
福島の小さな叫び』
四六判192頁・
並製本・1,650円
解説文／鈴木比佐雄

五十嵐幸雄
備忘録集Ⅴ
『日々新たに』
四六判288頁・
上製本・2,200円
写真／五十嵐幸雄

詩人のエッセイシリーズ⑭

淺山泰美エッセイ集
『京都
夢みるラビリンス』
四六判240頁・並製本・1,650円
写真／淺山泰美

子どもと一緒に芭蕉の名句と遊ぶ　MIX 三句ス

俳句かるたミックス

- 俳句入門に最適
- 松尾芭蕉の俳句が自然に覚えられる
- 英語版もセット
- イラスト付きで意味が分かりやすい
- 全俳句の現代口語訳説明書つき

企画／鈴木比佐雄　監修／夏石番矢　イラスト／いずみ朔庵

松尾芭蕉30句（日本語版・英語版）　説明書付き
2,200円

「俳句かるたミックス」特設Webサイトで遊び方動画を公開中！
http://www.coal-sack.com/haiku-karuta/　「俳句かるたミックス」で検索！
＊書店、山寺芭蕉記念館・芭蕉翁記念館のミュージアムショップ、弊社HPなどでご購入いただけます。

宮沢賢治・村上昭夫関係

コールサック文芸・学術文庫

『村上昭夫著作集〈上〉
小説・俳句・エッセイ他』
北畑光男 編
文庫判256頁・並製本 1,100円
解説文／北畑光男

『村上昭夫著作集〈下〉
未発表詩 95 篇・『動物哀歌』
初版本・英訳詩 37 篇』
北畑光男 編
文庫判320頁・並製本 1,100円
解説文／北畑光男・渡辺めぐみ・他

末原正彦
『朗読ドラマ集
宮澤賢治・中原中也
・金子みすゞ』
四六判248頁・上製本・2,200円

最新刊

桐谷征一
『宮沢賢治と
文字マンダラの世界
一心象スケッチを絵解きする
増補改訂版 用語・法句索引付』
A5判400頁・上製本・2,500円

吉見正信

『宮澤賢治の
原風景を辿る』
384頁・装画／戸田勝久

第25回宮沢賢治賞
四六判・並製本・2,200円

『宮澤賢治の
心といそしみ』
304頁・カバー写真／赤田秀子
解説文／鈴木比佐雄

【吉見正信　近刊予定】第三巻『宮澤賢治の「デクノボー」思想』

森 三紗
『宮沢賢治と
森荘已池の絆』
四六判320頁
上製本・1,980円

中村節也
『宮沢賢治の宇宙音感
──音楽と星と法華経』
B5判144頁・並製本・1,980円
解説文／鈴木比佐雄

高橋郁男
『渚と修羅
震災・原発・賢治』
四六判224頁・並製本・1,650円
解説文／鈴木比佐雄

佐藤竜一
『宮沢賢治の詩友・
黄瀛《こうえい》の生涯
日本と中国　二つの祖国を生きて』
四六判256頁・並製本・1,650円
解説文／鈴木比佐雄

佐藤竜一
『宮沢賢治
出会いの宇宙
賢治が出会い、心を通わせた 16 人』
四六判192頁・並製本・1,650円
装画／さいとうかこみ

北畑光男 評論集
『村上昭夫の
宇宙哀歌』
四六判384頁・並製本・1,650円
帯文／高橋克彦（作家）
装画／大宮政郎

朝日新聞などで紹介されました！

少年少女に希望を届ける詩集

3版

教育、子育て関連の施設へ無償配付しています

編／曽我貢誠・佐相憲一・鈴木比佐雄
装画／戸田勝久
A5判320頁・並製本1,650円

非戦を貫く三〇〇人詩集

編／鈴木比佐雄・佐相憲一
装画／宮良瑛子
A5判432頁・並製本・1,980円

日本国憲法の理念を語り継ぐ詩歌集

編／鈴木比佐雄・佐相憲一
A5判320頁・並製本・1,980円

ベトナム独立・自由・鎮魂詩集175篇

（日本語・英語・ベトナム語合体版）

編／鈴木比佐雄、佐相憲一、グエン・クアン・ティウ　翻訳／冨田健次、清水政明、グエン・バー・チュン、ブルース・ワイグル、郡山直、矢口以文、結城文、沢辺裕子、島田桂子　他
A5判632頁・並製本・2,500円

水・空気・食物300人詩集

子どもたちへ残せるもの

編／鈴木比佐雄・佐相憲一・亜久津歩・中村純・大塚史朗
装画／戸田勝久A5判408頁・並製本・2,200円

平和をとわに心に刻む三〇五人詩集

十五年戦争終結から戦後七十年

編／鈴木比佐雄・佐相憲一
装画／香月泰男　A5判432頁・並製本・2,200円

第18回宮沢賢治学会 イーハトーブセンター
イーハトーブ賞 奨励賞

原爆詩一八一人集

1945～2007年

Against Nuclear Weapons
A Collection of Poems by 181 Poets 1945-2007

重版

編／長津功三良・鈴木比佐雄・山本十四尾　帯文／湯川秀樹序文／御庄博実　解説／石川逸子・長谷川龍生・鈴木比佐雄装画／福田万里子　翻訳／郡山直・水崎野里子・大山真善美・結城文〈英語版 日本語版〉A5判304頁・並製本・2,200円

脱原発・自然エネルギー218人詩集

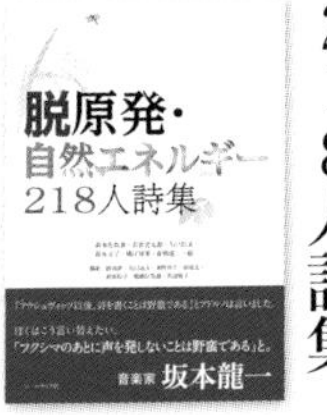

編／鈴木比佐雄・若松丈太郎・矢口以文・鈴木文子・御庄博実・佐相憲一
翻訳／郡山直・矢口以文・木村淳子・結城文・島田桂子、棚瀬江里哉・沢辺祐子　序文・帯文／坂本龍一
A5判624頁・並製本・3,300円

『REVERBERATIONS FROM FUKUSHIMA
—50 JAPANESE POETS SPEAK OUT』
EDITED BY LEAH STENSON AND ASAO SARUKAWA AROLDI
（『福島からの反響音
—日本の詩人50人の発信』）

(Inkwater Press)
日本販売価格3,300円
(1,650円＋送料)

命が危ない311人詩集

いま共にふみだすために

若松丈太郎 解説付

編／佐相憲一・中村純・宇宿一成・鈴木比佐雄・亜久津歩　帯文／落合恵子
A5判544頁・379篇・並製本・2,200円

大空襲三一〇人詩集

1937年～2009年

編／鈴木比佐雄・長津功三良・山本十四尾・郡山直　帯文／早乙女勝元
A5判520頁・361篇・並製本・2,200円

鎮魂詩《レクイエム》四〇四人詩集

編／鈴木比佐雄・菊田守・長津功三良・山本十四尾　帯文／早乙女勝元　装画／香月泰男
A5判・並製本・640頁・496篇・2,200円

小説・歴史・学術

中津攸子『令和時代に 万葉集から学ぶ古代史』
四六判256頁・並製本・1,650円

『万葉の語る 天平の動乱と仲麻呂の恋』
四六判256頁・並製本・1,650円

『仏教精神に学ぶ み仏の慈悲の光に生かされて』
四六判256頁・並製本・1,650円

中津攸子『新説 源義経の真実』
四六判400頁・上製本・2,200円
装画／安田靫彦「黄瀬川陣(左隻)」
帯文／片岡鶴太郎

平松伴子 小説集

『平凡な女 冬子』
四六判304頁・並製本・1,650円

『従軍看護婦』
四六判192頁・上製本・1,980円

村上政彦
『台湾聖母』
四六判192頁・並製本・1,870円

石川逸子
『道昭 三蔵法師から禅を直伝された僧の生涯』
四六判480頁・並製本・1,980円

北嶋節子

『ほおずきの空』
四六判336頁・上製本・1,650円

『暁のシリウス』
四六判272頁・上製本・1,650円

『茜色の街角』
四六判336頁・上製本・1,650円

黄輝光一
『告白 〜よみがえれ魂〜 増補新装版』
四六判240頁・並製本・1,650円

コールサック小説文庫

第5回 松川賞特別賞

橘かがり
『判事の家 増補版 松川事件その後70年』
272頁・990円

具志川市文学賞

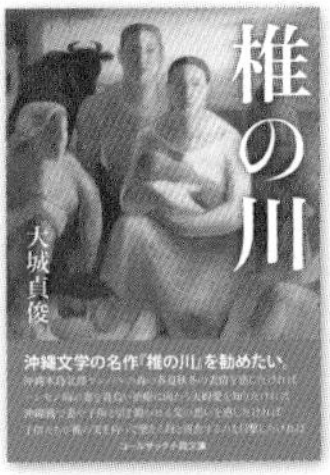

大城貞俊
『椎の川』
256頁・990円

鈴木貴雄
『ツダヌマサクリファイ』
96頁・990円

北嶋節子
『エンドレス 記憶をめぐる５つの物語』
288頁・990円